나의 사랑하는
젊은이들에게

도산 안창호

지성문화사

나의 사랑하는 젊은이들에게

島山 안창호

진리는 반드시·따르는 자가 있고
정의는 반드시 이루는 날이 있다.
죽더라도 거짓이 없으라.

■ 머리말을 대신하는 도산의 어록과 친필 묵적

⬜1

거짓이여 ! 너는 내 나라를 죽인 원수로구나.
군부(君父)의 원수는 불공대천(不共戴天)이라 했으니,
내 평생에 죽어도 다시는 거짓말을 아니하리라.

⬜2

그대는 나라를 사랑하는가.
그러면 먼저 그대가 건전한 인격이 되라.
백성의 질고(疾苦)를 어여삐 여기거든
그대가 먼저 의사가 되라.
의사까지는 못 되더라도 그대의 병부터 고쳐서
건전한 사람이 되라.

▶1934년 대전 감옥에서
　쓰신 글씨.

③
우리 중에 인물이 없는 것은
인물이 되려고 마음먹고 힘쓰는 사람이
없는 까닭이다.
인물이 없다고 한탄하는 그 사람 자신이
왜 인물될 공부를 아니하는가.

■ 머리말을 대신하는 도산의 어록과 친필 묵적

4

너도 사랑을 공부하고 나도 사랑을 공부하자.
남자도 여자도 우리 2천만 한족(韓族)은 서로 사랑하는 민족이
되자.

5

나는 밥을 먹어도 대한의 독립을 위해,
잠을 자도 대한의 독립을 위해서 해왔다.
이것은 내 목숨이 없어질 때까지
변함이 없을 것이다.

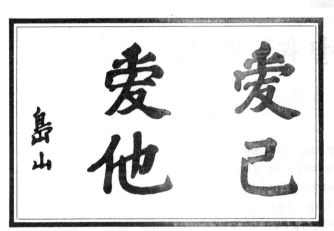

愛己愛他
●자기를 사랑하고
  남을 사랑하라.

▲ 1936년 가을, 대전 감옥에서 나오신 후 쓰신 글씨.

6

나는 사람을 가리켜 개조(改造)하는 동물이라 하오.

7

어떤 신이 무심(無心)중에 와서 홀출(忽出),
내게 묻기를 너는 무엇을 하느냐 할 때에
나는 아무것을 하노라고
서슴지 않고 대답할 수 있게 하라.

■ 머리말을 대신하는 도산의 어록과 친필 묵적

[8]
자손은 조상을 원망하고, 후진은 선배를 원망하고,
우리 민족의 불행의 책임을 자기 이외에다 돌리려고 하니
대관절 당신은 왜 못하고 남만 책망하려 하는가?
우리나라가 독립이 못 되는 것이 다 나 때문이로구나 하고
가슴을 두드리고 아프게 뉘우칠 생각은 왜 못하고
어찌하여 그놈이 죽일 놈이라 하고 가만히 앉아 있는가?
내가 죽일 놈이라고 왜들 깨닫지 못하는가?

[9]
왜 우리 사회는 이렇게 차오. 훈훈한 기운이 없소.
서로 사랑하는 마음으로 빙그레 웃는 세상을 만들어야 하겠소.

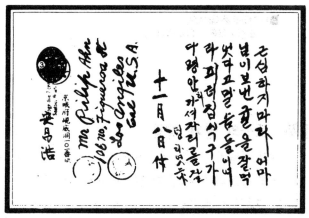

▲ 1937년 서대문 감옥에서 아들 필립에게 보낸 친필서한.

[10]

세상의 모든 일은 힘의 산물이다.
힘이 적으면 적게 이루고 힘이 크면 크게 이루고
만일 힘이 도무지 없으면 일은 하나도 이룰 수가 없다.
그러므로 누구든지 자기의 목적을 달하려는 자는
먼저 그 힘을 찾을 것이다.

차 례

나의 사랑하는 젊은이들에게

■4·머리말을 대신하는
   도산의 어록과 친필 목적

제1부·도산의 글과 말씀

나의 사랑하는 젊은이들에게 ···························· 15

전쟁 종결과 우리의 할 일 ···························· 27

3·1운동을 계승 ···························· 37

제1차 북경로 예배당 연설 ···························· 41

제2차 북경로 예배당 연설 ···························· 44

한국 여자의 장래 ···························· 47

독립운동 방침 ···························· 50

내무총장에 취임하면서 ···························· 56

임시정부 개조안 설명 ···························· 60

국제연맹 및 공창안(公娼案)에 대하여 ···························· 63

노동국 문제에 대하여 ···························· 64

방황하지 말라 ···························· 67

청년단의 사명 ···························· 72

사   랑 ···························· 83

새해 희망 ···························· 89

나라 사랑의 6대 사업 ·· 91

나의 소원 ·· 112

3·1절을 맞으며 ·· 116

국민군 편성 및 개학식에서 ·· 118

동오 안태국(東吾 安泰國)을 추도 ································ 120

혈 전 ·· 124

정부를 사퇴하면서 ·· 125

흥사단의 발전책 ·· 157

태평양회의의 외교 후원에 대하여 ································ 162

새로이 나가자 ·· 168

국민대표회를 지지하자 ·· 170

국민대표회를 맞이하면서 ·· 178

국민대표원 제군들이여 ·· 182

민족에게 드리는 글 ·· 188

따스한 공기 ·· 214

동지들께 주는 글 ·· 221

제 2 부 · 위대한 민족의 지도자

도산을 애도하는 글/김구 ································· 235

진실 정신/최남선 ··································· 242

도산 안창호 선생님에게/이광수 ··················· 255

도산의 생애와 사상/지명관 ························· 263

도산의 일화/안병욱 ································· 302

엮고 나서/안병욱 ································· 328

연　보 ··· 333

제1부

도산의 글과 말씀

참배나무에는 참배가 열리고
돌배나무에는 돌배가 열리는 것처럼,
독립할 자격이 있는 민족에게는
독립국의 열매가 있고
노예될 만할 자격이 있는 민족에게는
망국의 열매가 있다.

나의 사랑하는 젊은이들에게

인격 완성과 단결 훈련

대한 청년 제군에게 내가 하고 싶은 말도 많고 또 해야만 될 말이 많으나, 사정으로 인하여 그것을 다 말하지 못하는 것이 실로 유감이다. 다만 그 중의 몇 가지만을 말하려 한다.

지금 우리는 참담하고 비통한 고해(苦海)에서 헤매며, 어둠의 비구름 속에서 방황하며 주저하고 있다. 이 비상한 경우에 처한 대한 청년 제군이 이 고해를 이탈(離脫)하고 비구름을 헤치고 나아갈 길을 어떻게 정하였는가.

오늘 일반 민중에게 큰 기대를 많이 가진 제군, 또 스스로 큰 짐을 지고 있는 제군이 해야 될 일이 많지만, 그 중에서 가장 먼저 하고, 가장 힘쓸 것은 인격 훈련과 단결 훈련, 이 두 가지라는 것을 말한다.

이 두 가지가 현재 우리 생활에 직접 관계가 없는 듯이 생각하여

냉대하는 이도 있고, 또 지금이 어느때라고 인격 훈련이나 단결 훈련 같은 것을 하고 앉아 있겠느냐고 이를 배격하는 이도 없지 않다. 그러나 나는 이 때이기에 인격을 훈련하고 단결을 훈련해야 할 것이라고 생각한다. 오늘 우리 대한 청년이 인격 훈련과 단결 훈련을 하고 아니하는 데 따라서 우리의 사활(死活) 문제가 달렸다고 나는 생각한다.

세상의 모든 일은 힘의 산물이다. 힘이 작으면 일을 작게 이루고 힘이 크면 크게 이룬다. 만일 힘이 도무지 없으면 일을 하나도 이룰 수 없다. 그러므로 누구든지 자기의 목적을 달성하려는 자는 먼저 그 힘을 찾을 것이다. 만일 힘을 떠나서 목적을 달성하겠다는 것은 너무나도 공상이다.

제군이여, 일은 힘의 산물이라는 것을 확실히 믿는가? 만일 이것을 믿고 힘을 찾는다면 그 힘이 어디서 오겠는가?

힘은 건전한 인격과 공고한 단결에서 난다는 것을 나는 확실히 믿는다. 그러므로 인격 훈련과 단결 훈련, 이 두 가지를 청년 제군에게 간절히 요구하는 바이다.

지금의 우리는 우리의 사활 문제를 해결하기 위하여 무엇을 하다가 실패하면, 그 원인을 여러 가지로 찾아보고, 여러 가지로 변명해본다. 그러나 우리 모든 일의 실패하는 근본 원인은 우리의 민족적 결합력이 박약한 탓이다. 우리가 일찍 패망한 원인도 여기에 있었다.

우리는 요지부동(搖之不動)하고 사생동고(死生同苦)할 굳센 민족적 결합력이 있은 후에라야 성공을 기대할 것이다. 민족적 결합력이 선결 문제요, 이론과 방침 계획은 둘째 문제다. 만일 결합력이 공고하기만 하면 그 결합체가 때를 따라 방침과 계획은 고쳐가면서 능히 목적을 달성하는 데까지 나아갈 것이다. 결합된 힘이 없고서는 아무리 좋은 방침이 있더라도 이를 실행할 수 없지 아니한가.

우리가 일찍이 단체생활의 훈련이 부족한 민족인 것을 자인하지 않을 수 없다. 그러므로 우리로서 다른 나라 사람보다 특별히 단결을 훈련하여 공고한 대결합력에 이르도록 힘써야 할 것이다.

단결 훈련 문제보다도 인격 훈련에 있어서는 더욱 냉담시하는 이가 많은 줄 안다. 이것은 큰 착오이다. 현재 세계 각국에서 각종 운동이 일어나고 있다. 그 운동이 힘있게 진행되고 성공하는 것은 그 운동 중에 건전한 인격을 가진 분자가 많기 때문이다.

어떤 운동에서든지 운동이 퇴축하며 실패하는 것은 건전한 인격을 가지지 못한 것이 그 큰 원인 중의 하나이다.

우리가 무슨 목적을 표방하고 단체를 조직하였으나, 실제에 있어서는 힘있는 운동이 되지 못하고 간판만 남는 것이 한탄스럽다. 그 원인이 어디에 있는가를 깊이 깨달아야 할 것이다. 조직에 합당한 지식, 조직에 합당한 신의—이것을 갖춘 인격이 없는 것이 한 가지 큰 원인이다. 단결의 신의를 굳게 지키며, 조직적 지식을 가진 사람이 없고서는 간판 운동이 아닌 실제적 힘있는 운동을 할 만한 결합을 이루기는 절대 불가능할 것이다.

그런즉, 우리가 고해를 벗어나 활로(活路)로 나아가기 위하여 할 일이 여러 가지 있지마는, 제군이 인격 훈련과 단결 훈련이 이에 큰 관계가 있는 것을 깨닫고, 나는 오늘부터 인격 훈련과 단결 훈련에 진심으로 노력하겠다는 결심을 가지기 바란다.

기본적인 인격은 어떠한 것이며, 훈련의 구체적인 방법이 무엇이고, 단결 훈련의 실제가 무엇인가는 사정으로 인해 앞날 연구에 미룬다. 여기서는 다만 제군이 인격 훈련과 단결 훈련이 필요한 것만을 분명히 깨닫기를 바라며, 오직 인격을 훈련하되 단독적으로 하지 말고 이것부터 협동적으로 해가기를 당부한다. 즉 모든 대한 산과 들을 물론하고 인격 훈련을 목표로 한 운동이 편만(遍滿)하기를 바란다.

〈동광(東光)〉 1931년 2월호.

용단력과 인내력

오늘 대한의 청년들 앞에는 원수가 있습니다. 이것이 무엇인 줄 압니까? 또 이것을 알면 이것을 쳐 이기려 합니까?

오늘 대한 청년들 앞에 공(公)으로나 사(私)로 막혀 있는 큰 원수는 곧 방황과 주저이외다. 여기는 공적도 있고 사적도 있습니다. 우리는 지금 범민족적으로 파멸의 지경에 처해 있습니다. 우리가 만일 급히 덤비지 않으면 아주 영멸하는 지경에 들어가겠습니다. 그러나 이 상태에서 앞을 헤쳐 나아가지 않고 방황하고 주저하고 있는 것은 공적이외다.

또 사람마다 자기 살아나갈 일을 자기가 해야 합니다. 그러나 자기 개인이 살아나갈 일을 자기가 하지 않으면 자기 개인의 생존까지도 말 못할 경우에 빠집니다. 그러니 이것을 알아차려서 나아가지 않고 방황하고 주저하고 있는 것이 사적이외다.

흔히들 자기가 하는 일이 옳은지 그른지 자세히 몰라서 방황하고 주저합니다. 예를 들자면 공부하는 것, 농사짓는 것, 장사하는 것—이러한 것들이 우리가 지금 다시 살아날 운동(독립운동)을 하는 데 맞는가 안 맞는가 하여 방황하고 주저합니다. 심지어 어떤 이는 이런 것들을 하고 있는 사람들을 운동에 불참하는 사람이라 하여 비난하고 공격합니다.

그러나 비유하여 말하면 그물질하는 사람만을 어업자라 하고, 고기잡기 위하여 그물을 만들며 양식을 나르는 사람은 어업자가 아니라고 하겠습니까? 또 총 메고 전장에 나선 사람만을 전쟁하는 사람이라 하고, 뒤에 남아서 군기(軍器)를 만들고 군량을 장만하는 사람은 전쟁하는 사람이 아니라 하겠습니까?

앞에서 직접 행동을 하는 이나 뒤에서 간접 행동을 하는 이나 다 같은 그 일의 운동자이외다. 그러니 배움의 기회가 있을 때에 배우고, 벌이할 기회가 있을 때에 벌이하다가 그보다 더 긴급한 일이 있을 때에 모두 나서는 것이 옳습니다. 그러므로 자기가 하는 일이 그 운동에 관계가 없는가 하여 방황하고 주저하지 마십시오.

이 일이 옳은가 그른가, 이 일을 할까 말까 하여 방황하고 주저하면 거기에는 고통이 생깁니다. 또 결국은 낙망합니다. 낙망은 청년의 죽음이요, 청년이 죽으면 민족이 죽습니다. 나아가면 될 일이라도 안 나아가면 안 됩니다. 또 낙망한 끝에는 남을 원망하게 되고 심하면 남을 죽이게까지 됩니다. 이 얼마나 위험한 일입니까.

그래서 방황과 주저는 우리의 큰 원수라고 합니다. 또는 이 몸을 대한에 바치어서 일할까, 자기를 위하여 일할까 하고 호도(糊塗 : 흐리터분함)하고 몽롱한 가운데 빠져 있는 사람이 많습니다. 이 점에 대해서도 어느 것이 옳은지 분명히 판단할 필요가 있습니다. 한 가지 분명히 알 것은 공부도, 농사도, 장사도 아무것도 아니하고 놀고 먹고 떠돌아다니면서 방황하는 것은 아무 이익이 없고 다만 큰 해독만 끼치는 것이외다.

또 언제든지 다 배워 가지고, 다 벌어 가지고 나아가서 일한다고 하면 크게 잘못이외다. 배우는 자나 벌이하는 자나 다 대한을 위하여 기회 올 때까지 한다고 결심하고 나아가면 그만이외다.

남이야 알건 모르건, 오늘 대한의 청년 된 이는 대한 민족을 위하여 무엇을 어떻게 할것인가를 연구하고 참고하여 옳다 하는 바에 뜻을 세우고, 그 세운 바를 다른 사람에게 선포하여 함께 나아갈 것이외다. 이것이 오늘날 대한 민족이 다시 살아날 길이외다.

"무엇이 옳다고 생각되거든 곧 그것을 붙잡아라. 그렇지 않으면 큰 기회를 놓치나니라."

이 말은 우리가 늘 마음에 새겨둘 말이외다. 일에 대하여 도덕적 이해적으로 헤아려서 선하고 이익되면 하되, 공공연한 이익이 되거든 그렇게 하기를 용감히 결단할 것이외다.

이 용단력이 없으면 대개는 방황하며 주저하게 됩니다. 또 눈앞에 안 될 것만 보지 말고, 장래에 될 것을 헤아려서 순서를 밝아 나아가야 합니다. 한번 놓친 기회는 또 대개는 다시 얻지 못하게 되는 법이외다.

오늘 대한의 환경은 사회 도덕 방면으로든지, 경제 방면으로든지 모두 심히 어렵습니다. 이러한 어려운 환경에서 이것을 헤치고 나아가려면 참고 견디는 힘이 있어야 하겠습니다.

그러므로 이러한 비관과 낙망할 만한 처지에 있는 오늘 대한의 청년은 특별히 인내력을 길러야 되겠습니다. 그래서 첫째, 옳다 하는 일에 밝은 판단을 내리고, 둘째, 판단한 일은 끝까지 잡고 나아가야 되겠습니다. 그러면 성공이 있습니다.

대한 청년의 방황과 주저하는 것이 아주 소멸되고 무엇이나 한 가지를 잡고 나아가는 날에야 대한 사람이 다시 살아나는 일이 시작되겠습니다. 무엇이든지 그때의 경우와 생각에 옳게 보이는 것을 잡고 나아가면 끝에 가서는 그보다 더 좋은 것이 나옵니다. 그러나 지금 당한 경우와 기회를 심상히 여기고 붙잡지 않으면 그런 사람의 신세는 방황에 영장(永葬)하고 말 것입니다.

끝으로 한 마디 말씀을 여러분에게 선사합니다.

"어떤 신(神)이 무심중에 와서 그대에게 묻기를, 너는 무엇을 하느냐 할 때에, 나는 무엇 무엇을 하고 있노라고 서슴지 않고 대답할 수 있게 하십시오."

〈동광(東光)〉 1927년 1월호

도산은 21세 때 '점진학교(漸進學校)'를 세워 교육에 힘썼다.

점진 점진 점진 기쁜 마음과
점진 점진 점진 기쁜 노래로
학과를 전무하되 낙심 말고
하겠다 하세 우리의 직무를 다.

이것은 도산이 직접 지은 점진학교 교가이며 교훈이다. '점진'은 순서대로 차차 나아감을 뜻한 말로 서두르지 말고 쉬지도 말라는 의미를 내포하고 있다. 도산은 '원인없는 결과는 없다'는 인과의 법칙을 철저히 믿었다. 그렇기 때문에 매사에 문제의 원인을 분석하고 그 원인을 제거하는 데 역점을 두었는데, 이러한 합리주의적인 태도가 곧 도산의 점진주의다.

도산 사상의 알파요, 오메가가 '무실역행(務實力行)'이다. 어떤 일을 참되고 실속 있도록 힘써 실행하는 데 있어 최대의 적은 '방황과 주저'임은 두 말할 나위가 없다. 목적을 이루기 위해서는 분명한 판단을 내리고 실행에 옮겨야 한다. 이 때 중요한 것은 끝까지 버티는 끈기와 인내이다.

오늘의 학생

오늘이라 함은 과거나 미래를 말함이 아니외다. 곧 현시에 되어진 경우를 말함이며, 대한 학생이라 함은 대한 사람으로 태어난 이들을 가리킴이외다.

무릇 학생은 누구나 할 것 없이 다 사회에 나아가 활동할 준비를 하는 자이외다. 생존과 번영은 사람의 활동에 따라 결정됩니다. 활동이 있으면 살고 없으면 죽는 것이며, 많으면 크게 번영하고 적으면 작게 번영할 것입니다. 그런즉 인류 사회의 생존은 사람의 활동에 있고 사람이 활동할 무기를 잘 준비함에 있는데, 이 활동의 무기를 예비하는 자가 곧 학생이외다.

그러므로 대한의 학생 된 이는 먼저 대한 사회로부터 세계 어느 사회로든지 나아가 활동할 자임을 잊지 말아야겠습니다.

활동에는 허명적 활동과 실제적 활동이 있습니다. 무슨 취지서나 발기문 등을 신문 지상이나 어디에든 버젓하게 성명이나 쓰는 것은 활동이라 할 수 없고, 다만 실제상 자기가 마땅히 할 직분을 이행하는 것이 진정한 활동이라 할 수 있습니다.

대한 학생은 대한의 경우에 의지하여, 또 미국이나 중국의 학생은 미국이나 중국의 경우에 의지하여 활동하는 것이외다. 다시 말하자면 대한의 학생은 대한의 오늘날 경우에 의지하여 준비하고 대한 사회에, 또 세계 사회에 나아가 활동해야 되겠습니다.

직분을 이행한다 함은 자기의 의무를 이행한다 함인데, 의무로 말하면 자신의 친족에, 동족에, 국가에, 세계에 대한 의무가 있습니다. 또 각각 그 의무를 잘 이행하려면 먼저 자기의 가족은, 동포는, 사회는, 국가는, 아울러 자신이 어떠한 경우에 있는지를 잘 알아야 하겠습니다.

현재 우리는 민족적으로 남과 다른 경우에 처해 있습니다. 우리의 옛날 문화는 극도로 쇠퇴하고 신문화는 지금 움돋는 시기에 있습니다. 또 구도덕은 깨어지고 신도덕은 없어서 혼란상태에 있습니다. 그리고 영국·미국의 학생들은 그의 부모며, 이웃 동네며, 연장자 되는 이가 선진자 계급에 있으므로 그들로부터 지도를 받을 수 있지만, 오늘 대한의 청년은 선도자를 못 가졌습니다.

그래서 이 지도하는 이 없는 가련한 이들이 제맘대로 국내, 국외에 뛰놀면서 무엇을 배우려 합니다. 또 다른 나라 학생들은 학비가 넉넉하여서 배우고 싶은 것을 무엇이든지 다 배우지만 우리 대한 학생은 그렇지 못합니다. 비교적 학비가 덜 드는 문학이나 신학 같은 것을 배워도 공학같은 기술적인 학문은 좀체로 배우게 되지 못합니다. 또 우리는 유혹에 물들기 쉬운 험악한 환경을 가지고 있습니다. 오늘날 이와같이 가긍한 경우에 처한 대한 학생으로서 그 직분은 매우 큽니다. 이 학생 된 이의 손으로 우리의 집이나 사회를 바로잡을 수가 있고 그렇지 못하면 우리는 영멸하겠습니다. 그러니 오늘의 대한 학생들은 무의식적으로 남의 흉내나 내지 말고 명확한 판단을 가지고 나아가야 겠습니다. 그렇게 해야 학생들에게도 다행이 되고 온 민족에게도 다행이 되겠습니다.

첫째, 남은 알든지 모르든지, 대한 민족에 대한 헌신적 정신과 희생적 정신을 길러야 하겠습니다. 대한 민족을 다시 살릴 직분을 가진 자로서 이 정신이 없으면 안 되겠습니다.

자주라, 독립이라, 평등이라 하는 것은 자칫 자기를 본위로 하는 이기적인 경우가 많습니다. 어떤 때에 일시적 자극으로 떠돌다가도 그 마음이 없어지면 다시 이기심이 납니다.

자기의 생명을 본위로 하는 것, 이것이 진리요, 자연이외다. 그런데 이제 자기의 몸과 목숨을 내놓고, 부모나 형제나 동포나 국가를 건진다 함은 모순이 아니겠습니까?

아니외다. 이처럼 헌신적 희생적으로 해야 부모와 형제가 안보되고 민족과 사회가 유지되는 동시에 자기의 몸도 있고 생명도 있습니다. 만일 이 정신으로 하지 않으면 내 몸과 아울러 사회가 다 보전되지 못하는 법이외다. 가령 상업이나 공업을 하는 것도 자기의 생명을 위하여 하는 것이지만 여기에도 헌신적 희생적 정신으로 하지 않으면 안 됩니다.

이 위에 말한 바 이기적으로뿐 아니라, 정의적(情意的)으로도 민족에 대해 일어나는 정을 억제하지 못하여 헌신적 희생적 활동을 아니할 수 없습니다. 오늘 대한의 학생 된 이는 옛날에 자기의 명리를 위해 과거(科擧)하려는 듯이 하지 말고, 불쌍한 내 민족에 대한 직분을 다하기 위하여 해야겠습니다.

둘째, 긍휼히 여기는 정신을 길러야겠습니다. 학생에게 있어서 이 정신이 더욱 필요합니다. 학생이 되어서 무엇을 좀 안 후에는 교만한 마음이 생기어서 자기만큼 모르는 자기의 부형이나 이웃 사람, 존장(尊長)에게 대하여 멸시하는 맘이 생기고 따라서 제 민족을 무시하게 됩니다. 그 결과로 동족을 저주하고 질시하고 상관하지 않으려 합니다.

나만 못한 사람을 무시할 것이 아니라 긍휼히 여겨야 옳습니다. 남의 잘못하는 것을 볼 때에 저주할 것이 아니라 포용심을 가져야 하겠습니다. 긍휼히 여기는 마음이 없으면 내 동족을 위하여 헌신적으로 힘쓸 마음이 나지 않습니다.

소학생이나 대학생 시절보다도 중학생 시절에 남을 업신 여기는 교만한 마음이 가장 많은 법이외다. 이것은 무엇을 좀 알기 시작할 때에 저마다 잘 아는 듯싶어서 그렇게 됩니다.

또 어떤 이는 걸핏하면 제 동족의 결점만을 가지고 나무랍니다. 그러나 우리 대한 사람도 다 잘 배울 기회를 가졌거나, 좋은 때를 만났더라면 누구보다 뒤떨어지는 인종이 아니외다. 그러므로 제 동족에 대한 불평을 가질 것이 아니라 일체로 서로 긍휼히 여기는 마음을 가져야 옳겠습니다. 제 동족에 대한 긍휼심이 적으면 외적에게 대한 적개심이 빈약해지는 법이외다.

셋째, 서로 협동하는 공동적 정신을 배양해야겠습니다. 대한의 일은 대한 사람 된 내가 할 것인 줄 아는 동시에, 대한 사람 된 이는 누구나 다 분담하여 가지고 공동적으로 하자 함이외다. 어떤 이는 무슨 일을 저 혼자 하겠다는 생각을 가집니다. 그런 이에게 소위 야심이라는 것이 생깁니다. 그 결과 하려는 일은 되어지지 않고 도리어 분쟁이 생깁니다. 자기가 무엇을 다한다고 하다가는 낙심하기 쉽습니다. 혼자 하는 일은 잘 이루어지지 않는 까닭에 과거의 성공이 없음과 장래가 아득한 것을 보고는 곧 비관하여 낙망합니다.

나와 다른 이가 다 함께 할 것으로 아는 이는 자기가 비록 성공을 못하더라도 다른 이가 성공할 줄로 믿습니다. 또 각기 당대에 못 이루고 죽더라도 자기 후손이 이어서 할 것으로 여기면 낙망이 생기지 않고 오직 자기가 할 직분을 다할 뿐이외다.

그 민족 전체에 관계되는 사업은 어느 한두 사람의 손으로 되지 않고 온 민족의 힘으로만 됩니다. 그러므로 내가 깨달은 바에 대하여 나의 직분을 다하여 노력하고, 아울러 온 민족이 협동해야 할 정신을 길러야 되겠습니다. 너와 내가 다 함께 한다는 관념이 절실해지는 날에야 성공이……원본활자 탈락……있어야 되겠습니다.

협동적 관념이 있게 되면 공통적 주장과 계획이 세워집니다. 이 협동적 정신 아래에서 공통적으로 하는 것을 미리 연습하여 두어야 공통적 큰 사업에 나아가서도 협동적 실행이 있게 되겠습니다.

위에서 말한 것은 정신 방면을 말한 것이외다. 이제는 실질적 방면에 들어가서 누구나 한 가지 이상의 전문 지식을 가져야 된다 함이외다. 전문 지식을 못 가지겠거든 한 가지 이상의 전문적 기술이라도 가져야 하겠습니다. 오늘날은 빈말로 살아가는 세상이 아니라 그 살아갈 만한 일을 참으로 지어야 사는 세상이외다. 실제로 나아가 그 일을 지으려면 이것을 감당할 만한 한 가지 이상의 전문적 학식이나 기예가 없어서는 안 됩니다. 이것이 있어야 자기와 가족 및 사회를 건집니다.

오늘에 있어서는 옛날 진사(進士)·대과(大科)를 위해 과거보러 다니던 관념, 즉 허영을 위하여 공부하는 이가 많습니다. 실사회에 나아가 직업을 감당하기 위하여 실지 학문을 배우려는 이는 적고, 아무 대학을 졸업했다는 이름이나 얻기 위하여 법과 같은 데에 들어가서 사각모자 쓴 사진을 찍는 것으로 성공을 삼습니다.

그러므로 한번 졸업한 후에는 다시 더 학리(學理)를 연구하지 않습니다. 우리 학생들은 직업을 표준삼지 않고 허영적인 영웅을 표준삼는 이가 많은 듯하외다. 만일 실지 학문을 배워서 정당한 사업에 나아가지 않고 흰수작이나 난봉을 부리면, 그 사람은 차라리 학교에 다니지 않고 집에서 부모를 위하여 소 풀 먹이고 꼴 베는 것만 못합니다.

오늘의 대한 학생에게 인도자가 없다는 것을 이미 말하였습니다. 이제 여기서 그 구제 방법을 말하려 합니다. 곧 오늘의 대한 학생은 제가끔 뿔뿔이 헤어져 있지 말고 다 함께 뭉쳐야 합니다. 이 말은 그 뭉친 덩어리를 선도자로 삼아서 여기 속한 이들이 자치적 훈육을 받으라 함이외다.

그렇게만 한다면 힘이 적지 않습니다. 좋은 훈육을 줄 만한 선도자 및 완전한 훈육 기관을 가진 다른 선진국의 학생들도 오히려 자치적인 훈육 지도를 취하고 있습니다. 하물며 아무것도 못 가진 오늘의 대한 학생으로서 어찌 이것이 필요하지 않겠습니까.

오늘날 국내 국외에서 이러한 목적을 가진 수양 단체가 많이 일어나는 것은 매우 좋은 경향이외다. 이렇게 일어난 단체들이 또 각각 따로 서 있지 말고 다 한데 모여 하나가 되면 그 힘이 더욱 크리라 생각합니다. 외로운 촛불은…… 원본활자 탈락 ……크기도 어렵습니다.

그래서 이 빛이 널리 불쌍한 동족에게 비치어 그 빛으로 말미암아 건짐을 받을 이가 많을 줄 믿습니다.

〈동광〉 1926년 12월호.

도산의 사상적 특징 가운데 가장 비중이 큰 것은 '힘' 사상이다. 도산은 세상의 모든 일이 힘의 많고 적음에 따라 이루어져 나간다고 보았다. 우리 나라가 일제의 식민지로 전락한 원인은 우리의 힘이 약했기 때문이라고 생각했다. 그리고 한 나라의 힘은 국민 각자의 인격의 힘의 총화로써 이루어 진다고 믿었다. 그렇기 때문에 우리가 국권을 회복하고 독립국가를 세우려면 국민 각자의 인격을 개조하여 힘을 길러야 한다고 역설했다.

전쟁 종결과 우리의 할 일

이 즈음에는 천지를 진동하고 원극(怨劇) · 참극(慘劇)이 극도로 달하였던 제1차세계대전이 멎었도다. 강화회담(講和會談)이 열린다 하는 소문이 전파되어 연합국측의 사람들은 기뻐 뛰노는도다. 이러한 동시에 벌써부터 전쟁 후에 우리에게 무슨 영향이 미칠까, 우리는 어찌할까 하는 생각을 많이 하던 세계 각 사람의 뇌(腦)는 더욱 분주하도다.

전쟁 후에 우리나라의 정치는, 교육은, 실업은, 군사는, 외교는 어찌할까, 우리 단체의 사업은 어찌할까, 우리집과 내 몸의 일은 어찌할까 하는 문제들을 놓고 각각 자기의 처지와 경우를 의지하여 좋은 판정을 얻으려고 연구에 노력을 다하는도다.

큰 뜻을 품고 밝은 자각을 요구하는 우리 동지 제군들도 당연히 시대의 흐름에 따른 많은 감상이 일어날 것이며, 우리의 전도를 위하여 연구가 많은 줄로 아노라.

이제는 박애(博愛)의 정으로 목숨의 참살(慘殺)이 그치고, 많은 몸의 곤란이 쉬이고, 많은 재산의 소비가 덜림에 대하여 기쁜 감상이 있을 것이도다.

스스로 보는 마음으론 남들은 이기었다, 졌다, 얻었다, 잃었다 하는데 우리는 이것도, 저것도, 아무것도 없으니 분하고 슬픈 감상이 아울러 생길 것이라. 이를 반성하는 생각으론 님들의 어떠한 덕의(德義)와 기운(氣運)과 재능으로 큰일을 어찌어찌해가는 것을 보는 동시에, 내가 얼마나 부족하고 못나나 하는 것을 한층 더 깨달아 부끄럽고 자책하는 감상이 일어날 것이며, 이 밖에도 여러 방향의 감상이 없지는 않으리라.

그러나 감상은 일시적이니 말할 것이 없도다. 다만 이 처지에 앉은 우리가 우리의 전도를 위하여 연구함은 중대한 관계라 정력을 다하여 주의를 더하지 않을 수 없도다. 우리는 턱없이 허망한 욕심이나 요행의 희망을 가지고 공상하다가 말려는 사람이 아니요, 사실과 이치에 의지하여 적당한 판정을 얻어 가지고 역행(力行)하려 함이라.

제군이 연구하는 결과가 어느 방면에 이르는지, 나는 사실과 이치를 표준하여 많이 생각하여도 전쟁 후에 우리는 준비주의(準備主義)를 그냥 계속해야 되겠노라. 우리가 하고자 하여 노력을 더 하기만 하면 준비의 효력이 더 있을 것이니, 이러한 시기에 헤아려 준비의 방침을 바로 하여 일치 행동하기를 결단하고 나아가면, 전쟁 후에 우리는 앞으로 다시 오는 시기에 적응할 만한 준비의 기초가 세워졌다 할 수 있노라. 이제 몇 가지 문제를 들어 여러분의 참고를 삼고자 하노라.

우리나라의 독립을 운동해볼까

혹자는 말하기를, 윌슨 대통령이 선전포고서(宣戰布告書)에 어찌어찌하였고, 평화조건 제출에 어찌어찌하였으며, 또는 어떤 소약국(小弱國)은 독립의 승인을 얻는다니, 우리도 이 시기에 독립을 운동하자 말하리라.

무슨 방면으로 독립을 운동하겠는가 하면, 두 가지로 말하리라. 그 하나는 독립전쟁을 일으키자, 두번째는 윌슨 대통령에게 한국의 독립 승인을 요구하자 함이리라.

독립전쟁 문제로 말하면 오래전부터 원동(遠東)의 모씨(某氏) 모씨 등이 해마다 두만강을 건너간다 해왔고, 하와이에서도 모씨 등이 달마다 태평양을 건너간다 해왔도다. 그 바람에 무식한 동포들은 전쟁이 어떤 물건인지도 모르고 그런 말에 돈도 바치고 시간도 허비하여 속는 이가 많았노라. 이런 시기에 또한 그러한 문제로 동포를 속이는 무리가 생길는지는 모르겠도다. 그러나 우리 동지 중에서는 아무리 무식하여 판단력이 부족한 줄로 자처하는 이라도 전쟁이 어떤 것임을 알고 있도다. (중략) 윌슨 대통령에게 독립 승인을 요구하여 교섭한다, 장서(長書)한다 함에 대하여 말하노라.

(중략)

그런 일이 무슨 큰 효과가 있으리라 기대하면 이는 어리석은 희망이라. 자기의 일을 자기가 스스로 아니하고 가만히 앉았다가 말 몇 마디나 글 몇 줄로써 독립을 찾겠다는 것이 어느 이치에 허락하리오.

먼저 생각할 것은 일본이 어느 나라가 권고한다고 하여, '네.', 하고 한국을 쉽게 내놓겠는가! 응당 그렇지 아니할 터이라고 대답할지라. 저 일본이 조선이란 영토를 보전할 주의(主意)가, 옛날 우리 사람들이 조상 나라 대한을 보전하겠다던 뜻보다 여러 십 배가 더 굳지 아니한가. 조선을 내놓지 않음으로써 자기 일본 나라의 운명이 끊어질 지경에 이르면 모르겠지만, 그렇기 전에는 내놓지 아니하려 할지라.

그러면 우리가 윌슨 대통령에게 교섭함으로 미국이 박애의 덕으로 아무 다른 이유가 없이 오직 대한의 독립을 위하여 미일전쟁(美日戰爭)을 일으키겠는가. 자기의 나라 일을 자기가 스스로 돌아보지 않고, 각각 자기의 똥집만 위하겠다는 대한 사람을 귀엽고 가엾이 보아서, 전국의 재정을 기울이고 수백만의 목숨을 희생하여 싸워줄 이치가 있을 듯하지 않도다.

혹자는 생각하기를 미국이 우리만 위함이 아니라 동양의 이권상 관계로 불가불 싸움이 되리라 할지라.

나도 생각하기를 미국과 일본 사이에 한 번 큰 충돌을 면치 못하리라 예측하노라. 그렇지만 혹 특별한 사건이 갑자기 생길는지 예측하기 어려우나, 현상을 의지하여 보건대 미국이 여간 불만족한 관계가 있더라도 구주(歐洲)에 보내었던 대군을 돌려 제3국과 싸울 뜻이 없을 것이라. 또한 일본은 미국으로 하여금 충돌되는 데까지 이를 만한 불만족한 일은 피하기로 꾀할지니, 이 평화 끝에 곧 미일전쟁이 생기겠다고 예측할 바 아니로다.

폐일언(蔽一言)하고, 한국이 독립하려면 한국 민족이 정신상 독립과 생활상 독립부터 먼저 되어야 하노라. 그런데 오늘 우리 민족적 정신상과 생활상 두 방면이 다 어떠한가를 여러분은 분명히 아시는 바라, 이 때를 틈타 독립의 운동을 생각하는 것은 요행을 바라는 이의 일이라 하노라.

우리는 이 앞날에 우리를 향하여 독립을 잘 맞기 위하여 우리 민족으로 정신상 독립이 되도록, 생활상 독립이 되도록, 또는 대동단결(大同團結)이 이루어지도록 준비에 노력을 더하고 더함이 가하다 하노라.

해외 한인(韓人)의 대동단결을 주선해볼까

혹은 우리 한인들이 비상한 감촉이 있는 이 때를 타서 해외 한인의 대동단결을 조직해볼까 할지라. 실로 해외에 거류하는 우리 한인 전부가 대동단결만 하고 보면, 우리 민족의 세력이 크게 떨치어 우리가 품은 뜻을 가히 펼 수가 있을지라. 이러므로 우리는 이것을 간절히 원하고 이것을 위하여 노력하는 가운데 있도다.

그러나 오늘에 당장 구체적으로 해외 한인의 대동단결을 이루겠느냐 하면 아직은 몽상뿐, 실(實)로는 못 될 일이로다. 대동단결을 이루려면 먼저 몇 가지 요구하는 것이 있노라.

첫째, 다수 동포가 대동집합(大同集合)할 만한 상식이 있어야 할 것이요,

둘째, 큰 단체를 옹호할 만한 중추력(中樞力)이 있어야 할 것이요,

셋째, 충추(中樞)의 중심으로 단체 전부를 통어(統御)할 만한 인물이 있어야 하노라. 그런데 우리에게 지금에 요구하는 이 셋이 다 있는가, 더러 있는가. 나는 살피건대 장차는 있겠지만, 오늘에는 이 셋 중에 하나도 없다 하노라.

셋째, 다수 동포의 단결적 상식으로 말하면, 극히 흑암(黑暗)하여 단결의 필요를 자각함이 너무도 없노라. 그리고 고유한 단결의 관습까지 없으므로 단체가 무슨 명의인지 모르는 이가 많을 뿐더러, 단체가 무엇인지 아노라 하고 단결의 필요를 입으로 말하는 이 중에 실상(實相)으로 깨달은 사람은 몇이 못 되는도다.

둘째, 중추력으로 말하면, 다수 동포 이상의 지식과 덕의(德義)를 가진 고등한 인물들이 단체 중부에 처하여 힘과 뜻을 같이하여 단체의 유지와 발전을 특별히 책임함으로 중추력이 이루어지는 법이라. 그런데 우리 민족 중에 좀 낫다는 이들이 장차 더 자라면 되겠지만, 아직은 중추력을 이룰 만한 상식이 부족한 가운데 동사자

(同事者)에게 등(等)한 의리와 일을 위하는 정성까지 부족하도다.

셋째, 중심적 위대(偉大) 인물로 말하면, 불편불의(不偏不倚)하여 둥글고, 안과 밖이 일치하여 순정(純正)하며, 굳게 지키고 힘써 나아가는 충성의 덕이 있고, 세계적 큰 지식이 있어 능히 1만 사람을 통솔하고 1만 일을 총괄할 만한 자격을 갖추어야 하노라. 장차는 많은 수양가(修養家) 중에서 생겨나겠지만, 아직은 발현(發現)되지 아니하였도다.

결론지어 말하면 다수는 모르고, 소수는 일을 시작도 하기 전에 일을 하려는 생각은 뒤에 두고, 후에 누구에게 영예와 권리가 있을까부터 계산해보고 있도다. 그리하여 자기에게 영예와 권리가 좀 적게 올 듯만 하면 그만두려고 하며, 심하면 무너뜨리기까지 하여 구름 속의 영리를 가지고 싸우다가 헤어지는 시대로다.

그러한즉 대동단결을 오늘에 이루지 못함은 현재의 형편으로 보아 사실이라 하노라. 우리가 참으로 원하는 대동단결을 이루고자 하면, 형세 밖의 일을 몽상만 하다가 몽상대로 안 된다고 낙심하지 말고, 다수 동포가 상식이 자라지도록, 중추력이 생겨지도록, 위대한 인물이 발현되도록 노력에 노력을 더함이 옳다 하노라.

우리의 소망과 할 일은 무엇인가

독립의 운동과 대동단결의 주선이 다 아직은 그 시기가 아니라 하면, 이것 외에 전쟁 후에 우리가 받음직한 소망이 무엇이며, 할 일이 무엇이겠는가! 우리의 받을 것은 잎과 꽃이 아닌 뿌리며, 난간과 지붕이 아니고 기초로다.

우리가 할 일은 이것을 정성스럽게 받고, 이것을 공고케 함이로다. 이 전쟁 후에 우리 가운데 몇 만원(元) 자본이 뭉칠 터이니, 이는 실업 발전(實業發展)의 기초요, 많은 수학자(修學者)가 일어날 터이니, 이는 수학 발전(修學發展)의 기초요, 많은 영업자가 생길 터이니, 이는 생활 독립의 기초요, 우리 기관 안에 적립이 증가할 터이니, 이는 우리 단(團)의 실무가 점차 진흥할 기초로다.

이것이 요행이나 쳐다보고 빈 생각과 빈말이나 하는 오활(迂闊)한 사람에게는 매우 적은 것이라고 시들하게 보일는지 모르나, 공고한 기초 위에 좋은 건설이 있고, 튼튼한 뿌리 위에 좋은 꽃과 열매가 있음을 아는 우리는 이것이 매우 크고 중한 줄로 알리라. 기초와 뿌리가 생길 만한 싹도 잘 보이지 아니하므로 한탄하던 우리는 이것을 받을 수만 있으면 행여나 놓칠까 두려워하여 받는 데 정성을 다하고 보전함에 노력을 다하리로다.

다시 물을 것은 어찌하여 이 시기에 이 몇 가지 기초를 받음직하며, 무엇을 함으로 이것을 잘 받겠는가.

1. 실업 발전(實業發展)의 기초.

우리는 벌써부터 금전력이 없으므로 무엇이든지 못함을 한탄하고, 금전력이 있어지려면 실업을 발전시켜야 되겠다 하여 실업을 발전할 기관 북미실업회사(北美實業會社)를 오랫동안 붙들어 왔노라. 그 결과 지금에 와서는 자본이 7만원(元) 이상에 달하였노라. 현금 노동과 농업 형편이 좋으며, 많은 동포는 우리의 일이 참이요, 실지임을 깨닫고 응합(應合)하리라. 이 시기를 타서 우리가 힘을 좀더 쓰면 수년 안으로 10만원 이상의 자본이 세워질 것이요, 또는 얼마 후에는 1년간에 천원 이상을 저축하는 이가 적지 아니하리라.

우리 백여 동지 가운데 혹은 전날에 내려오는 채무가 있으므로, 혹 가권(家眷)이 많으므로, 혹은 몸이 공무에 매이므로 남같이 천원 이상을 저축하기가 불능한 이도 없지 않겠지만, 이런 처지에 있는 이가 불과 열에 하나쯤 되니, 열에 아홉은 다 1년에 천원 이상 만들지 못한다 하더라도 1년 반이면 넉넉히 만들 수 있으리라.

또한 농업으로 여러 천원을 만들 수도 있으니, 각각 천원 이상을 만들어 우리 저금 기관에 집합하면, 동맹저금부(同盟貯金部) 안에 또한 10만원 이상의 자본이 쌓일 것이다. 이리하면 실업회사와 동맹저금부에 모이는 총계는 20만원 이상에 달하노라.

일, 이백원의 금전도 없던 우리에게 20만원 자본이 서는 것을 어찌 크지 않다 하리오.

실업회사의 자본은 물론 실업 발전상으로 활용이 될 것이요, 저금부(貯金部)에 모인 돈이 합동체로 되든지, 각각 나뉘어 쓰여지게 되리라. 이것도 각 개인의 학비 기금이 아니면 실업 기금이 될 터이니 이같이 되고 보면 실업 발전은 기초가 공고하여 멕시코·하와이·원동(遠東)까지 우리의 실업이 점차 진취하지 않겠는가. 하려고 하지 않는 것이 문제일 뿐 하려고만 하면 못 될 리가 없도다.

1년간이나 혹 2년간에 20만원의 대자본을 모아 실업 발전의 기초를 든든히 세움으로써, 우리의 공통한 실력과 우리 각 개인의 실력까지 아울러 증진케 할 것을 받으려는가, 사양하려는가. 제군들은 깊이 연구하여 택하소서.

이것을 받는 시간도 과히 오래지 않고, 받는 일도 과히 못 견딜 것이 아니외다. 노동과 농업 형편이 갑자기 떨어지면 모르겠지만, 그렇지 않다면 다만 우리가 하고자 결심하고 1년 혹 1년 반 동안에 부지런히 일하고 용도를 특별히 존절히 하면 되겠도다.

2. 수학 발전(修學發展)과 생활 독립의 기초.

우리는 일을 참으로 해보자고 하므로 품격이 부족하고 지식이 없고는 무슨 일이든 안 된다는 사실을 더욱 분명히 알았도다. 그러므로 우리부터 한 가지 이상을 배우면서 전국 청년이 다 같이 배우게 하려고 수학동맹(修學同盟)을 목적으로 정하였도다. 그러나 저간(這間)에 혹은 노동으로 시간을 소비하고, 혹은 몇 달은 공부하고 몇 달은 일하여, 이럭저럭 수학주의(修學主義)를 완전히 지키지 못하였도다. 그러나 지금으로부터 1년 혹은 1년 반 후에는 각각 그 정도와 처지를 따라 배워야 하노라. 혹은 대학으로, 혹은 중학으로, 혹은 소학으로, 혹은 단기학교(短期學敎)로, 혹은 전습소(傳習所)로, 그렇지 아니하면 말 기르고 양 치는 마당으로, 삼림과 과목을 재배하는 동산으로, 생선 잡는 바다로, 쌀 찧고 밀가루와 죽가루 만드는 방앗간으로, 장막 짓는 데로, 양철통 만드는 데로, 철공창(鐵工廠)으로, 비누와 양초 만드는 데로, 캔디와 쿠키 만드는 데로, 어디든지 배울 구멍을 뚫고 들어가 배워야 하겠노라. 이것을 하려고 하면 누구나 할 수도 있도다. 일찍이 하지 못한다면 어찌하여 이 전쟁이 끝난다고 해서 할 수 있겠는가.

옛날에는 우리 동지 중에 본국으로부터 새로 이곳으로 온 이는 가정의 관계, 혹 채무상 관계로 자연 시일을 끌었었지만, 지금은 거의 그런 문제들이 해결되었도다. 오래전에 건너온 이 중에도 생활상 관계로 뜻을 이루지 못하였지만, 지금은 전에 비하여 생활이 피는 이의 수가 많으니 능히 입학할 수가 있도다. 또한 이번에 남들의 수학하는 것을 보고 수학의 뜻이 더욱이 간절한 것이니라.

지금은 입학할 뜻도 뜨겁고, 입학할 형편도 되는 이가 많으니 많은 수학자가 일어나겠다 하노라.

우리 백여 명 동지 중에는 영업에 헌신하기 때문에 속히 몸을 빼기 어려운 이와, 혹은 남의 채무에 걸린 이와, 혹은 공무에 매인 이들 몇몇은 이를 실행키 어렵겠지만, 그 외의 많은 수는 족히 할 수 있으리라. 그러니 우리의 많은 동지가 각각 수학하여 저금부에 자본을 모으듯이 기능을 집합체로 활용하고 보면, 우리의 사업은 물론 크게 떨칠 것이요, 많은 청년을 수학동맹에 끌어들일 수 있으리니, 이것이 큰가, 작은가 각각 생각하소서.

이것을 시작하여 끝까지 이룰 수 있는 한 가지 다른 이유는 앞에서 동맹저금 문제에서 말한 것과 같노라. 지금까지 공부하지 않다가 상당한 학자금을 저축한 후에 공부하겠다 하다가 또 중도에서 포기하지 말아야 하노라. 이제는 정말 한 번 힘써 일하여 천원, 혹 이상을 저금부에 저축해놓고, 우리 동지 중 영업자들에게 주식(株式)으로 던지어 그 배당으로 학자의 부족을 깁다가, 대학에 들어가 시간을 많이 요구할 때에는 그 본전까지 가져다가 공부에 성공할 때까지 계속케 할지라.

그런즉 노동과 농업의 모든 형편이 좋은 이 시기엔 잠시 모든 것을 다 정지하고 노동에 모험하며 용도를 절약함이 크게 필요하다 하노라.

생활 독립으로 말하면 이것을 우리가 원한 지 이미 오래였지만 이루지……(이하 미상)

1918년 10월 1일.

3·1운동을 계승

오늘 우리는 기쁨과 슬픔이 아울러 발하여 뜨거운 피가 조수 이상으로 끓어오르니 마음을 진정하기 어렵습니다. 우리는 오랫동안 마음이 아프고 얼굴이 뜻뜻한 비애와 치욕을 받아오다가, 오늘에야 비로소 역사상에 큰일을 일으켜놓았으니 기뻐서 일어나는 동시에 느낌이 간절하여, 도리어 슬퍼하며, 또 이 앞에 성공이 간난한 것을 두려워합니다.

우리가 독립선언의 대사건이 발생하기 전에는 내지(內地) 동포의 내정을 몰라 앞뒤를 돌아보며 주저하였지만, 오늘 전국 민족이 나라를 위하여 생명을 바쳤으니, 대한 민족의 1분자 된 우리는 재주와 힘을 다하여 생명을 희생하여 죽기까지 용감하게 나아갑시다. 죽기를 맹세하고 나아가면 우리는 서로 의리의 감동함이 있을 것이외다.

믿건대 마음을 넓게 가지고 강하게 쓰며, 정을 뜨겁게 붓고 깊이 맺으면 시기와 미움이 없을 것이요, 무서움과 두려움도 없을 것입니다. 그리하면 이승만(李承晩)·안창호(安昌浩)가 어떠하다, 이대위(李大偉)·박용만(朴容萬)이 어떠하다는 요언이 스스로 소멸되겠고, 따라서 지방에 있는 동포들도 서로 느끼며 사랑하여 정성을 기울일 것입니다. 그 밖에 노름하는 동포는 투전을 그치고, 술 마시던 동포는 술잔을 던지고 일제히 일어나서, 하나님의 지휘 명령 아래서 죽음이 아니면 독립, 두 가지로써 뒤를 이어 나아갈 것이올시다.

세계 역사에 증거하여 보건대, 국가의 독립이 한 번의 싸움으로 성공하는 일이 거의 없습니다. 또 눈앞에 우리가 스스로 돌아보더라도 형편된 것이 무수한 피를 흘려서 일본의 섬을 바다 속에 잡아넣어야 우리 한국의 독립이 완전히 성공될 것입니다. 그러니 우리는 죽고 또 죽음으로써 독립을 회복하기로, 사람이면 모두 내어 쓰는 대로 쓰고, 주먹으로 쓰다가 나중에는 생명을 바칩시다.

무릇 용감한 자는 큰일에 임하여 대담하고 신중하므로 앞에 쓴 책임을 이루어갑니다. 용감한 우리는 허열을 경계하고 모든 일을 진중히 하여 우리 독립군을 끝까지 응원합시다. 이제는 나의 주의를 말하겠습니다.

1. 우리는 피를 흘린 후에 비로소 목적을 관철할 것이니, 이로써 준비하여 마땅히 지킬 비밀 외에는 비밀을 지키지 않을 것입니다.

2. 북미·하와이·멕시코에 재류하는 한인은 특별히 담부한 책임을 깨달아야 합니다. 특별 책임이 무엇이냐 하면, 미국에 있음으로써의 담부한 책임입니다. 미국은 지금 세계상에 가장 신성한 공화국으로 자유와 정의를 힘써 창도(唱導)하니, 장래 미국이 활동하면 우리에게 큰 관계가 있을 것입니다.

우리는 지금부터 준비하여 널리 유세하며, 각 신문·잡지를 이용하여 여론을 불러일으키고, 종교계에는 지금 한국 교도가 악형받는 참상을 널리 고하여 우리를 위하여 기도해주기를 청구합시다. 이렇게 하여 미국의 상하로 하여금 사람마다 한국의 사정을 알아서 많은 동정을 기울이게 되면 장래 우리 활동에 힘있는 도움을 얻을 것입니다. 이것이 곧 외교의 활동이니, 우리 미국에 있는 동포들의 특별히 담부할 책임입니다.

3. 재정 공급이 또한 북미·하와이·멕시코 재류 동포의 가장 큰 책임입니다. 2천만 민족이 다 일어나는 이 때에 우리는 대양을 격하여 내왕을 임의로 하지 못함으로 말미암아 몸을 바치는 대신에 재정 공급의 중임을 담부하였으니, 우리 자신을 금전으로써 싸우는 군인으로 생각합시다. 지금 맨주먹으로 일어난 우리 독립군들은 먹을 것도 없고, 입을 것도 없이 바다 밖에 있는 동포들이 도와주기를 바라고 기다리는 터이니, 우리가 금전으로 싸우는 것이 생명으로 싸우는 이만큼 요긴합니다. 그래서 재정 공급이 가장 큰 책임이라 하는 것입니다.

재정 모집에 이르러서는 일찍이 정비례의 거출의 의견도 있었습니다. 또 작금의 민심을 보건대 사람마다 더운 피가 끓어서 있는 것을 다 바치기로 생각하고, 만일 바치지 않는 사람이 있으면 강제로 거둬오기로 생각하고 있는 것 같습니다. 그러나 이렇게 하여서는 큰일을 해나갈 수가 없습니다.

독립군의 처한 형편을 보면 앞으로 1년도 가하고 2년도 가하여 한량없는 재정을 요구할 것입니다. 그런데 얼른 단 한 번에 그 생활 기초를 흔들어놓으면 다시 뒤를 이을 여지가 없을 것입니다. 그러니 우리는 마땅히 이 때에 경제 정책을 취하여 동포의 영업을 이왕보다 더 힘있게 장려하고, 이익에서 힘에 맞도록 의연금을 거두어야 합니다. 무슨 벌이를 하든지 매월, 혹 매주간 수입에서 20분의 1을 거두어들이게 합시다.

이를 실시하려면 부득이 4월부터 시작하게 되리니, 이 달에는

미주·하와이·멕시코 재류 동포 전체가 한 사람 평균 10원 이상의
특별 의연금을 내게 합시다. 총히 말하면, 우리는 국가에 일이 있
는 이 때에 있어 생명과 재산이 내것이 아니요, 나라의 것이라, 어
느때에 바치든지 다 나라에 바치기로 생각합시다. 나는 미주·하
와이·멕시코 모든 동포를 대표하여 충성을 다해 나라에 은혜를 갚
을 것을 결심하였음을 공변되이 말씀합니다.

1919년 3월 13일, 북미 대한인 국민회 중앙총회위원회 연설.

제1차 북경로(北京路) 예배당 연설

금일은 우리가 일할 때이외다. 너도 하고 나도 해서 대한 사람은 남녀 노소 하나 남김없이 함께 일합시다.

오늘날은 일만 위해서 일할 때올시다. 나의 명예와 나의 몸을 위하여 하지 말고, 다만 나라를 위하여 일합시다. 독일은 독일을 위하여 일하나니, 대한인도 응당 대한을 위하여 일할 것이외다.

영국인은 영국을 위하여 일하므로 제 받을 바를 받고, 미국인은 미국을 위하여 일하므로 제 것을 얻었으나, 대한 사람은 오직 대한을 위하여 일하지 않으므로 오히려 있던 것을 잃었습니다.

아무 철도 모르는 계집아이들이 포학한 왜놈의 손에 죽을 때에 무어라 하고 죽었습니까. 나는 이렇게 무심히 죽으니 저 해외에 있는 동포들이 나를 위하여 내 자유를 찾아주리라 부르짖고 죽었습니다.

우리가 오늘날 약함은 다만 우리에게 교화(敎化)가 늦게 시작됨에 있을 뿐이지 우리 민족이 열등한 데 있지 않습니다. 대한 민족은 남에게 지며 살려는 민족이 아니외다.

그러므로 대한 민족은 독립하고야 말 민족이외다. 또 일본이 타민족을 통치할 자격이 없음은 사실이외다. 어떤 이는 대한이 강력한 일본에게 합병을 당한 것을 한탄하나, 나는 오히려 이것을 다행으로 압니다.

3월 이후로 우리는 갱생하였습니다. 우리는 갈 곳으로 갈 수밖에 없습니다. 어제까지 정탐을 하던 놈도 오늘은 나라를 위하여 몸을 바친다 하면 우리가 기쁘게 맞을 것이올시다.

어떤 사람은 상해의 우리 동포 가운데 대한 사람으로 왜놈의 돈을 먹고 자객 노릇을 하는 자가 있다고 합니다만, 나는 거짓말로 압니다. 대한 민족의 적이 되고 이 안창호를 죽일 놈은 하나도 없다고 확신합니다.

우리는 이제부터 외교를 잘해야겠습니다. 우리는 뜨거운 피를 흘려야겠습니다. 옥에 갇힌 이의 유족도 건져야겠습니다. 재정 문제도 급합니다. 여러 가지 급한 것도 많지만, 무엇보다도 우리는 통일되어야 하겠습니다. 대한민국 전체가 단합해야 하겠습니다.

세계가 지금은 우리를 주목하여 러시아보다, 중국보다 나은 민족으로 보고 있습니다. 그러므로 우리가 무엇을 희생하더라도 여기 이 정부를 영광스러운 정부로 만들어야겠습니다. 세상의 조소를 받지 않도록 해야 하겠습니다.

나는 여러분의 머리가 되려 하지 않습니다. 여러분을 섬기러 왔습니다. 마지막에 말씀 드릴 것은, 우리가 항상 하나님 앞에 은밀히 안 된 것을 고쳐야 되겠습니다. 망국민 자격에서 벗어나 독립 국민 자격이 되어야 하겠습니다.

오늘날에 이르러 우리 동포가 이만큼 피를 흘린 뒤에 저주하고 머뭇거림은 죄악이외다. 다만 너도 일하고, 나도 일하여 대한 사

람은 하나도 남김없이 모두 같이 일할 뿐이올시다. 온 대한 사람
이 다 거꾸러지더라도 나는 홀로 서서 나아가겠다고 맹세하십시
오.

　만세, 만세!

1919년 5월 26일.

제2차 북경로(北京路) 예배당 연설

여러분이 나의 시정 방침을 듣기를 원한다 합니다만, 오늘날 우리 방침은 다른 것 없이 다만 독립운동에 대한 방침이외다. 결코 우리가 독립을 다한 후 경성에 들어가서 할 시정 방침을 찾지 마십시오.

현재 우리에게 닥친 세 가지 요구가 있습니다. 오늘날 한국과 일본의 문제가 생겨 한국은 일본에서 벗어나 신공화국을 건설하려 합니다. 일본은 이것을 압박하여서 다음과 같은 세 가지를 요구하고 있습니다.

우리가 이것을 잘 알아 우리의 요구에 합하는 일을 해야 하겠습니다.

먼저 한국에서 요구하는 것은,

① 한국민이 모두 통일하여 승인 전에 스스로 국가를 건설코자

하는 요구,

② 정의와 인도가 각국에 이해되어 우리 사정을 공평하게 판단하게 하는 요구,

③ 일본이 종내 회개치 않는 날은 무력으로 우리의 문제를 해결하는 것입니다.

일본의 요구는 이와 반대로,

① 국민이 통일치 못하여 자멸케 하도록 하는 요구,

② 공평한 판단이 나서지 못하게 방해하는 요구,

③ 한국에 강한 무력을 갖지 못하게 하는 요구입니다.

일본의 첫째 요구에 대한 우리의 대비책을 말하겠습니다.

일본은 봉천·안동현 등지에 자기 심부름꾼을 따르게 하여 각지에 연락을 끊으며 이간책을 쓰려 합니다. 그러므로 우리의 일언일구(一言一句)가 우리의 통일을 방해하면 아무리 자기가 국가를 위한다 하나 이는 즉 스스로 일본에 충신이 되는 것입니다. 우리의 계획은 많습니다만, 우리가 통일을 못 이루면 하나도 성취하지 못할 것이니 심려해야겠습니다.

둘째 요구에 대해서는 이렇습니다.

우리가 공평한 판단을 세계에 받기 위하여 워싱턴과 파리에 사람을 보냈습니다. 그러니 이제 우리는 안으로 의사가 합하여 따로따로 분리하지 말고 외교원들에게 실력으로 원조해야 하겠습니다. 혹은 "지금 외교가 필요없다. 우리 힘으로 하자."합니다만, 그것은 참으로 좋은 말이요만, 우리가 외교를 전혀 무시할 수 없는 것은 사실입니다. 우리가 각기 돈을 가지고 내놓지 않으면 저 외교원들의 여비도 판출(辦出)치 못합니다. 그러므로 이것도 일인의 일을 조력해주는 것이 됩니다.

셋째 요구에 대해서는 이렇습니다.

무력적 해결에 대하여는 다만 우리가 공상으로만 할 것이 아니요, 구체적으로 질서 있게 계획해나가야 하겠습니다. 그러면 여러

분 한국의 일을 하노라고 일인의 요구를 성취케 하지 맙시다. 임시정부를 욕하는 것이 통일에 적합하다 하면 매일이라도 욕하십시오. 그러나 만일 불연하면 깊이 생각해보십시오.

놀지 말고 일하자, 내가 이 말을 세 번째 합니다.

우리 일은 매우 큰 것이므로 노력이 필요합니다. 우리 2천만이 다 같이 일해야 될 것입니다. 가만히 앉아서 독립이 될 줄 아십니까. 가만히 앉아서 흘리는 피는 가치가 적습니다.

여러분 각자 무슨 일이든지 하나씩 붙잡으십시오. 일이 있거든 다른 일이 생기기까지 그 일을 놓치지 마십시오. 아직 일이 없으시면 금주라도 일을 구하여 놀지 마십시오. 우리가 다 자기의 일을 하나씩 붙잡으면 모든 시기와 편당이 없어질 것입니다.

할 일이 없습니까? 아닙니다. 절대 그렇지 않습니다. 일하기 좋은 일만 찾지 말고 아무 일이든지 남이 알거나 모르거나 있는 대로 하십시오. 그러면 일이 없을 수 없습니다.

일은 하고 싶으나 나는 자격이 부족하다 하십니까? 시체가 아닌 이상에는 누구에게나 자격이 있습니다. 소 못 잡는 칼은 닭이라도 잡을 수 있습니다. 세인이 나를 바로 써주지 않는다 하십니까? 아닙니다. 만일 성심으로 일할 것 같으면 마침내는 그 자격이 나타날 것입니다.

(이하 생략)

한국 여자의 장래

　내가 다른 때보다 더욱 오늘은 한국 부인을 존경하고 사랑하는 마음이 많습니다. 한국 여자는 본래 그 절조가 세계 중 가장 높고 굳어 가장 존경을 받을 만하였습니다. 그러나 다만 한 가지 흠은 그들이 스스로 생각하기를 사나이의 부속물로 여겨 여자도 떳떳한 사람의 권리를 가진 것을 깨닫지 못한 것입니다. 그러한 까닭에 사나이 또한 여자를 한 부속물로 생각해왔습니다. 이런 것을 생각해볼 때 과거의 여자의 큰 잘못은 스스로 몸을 낮추어 그 권리를 버리고 사나이에게 붙은 물건으로 여긴 것이올시다.

　오늘날 여러분을 더 존경하고, 사랑한다 함은 다름이 아닙니다. 그런 여자 가운데서 새로운 정신이 일어나 이번 독립운동에 사나이보다도 먼저 부인들이 시작하고 피를 흘리는 가운데서 끝끝내 유지해온 까닭이외다. 내지나 해외에 있는 부인들이 자각하여 그들의 사람 된 책임을 다하게 된 것을 더욱 존경합니다. 또 사랑하는 것이외다.

지금 여러분의 일이 시작이므로 모든 것이 서투르다고 스스로 업신여기지 말고, 또 낮게 알지 마십시오. 쉬지 말고 나아가면 큰 일을 이룰 수 있습니다. 구미 각국에는 교육계에, 실업계에, 저술계에, 정치계에까지 남자뿐만 아니라 여자도 많습니다. 여러 부인들이 참정권(參政權)을 위하여 오랫동안 싸워왔고, 지금도 싸우고 있습니다. 나는 우리나라가 여자의 힘으로 독립하는 날이 될 것을 기뻐하는 것보다 더 여자의 자격을 기뻐합니다.

내가 미주에서 돈을 모집할 때, 나는 여자의 자각을 위하여 여자는 여자끼리 모여서 돈을 모집하기 바랐습니다. 그때 남자들은 자기 수입금 중에서 20분의 1을 바치기로 할 때에 여자는 그의 생활비에서 하루 음식을 줄여서라도 그 돈을 모아서 나라에 바치겠다 하였습니다. 여자는 일정한 직업도 없고, 또 집안 살림에 매였다고, 부모 슬하에 있다고 돈을 거둘 수 없다는 말은 하지 마십시오. 제 힘 자라는 데까지 하면 됩니다.

여러분, 지금 생각하는 세 가지 일 다 좋습니다. 그보다 더한 방침이 없겠습니다. 여러분, 그것을 계속하여 진행하십시오. 전대한 여자가 한 덩어리가 되어가기 위하여 연락하기를 시작하였으니, 그것을 그대로 진행하십시오. 그동안 한국 여자가 받은 욕을 온 세상에서 광포(廣布)하라 하는 것, 그대로 할 것입니다. 돈 모아 바치는 것 그대로 하십시오. 별다른 일 할 것 아니라, 이 세 가지가 가장 좋은 방침이외다.

상해에 있는 부인들이 서로 멀리 있고서라도 나라 일을 도울 수 있습니다. 늙은이, 젊은이가 다 애국부인회 회원이 되어 전국이 함께 합동하면 이 부인들이 세계에 주는 감동이 남자보다 더하겠습니다. 미국이 참전한 후로 부인의 활동이 비상하였습니다. 부인들은 각기 돈을 내고, 또 거리에 나서서 남자도 돈을 내라고 하였습니다. 이 까닭에 많은 돈을 모집하였습니다.

나라 일은 정부나, 청년이나, 유지자가 한다고 생각지 마십시오. 여자도 큰 직업을 가진 줄로 알고 다 합심하여 함께 나아갑시다.

1919년 6월 6일, 대한애국부인회 연설.

독립운동 방침

나는 이 자리에서 여러분의 의견을 많이 듣고 싶습니다. 나라 일은 사사로운 일이 아닙니다. 공변된 일이니까 여러분의 여론을 들어서 행해야 하겠습니다. 지금 13도와 각처 여론이 일치하지 못하면 그 영향이 온 전국에 미칠 줄로 압니다. 혼자 생각하실 때 품은 생각·연구·불평·토론할 것 등을 모두 다 이 공변된 자리에서 진정으로 토론해주십시오.

만일 이 자리에서 말하지 않고 집에 돌아가서만 시비를 하면 이는 정당치 못한 일이외다. 마음의 생각 숨기지 말고, 헐기 위하여 말고, 찢기 위하여 말고, 논하기 위하여 말고, 모으기 위하여 진정의 사상과 마음을 발표해주시기를 바랍니다……

말씀하시는 이가 아니 계시니 미주(美州) 소식을 말하겠습니다.

이 박사가 맨데토리(위임통치)를 청한 것은 이렇습니다. 이 박사는 우리의 독립운동이 나기 전에 미주국민회(美洲國民會)를 대표하여 워싱턴으로 가서 파리로 가려다 전시조례(戰時條例) 때문에 여행권을 얻지 못해 파리로 가지 못했습니다. 이 때 어떤 법학자의 의견이 "한국 독립은 한국 내지에서 아무 거동이 없는 이상에는 외지에 있는 몇 사람으로 화회(和會)에 한국 독립을 청구하더라도 용이하게 제출되지 못한다. 그러니 완전한 독립 요구의 계제로 우선 위임통치(委任統治)를 요구함이 유리하다."고 권고하므로 그렇게 요구한 것이외다.

이것은 정식으로 제출되지 못하였습니다. 그러나 3월 1일 독립선언 이후 그는 절대적으로 독립을 위하여 일하고 있습니다. 그가 제출한 청원서가 여기 있습니다. (신문 낭독)

그의 청원서에는 절대 독립 소리가 여러 번 있습니다. 그러나 여기에 대하여 말할 것은 이미 어떠한 기회에라도 한 번 맨데토리를 요구한 인물을 국무총리로 선정함은 안한 것보다 못하겠지만, 이미 선정한 그가 국무총리로 절대 독립을 청원한 이 때에 그를 배척함은 대단히 이롭지 못한 일이외다. (중략) 오늘날 우리가 그 세력을 후원함이 우리에게 큰 이익이외다. (박수)

여러분 중에 한 분이라도 파리와 워싱턴에 위로하는 편지를 보내신 이가 있습니까. 보아하니 없나 봅니다. 바로 이렇습니다. 잘못한 것은 추호만큼이라도 꼬집어내다가도 잘한 것이 있으면 눈을 감고 맙니다. 우리는 이 버릇을 고쳐야 하겠습니다. 우리 2천만을 대표하여 간 이는 다만 김규식(金奎植) 씨 한 분뿐입니다. 다른 나라와 같이 여러 백 명씩 간 것이 아닙니다.

만일 다른 나라 같으면 그의 책상 위에는 위로 전보가 여러 백 장 쌓였을 것입니다. 실수한 것은 책망해야 하겠지만, 용감하게 나아가게 하기 위하여 도와주어야 하겠습니다.

(말을 잠깐 그치고 미주에서 온 소식을 말하다. 미국의 각 계급에서 우

리를 원조하는 상황 및 서재필 박사 부부의 활동이 비상하다는 것을 강조함.)

순전한 애국심, 내가 방침을 말하기 전에 말하고 싶은 것은 우리가 3월 1일에 독립만세 부르던 그 순전한 애국심을 잊지 말자는 것입니다. 이 순전한 애국심만 있으면 다투나, 싸우나 근심이 없을 것입니다.

상해에 지방열(地方熱)이 있다고 근심하는 이 많으나 내 눈으로 보아서는 오히려 지방열이 없어서 걱정입니다. 이것이 무슨 말입니까. 미국이 참전하고 돈 거둘 때에 지방이 제각기 많이 내려고 경쟁하는 것을 보았습니다. 우리도 각 지방이 서로 피를 많이 흘리려고, 돈을 많이 내려고 경쟁합시다. 한 지방 사람이 함께 기거하고 있다고 그것이 지방열이라 합니다. 너무 유치한 관찰입니다. 만일 내 처가 있으면서도 편당을 가르지 않으려고 다른 아내와 같이 있을 것입니까?

어서 색안경을 다 벗읍시다. 진정한 애국심만 가지고 '나'란 것을 다 잊어버리고 나라만 위해 일합시다. 늙은이, 젊은이, 유식한 이, 무식한 이, 미주놈, 상해놈, 할 것 없이 다 같이 일합시다. 이 생각이 있어야 실로 방침도 쓸 데가 있습니다. 만일 이 생각이 없으면 천만 가지 방침이 다 쓸데없이 되는 것입니다.

금후의 방침. 방침이라, 계획이라 하나 안창호에게서도 별다른 방침이 없고 다만 독립이 있을 뿐입니다. 단결하자, 외교하자, 군사행동하자. 이것이 3월 1일에 반포한 우리 방침입니다.

1. 통일 방침.

우리의 목적의 하나는 우리 대한 사람 스스로 한 뭉텅이가 되어 다른 사람이 독립을 승인해주기 전에 나라를 이룹시다. 우리가 원수 손 아래서 물질로는 나라를 이루지는 못합니다. 그러나 정신상으로 나라를 이루기 위하여 임시정부를 세웠으니, 이제는 불가불 일치해야 하겠습니다. 현상태로는 독립운동이 일어나 우리나라 최고기관을 세우려 할 때 서로 교통이 불편할 것입니다. 그러니 동서에서 일어난 기관들은 하루 빨리 통일해야겠습니다.

아령국민회(俄領國民會 ; 러시아령 국민회)가 있습니다. 이로 인하여 각처에서 의혹이 많습니다. 그런즉 우리가 다시 정식 대의사(代議士)를 소집하되 이미 있는 대의사와, 러시아 령(領)·중국령(中國領)·미주 각지에서 정식으로 투표한 의정원(議政院)을 다시 모읍시다. 그리고 지금 있는 일곱 총장 위에 우리 집권 셋을 택하여, 이 세 사람으로 파리와 워싱턴의 외교도 감독시키고 군사상 행동도 통일적으로 지휘함이 어떻겠습니까? (만장 갈채)

그러면 이 계획은 길어도 2개월이면 성공하겠습니다. 그러니까 그 동안은 현재 급한 일은 그대로 처리해갈 것입니다.

우리 통일과 지식 계급, 지식 계급 여러분이 반성해야 할 일이 있습니다. 여러분이 나라를 위하여 따로따로 여러 가지로 일하는 정성은 대단히 감사하나 오늘날은 따로따로 일함보다 합하여 일하는 것이 좋습니다. 북간도에서도 따로 하고, 서간도에서도 따로 하고, 어디 어디서 따로따로 일하면 이는 우리가 스스로 멸망을 취함이외다. 나는 내무총장으로 있는 것보다 한 평민이 되어 어떤 분이 총장이 되든지 그분을 섬겨서 우리 통일을 위하여 힘쓰고 싶습니다.

그러므로 일전에 취임식을 하려다가도 주저를 하였습니다. 다른 것 다 잊어버리고 큰 것만 보고 나아갑시다. 내 부모라도 우리 일에 충성되지 못하면 원수요, 내 원수라도 우리 일에 있어서는 내 친구가 될 수 있습니다. 우리가 돈에 대하여서도 많은 돈, 적은 돈 할 것 없이 이제는 동서로 분산되지 말고 다만 한 곳으로 도웁시다. 재정과 의사가 서로 통일되어 일합시다.

내가 잘못하는 것 있으면 책망하십시오. 그렇지만 언제까지나 나하고 갈라서지는 맙시다. (박수) 장난이라도 우리 사이에 혁명이 생긴다는 등 소리를 하지 맙시다.

2. 외교 방침.

오늘날 우리가 하고 있는 외교는 정책이나 수단으로 하는 외교가 아니요, 다만 정의와 인도로 하는 외교이외다. 우리가 10월의 연맹회가 열리기 전에 외교를 많이 해두어야만 하겠습니다. 한일 관계를 조사하는 것도 그전에 해야겠습니다. 중국하고도 과거부터 미래까지 관계가 그치지 않겠습니다만, 외교만큼은 따로따로 하지 맙시다. 따로따로 외교함은 오히려 신용을 잃는 것이외다. 만일 외교하시려거든 정부 허락을 맡아 가지고 하십시오.

3. 군사행동 방침.

우리는 군사행동의 수양이나 무비(武備)나 모든 것이 일본보다 못합니다. 그러나 우리는 그런 것을 생각할 것이 아니외다. 다만 일인이 피로 우리나라를 빼앗았으니, 우리도 피로 회복할 것만 생각합시다. 우리가 다 합해도 부족한데 따로따로 나뉘면 어찌합니까. 피를 흘리되 통일적으로 싸움을 싸워야 이익이 있겠습니다.

4. 재정 방침.

금전을 모아야겠습니다. 큰 부자에게 가서 가져올 것만은 아니요, 빈부를 물론하고 다 제 힘껏 내야 하겠습니다. 상해에 있는 동포들은 한 달에 얼마씩 작정하고 꼭꼭 냅시다. 부자한테만 바라면 돈이 되지 않습니다. 힘 자라는 대로 내겠다는 이는 거수하십시오. (만장 거수) 그러면 재정 방침은 다 되었습니다.

이제 결론을 말씀 드리겠습니다. 임시정부가 할 일이 무엇입니까? 원동(遠東)에 있는 이가 할 일이 무엇입니까? 재정 모집과 시위운동의 계속이외다. 이것으로 외교와 전쟁과 모든 것이 될 것입니다. 내가 며칠 후에는 피 흘리는 이에게 절하겠소만, 오늘은 돈 바치는 이에게 절하겠습니다. 돈 한푼 갖다 주지 않고 일만 하라 하니 답답합니다.

내가 취임할 때 또다시 무슨 말할지 모르나 오늘 밤만은 '원망도 말고, 시기도 말고, 딴 집 세우지 말고, 무슨 일을 당하든지 지금은 다만 한 곳으로 모여 돈을 모으고, 통일·외교·전쟁 세 가지를 잘해나가자'하는 말뿐입니다.

1919년 6월 25일, 교민 친목회 사무소 연설.

내무총장에 취임하면서

이같이 중대한 직분을 받는 오늘, 나의 감상은 다만 감축(感祝)하다고 하는 말뿐입니다. 1백 번 죽음의 어려움이라도 피하지 않고 일반 국민과 국가를 위하여 충성을 다하겠다 할 뿐입니다. (박수)

앞으로 일할 때 큰일에나, 작은 일에나 속이지 않기를 결심합니다. 나라 일은 한 사람이 하는 것이 아닙니다. 전국민이 함께 하여 성공할 것을 우리 함께 결심합시다.

감상은 더 이상 말씀 드릴 것이 없습니다. 이제 내가 여러분께 말씀 드리려는 것이 네 가지이외다.

1. 우리의 권능.
2. 우리 일의 과거와 현재.
3. 우리 일의 미래.

4. 일하는 데 주의할 것.

첫째, 우리의 권능은 위로는 하늘, 아래로는 사람을 향하여 아무 부끄러운 것 없는 권능을 가진 우리입니다.

우리 일은 아무 야심 없고 다만 인도와 정의에 입각한 것이외다.

우리의 권능은 세 가지가 있습니다.

1. 내 물건을 내가 스스로 찾고, 내 주권을 내가 찾자는 것, 우리가 우리 주권을 잃고 사는 것은 죽은 것만 못함입니다. 그러므로 우리는 최후의 핏방울까지 흘려 이것을 찾아야겠습니다.

2. 우리가 우리 주권만 찾는 것이 아니라, 한반도 위에 모범적 공화국을 세워 2천만으로 하여금 천연의 복락(福樂)을 누리려 함입니다. 그러므로 우리는 생명을 희생하여 이 목적을 달성해야 하겠습니다.

3. 그뿐만 아니라 더욱 세계의 항구적 평화를 돕고자 함입니다. 우리가 새 공화국을 건설하는 날이 동양 평화가 견고해지는 날이요, 동양 평화가 있어야 세계 평화가 있겠습니다.

이러한 권능이 우리에게 있음으로 하늘이 우리를 도우며, 동서의 인민이 우리를 동정하니 우리는 반드시 성공할 것이외다.

둘째, 우리 일의 과거와 현재는 우리가 모든 교통 기관과 재정 기관도 다 원수의 손에 두고, 많은 사람을 원수의 손에 넣고서도 지금껏 한 일을 보면 잘했다 할 수 있습니다.

1. 우리가 세 가지 권능을 위해 전민족이 피를 흘리므로 세계에 광표(廣表)하였습니다.

2. 의정원(議政院)과 임시정부를 조직하여 민족을 대표하는 기관을 세웠습니다.

3. 이승만 박사는 벌써부터 외교를 시작하였으나, 독립선언과 임시정부가 나타난 후로 외교가 더 크게 열렸습니다. 그리하여 여론을 숭상하는 미국에서는 일반 인민의 큰 동정을 받았고, 외

무총장은 평화회(平和會)에서 정식 대표로서 발언권을 얻었습니다. 이것은 성공이라 할 수 있습니다.

4. 일본의 손 아래서 살지 않으려는 정신이 우리 민족성에 전보다 더 크게 떨치게 되었습니다. 이 결과는 결코 작은 것은 아니고 매우 큰 것이외다.

셋째, 우리의 장래에 대해서는 내가 지난 저녁에도 말하였습니다만, 다시 깊이 말하려 합니다.

1. 특별한 일을 하자는 것이 아닙니다. 다만 우리 독립을 위하여 이미 세운 일을 더 굳게 합리적으로 하고 단결하여 세상이 감히 우리를 무시치 못하게 해야 하겠습니다.

2. 이미 시작한 외교를 해야 합니다. 그 외교는 광명정대한 외교요, 결코 일본인이 사용하는 것과 같은 권모술수로 하는 외교가 아닙니다.

3. 군사상 준비를 해야 합니다. 우리 일이 평화적으로 안 되면 반드시 군사적으로 해야 합니다. 혹자는 우리를 비웃을지도 모르나, 인도와 정의의 피가 능히 일본의 강한 무력을 이길 수 있습니다. 우리가 상해법조계(上海法租界) 안에서 독립 승인 받을 염치는 없고, 적어도 내 강토 안에서 독립 승인을 받아야 하겠습니다. 이 세 가지 말은 간단하나 그 조건은 심히 복잡하고 많습니다.

첫째로 할 우리의 단합에 대하여 더 말씀 드리겠습니다. 우리 목적은 세상이 독립을 주든지 안 주든지 우리는 스스로 독립하는 것이외다. 이를 위하여서는 한 덩어리가 되어야 하겠습니다. 여기서 구체적으로 해야 할 일은, 러시아령·중국령·미주 각지로부터 정식 의정원을 소집해야겠습니다. 그들이 소집되면 거기서 주권자 3인을 택하여 그 셋이 일곱 차장(次長)을 뽑아 의정원에 통과시키려 합니다. 이것은 두 달이나 석 달 동안에 되겠습니다.

지금 상해에 정부가 있으나 정부의 주권자도 다 상해에 있는 것은 아닙니다. 하므로 인심이 이리로 모이지 못했으니 이 주권자 세 분은 꼭 상해에서 일 볼 사람을 택해야만 하겠습니다. 이렇게 각각 자기가 선출한 대의사가 뽑은 주권자에게는 진심으로 복종할 것입니다. 또 각지에 연락기관을 혈맥이 서로 통하도록 해야 합니다. 임시정부는 명의와 정신적 정부요, 장차 경성에 세울 정부의 그림자이외다. 우리 정부는 혁명당의 본부요, 2천만은 모두 당원으로 볼 것이외다.

각기 제 기능있는 대로 분업하여 독립을 위하여 일하는 것이 우리의 책무입니다.

넷째, 일하는 데 주의할 것은 다음 사항입니다.

1. 합하면 살고 나뉘면 죽는다.

2. 한번 결심한 것은 언제든지 변치 말아야 합니다. 세계에서 우리를 배척하더라도, 군사상 행동에 실패하더라도 또다시 일어나 우리 권능 찾기를 결심해야 합니다. 우리의 앞길이 지극히 어렵습니다. 요행을 구하지 말고 어떠한 곤란이라도 견디어 나아가기를 작정합시다.

1919년 6월 28일, 북경로 예배당.

임시정부 개조안 설명

　본안의 주지(主旨)는 현재 상해(上海)에 있는 정부를 개조하되, 한성에서 발표된 각원(閣員)을 표준으로 하자. 다만 집정관 총재를 대통령으로 개정하자 함인데, 임시 헌법의 개정도 실로 이를 위함입니다.

　이는 정부가 좋아서 함이 아니요, 부득이 해야 함이니 대체로 실제 아닌 일에 시간을 허비하는 일임에는 틀림없습니다. 최초 현재의 임시정부를 조직할 때도 이런 저런 문제로 오랜 시간을 소비하였습니다. 조직 후에도 각 총장의 대부분은 출석하지 아니하여 응급책으로 위원제를 취하였지만, 이 역시 예기(豫期)의 성적을 얻지 못했습니다. 그래서 곤란을 겪다가 월전(月前)에 차장제(次長制)가 실시됨에 그 성적은 매우 양호했습니다.

　지성과 노력의 일치를 요구하는 이 때를 당하여 현재 각원 일동

은 신(信)과 애(愛)로 단결해야만 앞으로의 희망이 많음을 분명히
말하는 바입니다. 이에 형식의 개정 같은 것을 피하고 실행에만
전력을 집주(集注)한 것입니다. 지금에 여차한 개조를 감행하려 함
은 실로 우리에게 절대로 필요한 전민족의 정치적 통일의 실(實)을
안팎에 보이고자 함입니다.

그러므로 이는 양자의 우열 또는 법·불법으로 말미암은 것이 아
니요, 오직 피하지 못할 사실 문제입니다.

상해의 임시정부와 동시에 한성의 임시정부가 발표되어 이승만
박사는 전자의 국무총리인 동시에 후자의 대통령을 겸하였습니다.
이것은 세상으로 하여금 우리 민족(民族)에게 2개 정부의 존재를
의심하게 하고 있습니다. 우리 정부의 유일무이함을 내외에 표시
함은 긴요한 일입니다. 이렇게 하려면 상해 정부를 희생하고 한성
의 정부를 승인함이 온당한 일입니다.

혁명시대에는 피차의 교통과 의사의 유통이 불편하므로 각기 필
요에 의하여 일시에 두서넛의 정부가 출현됨이 또한 불가피한 일
입니다. 이는 오직 애국심에서 나옴이요, 결코 하등의 사욕이 있
음이 아닙니다. 둘 중에 하나를 취한다 하면 국토의 수부(首府)에
서 조직된 정부를 승인함이 또한 의미있는 일이라 아니할 수 없습
니다.

어떤 사람은 양자를 다 버리고 통일의 신정부를 조직함을 말합
니다만, 이는 다만 또 하나의 정부를 만들어 3개의 정부의 존재를
의심하게 하는 결과를 만듦에 불과할 것입니다. 그러므로 집정관
총재를 대통령으로 하는 것 외에 한성에서 조직된 정부의 방침에
일점일획을 변경하는 것도 불가합니다.

다시 말합니다만, 이렇게 하는 중심 이유는 우리들의 전도에 가
장 절대로 필요한 통일을 얻으려 함입니다. 이렇게 함으로써 두
가지 기쁜 것이 있습니다. 즉 모국의 수부에서 조직된 정부를 승
인함이 그 하나요, 한성의 정부 각원에는 상해 정부 각원 중에서

재무총장 최재형(崔在亨) 씨 한 분이 없음은 유감이나 그 대신에 박용만(朴容萬)·신규식(申奎植)·노백린(盧伯麟)·이동녕(李東寧)· 이시영(李始榮) 등 5씨가 들어 있어서 기쁩니다.

현재 전국민의 애국심과 통일의 요구는 날로 증가하고 있습니다. 각처의 개인급 단체로서 상해 정부를 향하여 충성을 다한다는 서신이 속속 들어오고 있으니 실로 대통일의 호기라 아니할 수 없습니다. 현명하신 여러분은 통일을 위하여 진력하시기를 희망합니다.

굳이 한성 정부를 고집하는 이유는 통일해야 할 것, 통일되었음을 역설해야 할 것, 그러함에는 현존한 것을 합하고 결코 제3자를 만들지 말 것이 필요하기 때문입니다.

근거없는 이유를 말하여, 근거없는 의혹을 일으킬 필요가 없습니다. 상해의 정부가 현순(玄楯)의 전보를 통하여 세계에 발표됨과 같이 한성의 정부도 연합통신원을 통하여 세계에 발표되었습니다. 지금에 요구하는 바는 명실이 상부하는 완전한 통일이요, 그 밖에 하등 은휘(隱諱)하는 이유가 없습니다.

4백 번이라도 오직 이 대답이 있을 뿐입니다.

1919년 8월 20일, 조완구 의원이 본안의 설명을 원하므로 국무총리 대리인 도산이 답변.

국제연맹 및 공창안(公娼案)에 대하여

제7조, 국제연맹에 가입한다는 것은 어찌 생각하면 아첨하는 뜻이 있도다. 또한 한번 가입하면 구속이 되어 이로우면 계속 있고 해로우면 탈퇴하는 자유가 없을 것이다.

공창제(公娼制)에 대하여는 헌법에 이를 명서(明書)하면 도리어 예로부터 우리나라의 공창이 크게 성하였다고 표시하는 것과 같도다.

일본인은 전차에서 옷을 벗는 이가 많으므로 전차에 탈의자 불가입(脫衣者不可入)이라 썼고, 또 중국인은 침을 뱉으므로 전차에 침뱉지 말라 썼으니, 공창제를 폐지하라 씀은 즉 이와 동일한 의미가 아니겠는가.

1919년 9월 4일.

노동국(勞動局) 문제에 대하여

나는 원안대로 가결되기를 청합니다. 내가 이렇게 해야 할 이유와 나의 의사를 누누이 설명하였습니다만, 여러분의 양해를 얻지 못하였음을 심히 유감으로 생각합니다.

흔히 나의 말을 불가하다 하여 '국자(局字)를 부자(部字)로, 판자(辦字)를 장자(長字)로 정하는 몇 자의 관계에 불과한데 어찌 진퇴를 운운하느냐' 합니다. 그러나 여러분에게는 심상히 보이더라도 나에게는 큰 관계가 있으니, 심상히 생각하는 여러분께서 대단히 생각하는 나에게 양보하시기를 바랍니다.

내가 이 문제를 고집하는 이유를 말씀 드리겠습니다. 나의 정부 개조의 주의(主意)는,

1. 정부를 개조하여 한성 발표의 정부와 동일하게 할 것
2. 집정관 총재를 바꾸어 대통령으로 할 것

이니 상해정부가 불완전하다 하여 개량 개선함이 아니라, 오직 통일을 절대로 요구하는 것입니다. 이에 나의 철저한 주장이 있음이요, 결코 구차이 문제를 따지는 것이 아닙니다. 나는 무식한지라 문자나 이론보다도 사실을 중히 여깁니다.

무슨 까닭으로 한성정부를 취하며, 무슨 까닭으로 대통령으로 바꾸겠습니까. 다만 국민 전체의 통일을 위함입니다.

혹자는 내가 총장이라는 이름을 버리고 총판(總辦)이라는 이름을 취하려 함은 이번의 정부 개조에 대한 책임을 가벼이 하기 위함이라고 합니다만, 나는 끝까지 단독으로 이 책임을 지겠습니다. 혹은 내가 점점 책임을 가볍게 하다가 바쁜 중에 몸을 빼려 함이라 하나 이는 오해입니다. 또 도덕상으로 내 정신을 공격하는 자도 있으나 이에 대하여는 차라리 말하지 않겠습니다.

나는 이곳에 온 이래로 통일을 위하여는 무엇이나 희생할 결심임을 누차 성명하였습니다. 나의 환영회 석상에서 이미 역설한 바 아닙니까? 내가 일찍 삼두정치를 주장함도 통일을 위함이요, 이번에 개조를 주장함도 또한 통일을 위함입니다. 아무 다른 뜻이 없습니다. 일찍 러시아령(領) 국민의회와 한성의 정부와 상해를 합하여 3두로써 통일할 방책을 세웠으나, 때가 이미 늦어 지금은 한성의 정부를 개조하고 이승만 박사를 대통령으로 선거하는 외에 통일의 길이 없습니다.

왜냐하면 한성의 정부는 이미 한성국민대회가 승인한 바요, 또 러시아령(領) 국민의회도 이를 승인하기를 약속하니, 이제 상해의 의정원이 이를 승인하면 다시 이론(異論)이 없을 것입니다. 이리하여 우리는 전국이 승인하는 통일 정부를 얻으리니, 이렇게 한 후에도 다시 이론을 주장하는 자가 있다면 이는 국가의 적입니다.

그러므로 한성의 정부는 가급적 일점일획이라도 개조하지 말자 함입니다. 오직 대통령 문제에 이르러서는 이미 이 박사를 대통령으로 열국이 주지하기 때문입니다. 집정관 총재를 대통령으로 고

치는 것 이외의 것을 고친다면 노동국(勞動局)을 다 고치게 됨이
니, 이는 극히 불가한 일입니다.

　나는 누차 의회와 기타 각지 인사에게 나의 주장을 성명했습
니다. 결코 나의 주장을 바꾸는 무신(無信)을 짓지 않겠습니다.

　　1919년 9월 5일, 임시의정원에서 국무총리 대리의 자격으로 노동국 문제를 설명.

방황하지 말라

만일 가능하다면 나는 이 말을 전세계의 한족(韓族)에게까지 전하려 합니다.

같은 피가 흐르는 대한의 남자와 여자여, 이 때는 방황할 때가 아니요, 전진할 때라고.

우리 대업의 성 불성(成不成)은 전혀 우리 민족의 방황 여부에 달렸습니다. 그러므로 우리가 각각 먼저 판단할 것은 '나도 방황하는 자가 아닌가' 함이외다. 우리가 방황하면 우리의 독립에 대하여 세계도 방황하고, 일본도 방황하고, 따라서 우리의 자유와 독립도 방황할 것이외다.

기미년 3월 1일 이래로 우리는 방황하지 아니하고 전진하였습니다. 만일 지금 와서 방황하면 우리에게 올 것은 죽음뿐이외다.

우리는 배수의 진을 쳤으니, 이제는 성공이 가까워도 나아가야 하고, 멀어도 나아가야 하며, 성공하여도 나아가야 하고, 죽어도 나아가야 합니다. 독립이 완성되는 날까지. 모름지기 우리가 다 죽는 날까지 전진해야 합니다.

그런데 우리 중에 몇몇 비관하는 자가 있는 듯합니다. 그것은 잘못입니다. 부디 비관을 버리십시오.

대한 민족은 낙관할 것이외다. 간혹 우리의 실력이 남만 못한 것을 의심하여 비관을 낳는 지식인이 있습니다. 그들은 말합니다. "우리에게는 병기도, 무장도, 숙련한 군사도 없으니 무엇으로 전쟁을 하며, 외교의 양재(良材)가 없으니 무엇으로 외교를 합니까?"하고. 그래서 광복사업에서 발을 빼려 하기도 합니다. 이는 잘못이니 동포는 낙관하십시오.

미국이 독립운동할 때에 미국의 지도자는 분명 런던의 외교가만 못하였습니다. 미국의 인민도 수(數)로나 질(質)로나 부(富)로도 영국의 인민만 못하였습니다. 또한 학자도 그러하고 군비(軍備)도 그랬습니다.

만일 당시 미국 인민이 영국과 실력을 견주어보고 방황하였던들, 미국은 독립하지 못하였을 것이외다. 그러나 미국 인민은 '자유가 아니면 죽음'이라는 결심으로 혈전하여 8년 만에 마침내 독립을 얻었습니다.

그러므로 우리도 방황하면 독립을 얻지 못하고 전진하면 독립을 자연 얻을 것이외다.

과거의 지사들은 10년간 수천 인이라도 일시에 일어나기를 기도하였으나 얻지 못하였습니다. 그런데 지난 3월 1일에는 전국민이 일어나지 아니하였습니까. 이는 실로 반만 년 역사 중에 극히 영광스러운 일이었습니다. 과거에는 우리가 세계에 대하여 우리를 존경하기를 청하여도 얻지를 못하였지만, 지금은 세계가 우리를 존경하고 있습니다.

처음 임시정부를 설립할 때는 각지의 두령이 해산하기를 바랐거늘, 지금은 일심 단결하여 그 열성과 화합하는 상태는 실로 철과 바위처럼 굳세게 되었습니다. 과거에는 내지 동포의 사상과 행동이 통일되기를 바랐거늘, 지금은 통일되었습니다. 그리고 본즉 대한 민족이 금일의 행동을 당하여 필요한 것은 오직 인사(人事)뿐이외다.

각인이 결심하고 전진하면 우리 일은 성공할 것이요, 개개인이 할까 말까 하고 방황하여 실제로 하는 일이 없으면 우리 일은 실패할 것입니다.

'하겠다' 하십시오. 그러면 '할 것'이 무엇입니까? 물론 결국은 피를 흘리는 것입니다. 생명을 희생하는 것입니다. 그렇지만 오늘 우선 할 것은 돈을 만들거나, 몸으로 사역을 하거나, 무엇이든지 뜻 있는 일을 하고 있어야 합니다. "너는 무엇을 하느냐?" 하고 물을 때에 대답 못하는 자는 큰 죄인이라 합니다.

작은 손으로 눈을 가리우면 태산과 태양을 보지 못함과 같이, 머리와 마음의 작은 감정은 대분(大分)을 잊게 하는 것입니다. 그러니 개인간의 조그만 감정을 일체 없애버리십시오. 사투(私鬪)에 겁(法)을 먹고 공전(公戰)에는 용감하십시오.

이(李) 대통령에 불평이 있거든 버리십시오. 우리가 이 대통령에게 불평을 하면 할수록 가인*과 원경**에 대한 불평이 감해집니다.

완전한 자유 국민이 된 뒤에 자유로 논평도 하고 탄핵하십시오. 미국에서도 전전과 전후에는 윌슨을 자유로 공격하였으나, 전쟁하는 동안에는 그를 공격한 자가 없을 뿐더러 집집마다 그의 사진을 걸고 혹은 아버지라 하며, 혹은 형이라 불러 그를 존경하였습

---

*가인(嘉仁) : 일본 천황의 이름.
**원경(原敬) : 당시 일본 총리 대신.

니다. 만일 이 총리(李總理)에게 허물이 있거든 그 허물을 내가 쓰겠소. 그러니 가인과 그 수뇌들을 적(敵)합시다. 오직 일본만 적하고 상쟁함이 없도록 합시다. 허물없는 사람이 없으니 모든 것을 다 용서합시다.

세상 사람들은 흔히 상해에는 편당(扁黨)이 있네, 결렬이 있네, 그러니까 망했네 합니다. 설사 상해 전체가 다 결렬된다 한들 2천만 인민이 다 결렬될 리야 있겠습니까? 가령 여운형 사건(呂運亨事件)으로 보더라도 양방이 의견이 상이할 뿐이요, 숙시숙비(孰是孰非)가 있음이 아닙니다. 일해나가는 데 의견의 불합이 있음은 피치 못할 일이거늘, 조금이라도 의견이 불합하면 "저놈들 또 싸우네." 하며 "독립 다 되었다." 합니다.

이리하여 말로 글로 있지도 아니한 파당이나 결렬을 있는 듯이 떠들어서 적이 수백만금을 들여서라도 하려는 악선전을 우리 동포들이 합니다.

개조·승인 문제에 관하여서도 양방에 다소의 의견이 있으므로 고려·토의할 필요가 있다 하여 범오차회의(凡五次會議)하였을 뿐인데, 세력 싸움을 하네, 지위 싸움을 하네 하여 인심을 소란케 하고 있습니다.

전진하려면 힘이 있어야 합니다. 만사는 힘에서 나오는 것입니다. 그리고 우리에게는 힘이 있습니다. 다만 실현이 안 되었을 뿐입니다.

힘의 실현은 어떻게 해야 합니까. 여러 가지 조건이 있지만 통일이 으뜸입니다. 즉 우리가 큰 힘을 얻으려면 전국민의 통일을 부르짖어야 한다는 말입니다. 무력도 통일하고 금력과 지력도 통일해야 하겠습니다. 그러면 통일의 방법은 무엇입니까?

첫째는 각지 각 단체의 의사를 소통하여 동일한 목적하에 동일한 각오를 가지게 함이니, 우리는 과거의 모든 악한 생각을 회개하고 하나가 될 결심을 해야 되겠습니다.

내 의견으로 보건대, 이미 성립된 정부에 복종하는 것이 으뜸되는 통일정책이 아닐까 합니다. 혹자는 말하기를 정부가 인민을 통일해야지 정부가 무능력하니까 인민의 통일을 이루지 못한다고 합니다. 하지만 정부가 능력이 없다는 까닭에 정부에 능력이 없는 것입니다. 자기의 모든 힘을 다 정부에 바치면 정부는 능력이 있게 될 것입니다.

합하여 그치지 말고 오래 참아나가야 합니다. 저마다 나아가면 욕이 생기지 않을 것입니다. 이젠 과거 일은 다 잊어버립시다. 위임 통치니 하던 문제도 다 잊어버립시다. 우리는 과거에 사는 자가 아니라 미래에 살아가야 하기 때문입니다.

1919년 12월 7일, 교민단 사무소 연설.

청년단의 사명

나는 오늘 저녁에 내가 생각한 말을 다하지 않으려 합니다. 우리 민족에게 대하여 내가 할 말이 다소간 효험이 있을 줄 아는 까닭에 하루라도 바삐 내 소견을 발표하고 싶습니다. 그러나 나는 소수의 여러분에게만 말하고 싶지는 않습니다. 내일이라도 상해에 있는 대한 사람이 한 사람도 빠지지 않고 죄다 온다 하면 내가 내 속에 있는 말을 다 내놓겠습니다.

우리 청년이 작정할 것 두 가지가 있습니다. 하나는 '속이지 말자', 둘째는 '놀지 말자'입니다. 나는 이것을 특별히 해석하지 않겠습니다. 대한 청년은 스스로 생각할 때에 깨달을 수 있습니다. 이 말은 매일 밤낮으로 생각하십시오.

(중략)

우리의 일은 이것이 처음입니다. 아직도 앞길이 멉니다. 우리는 좀더 활발히 싸워야겠습니다. 일본이 다행히 회개하여 우리 앞에 무릎을 꿇고 사과하면 모르겠지만 그렇지 아니하면 장래 저 만주와 한반도에 각색 인종의 피가 강같이 흐를 것을 내 눈으로 보고, 현해탄(玄海灘) 푸른 물이 핏빛이 될 것입니다. 이것을 일본 사람도 지혜있는 자는 알고 있습니다.

우리 일은 시작입니다. 우리의 앞은 더 중대합니다. 우리 청년은 태산 같은 큰일을 준비합시다. 낙심 말고, 겁내지 말고, 쉬지 말고, 용감하고 담대하게 나아갑시다. 총독부·사령부라도 당돌히 출입하는 청년이 됩시다. 뉘 말을 들은즉 상해에서는 조심한다고 일 못한다고 합니다. 조심한다고 일 못하면 언제 하겠습니까? 죽을 작정하고 담대하게 일합시다. 우리 마음에는 원수 갚을 마음뿐이어야 합니다.

상해에 있는 이는 겁없이 일합시다. 오늘 봉천(奉天)가게 되면 오늘 가고, 내일 경성(京城)을 가게 되면 갑시다. 상해에 있는 청년은 전한청년(全韓靑年)의 표범(標範)이 됩니다. 세상에서 우리 정부를 위해 신임치 않는 이가 있더라도 우리 상해 있는 이는 우리 정부를 봉사합시다. 우리 정부는 왜놈의 정부만 못합니다. 그러나 우리는 섬길 필요가 있습니다. 정부에서 하는 일이 불만족하더라도 우리는 섬깁시다. 이것은 여기 있는 청년이 전국의 모범이 되어야겠습니다. 그러므로 나는 청년단이 있음을 실로 만족하고 있습니다. 참 다행입니다. 이것이 중심이 되어 여러 단체가 생기기를 바랍니다. 정부에서 시키지 않더라도 각 단체에서 자진하여 일할 것이 많습니다. 여러분이 이와같이 스스로 단합하여 도와줌은 참 감사합니다. 이 청년단이 더욱 확장하여 전국에 보급되기를 바랍니다.

1919년, 상해 청년단 강연.

개조(改造)

　여러분, 우리 사람이 일생에 힘써 할 일이 무엇일까요. 나는 우리 사람의 일생에 힘써 할 일은 개조하는 일이라 생각합니다. 이렇게 말하니까 오늘 내가 '개조(改造)'라는 문제를 가지고 말하기 위하여 이에 대한 여러분의 주의를 깊게 하려는 것 같습니다만, 나는 결코 그런 수단으로 하는 말이 아닙니다. 내 평생에 깊이 생각하여 깨달은 바 참으로 하는 참된 말입니다.

　우리 전인류가 다 같이 갈망하고, 또 최종의 목적으로 하는 바가 무엇입니까? 나는 이것을 '전인류의 완전한 행복'이라 말합니다. 이것은 동서고금 남녀 노소를 물론하고 다 동일한 대답이 될 것입니다.

　그러면 이 '완전한 행복'은 어디서 얻을 수 있습니까? 나는 이 행복의 어머니를 '문명'이라 말합니다. 그 문명은 어디서 얻을 수 있습니까? 문명의 어머니는 '노력'입니다. 무슨 일에나 노력함으로써 문명을 얻을 수 있습니다. 곧 개조하는 일에 노력함으로써 문명을 얻을 수 있습니다. 그러므로 내가 말하기를 '우리 사람이 일생에 힘써 할 일은 개조하는 일이라' 하였습니다.

여러분! 공자(孔子)가 무엇을 가르쳤습니까? 석가(釋迦)가 무엇을 가르쳤습니까? 소크라테스나 톨스토이가 무엇을 말씀했습니까? 그들이 일생에 많은 글을 썼고 많은 말을 하였습니다만, 그것을 한 마디로 말하면 다만 '개조'라는 두 글자뿐입니다.

예수보다 좀 먼저 온 요한이 맨 처음으로 백성에게 부르짖은 말씀이 무엇입니까? '회개하라'는 말이었습니다. 그 후에 예수가 맨 처음으로 크게 외친 말씀이 무엇입니까? 역시 '회개하라' 셨습니다. 나는 이 '회개'라는 것을 곧 개조라 생각합니다.

그러므로 오늘은 이 온 세계가 다 개조를 절규합니다. 동양이나 서양이나, 약한 나라나 강한 나라나, 문명한 민족이나 미개한 민족이나 다 개조를 부르짖습니다. 정치도 개조해야 되겠다, 모두가 개조해야 되겠다 하고 있습니다. 신문이나 잡지나 공담(公談)이나 사담(私談)이나 많은 말이 개조의 말입니다.

이것이 어찌 근거가 없는 일이며, 이유가 없는 일이겠습니까? 세(勢)요, 당연의 일이니 누가 막으려 해도 막을 수 없는 일입니다.

우리 한국 민족도 지금 '개조, 개조' 하고 부릅니다. 그러나 나는 우리 2천만 형제가 이 '개조'에 대하여 얼마나 깊이 깨달았는지, 얼마나 귀중히 생각하는지 의심스럽습니다. 더구나 문단에서 개조를 쓰고, 강단에서 개조를 말하는 그들 자신이 얼마나 깊이 깨달았는지 알 수 없습니다.

만일 이것을 시대의 한 유행어로 알고 남이 말하니 나도 말하고, 남들이 떠드니 우리도 떠드는 것이면 대단히 불행한 일입니다. 그래서는 아무 유익이나 효과를 얻을 수 없습니다. 그런 까닭에 우리 2천만 형제가 다 같이 이 개조를 절실히 깨달을 필요가 있습니다.

여러분! 우리 한국은 개조되어야 합니다. 행복이 없는 한국, 문명되지 못한 한국! 반드시 개조해야 하겠습니다.

옛날 우리 선조들은 개조의 사업을 잘하셨습니다. 그런고로 그때에는 문명이 있었고 행복이 있었소만, 근대의 우리 조상들과 현대의 우리들은 개조 사업을 아니하였습니다.

지난 일은 지난 일입니다. 이제부터라도 우리는 이 대한을 개조하기를 시작해야 하겠습니다. 1년이나 2년 후에 차차로 시작할 일이 못 되고 이제부터 곧 시작해야 할 것입니다. 만일 이 시기를 잃어버리면 천만 년의 유한이 될 것입니다.

여러분이 참으로 나라를 사랑하십니까? 만일 너도 한국을 사랑하고 나도 한국을 사랑할 것 같으면, 너와 나와 우리가 다 합하여 한국을 개조합시다. 즉 이 한국을 개조하여 문명한 한국을 만듭시다.

문명이란 무엇입니까? 문(文)이란 것은 아름다운 것이요, 명(明)이란 것은 밝은 것이니, 즉 화려하고 광명한 것입니다. 문명한 것은 다 밝고 아름답되, 문명치 못한 것은 다 어둡고 더럽습니다. 행복이란 것이 본래부터 귀하고 좋은 물건이기 때문에 밝고 아름다운 곳에는 있으나 어둡고 더러운 곳에는 있지 않습니다.

그런고로 문명한 나라에는 행복이 있으나 문명치 못한 나라에는 행복이 없습니다.

보십시오. 저 문명한 나라 백성들은 그 행복을 보존하며 증진시키기 위하여 그 문명을 보존하고 증진시킵니다. 문명하지 못한 나라에는 애당초 행복이 있지도 않습니다. 만일 조금이라도 남아 있다면 그 상존한 문명이 파멸함을 쫓아서 그 남은 행복이 차차로 없어질 것입니다.

이것은 우리가 다 익히 아는 사실이 아니겠습니까? 그런고로

'행복의 어머니는 문명이다.' 하였습니다.

우리는 우리 한국을 문명한 한국으로 만들기 위하여 개조의 사업에 노력해야 하겠습니다. 무엇을 개조해야 합니까? 우리 한국의 모든 것을 다 개조해야 하겠습니다. 우리의 교육과 종교도 개조해야 하겠고, 우리의 농업도, 상업도, 토목도, 개조해야 하겠습니다. 우리의 풍속과 습관도 개조해야 하겠고, 우리의 음식·의복·거처도 개조해야 하겠습니다. 또한 우리 도시와 농촌도 개조해야 하겠고, 심지어 우리 강과 산까지도 개조해야 하겠습니다.

여러분 가운데 혹 이상스럽게 생각하실 분도 계실 것입니다.

'강과 산은 개조하여 무엇하나?', '그것도 개조하였으면 좋지만, 이 급하고 바쁜 때에 언제 그런 것들을 개조하고 있을까?'

이렇게 생각하실 분도 계시겠지만 그렇지 않습니다. 이 강과 산을 개조하고 아니하는 데 문명과 얼마나 큰 관계가 있는지 아십니까? 매우 중대한 관계가 있습니다.

이제 우리나라에 저 문명스럽지 못한 강과 산을 개조하여 산에는 나무가 가득히 서 있고, 강에는 물이 풍만(豊滿)하게 흘러 간다면, 그것이 우리 민족에게 얼마만큼의 행복이 되겠습니까. 그 목재로 집을 지으며 온갖 기구를 만들 수 있습니다. 그물을 이용하여 온갖 수리(水利)에 관한 일을 할 수 있습니다. 이를 좇아서 농업·공업·상업 등 모든 사업이 크게 발달됩니다.

이 물자 방면뿐 아니라 다시 과학 방면과 정신 방면에도 큰 관계가 있습니다. 저 산과 물이 개조되면 자연히 금수·곤충·어별(魚鼈)이 번식됩니다.

또 저 울창한 숲 속과 잔잔한 물가에는 철인과 도사, 시인 묵객이 자연히 생깁니다. 그래서 그 민족은 자연을 즐거워하며 만물을 사랑하는 마음이 점점 높아집니다. 이와같이 미묘한 강산에서 예술이 발달되는 것은 사실이 증명하고 있습니다.

만일 산과 물을 개조하지 아니하고 그대로 자연에 맡겨두면 산에는 나무가 없어지고, 강에는 물이 마릅니다. 그러다가 하루 아침에 큰 비가 오면 산에는 사태가 나고, 강에는 홍수가 넘쳐서 그 강산을 헐고 묻습니다. 그 강산이 황폐함을 따라서 그 민족도 약해집니다.

그런즉 이 산과 강을 개조하고 아니함에 얼마나 큰 관계가 있습니까? 여러분이 다른 문명한 나라의 강산을 구경하면 우리 강산을 개조하실 마음이 생길 것입니다. 비단 이 강과 산뿐 아니라, 무엇이든지 개조하고 아니하는 데 다 이런 큰 관계가 있는 것입니다. 그런고로 모든 것을 다 개조하자 하였습니다.

나는 흔히 우리 동포들이 원망하고 한탄하는 소리를 듣고 있습니다.

"우리 신문이나 잡지야 무슨 볼 것이 있어야지!"

"우리나라에야 학교라고 변변한 것이 있어야지!"

"우리나라 종교는 다 부패해서!"

이 같은 말을 많이 듣습니다. 과연 우리나라는 남의 나라만 못한 것은 사실입니다. 실업이나, 교육이나, 종교나, 무엇이든지 남의 사회만 못한 것은 사실입니다만 나는 여러분께 한 마디 물어볼 말이 있습니다. 우리 2천만 대한 민족 중의 하나인 여러분 각각 자신이 무슨 기능이 있습니까? 전문지식이 있습니까? 이제라도 실사회에 나가서 무슨 일 한 가지를 넉넉히 맡아 할 수 있습니까? 각각 생각해보십시오.

만일 여러분이 그렇지 못하다 하면, 여러분의 주위를 둘러보십시오. 여러분 동족인 한국 사람 가운데 상당한 기능이나 전문지식을 가진 사람이 몇이나 있습니까? 오늘이라도 곧 실사회에 나아가 종교계나, 교육계나, 실업계나, 어느 방면에서든지 원만히 활동할 만한 사람이 몇이나 됩니까? 여러분이나 나나 우리가 다 입이 있을지라도 이 묻는 말에 대하여는 오직 잠잠하고 있을 뿐입니다.

그런즉 오늘 우리 한국 민족의 현상과 우리의 하는 사업이 어떻게 남의 것과 같을 수 있겠습니까? 그런 말을 하면 스스로 어리석은 사람이 될 뿐입니다.

세상에 어리석은 사람들은 흔히 그렇습니다. 가령 어느 단체의 사업이 잘못되면, 선뜻 그 단체의 수령을 욕하고 원망합니다. 또 어느 나라의 일이 잘못되면 그 중에서 벼슬하던 몇 사람을 역적이니, 매국적이니 하며 욕하고 원망합니다. 물론 그 몇 사람이 그 일의 책임을 피할 수는 없습니다. 그러나 그 정부 책임이 다 벼슬하던 사람이나 수령 몇 사람에게만 있고, 그 일반 단원이나 국민에게는 책임이 없느냐 하면 결코 그렇지 않습니다. 그 수령이나 인도자가 아무리 영웅이요, 호걸이라 하더라도, 그 일반 추종자의 정도나 성심이 부족하면 아무 일도 할 수 없습니다.

또 설사 그 수령이나 인도자가 악한 사람이 되어서 그 단체나 나라를 망하게 하였다 할지라도, 그 악한 일을 다하도록 살피지 못하고 그대로 내버려 둔 일은 일반 그 추종자들이 한 일입니다. 그런고로 그 일반 단원이나 국민도 책임을 면할 수 없습니다. 그런즉 우리는 이제부터 쓸데없이 어떤 개인을 원망하거나 시비하는 일은 그만둡시다.

이와 같은 일은 새 시대의 새 한국 사람으로는 할 일이 아닙니다. 나는 사무엘 스마일스의 "국민 이상의 정부도 없고, 국민 이하의 정부도 없다." 한 말이 참된 말이라 생각합니다.

그런즉 우리 민족을 개조해야 하겠습니다. 능력없는 우리 민족을 개조하여 능력있는 민족을 만들어야 하겠습니다. 그러면 어떻게 해야 우리 민족을 개조할 수 있겠습니까?

한국 민족이 개조되었다 하는 말은, 즉 다시 말하면 한국 민족의 모든 분자 각 개인이 개조되었다 하는 말입니다. 그러므로 한국 민족 전체를 개조하려면 먼저 그 부분인 각 개인을 개조해야 하겠습니다.

이 각 개인을 누가 개조해야 합니까? 누구 다른 사람이 개조해 줄 것이 아니라 각각 자기가 자기를 개조해야 합니다. 왜 그래야만 합니까? 그것은 자기를 개조하는 권리가 오직 자기에게만 있는 까닭이요, 아무리 좋은 말로 그 귀에 들려주고, 아무리 귀한 글이 그 눈앞에 놓여 있을지라도, 자기가 듣지 않고, 보지 않으면 할 수 없는 일이기 때문입니다.

그런고로 우리 각각 자기 자신을 개조합시다. 너는 너를 개조하고 나는 나를 개조합시다. 곁에 있는 김군이나 이군이 개조하지 않는다고 한탄하지 말고, 내가 나를 개조 못하는 것을 아프게 생각하고 부끄럽게 압시다. 내가 나를 개조하는 것이 즉 우리 민족을 개조하는 첫걸음이 아니겠습니까? 이런 일이 선행된 후에야 비로소 우리 전체를 개조할 희망이 생길 것입니다.

그러면 나 자신에서는 무엇을 개조해야 합니까. 나는 대답하기를 '습관을 개조하라' 하겠습니다. 문명한 사람이라는 것은 그 사람의 습관이 문명스럽기 때문이고 야만이라 하는 것은 그 사람의 습관이 야만스럽기 때문이외다.

그러므로 여러분의 모든 악한 습관을 각각 개조하여 선한 습관을 만듭시다. 거짓말을 잘하는 습관을 가진 그 입을 개조하여 참된 말만 하도록 합시다. 게으른 습관을 가진 그 사지를 개조하여 활발하고 부지런한 사지를 만듭시다.

이 밖에 모든 문명스럽지 못한 습관을 개조하여 문명스러운 습관을 가집시다. 한 번 눈을 뜨고, 한 번 귀를 기울이며, 한 번 입을 열고, 한 번 몸을 움직이는 지극히 작은 일까지 이렇게 해야 합니다.

어떤 사람들이 말하기를 "그까짓 습관 같은 것이야……." 하고 아주 쉽게 생각합니다만 그렇지 않습니다. 천병만마(千兵萬馬)를 쳐 이기기가 습관을 개조하는 것보다 오히려 쉽습니다. 그러니 이 일에 일생을 노력해야 하겠습니다.

여러분이 혹 우습게 생각하실지 모르겠습니다. 문제는 매우 큰 것으로 시작하여 마지막에 이같이 작은 것으로 결말을 지은 것에 대해서 말입니다. 그러나 그렇지 않습니다. 이 세상에 모든 큰일은 가장 작은 것으로부터 시작하였고, 크게 어려운 일은 가장 쉬운 것에서부터 풀어야 합니다. 우리는 이것을 밝게 깨달아야 하겠습니다. 이 말을 만일 보통의 말이라 하여 우습게 생각하면 크게 실패할 것입니다.

'그것은 한 공상이요, 공론이지, 어떻게 그렇게 할 수가 있나?' 이렇게 생각하실 이도 계실 것입니다. 그러나 우리는 그렇게만 생각지 말고 힘써 해봅시다. 오늘도 하고 내일도 하고, 이번에 실패하면 다음번에 또 하고……, 이같이 나아갑시다.

여러분, 우리 사람이 처음에 굴 속에서 살다가 오늘날 화려한 집 가운데서 살기까지, 처음에 풀잎새로 몸을 가리다가 오늘 비단 의복을 입기까지 얼마나 개조의 사업을 계속해왔습니까?

그러므로 나는 사람을 가리켜서 개조하는 동물이라 생각합니다. 바로 이 점에서 우리가 짐승과 다른 점이 있는 것입니다. 만일 누구든지 개조의 사업을 할 수 없다면 그는 사람이 아니거나 사람이라도 죽은 사람일 것입니다.

여러분, 우리는 작지불이 내성군자(作之不已乃成君子 : 부단히 노력하면 인물이 될 수 있다는 뜻.)라는 말을 깊이 생각합시다. 오늘 우리나라의 일부 예수교인 가운데 혹 이러한 사람이 있습니다.

"사람의 힘으로야 무슨 일을 할 수 있나, 하나님의 능력으로 도와주셔야지!" 하고 그저 빈말로 크게 기도를 올리고 있습니다. 그러나 그들은 큰 오해를 하고 있습니다. 그들은 예수가 "구하는 자라야 얻으리라, 문을 두드리는 자에게 열어주시리라." 한 말씀을 깨닫지 못한 것입니다. 나는 그들에게 "먼저 힘써 하고 그 후에 도와주시기를 기도하라."고 말하고 싶습니다. 자조자(自助者)는 천조자(天助者)라는 귀한 말을 그들은 깨달아야 하겠습니다.

여러분, 나는 이제 말을 마치려 합니다. 여러분, 여러분은 과연 한국을 사랑하십니까! 과연 우리 민족을 구원하고자 하십니까? 그렇거든 우리는 공연히 방황·주저하지 말고 곧 이 길로 나갑시다. 오직 우리의 갈 길은 다만 이 길뿐입니다. 나는 간절한 마음으로 이같이 크게 소리쳐 묻습니다.

"한국 민족아! 너희가 개조할 자신이 있느냐?"

우리가 자신이 있다 하면 어서 속히 네 힘과 내 힘을 모아서 앞에 열린 길로 빨리 달려나갑시다.

1919년, 상해에서 행한 연설.

사 랑

(요한복음 1장 3절 이하를 낭독)

　내가 이 자리에 나와 강도(講道)코자 함에 미안한 뜻이 많습니다. 강도라 하는 것은 하나님의 참뜻을 말함입니다. 그렇지만 나는 일찍이 도덕이나 철학의 경험이 없고, 또 교인다운 생활의 경력이 없습니다.

　내가 지금부터 말할 것은 '우리는 사랑합시다.' 입니다. 이 말은 《성경》의 여러 구절에 있습니다. 여러분이 이 문제를 들을 때에 그 감정이 어떠하십니까?

　교인이 된 이는 사랑을 구하고 힘쓰자고 말합니다. 그러나 비유하여 말하건대 몽고 사막 가운데서 '물' 하는 말을 들을 때에 대단히 기쁩니다. 그렇지만 양자강 위에서 '물' 하는 말을 들으면 그렇지 않습니다. 우리는 알거나 모르거나 사랑을 구하는 정은 일반이지만, 그 의미는 저마다 조금씩 다릅니다.

우리 민족의 사랑을 하는 마음이 발한 때가 사막 위에서 물이라 하는 말을 들음과 같습니다.

그런데 작금은 사랑이란 말을 너무 흔하게 씀으로써 점점 정성이 없고, 의식이 없어져 마치 양자강 위에서 '물' 하는 소리와 같이 되었습니다. 그런고로 우리가 사랑이라는 말을 입에 올리면서도 사랑이라는 것을 보이는 이가 없습니다. 이와 같은 사실은 박애(博愛)로 종지를 삼은 예수교에 역적이 되는 이기주의에 타락한 실례입니다.

하나님은 회개하는 사람에게 특별한 애정을 가지신다고 《성경》은 말하고 있습니다. 교인 된 이는 이와 같은 사실을 만 백성에게 전파할 사명이 있습니다. 그럼에도 불구하고 자기 혼자만 구원받겠다는 생각을 하는 것은 사랑이 없기 때문입니다. 이것이 바로 이기주의입니다.

내 말은 회개하는 사람이 하나님의 특별한 애정을 받는다는 사실을 강조하는 것은 아닙니다. 교인 된 이들 속에 지독한 이기주의가 뿌리 박혀 있다는 사실을 각성하시기를 바랍니다.

다음에 말할 것은 '하나님께서 사랑을 전파'하심입니다. 우리가 어찌하여 이것을 중히 여깁니까? 누군가 우리에게 군국주의 · 사회주의, 그 아래 정치 · 상업, 그 아래 공부, 무엇 무엇하는 것을 너 무엇을 위하여 그러느냐 물으면 행복을 위함이라고 대답할 것입니다.

사랑이라는 것은 인류 행복의 최고 원소입니다. 행복은 생존과 안락입니다. 생존과 안락이 인류의 행복이 됩니다. 그렇다면 사람이 생존함에 있어서 무엇을 필요로 합니까? 누구나 알다시피 의 · 식 · 주입니다. 이에 가장 필요한 것이 금력입니다. 우리의 모든 경영에 금력이 필요한데, 금력에는 천연금력(天然金力)이나 인조금력(人造金力)이 있습니다. 어느 나라든지 삼림 · 광산 · 천택(川澤)을 잘 이용해야 금력이 많습니다. 금력을 잘 만드는 것은 지력(智力)이 많아야만 합니다.

그런즉 지력이 더 필요합니다. 그런고로 세상에서 소학교·대학교 공부하는 것이 다 지력을 위한 것입니다. 이 지력이 사랑에서 나옵니다. 또 정치가는 정치에 큰 재주가 있습니다. 이를 생각한즉 그도 사랑을 가진 사람입니다.

혹 사랑이 없이 지력이 있는 자가 있다 하면, 이는 세상을 이롭게 하지 못하고 세상을 해롭게 합니다.

안락은 무엇을 말하느냐, 누구든지 사랑이 있어야 안락이 있습니다. 내가 지금 누구에게든지 사랑을 주고받을 곳이 없으면 안락이 없습니다.

내가 내지(內地)에 있을 때에 한 젊은 여자가 우물에 빠져 죽는 것을 보았습니다. 이 여자는 재물과 전토(田土)도 많지만 남편의 사랑이 없고, 또 시동생이며 부모의 사랑이 없어 항상 눈물을 흘리다가 빠져 죽었습니다.

사랑을 남에게 베푸는 이가 행복합니다. 생각해보십시오. 우리가 산을 사랑하고 물을 사랑하고 달을 사랑하지만, 그 물건이야 무슨 영향이 있습니까? 예수의 제자는 사랑으로 참혹한 일을 당하였습니다. 그러나 부랑한 사람의 사랑은 이와 같음이 없습니다. 고로 진정한 안락의 본(本)은 사랑입니다. 그런고로 하나님은 사랑을 권하였던 것입니다. 독생자 예수를 내려보내어 사랑으로써 피를 흘렸소이다.

나는 사랑이란 말은 정지하고, 다른 말을 잠깐 하겠습니다. 신령한 교인, 신령한 장로, 신령한 목사 하지만, 신령은 눈으로 보지 못하고, 귀로도 듣지 못하고, 손으로도 만지지도 못합니다. 모 목사의 신령, 모 장로의 신령이란 말이 지금의 예수교에 퍼져 있습니다. 예수교 중에도 특히 한국 교인이 그러합니다. 비유하여 말하자면 여러 자루를 들고 무엇이나 물으면 그 물질로써 대답하는 것입니다. 베면 베자루, 무명이면 무명자루, 비단이면 비단자루라 하고, 물건을 담아 물으면, 콩자루, 쌀자루, 겨자루라 합니다. 그렇지만 한 자루에 쌀도 담을 수 있고 겨도 담을 수 있는 것입니다.

그러므로 오늘 신령치 못한 교인이 내일 신령해지고, 오늘 신령한 교인이 내일 신령치 못해지기도 하는 것입니다.

그러면 신령이란 어떤 것을 이름한 것입니까? 하나님이 내 속에 있음을 이름한 것입니다. 이 말은 하나님이 이 방 안에 계신다는 말입니다.

하나님이 몇 분이냐 하면 한 분이십니다. 하나님이 한국 한 사람의 속에 있다 하면, 저 미국이나 유럽 사람 속에는 없다는 말씀이겠습니까? 이 자리의 한 사람에게 있으면 다른 이에게는 없다는 말씀이겠습니까? 아닙니다. 그것은 마치 태양의 빛이 각 집에 비치는 것과 같습니다. 그 아무에게 불타가 속에 들어앉았다 하면 불타가 태(胎)와 같이 있다는 말이 아닙니다. 그 이상과 성품이 같다는 말인 것입니다. 또 석가여래가 재생하였다 하면 죽었던 석가가 다시 났다는 말이 아니외다. 그렇다면 성신이 내게 있다는 것도 또한 같습니다.

내가 내지에 있을 때에 한 전도사가 어떤 사람에게 말하기를 "저 굴통 속에 하나님이 들어가지 아니할지라, 당신이 담배를 즐긴즉 신성한 하나님이 어찌 담뱃대 속에 있으리오."하고 말했습니다. 그러자 그 사람이 이렇게 물었습니다. "내가 음식을 먹고 물을 마시는고로 내 속이 더욱 부정하다 하겠습니까?"

이렇게 말할 바는 아닙니다. 하나님이 내 속에 있다는 것은 나의 신과 하나님의 신이 서로 영통해지는 것이외다.

고린도전서에 말하였으되, 창기(娼妓)를 가까이 하면 창기와 한 몸이 되고, 하나님을 가까이 하면 하나님이 된다 하였습니다. 또 요한복음의 예수 말씀에 '나는 네 안에 있고 너는 내 안에 있다.' 함은 서로 들어왔다, 나갔다 함을 이름이 아니외다.

이렇게 해야 나의 신이 하나님의 속에 있고 하나님의 신이 내 속에 있게 하겠습니다. 마치 태양빛이 구멍이 있어야 들어오는 것과 같습니다. 예로부터 하나님을 본 이가 없지만, 우리가 서로 사랑한즉 하나님이 우리의 속에 들어오는 것입니다. 고로 신령한 사랑이 있는 사람이 신령한 사람인 것입니다. 예수께서는 3년간에 사랑을 가르쳤습니다. 또 세상에 계실 때에 굶주림과 추위와 잘 자리 없는 것 등 모든 괴로움을 당하시다가 십자가에 못박히사 당신의 진정한 사랑을 피로써 시험하였습니다.

성서는 창세기로부터 묵시록까지 수록된 내용이 혹 겸손이니, 선함이니 하여 좀 다르다 하나 궁극적인 주제는 사랑입니다. 이렇게 예수교의 주의는 사랑이니 이를 행함을 절실히 해야 하겠습니다.

한 빈곤한 사람이 있는데 문병하러 가서 신령한 기도말로써 병 낫기를 빌고 제 주머니의 돈을 꺼내어 약이나 미음으로 구원치 아니하는 것이 과연 신령한 것이라 하겠습니까? 아닙니다. 아무것도 아니하고 제 주머니의 돈을 내어 구원케 하는 것이 신령한 것이외다.

고로 사회를 개량하는 것의 그 공이 어떠합니까? 한 사람의 몸을 위하여 돈 1원을 주는 것은 신령이다 하고, 전민족을 위하여 구원하는 것은 신령이라고 아니하고 있습니다. 지금 어떤 이는 독립운동의 일로 자신의 신령이 덜어진다 하며 벌벌 떨고 있습니다. 지금 독립운동을 위하여 힘을 많이 쓰는 이는 참 진정한 신령이요, 이제 죽고 살려는 아슬아슬한 이 때 금전과 생명을 희생하는 자라야 오직 신령한 교인이외다.

여러분에게 보여줄 것이 오늘 정부에서 들어온 것이 있습니다. 이 금반지 끼던 여자들이 진정한 신령한 사람이외다. 이것을 보낼 때에 자기의 이름도 말하지 않습니다. 이 여자들은 아무 요구도 없었습니다. 다만 독립운동에 써 달라는 말 이외는 지금 이 여자들은 깊은 방 안에서 진정한 마음으로 기도하고 있습니다.

창기(娼妓)는 누구를 사랑합니까? 자기의 이해(利害)를 위하여 하는 사랑은 영업이지 사랑이 아닙니다. 영업이라도 아주 큰 협잡이외다.

이번에 큰일을 누가 하겠습니까? 우리 교인이 할 일입니다. 2천만을 건지는 일을 신령이라 아니하면 이는 허위입니다. 그러면 이번 운동을 어떻게 해야 하겠습니까? 우리가 마땅히 돈을 주저 없이 턱턱 가져와야 합니다. 그리고 생명을 턱턱 죽일 뿐인데, 우리 교인은 제 집에 재물을 많이 쌓아두고 있습니다. 아마도 자신이 산 후에야 독립이 필요하다 생각하는 모양입니다.

내 생각으로는 이 정부 안에서 1주일 동안에 돈 10만원 이상이 있어야만 유익한 일이 많겠습니다. 상해에 온 젊은 교인들은 자기의 몸을 본위삼아 일하지 말고 대한의 국가를 본위삼고 일하시길 바랍니다.

내가 간절히 비는 바이니 이 때에 뜨거운 피를 뿌리면서 통일하기 위하여 활동합시다.

1919년(날짜 미상), 재상해 한국인 교회에서 설교한 요지.

새해 희망

과거에 우리 내외 동포가 성충(誠忠)으로써 협력하여 지금토록 견인(堅忍)한 것을 치하하고 신년에 더욱 광복사업을 위하여 면려하기를 희망합니다.

우리가 오래 기다리던 독립전쟁의 시기는 금년인가 합니다. 나는 독립전쟁의 해가 이르른 것을 기뻐합니다. 우리 국민은 일치단결하여 전쟁의 준비에 전력하기를 바랍니다. 외국의 동정을 요할지언정 외국에 의뢰하지는 말아야 합니다.

우리 국민은 대대적으로 일어나 독립전쟁다운 전쟁은 할지언정, 신성한 우리 국민에게 비도(匪徒)나 폭도라는 악명을 써서는 안 됩니다. 대규모로 준비 있게, 통일 있게 일어나면 독립전쟁이지마는, 그러한 통일 없이 일어나면 비도(匪徒)라 합니다.

독립전쟁을 토의하고 전세계에 선전하기를 갈망하는 우리 국민은 이것을 공상에 두지 아니하고 기어이 실천하기를 결심한 줄 믿고 바랍니다.

그러나 이것이 공상이 아니되려면 무엇보다도 더 힘쓸 문제는 금전의 비축입니다. 여러분도 알다시피 광복사업에는 많은 자금이 절대 필요합니다. 광복사업을 위한 자금 마련에 힘을 모아주시기를 바랍니다. 앞날에는 전사의 공헌이 많을 것입니다. 그러나 지금 이 순간 국가에 가장 공헌이 되는 사람은 금전에 노력하는 사람입니다.

1920년 신년사.

나라 사랑의 6대 사업

병이 있어 말하기가 어렵습니다.

오늘날 우리 국민이 단연코 실행할 6대 사업이 있습니다. 그것은 1. 군사 2. 외교 3. 교육 4. 사법 5. 재정 6. 통일입니다. 본제에 들어가기 전에 몇 마디 다른 말을 할 필요가 있을 것 같습니다.

정부와 인민의 관계

오늘날 우리나라에는 황제가 없습니까? 있습니다. 대한 나라의 과거에는 황제가 하나밖에 없었지만 금일에는 2천만 국민이 다 황제입니다. 여러분이 앉은 자리는 다 옥좌며, 머리에 쓴 것은 다 면류관이외다.

황제란 무엇입니까? 주권자를 말합니다. 과거의 주권자는 하나뿐이었으나 지금은 여러분이 다 주권자이외다.

과거에 주권자가 하나뿐이었을 때는 국가의 흥망은 1인에 있었습니다. 그렇지만 지금은 인민 전체에 책임이 있습니다. 정부 직원은 노복이니, 이는 정말 노복입니다. 대통령이나, 국무총리나, 모두 여러분의 노복이외다.

그러므로 군주인 인민은 그 노복을 선히 인도하는 방법을 연구해야 하고, 노복인 정부 직원은 군주인 인민을 선히 섬기는 방법을 연구해야 합니다.

정부 직원은 인민의 노복이지만, 결코 인민 각 개인의 노복이 아니요, 인민 전체의 공복입니다. 그러므로 정부 직원은 전체의 명령을 복종해야 하지만, 개인의 명령에 따라 마당을 쓰는 노복이 되어서는 안 됩니다.

그러니 여러분은 정부의 직원을 사우(私友)나 사복(私僕)을 삼으려 하지 말고 공복을 삼으십시오. 나는 여러 사람이 국무원을 방문하여 사정(私情)을 논하며 사사(私事)를 부탁하는 것을 보았습니다. 이는 크게 불가한 일이니 공사를 맡은 자와는 결코 한담을 마십시오. 이것이 심상한 일인 듯하지만 기실 큰일입니다. 오늘부터는 정부 직원이 아들이라도 아들로 알지 말고, 사위라도 사위로 알지 마십시오. 사사로운 일을 위하여 공사를 해함은 큰 죄입니다.

황제인 여러분은 신복(臣僕)인 직원을 부리는 법을 알아야 합니다. 노복은 명령과 견책(譴責)으로만 부리지 못합니다. 어르고 추어주어야 합니다. 동양 사람만 많이 부려본 어떤 미국 부인의 말에, 일본인은 매사에 일일이 간섭을 해야 하고, 중국인은 간섭하면 골을 내므로 무엇을 맡기고는 뒤로만 보살펴야 하고, 한국인은 다만 칭찬만 해주면 죽을지 살지 모르고 일한다 합니다. 칭찬만 받으면 좋아하는 것은 못난이의 일이지만, 잘난이도 칭찬하면

좋아하는 법입니다. 그러니 여러분도 당국자를 공격만 말고 칭찬
도 해주십시오.

또 하나 황제되는 여러분이 주의할 것이 있습니다. 그것은 여러
분이 나누면 개인이 되어 주권을 상실하고 합하면 국민이 되어 주
권을 향유하게 된다는 사실입니다. 그러므로 여러분은 합하면 명
령을 발하는 자가 되고, 나누이면 명령에 복종하는 자가 되는 것
입니다.

또 하나 여러분 중에 각 총장들이 총장인 체함을 시비하는 이도
있습니다. 그런데 총장이 총장인 체하는 것이 어찌하여 그릇됩니
까? 국민이 위탁한 영직(榮職)을 영광으로 알고 자존자중(自尊自
重)함은 지극히 당연한 일입니다. 만일 총장이나 기타 정부 직원,
독립운동의 여러 부문에서 일하는 이들이 자기의 직임을 경시하고
자존자중함이 없다 하면 이는 국가를 무시하는 교만한 사람입
니다.

또 하나 국무원(國務院)의 내막을 말하겠습니다. 옛것만도 안 되
고 새로운 것만도 안 될 때에 구(舊)도 있고 신(新)도 있습니다. 또
반신반구(半新半舊)도 있고 조화합니다. 노도 있고 소도 있는데,
또한 중로(中老)도 있어 이를 조화합니다. 적재(適材)로 말하면 문
도 있고 무도 있습니다.

각지에 있던 인재가 모이기 때문에 각지의 사정을 잘 알 수 있습
니다.

성격으로 논하건대, 첫째 여우를 앞에 놓고 그것을 먹으려고 눈
을 부릅뜬 범 같은 이도 있습니다. 언젠가 여러분이 탄핵 비슷한
일을 할 때에 그는 "너희들 암만 그래도 나는 왜놈을 다 죽이고야
나가겠다." 하였습니다. 또 예수의 사도같이 온후한 이도 있습
니다. 평생에 소리가 없는 듯하나 속으로 꼭꼭 일하는 이, 또 도서
관 같은 이, 또 천치같이 울면서도 심부름하고 일해가는 이도 있
습니다. 만일 이 종들이 불만스러워 다른 종이 필요하거든 다 내

쫓고 새 종으로 갈아야 하겠지만, 만일 쓸 만하거든 부족하나마 얼러 추어가면서 부리십시오.

나는 단언합니다. 장래에는 모르지만 현재는 이 이상의 내각은 얻기 어렵습니다. 이혼 못할 아내거든 분이라도 발라놓고 기뻐하십시오.

군사(軍事)

이제부터 본론에 들어가려 합니다.

이 6대 사업은 가장 중요한 것입니다. 이것을 단행하려면 지성스러운 연구가 있어야 하며, 그런 후에야 명확한 판단이 생기게 됩니다. 우리의 사업은 강포한 일본을 파괴하고 잃었던 국가를 회복하는 것입니다. 이러한 대사업에 어찌 심각한 연구가 필요하지 아니하겠습니까?

묻노니 여러분은 매일 몇 번씩이나 국가를 위하여 생각하십니까? 우리는 날마다 시간마다 생각하고 연구해야 할 것이외다. 혹자는 말하기를 저마다 생각하면 기견(奇見)이 백출하리라 하나 지성으로 연구한 경험이 있는 자는 결코 기견을 세우지 않습니다.

모르는 자가 흔히 생각없이 남이 무슨 말을 하면 '아니오, 아니오.' 합니다.

우리가 당면한 대문제는 우리 독립운동을 평화적으로 계속하느냐 아니면 방침을 고쳐 전쟁을 하느냐 입니다. 평화 수단을 주장하는 이나 전쟁을 주장하는 이나 그 성충은 하나입니다.

평화론자는 말하기를, 우리들은 의사를 발표할 뿐이니 피아의 형세를 비교하건대 전쟁은 계란으로 바위치기와 같으니 차라리 전혀 세계의 여론에 소(訴)함만 같지 못하다 합니다.

주전파(主戰派)는 이런 말을 합니다. 한인이 전쟁을 선포한다고 해서 결코 과격파의 혐의를 받지는 않으리라. 남은 남의 독립을 위하여서도 싸우거든, 제가 제 나라 독립을 위하여 싸움은 당연한 일이 아니겠는가. 또 적과 우리의 세력을 비교함은 어리석은 의론이니, 우리는 승리와 실패를 고려할 바가 아니라, 내 동포를 죽이고, 태우고, 욕함을 보고 죽을 결심을 하는 것은 당연한 일이니, 우리는 의리로나 인정으로나 싸우지 않을 수 없다. 또 일본의 현상은 일본 유사 이래로 가장 허약한 지위에 처하여 외원내홍(外怨內訌)의 격렬함이 극에 달해 있다. 그러므로 우리는 싸우면 승리하리라, 이렇게 말합니다.

진실로 우리는 시기로 보든지, 의리로 보든지 싸우지 않으면 안될 때라고 단정합니다.

그러나 함부로 나갈까, 준비를 완성한 후에 나갈까는 심사숙고해야 합니다. 혹자는 말하기를 혁명사업은 타산적으로 할 수 없으니, 준비를 기다릴 수 없다 하고 있습니다.

그러나 준비는 필요합니다.

물론 내가 준비라 함은 결코 적의 역량에 비할 만한 준비를 칭함이 아니지만 그래도 절대로 준비는 필요합니다. 편싸움에도 구성원들이 서로 모여서 작전 계획에 부심합니다. 그런데 무준비하게 나아가려 함은 독립전쟁을 너무 경시하기 때문입니다. 군사 한 명에 1일 20전이라 하여도 만 명을 먹이려면 1개월에 6만원이나 소요됩니다. 준비 없이 전쟁을 시작하면 적에게 죽기 전에 굶어 죽을 것입니다.

그러므로 만일 전쟁을 찬성하거든 절대로 준비가 필요한 줄을 깨달으십시오. 혹자는 말하기를 "준비, 준비하지 말라, 과거 10년간을 준비하노라고 아무것도 하지 못하지 아니하였느냐." 합니다. 그러나 과거 10년간에 못 나간 것은 준비한다 하여 못 나간 것이 아니고 나간다, 나간다 하면서 준비하지 않았기 때문에 못 나간 것입니다. 나간다, 나간다 하는 대신에 준비한다, 준비한다 하였

던들 벌써 나가게 되었을 줄 믿습니다. (박수)

대포·소총·비행기 등 여러 가지로 준비할 것 많습니다만, 먼저 준비할 것은 제국시대의 군인이나, 의병이나, 기타 군사의 지식 경험이 있는 자를 조사 통일해야 할 것입니다. (박수)

없던 군대를 새로 조직하여 싸우려 하니 군사에 관계있는 자들이 다 모여서 작전을 계획할 필요가 있습니다.

나는 서북간도(西北間島)의 장사(壯士)에게 묻노니, 네가 능히 독력으로 일본을 당하겠느냐, 진실로 네가 일본과 싸우려거든 마땅히 우리와 합하여 하라. 혹 정부의 무력함을 깨닫고 우리와 합하면 너의 정부는 유력하리라. 우리 민족 전체가 합하여도 오히려 외국의 힘까지 끌어와야 하겠거늘, 하물며 대한인끼리도 합하지 아니하고 무슨 일이 되리오?

만일 그대가 진실로 독립전쟁을 주장한다면 반드시 일제히 이동휘(李東輝)의 명령에 복종해야 할 것이오. (박수 갈채)

다음에는 훈련입니다. 용기있는 이들은 되는 대로 들고 나간다 합니다. 정말 그런 생각이 있거든 배우십시오. 우리에게 훈련은 절대로 필요합니다. 전술을 배우십시오. 그러나 정신적 훈련이 더욱 필요합니다. 아무리 좋은 무기를 가졌다 할지라도 정신상 단결이 필요합니다. 그런데 우리는 좋은 무기도 가지지 못했으니 그 얼마나 정신 훈련이 필요하겠습니까.

이 정신을 실시하려거든 국민개병주의라야 합니다. 독립전쟁이 공상이 아닌 사실이 되게 하려면 대한 2천만 남녀가 다 군인이 돼야 합니다. (박수 갈채)

그렇다면 그 방법이 어떠해야 할까요? 선전을 잘함에 있습니다. 각지에 다니면서 입으로, 붓으로 국민개병주의를 선전하고 실시해야 합니다. 글보다도, 입보다도 가장 유력한 것은 몸으로 하는 선전입니다.

이제부터 우리는 다 군사교육을 받읍시다. 매일 한 시간씩이라도 배웁시다. (박수) 나도 결심했습니다. 오늘부터 다만 30분씩이라도 군사학을 배우면 대한인이요, 불연하면 대한인이 아닙니다. (갈채) 배우려면 배울 수 있습니다. (갈채) 여자들도 배워야 합니다. (갈채) 군사적 훈련을 아니 받는 자는 국민개병주의에 반대하는 자요, 국민개병주의에 반대하는 자는 독립전쟁을 반대하는 자요, 독립전쟁에 반대하는 자는 독립에 반대하는 자입니다. (박수 갈채) 명일부터 각각 군사교육에 등록하게 하십시오.

오늘 내 건강이 못 견디게 되었습니다. 죄송하나 오는 월요일 오후 7시에 다시 모여주시겠습니까?

1920년 1월 3일, 상해교포들의 신년 축하회 연설.

지난밤을 난 매우 분하게 생각합니다. 말하다가 기운이 탈진하여 중단하기는 이것이 처음입니다.

남의 나라는 남의 나라를 위하여 싸우거늘, 우리는 우리 자신을 위하여 싸우는 것이 마땅하지 아니하겠습니까? 우리는 의리로든지, 인정으로든지 싸워야 합니다. 나는 전일에 이러한 말을 들었습니다. 우리가 어서 독립을 완성하고 한성에 들어가 보기를 소망한다는 말을……. 이것은 대단히 기쁜 일이지만, 대한의 독립을 위해 기꺼이 죽을 결심이 있어야 독립을 볼 수 있을 것입니다. 저마다 죽겠다 하지만 정말 죽을 때에는 생명이 아까울는지 모르겠습니다.

그러나 만일 노예의 수치를 절실히 깨닫는다면 죽음을 무서워하지 아니할 것입니다. (박수) 살아서 독립의 영광을 보려 하지 말고 죽어서 독립의 거름이 됩시다. 입으로 독립군이 되지 말고 몸으로 독립군이 됩시다. 그리하여 아무리 하여서라도 독립전쟁을 반드시 이루기를 결심해야 하겠습니다.

전투적 전쟁을 오게 하기 위하여는 평화적 전쟁을 계속해야 합니다. 평화적 전쟁이란 무엇을 말하는 것이겠습니까? 바로 만세운동이 그것입니다.

물론 만세로만 독립이 되는 것은 아닙니다. 그렇지만 그 만세의 힘은 심히 위대하여 안으로는 전국민을 동원하였고, 밖으로는 전세계를 동원하였습니다. 과거엔 미국 인민이 우리를 위하여 자기네 정부를 책려하더니, 지금은 도리어 의원(議院)과 정부가 인민을 격려하고 있습니다. 나는 상의원(上議院)에서 우리를 위하여 자그만 책자를 돌리는 것도 보았습니다. 이 역시 평화적 전쟁의 효과가 아니겠습니까. 대한 동포로서 적의 관리 된 자를 퇴직하게 하는 것도 평화적 전쟁입니다.

일반 국민으로 하여금 적에게 납세를 거절하고 대한민국 정부에게 납세케 할 것, 일본의 기장(旗章)을 사용치 않고 대한민국의 기장을 사용할 것, 가급적 일화(日貨)를 배척할 것, 일본 관청에 송사(訟事), 기타의 교섭을 단절할 것—이런 것도 다 평화적 전쟁이요, 이것도 힘있는 전쟁이 아니겠습니까.

국민 전부가 아니고 일부만 이렇게 한다 하더라도 효력이 어떠하겠습니까? 혹 이것으로만 아니된다 하실 분도 계실 것입니다. 그러나 대전이 개(開)하기까지는 그것을 계속해야 합니다. 이러한 평화적 전쟁에도 수십만의 생명을 희생해야 합니다. 이것도 독립전쟁이외다. (박수)

외 교

첫째, 오늘날 외교를 논함이 옳으냐 그르냐가 문제입니다. 혹자는 세계의 동정이 필요하니 외교가 필요하다 하고, 또 다른 이는 우리나라는 외교로 망하였다 하여 외교를 부인합니다. 외교를 부인하는 이의 심사는 외교를 외교로 알지 아니하고 외국에 의뢰함으로 아는 것입니다. 제국시대의 우리 외교는 과연 그러하였습니다.

그러나 그도 영(英)이나 미(美)의 원조를 싫어함은 아닙니다. 외교론자는 이에 대하여 우리 외교는 결코 제국시대의 외교가 아니요, 독립정신을 가지고 열국(列國)의 동정을 끌려 함이라 합니다.

내가 외교를 중시하는 이유는 독립전쟁의 준비를 위함입니다. 평시에도 그렇지만 전쟁시에는 비록 한 나라라도 내 편에 더 넣어야 합니다. 이번 대전에 영·불 양국이 미국의 각계에 향하여 거의 애걸복걸로 외교하던 사실을 상기해보십시오. 덕국*이 토이기** 같은 나라라도 애써 끌어넣은 것을 보십시오.

그러므로 진정한 독립전쟁의 의사가 있거든 외교를 중시해야 하며, 군사에 대하여 지성을 다함과 같이 외교에 대하여서도 지성을 다해야 합니다.

혹자는 영·미·불·이(伊) 등 여러 나라들은 일본이나 다름없이 남의 땅을 빼앗고 인민을 노예화하는 도적놈들이니 그네와 외교를 한다면 아무 효과가 없으리라 하나, 나는 확답합니다. 우리는 제국시대의 외교를 탈피하여 평등의 외교를 하는 것입니다. 이것으로 우리는 열국의 동정을 끌 수 있다는 말씀입니다.

영·일동맹은 러시아의 침략을 두려워서 함이었습니다. 그러나 지금 러시아는 침략 정책을 버리기로 하였고 행하지 못하게도 되었으니, 지금 영국이 꺼리는 것은 오직 일본뿐이요, 만주와 인도는 일본의 위협하에 있습니다.

또 이번 대전에 영·불 양국은 병력상·경제상 대타격을 받았지만, 일본은 그 동안에 참전하였다 칭하고, 썩은 총을 러시아에 팔고 신기한 무기를 더 제조하여서 졸부졸강(猝富猝强)이 되었습니다.

그러므로 영국의 주의(注意)는 일본의 강(强)을 꺾으려 함이겠

---

* 덕국(德國) ; 독일의 고칭.
** 토이기(土耳其) ; 터키(Turkey)의 취음(取音).

고, 법국*은 그 중에도 더욱 피폐하여서 영국과 친선 관계를 유지하고 동일한 보조를 취할 필요가 있습니다. 지금 사실상 영불동맹이 성립된 것이 이 때문입니다.

그러면 혹자는 "영·미·불·이는 화협하리라, 그러나 독일이 무섭다. 아마 복수적으로 독·러·일 동맹을 만들리라." 하나 이는 대세를 모르는 자의 말입니다. 독일 국민의 다수는 이미 제국주의를 포기하고 침략주의의 사상은 거의 일소하였습니다. 혹 경제적으로 부활한다 하더라도 군국주의로 부활하여 유치한 일본을 신뢰하지 아니할 것입니다. 또 금후의 세계의 대세는 사회주의적 경향일지언정, 결코 군국주의적으로 역진(逆進)하지 아니할 것입니다.

또 러시아를 두고 논하면 일본은 그들에게 불공대천지수(不共戴天之讎)입니다. 노일 전쟁의 원한은 고사하고 그네가 많은 피로써 신국가를 건설하려 할 때에 제일로 방해한 자가 일본이 아니었습니까?

과격파라는 이름을 누가 지었으며, 연합군을 누가 끌어들였으며, 학살을 누가 행하였습니까? 지금 아국**의 최대한 구적(仇敵)은 일본일 것이니, 우리는 러시아를 우리 편에 넣을 수 있습니다.

미국에 대하여는 더 말할 것이 없습니다. 그들의 상하 양원, 그들의 각 계급의 인민이 이미 우리 편 됨을 증명하지 아니했습니까? 아시아 문제·태평양 문제는 미국 금후의 정치와 경제와 따라서 군사의 중심 문제가 될 것입니다. 그들이 대육군·대해군을 건설하는 가상 적(假想敵)이 누군지를 생각하면 알 것입니다.

또 아직 세계에는 인도주의는 없다 하지만, 이는 곡설(曲設)입니다. 거짓 인도주의를 쓰는 나라도 있지만, 참으로 인도주의를 주장하고 실행하는 나라가 있는 것도 사실입니다. 미국의 참전에 비록 여러 가지 동기가 있다 하더라도 인도주의가 그 주요한 동기

---

*법국(法國) : 프랑스의 한자 이름.
**아국(俄國) : 노서아(露西亞)의 구칭. 아라사.

중에 하나인 것도 사실입니다.

어느 점으로 보든지 열국(列國)의 동정은 일본에게로 가지 아니하고 우리에게로 올 것이 명확하니, 다만 우리가 힘쓰기에 달렸습니다.

그 밖에 제일 중요한 것은 대(對) 중국, 대(對) 러시아, 대(對) 몽고 외교입니다. 중국이나 몽고도 일본에 적대할 것은 현재의 사실이 증명합니다. 이에 우리는 이번 독립전쟁에 선봉이 되어 인접 국가들을 끌어야 할 것입니다.

대 중국 외교는 매우 곤란합니다. 현재 북경 정부는 반드시 중국을 대표하는 중앙정부가 아니며, 또 일인(日人)의 정부인지 중국인의 정부인지도 분명치 아니합니다. 또 각성(各省)의 성장(省長)이나 독군(督軍)도 그 성(省)의 왕과 서로 일치하지는 아니합니다. 그러나 일본의 소위 21조 요구로 전중화 4억만 인이 일제히 배일의 격렬한 감정을 가지게 됨은 하늘이 우리를 도우심입니다. 그러므로 우리는 각성(各省), 기타 각 부분을 떼어서 외교함으로써 전부는 몰라도 얼마간을 얻을 수 있습니다.

대 러시아 외교(外交)는 극히 용이합니다. 기밀이라 다 말할 수 없지만 힘만 쓰면 될 것입니다. 그리하여 가인(嘉仁)이 적차백마(赤車白馬)로 와서 항복할 것입니다. (박수 갈채)

만일 우리가 세계의 동정을 다 잃는다 하더라도 우리 2천만 남녀는 다 나가 죽어야 합니다. 세계에다 최후의 1인, 최후의 일각까지 싸우겠다고 성명해놓고 노예로 계속 살아감은 더 심한 수치입니다. (박수 갈채)

각각 적재를 택하여 각국에 선전해야 합니다. 대한 민족의 독립을 요구하는 의사와 독립 국민이 될 만한 자격과 대한의 독립이 열국의 이익 및 세계의 평화에 유조(有助)할 것을 선전해야 합니다. 지금 각국은 여론정치니까 민중의 언론만 얻으면 그 정부를 동(動)할 수 있습니다. 각국에 상당한 대표자를 보내어 국제연맹에 대다수의 내 편을 얻어야 합니다.

나를 외교 만능주의자라 함은 무근지설입니다. (중략)

일본도 사면초가(四面楚歌)임을 보고 여(呂) 선생을 청하여다가 빌어본 것입니다. (박수)

일반 국민이 주의할 것은 외교는 정부만 하는 것이 아니라, 국민 전체가 다 해야 할 일이라는 사실을 자각하는 일입니다. 각각 자기를 만나는 외국인으로 하여금 대한인을 사랑할 사람이라 하게 하십시오. 비록 인력거 끄는 쿨리(苦力)에게까지라도.

교 육

독립운동 기간에 우리는 교육에 더욱 힘써야 함이 마땅할까요? 나는 단언합니다. 독립운동 기간일수록 더 교육에 힘써야 한다고.

죽고, 살고, 노예되고, 독립됨이 판정되는 것은 지력과 금력입니다. 우리는 아무리 하여도 이 약속을 벗어나지 못합니다. 우리 청년이 하룻동안 학업을 폐하면 그만큼 국가에 해가 되는 것입니다.

본국에는 아직 우리의 힘으로 교육을 실시하지 못하고 있습니다. 그렇지만 기회 있는 대로 공부를 해야 되고 시켜야 됩니다. 독립을 위하여 공부를 게을리 아니하는 이야말로 독립의 정신을 잃지 아니합니다. 국가를 위하여, 독립을 위하여 시간 있는 대로 힘써 공부하십시오.

또 국민에게 좋은 지식과 사상을 주고 애국의 정신을 격발하기 위하여 좋은 서적을 많이 간행하여 이 시기에 적합한 특수한 교육도 해야 하고, 학교도 세우고, 교과서도 편찬하여 해외에 있는 아동에게 가급적 교육을 실시해야 하겠습니다.

사법(司法)

독립운동 기간에 법을 지킴이 마땅합니까, 마땅하지 **않습니까?**
나는 아직 법을 복잡하게 함은 반대합니다만, 이 때일수록 더욱더
우리의 법에 복종해야 한다고 생각합니다. 비록 간단하지만, 우리
의 법은 절대로 복종해야 합니다. 내가 반대하는 것은 오직 현재
에 앉아서 법의 이론을 위사(爲事)함이외다.

우리가 국가를 신건(新建)할 때에, 대한의 법률을 신성하고 최고
인 것으로 알아 전국민이 이에 복종해야 합니다.

임시헌법이 의정원에서 토의될 때에 여운형(呂運亨)을 비롯한
기타 제씨는 훈장 및 기타의 영전(榮典)에 반대하여 마침내 삭제되
고 말았습니다. 그렇지만 독립운동에 특수한 공로가 있는 개인에
게는 국가가 사의를 표할 의무가 있습니다. 비록 국가를 위하는
것이 국민의 의무이지만, 의무를 다하지 못하는 여러 동포 중에서
특히 의무를 다한 자에게 상장이 있는 것은 당연한 일입니다.

독립운동 기간에는 특히 의로운 남녀가 많이 일어나야 하겠으니
장려가 됨은 인정이며, 또 상(賞)할 때 상함은 국가의 의무입니다.
이렇게 상이 필요한 동시에 또 벌이 필요하니 이에 사법 문제가 기
하는 것입니다.

민원식(閔元植) 같은 자와 적의 응견(鷹犬)이 된 자를 그냥 두겠
습니까? 독립운동에 참가하기를 싫어하여 가구를 끌고 적국으로
피난가는 자를 그냥 두겠습니까? 자치나 참정권을 운동하는 자도
역적이니 다 죽여야 합니다. 우리 국민 헌법에 사형이 없지만 무
슨 법을 임시로 정하여서라도 죽일 자는 죽여야 합니다. 이리하여
신성한 기강을 세워야 합니다.

그러나 법은 악인에게만 적용할 것이 아닙니다. 정부의 직원이
나, 인민이나, 무릇 대한민국의 국민 된 자는 대한민국의 법에 복
종해야 합니다. 이러므로 사법 제도의 확립이 필요한 것입니다.

재정(財政)

아마 재정에 관한 말이 여러분의 흥미를 끌지 못할 것입니다. 우리 국민은 경제 관념이 극히 박약합니다. 오랫동안 쇄국주의의 정치하에 있어서 경제적 경쟁의 생활을 못한 것과 유교의 영향으로 재(財)를 천하게 여기던 것이 우리 국민에게 경제적 관념을 일소하였습니다. 근년에 와서 다소간 경제를 중시하게 되었지만, 아직도 모든 생활과 사업에 경제가 어떻게 중한 것인 줄을 깊이 깨닫지는 못하고 있습니다.

그러므로 독립운동 개시 이래로 죽자, 죽자 하기만 하고 자금에 대하여서는 별로 고려하지 아니하는 듯합니다. 3월 1일에도 자금의 준비를 경사하였고, 상해에서 임시정부가 발표될 때에도 이 문제를 거의 도외시하였습니다. (중략)

우리 국민은 돈을 위해서 힘쓰는 자를 낮춥니다. 이번 세계대전에 수공(首功)이 된 자는 돈을 많이 내었거나, 내게 한 자인 줄을 우리 국민은 모르는 것 같습니다.

여러분, 독립전쟁을 하자, 하자 하지만 말고 독립전쟁에 필요한 금전을 준비하십시오. 정부가 발행하는 공채(公債)·인구세(人口稅)·소득세, 동포들의 애국 열성으로 내는 원납금(願納金), 혹은 외국에 대한 차관 등이 우리의 재원이 될 것입니다.

과거의 재정 상태를 나는 말하지 않겠습니다. 현재 임시정부의 재정 상태도 나는 차라리 말하지 않겠습니다. 장래의 재정 방침에 대하여서는 비밀이기 때문에 다 말하지 못하지만, 그 중 하나는 국민개병주의와 같이 국민개납주의(國民皆納主義)입니다. 어느 부자를 끌어오자 하지 말고, 독립운동 기간에는 남녀를 물론하고 1전, 2전씩이라도 다 내어야 할 것입니다. 금액의 다소를 논할 것이 아니외다. (갈채)

누구나 먹으며 살고는 있으니 밥 반 그릇을 덜어서라도 각각 내놓게 되면 수백만원의 거액을 낼 재산가도 있을 것입니다. 재산가를 위협하는 육혈포는 결코 돈을 나오게 하는 육혈포가 아니요, 못 나오게 하는 육혈포이외다.

그러므로 근본적 재정 방침은 오직 앞서 말한 국민개납주의라야 합니다. (박수 갈채)

일찍 구국월연금(救國月涱金)의 발기가 있어 혹은 10원, 혹은 5원씩 모금되었는데, 이내 소식이 없음은 웬일입니까? 돈 없는 것보다도 그런 정성으로 독립할 자격이 과연 있을까 두렵습니다.

내가 말하는 중에 제일의 요지는 국민개병주의와 국민개납주의입니다. 먼 곳에서 구하지 말고 우선 상해에 발 붙인 우리들부터 적으면 적을지언정 매달 돈 내는 데 빠지지 말도록 합시다. 그리하여 중국·러시아 령(領) 동포와 본국 동포에게까지 미치게 합시다. (박수)

어떤 사람은 말하기를 일만 하면 돈이 있다 하며, 또 말하기를 일만 잘하면 나도 돈을 주겠다고 합니다. 이는 마치 시장한 사람더러 네가 배만 부르면 밥을 주겠다 함과 다름없습니다. 돈이 있어야 일을 하지 아니하겠습니까?

혹은 부자들이 맘이 좋지 못하여 돈이 없다 합니다. 혹은 협잡배가 많고, 애국금 수합위원(愛國金收合委員)을 믿을 수 없어서 돈이 안 나온다 합니다. 실상은 돈이 안 나오는 이유는 우리 국민은 돈이 없어도 일이 되는 줄 아는 까닭입니다. (박수) 그래서 독립도 글자나 말만으로 되는 줄 압니다.

대한의 독립군은 먼저 돈을 많이 모으는 사업에 힘을 써야 합니다. 첫째, 제 것을 다 내놓으십시오.

나는 또 국민개업주의(國民皆業主義)를 주창합니다. 대한의 남녀는 자기의 직업에 힘을 써야 합니다. 노는 것이 독립운동이 아닙니다. 정부나, 신문이나, 기타 각 단체에서 일을 하거나 그렇지 않거든 무슨 일을 해서라도 각인이 매일 4,5전씩이라도, 2,3전씩이라도 국가를 위하여 내게 하십시오. (박수) 대전중에 부강한 미·독·영 제국도 부인까지 일하였습니다. 놀고 돌아다니면 아무 일도 아닙니다.

평시에 30원씩 썼거든 가족끼리 의논하여 5,6원씩이라도 검약하여 바치게 하십시오. 나도 주막이라도 하나 경영하여 내 생활비를 얻어 쓰려 하였습니다.

여러분은 다 일하십시오. 여기서 할 일이 없거든 서북간도에 가서 농업을 하십시오. 독립운동하노라 하면서 노는 자는 독립의 적입니다. 특히 상해에 있는 이는 개병(皆兵)·개납(皆納)·개업(皆業)의 모범이 되어야 합니다. (박수)

우리 사업은 거의 다 사람사람이 다 배우고 일해야만 오래 계속하게 될 것입니다. 내가 상해에 온 후로 4차의 연설(환영회, 청년단, 민단)은 모두 다 같은 주지(主旨)이외다. 다시 말하노니 경제에 힘쓰십시오.

통 일

내 입으로 통일이란 말을 많이 하였습니다. 그래서 이제는 심상한 말이 되어버렸습니다. 그러나 군사나 외교나 무엇 무엇 모든 것을 다한다 하더라도 재전(財錢)과 통일이 없이는 안 됩니다. 인구와 금력과 지력이 아무리 많더라도 통일이 부족하면 망하는 것은 다 알고 있을 것입니다.

우리의 지력이나 금력이 얼마나 있습니까? 그런데도 10년간 남의 노예로 있던 자가 아직도 완전히 통일이 못 되었다 하면 어찌된 일입니까? 무엇보다도 먼저 대한 민족은 통일되어야 할 것이외다. (박수)

만일 통일이 못 되면 어찌 될 것입니까? (유정근 씨에게 기립하기를 청하고) 이제 유정근 씨의 사지가 떨어지면 힘이 있겠습니까? 제가 잘났다, 제가 옳다 하고 다 달아난다 하면 그놈들은 어디 가서 살겠습니까? 대한이 망한다 하면, 그놈들은 혼자 살겠습니까? (박수) 우리는 실지로 통일하도록 결심이 서 있고 실행이 있어야 합니다.

혹자는 말하기를 통일은 좋지만 우리 민족은 통일하지 못할 민족이라 하는 자가 있습니다. 이러한 자야말로 통일을 방해하는 자이외다.

우리 국민은 본래 통일된 민족입니다. 인종상·혈통상으로 보아 우리는 잡종이 아니요, 순수한 통일 민족입니다. 혹 이민족의 피가 섞인 일이 있다 하더라도 이는 모두 다 단족화(檀族化)하였습니다. 또 언어도 하나요, 문자나 습관도 하나입니다. 예의도 그러하고, 정치적으로도 중앙집권이 있고, 결코 중국 모양으로 주권이 여러 지방, 혹은 부분에 나뉜 일이 없었습니다. 그러면 우리 국민은 통일한 국민인데, 왜 통일을 말해야만 합니까?

혹자는 지방열 때문에 통일이 안 된다 합니다. 그러나 나는 말을 꾸미는 것이 아닙니다. 사실상 우리나라에는 지방열이 없다고 단언합니다. 그 이유를 내가 말하겠습니다.

다른 나라에는 지방열이 있습니다. 가령 미국으로 보면 한 지방에 이로운 것이 다른 지방에 해가 되는 수가 있습니다. 미국이 아직 전국이 단행하기 전에 어떤 한 주(州)가 금주를 단행하려 한다면 양조업이 많은 다른 주는 이에 반대하여 피차에 싸울 것이니 이것이 지방열입니다. 그러나 우리나라에 과거나 현재에 정치적으로나, 경제적으로나, 지방과 지방이 경쟁한 일이 없었습니다. 현재 우리 독립운동에는 물론이지만 미래에도 없으리라 생각합니다. 원래 지방열이란 지방이 광대한 나라에 있을 것이요, 우리나라 같은 지방이 적은 나라에는 있을 수 없는 것이외다.

혹자는 선배 노인들이 지방열을 만들었다 하나 기실은 일부 청년들이 이름을 지은 것입니다. 가령 이 총리(李總理)를 봅시다. 그는 서울 사람을 대할 때는 서울 깍쟁이라고 책하고, 평양 사람을 보면 평양 상놈이라 하고, 개성 사람을 대해서는 개성놈의 자식이라 하였소이다. 이것을 보고 그는 지방열이 있는 자라 합니다. 그러나 그가 설립한 90여 개의 학교가 함경도에 있지 아니하고 대부분이 개성·강화에 있습니다. 개성·강화는 경기도, 충청도가 아닙니까?

또 이 내무총장(李內務總長)과 이 재무총장(李財務總長)으로 말하더라도 우선 그들의 실모를 보십시오. 그네에게 무슨 야심이 있겠습니까? 그네가 지방열 있는 것을 걱정할지언정 자기가 창도할 리 있겠습니까? 자기네가 누구를 배척하고선 받은 이는 홀로 된 것입니다. 그리해놓고 말하기를 누구는 지방열이 있다 하고 있습니다.

그러면 신 총장(申總長)에게 지방열이 있겠습니까? 그 어른이 해외 10년에 동포간에 절규한 것이 대동단결이외다. 그가 주재하던 동제사(同濟社)는 대한의 독립을 광복하려는 대한인의 단체지 결코 어느 지방 사람의 단체는 아니었습니다.

또 안창호(安昌浩)가 서도(西道)를 위하여서만 일했다 합니다. 그만해도 고맙기는 고맙소만 우리나라가 얼마나 커서 황해도, 평안도를 가리겠습니까. 내가 혹 국가주의를 초월한 세계주의를 포회(抱懷)하였다 하는 나무람은 받을지언정 그런 지방열이야 있겠습니까? 또 가령 내가 지방열이 있다 합시다. 그러나 안창호에게 지방열이 있으면 있었지 모든 노인에게 있는 것은 아닙니다.

그러면 내가 지금 말하는 통일은 무엇을 가리키는 것이겠습니까? 결코 지방의 통일을 의미함이 아니요, 오직 전국민을 조직적으로 통일한다는 말입니다. 비록 유정근 씨의 사지가 떨어지지 아니하고 붙어 있더라도 내부의 신경과 혈맥이 관통치 아니하면 안 될지니, 내가 말하는 통일은 이 신경과 혈맥의 장애를 제거한다는 뜻입니다.

조금 무엇을 안다는 사람 중에 두 가지 병이 있습니다. 그 하나는 국가를 위하여 단결하기보다 사정적(私情的)·의형제적 통일을 이루려 합니다. 그래서 매양 조그마한 일에도 저 사람이 나를 믿나, 잘 대접하나 하고 주의하여 살피게 됩니다. 그러다가 걸핏하면 싸움이 났네, 결렬이 되었네 합니다. 국민이 다 통일된다고 남의 아내를 제 아내와 같이 사랑할 수는 없는 것입니다. 만일 그리한다면 그는 괴한 놈일 것입니다.

사정(私情)의 친고(親故)는 주의보다도 정성(情性)으로 되는 것이니, 모가 모와 친하다고 그것을 편당이다 할 수 없는 것입니다. 다만 주의(主義)만 같으면 동지가 아니겠습니까. (박수) 내가 가령 이동녕(李東寧)·이시영(李始榮) 두 분과 저녁을 같이 먹는 것을 보면 얼굴을 찡그리며 말하기를 저놈들이 이동휘(李東輝) 씨를 따돌린다 하고, 그와 반대로 내가 만일 이 총리(李總理)와 같이 먹으면 내무·재무 양 총장을 따돌린다 합니다. (웃음 소리) 세상이 이러하니까 우리는 자연 근신하게 되어 자유로 의사 발표나 교류하기를 꺼리게 되는 것입니다.

여러분, 공과 사를 가리십시오. 2천만이 모두 동지로 통일하더라도 모두 사위나 의형제는 못될 것이니 사위를 편당이라 하면 영원히 편당이 없어질 날이 없을 것이외다. (박수)

통일에 공적 통일과 사적 통일을 명확히 하면 곧 통일이 될 것입니다. 그런데 어디나 어디를 물론하고 통일이 안 되는 것은 무슨 까닭입니까? 결코 지방열도 아니요, 편당심도 아닙니다. 오직 그 중에 일하는 자 몇 사람이 남의 하풍(下風)에 서기를 싫어하는 까닭입니다. 그네들도 가서 물어보면 통일해야 된다고 합니다. 그러고 통일 못 되는 것은 다 남의 탓인 듯합니다. 남의 하풍에 아니 서려니까 자기 부하에 일단을 둘 필요가 있습니다. 그 일단을 만드는 방법은 이러합니다.

여러 사람을 모아놓고 "이런 걱정이 있나." 하고 강개하게 말합니다. "왜요." 하고 물으면 "꼭 통일을 해야 될 터인데 모야(某也)가 악하여 통일이 안 된다." 합니다. 그러면 통일을 바라는 여러 동포들은 대단히 분개하여 그 사람에게 복종하여 그 모야를 공격하고 배척합니다. 이리하여 그의 야심은 성공되고, 통일은 파괴됩니다. (박수)

통일의 최후, 또 최대한 요건은 복종입니다. 대한 민족이 통일한 후에야 자유도 있고 독립도 있습니다. 정부 직원이 인민의 명령을 복종치 아니하면 역적이 되거니와, 국민 각 개인이 정부의 명령을 복종치 아니함도 적입니다. (박수)

국민의 명령이란 결코 민단이나, 청년단이나, 기타 어느 일개 단체의 명령이 아닙니다. 국민이 정부를 명령하는 기관은 오직 의정원이 있을 뿐입니다. 정부가 국민의 명령을 받아 의정원을 통일한 후 일단 인민에게 발표한 이상 인민은 절대로 이에 복종해야 합니다.

정부는 개인인 인민의 집합의 중심이요, 또 주권자인 국민의 주권 행사의 기관입니다. 당초에 정부를 설립하는 본의가 절대로 이에 복종할 것을 예상함이니, 혁명의 본의 또한 정부를 절대로 복종하는 주지에서 나온 것입니다.

불량한 자연인을 집어내고, 선량한 자연인을 대입함이 혁명입니다. 그러므로 자연인인 정부 직원이 국민의 명령을 불복함도 역적이지만, 정부라는 기관의 명령을 불복하는 인민도 역적입니다.

직원이니, 인민이니 하는 말을 사용했습니다만, 독립운동을 하는 점으로 보면, 우리의 독립을 위하여 나선 자는 다 동지가 아니겠습니까, 같이 죽을 자가 아니겠습니까, 정부는 어떤 의미로 보면 독립운동의 본부니 우리 모든 동지가 그 아래로 모이면 통일이 될 것입니다.

나는 진정으로 말하지만 이 대통령과 이 국무총리를 충성으로 복종합니다. 나는 두 어른의 결점을 가장 잘 압니다. 아마 나만큼 잘 아는 사람은 없을 것입니다. 그러나 나는 충성으로 그네를 복종합니다. 누구를 갖다놓든지 우리 주권자에게 복종해야 합니다. 우리끼리 복종하지 아니하면 가인(嘉仁)의 복종에서 떠날 날이 없습니다. (박수)

복종 아니하려는 자는 대개 자기가 두령이 되려는 생각이 있습니다. 그러나 우리 중에는 결코 독력으로 독립할 자는 하나도 없습니다. 통일하면 독립하고, 아니하면 못합니다. 우리의 모든 일 중에 급하고 급한 것이 통일이요, 구할 것이 통일이외다.

우리 민족 중 구태여 인격과 역량이 위대한 자를 찾지 마십시오. 그런 인물을 찾는 자는 혹 동경에 있는 적진 중으로 가기 쉬울 자입니다. 가인(嘉仁)은 비록 인격이 천충만충이라 하더라도 눌러야 합니다. 우리 동포끼리는 고개를 숙이고 복종해야 합니다. 독립은 독립이지만 내가 어찌 네 밑으로 가랴, 하는 생각은 버리십시오.

이동휘(李東輝)가 왜(倭)와 통하는 일이 있거든 나와 함께 그를 죽입시다. 그러나 오늘날은 나와 함께 그의 명령에 복종합시다. 국가에는 복종하되 자연인에게 복종하랴 하시겠지만, 국가는 정부를 통하여, 자연인을 통하여, 비로소 명령을 발하는 것입니다. 그러니 주권을 위탁한 자연인을 복종함이 국가를 복종함입니다. 저마다 자유, 자유 하면 망합니다. 지금은 무슨 명령에나 복종해야 합니다. 무슨 명령에나 다 "네." 해야 합니다.

대전중 미국에서 식량총감(食糧總監)이 사탕과 맥분 절용(節用)의 명령을 발하였을 때, 미국인은 두말 없이 복종하였습니다. 개업한 의사에게 정부가 종군하기를 명할 때에 그네는 두말 없이 문을 잠가놓고 나서 법국전선(法國戰線)으로 나갔습니다. 만일 그렇지 아니하였던들 미국은 망하였을 것입니다. (박수)

1920년 1월 5일, 상해교포들의 신년 축하회 연설.

나의 소원

통일의 완성

　대한 국민은 속임과 의혹과 투기를 버리고 서로 사랑하고 복종하여 정신으로 단결하며, 또한 부분적 단독적 행위를 버리고, 조직적으로 중앙기관에 연락하여 2천만 몸이 한 몸이 되어 동일한 보조로 광복 사업을 이룸직한 완전한 통일을 이루게 하여지이다.
　대한의 남자야 여자야, 우리는 적국을 파괴하고 조국을 중건하는 대업을 담책하였나니 응당 큰 힘을 만들기 위하여 무엇보다 통일·단결을 먼저 힘쓰리라.

혈전의 결심

　대한 국민은 나라를 광복하는 대업의 성취가 오직 의로운 피를 뿌림에 있음을 절실하게 각오하고 독립전쟁을 단행하기로 결심하여지이다.

장사의 모임

각처에 산재한 대한 군인은 대한민국의 원수(元首) 앞에 모여들어서 원수를 보좌하여 작전 사업을 준비하며, 여러 직무를 분담하여 성충으로 노력을 다하여 큰일을 돕게 하여지이다. 대한의 장사야, 너희가 대한 장사의 혼이 있나니 응당 먼저 대한의 장사로 더불어 뭉치리라.

국민은 다 군사

대한의 청년과 장사는 하나도 빠짐없이 독립군 명부에 등록하고 산이나 들이나 저자나 어디 있든지 각각 그 처지대로 가능한 방편을 만들어 끊임없이 군사 훈련을 받게 하여지이다.

대대적으로 싸움

의를 위하여 죽기로 결심한 용기있는 남자는 적과 더불어 싸우되, 무통일·무조직·무의식적의 임시적 행동을 취하지 말고 규율있게, 질서있게 대대적으로 일어나 최후의 승리를 얻기까지 분투하여지이다.

대한의 남자야, 여자야, 우리는 자유를 위하여, 정의를 위하여 죽는 것이, 노예로서 사는 것보다 오히려 쾌(快)함을 각오하였나니 응당 죽음에 나아가기를 서슴지 아니하리라.

국민마다 돈을 다 바침

대한 국민 된 자는 부하거나, 빈하거나 일치하게 독립 공채권을 살지며, 인두세(人頭稅)를 바칠지며, 각각 소득에서 먼저 몇 분의 얼마를 덜어 바칠지며, 애국의연(愛國義捐)을 바칠 힘이 적으면 1전이라도 한 사람도 빠짐없이 정부에 금전을 공헌케 하여지이다.

생명을 희생하기로 결심한 대한 남녀야, 우리는 만사에 금력이 없으면 공상뿐임을 알지 않느냐. 우리의 독립이 공상이 되지 않게 하려는 대한 국민은 응당 생명을 바치기 전에 먼저 금전을 아끼지 아니하리라.

국민은 다 직업

대한 국민은 독립운동하는 기간에 평시보다 더욱더 직업에 집착하여 배울 자는 배움에, 벌이할 자는 벌이에 성충(誠忠)과 노력을 다하여, 광복사업의 원력(原力)이 더욱 충실하게 하여지이다.

외국에 친선

대한 국민은 어떠한 외국 사람에게든지 신(信)으로 대하며, 애(愛)로 접하며, 우리 민족의 독립 정신과 문명한 품격을 실현하며, 우리의 주의(主義)를 선전하여 우리 각 개인의 행동으로 말미암아 세계 만방의 친선과 동정이 있게 하여지이다.

적인(敵人)을 거전(拒戰)

대한 국민은 갇힘을 당하거나, 죽음을 당하거나 어떠한 경우를 당하든지 일치하게 결심하고 적인의 관리가 되지 말며, 적인에게 세금을 주지 말지며, 소송과 교섭을 끊을 지며, 적인의 기장(旗章)을 달지 말고, 연호를 쓰지 말지며, 적인의 물건을 사지 말아서 우리 민족의 근본적 주의·정신을 원만히 실현케 하여지이다.

대한의 형제야, 자매야, 적인의 옥에 앞서 갇힌 형제 자매만 홀로 있게 하지 말고, 너도 나도 다 같이 나아가 그 옥이 얼마나 넓은가 시험하여 보리로다.

청년의 활동

대한 국민 중에 특별히 담력이 있고 용기가 있는 층의 남녀는 국민의 의사를 일치하게 하기 위하여, 우리의 만반 경쟁을 실시하기 위하여, 각방의 위험을 뚫고 들어가 일반 국민에게 금일에 각오할 바를 선전하기 위하여 활동케 하여지이다.

오늘의 대한 남녀는 국가가 우리에게 무엇을 요구하든지, '아니오.' 하지 않고 '네, 하겠습니다.' 하리라.

6대 사업에 관하여 나의 연설은 독립운동 진행 방침의 정신과 대의를 말하였음에 불과하오. 구체 계획은 비밀을 요하니까 현재의 처지로는 도저히 발표키 불능하오. 이는 유감이지마는 무가내하(無可奈何)요. (중략) 나는 일반 동포가 이 정신을 체(體)하여 일치 협력하기를 간청하오. 1920년 1월 5일, 재상해 동포들의 신년 축하회에서 낭독한 원고.

3·1절을 맞으며

이날 우리 흉중에는 비희(悲喜)를 분간치 못한 일종의 비상한 감상이 있었습니다. 이 비상한 날에 비상한 감상이 있는 동시에 비상한 결심이 있어야 합니다.

과거 10년 동안 대한 민족은 이날 하루를 얻기 위하여 비상히 분투하였고, 일본은 우리에게 이날 하루를 못 얻게 하기 위하여 분투하였습니다. 그러나 일본의 분투는 실패하고, 우리의 분투는 성공되어 천만대에 기억할 이날은 우리가 알게 되고 세계가 알게 되겠습니다.

이날은 가장 신성한 날이요, 자유와 평등과 정의의 생일이니, 진실로 상제(上帝)가 허하신 날입니다. 이날은 일개인이 작정한 것이 아니라 2천만이 하였고, 다만 소리로만 한 것이 아니요, 순결한 남녀의 혈(血)로 작정한 날입니다.

우리는 10년을 싸워 이날을 얻었지만, 이날 이후 1년 동안에 무엇을 하였습니까. 과거 1년간 일인은 이날을 무효에 귀(歸)하려 하여, 우리는 이날을 유효케 하려고 싸웠습니다. 그리고 세계는 이 싸움에 주목하고 있습니다.

일본의 최대 문제는 이날을 무효에 귀(歸)케 함입니다. 우리의 최대 의무는 이날을 영원히 유효케 함이외다. 이날, 우리나 일본이나 세계가 다 큰 문제로 삼는 이 비상한 날에 우리는 비상한 결심을 지을 필요가 있습니다.

기필코 이날은 유효케 해야 합니다. 그러기 위하여 우리는 작년 3월 1일에 가졌던 정신을 변치 말고, 잊지 말자 함입니다. 그날에 우리는 명예나, 생명이나, 재산을 다 불고하고 죽자 하였습니다. 그날에 우리 민족은 우리 대표 33인의 인격이나 실력도 불계(不計)하고 오직 부모와 같이 여겼습니다. 그날에 우리에게는 의심도, 시기도 없고 오직 서로 사랑하여 한 덩어리가 되었습니다. 그날에 일인의 강포도 불구하고 최후의 1인까지, 최후의 일각까지 나아가자고 하였습니다.

동포여, 이날을 유효케 하려거든 그날을 기억하십시오. 이 정신을 통이언지(統而言之)하면 여러분은 우리 대통령 이승만(李承晚)과 국무총리 이동휘(李東輝) 하에 통일되어 가인(嘉仁)을 목표로 싸우자 함입니다.

우리가 전쟁을 하네, 외교를 하네 하지만, 우리의 지체(肢體)가 상쟁하고야 무엇이 되겠습니까.

금일에 우리의 작정할 것은 이미 우리 민족의 작정한 두 영수를 떠받들고 나아감입니다.

1920년 3월 1일, 제1회 3·1절에 발표한 담화.

국민군(國民軍) 편성 및 개학식에서

10년 동안 고대하던 국민군의 편성을 오늘 맞으니 한없이 기쁘외다. 대열에 서 있는 여러분은 이 자리에서 상기하는 바와 같은 목적으로 이미 군인 양성에 노력한 중국·러시아 양령(兩領) 및 내지의 동포들이외다.

우리는 대한의 혁명군이니, 우리 혁명의 목표는 정부도 아니요, 황실도 아니요, 사회도 아니요, 오직 가인(嘉仁)과 그 무리입니다. 우리는 동족을 목표하고 싸우는 것이 아니라 우리의 싸울 자는 오직 일본이니, 대한인은 이 국민군의 산하에 한데 뭉칠지어다.

국권이 있고 병력이 충분하더라도 국민이 분열하면 패하는 법이외다. 하물며 국권도 없고, 병력도 없는 우리는 어찌해야 합니까? 대한인아, 단결하라, 통일하라!

우리의 싸울 무기는 오직 정신이니, 이는 이 충무공과 을지공의 혈관으로 흐르던 그 정신입니다. 우리는 10년, 20년이라도 견인(堅忍)할 의지적 정신이 있어야 합니다. 우리가 일패(一敗)에 다시 일어나지 못하면 우리 민족은 영원히 망하게 됩니다. 패함을 두려워하지 마라, 넘어지거든 다시 일어나라!

1920년 3월 20일.

동오 안태국(東吾 安泰國)을 추도(追悼)

내가 선생을 영결(永訣)하던 지난해 오늘에는 말할 용기가 없었으므로 감히 무슨 말을 못하였습니다만, 1년이 지난 금일에는 다소의 말할 용기가 있으므로 추도사를 술하나이다.

누가 나더러 묻기를, 네가 믿는 사람 중에 가장 믿던 이와 네가 사랑하던 이 중에 가장 사랑하던 이가 누구인가 하면 나는 안태국(安泰國) 선생이라 대답하겠나이다. 선생을 믿고 사랑하던 자가 어디 나 하나뿐이겠습니까. 대한의 애국 남자와 여자로서 선생을 아는 사람은 다 나와 같이 사랑하여 선생을 사랑하는 자가 나라 안에 많았나이다.

다수의 동포와 내가 왜 이처럼 선생을 크게 믿고 사랑하였습니까. 선생은 명예나 지위나 세력을 일반푼도 요구치 않고 순전히 국사만 위하는 진정한 애국자인 때문입니다. 또한 성격이 탁월하여 모든 사람이 열복(悅服)하게 되었습니다.

선생은 국사에 노력하기를 시작한 날부터 세상을 마치는 날까지 변함없이 여전히 진충(盡忠)하였나이다.

선생이 노력하는 국사 중에 특히 담책한 일은 신민회(新民會) 사업이었습니다. 선생은 일본이 한국에 대하여 5조의 칙약(勅約)을 체결한 후에 당시의 수치를 아파하며 미래의 음악(陰惡)을 예측하셨습니다. 그리하여 일인을 구축하고 국권을 회복할 만한 실력을 준비하기로 결심하여 신민회(新民會)를 발기하셨습니다. 그 종지(宗旨)의 ①은 단결력이요, ②는 인재력(人材力)이요, ③은 금전력이요, 하셨더이다.

단결력은 어떻게 준비하려던 것인가.

당시 애국자가 없지는 아니하나 각각 사방에 환산(渙散)하여 고립한 형태로서 개개로는 그 힘을 발휘할 수 없었습니다. 이러므로 동서 남북에 산재한 애국자들을 정신적으로 규합할 필요가 있었습니다. 그것은 2천만 민족의 중심되는 공고한 단결을 지어서 장래 거사하는 때에는 그 중심의 동력으로 전민족이 일치 행동케 하려 함이었습니다. 국내 각구에 기관을 설치하고 경성으로 중앙을 삼아 다대수의 애국자가 응결되어 은연중에 그 세력이 팽창하였습니다. 이동녕(李東寧) 선생이 그때 중앙총관(中央總管)의 임무를 맡아 하셨나이다.

인재는 어떻게 양성하려 하였는가.

곧 단결한 애국지사들에게 국내 각 구역을 분담하여 일반 국민에게 교육의 정신을 고취시킬 학교의 설립을 장려케 하였습니다. 특별히 각 요지에 중학교를 설립하고 보통의 학과를 교수하는 이 외에 군인의 정신으로 훈련하셨습니다. 이는 유사지시(有事之時)에 곧 전선에 나아가 민군(民軍)을 지휘할 만한 자격자를 양성하려 하였으니 곧 중학교로써 정신상 군영(軍營)을 지으려고 하였습니다.

그 외에 뜻있는 청년을 망라하여 무실역행(務實力行)의 정신으로 수양을 동맹하여 건전한 인격을 작성케 하려고 하였습니다. 이를 위하여 국내의 유지(有志)한 인사들과 합동하여 기관을 설립하여 지금까지 이끌어오셨습니다(즉 청년 학우회).

금전은 어떻게 준비하려던 것인가.

재산가들을 협박이나 유인(誘引)의 수단으로 해서 재정을 모집하려 하지 않았습니다. 그 대신 기관내의 동지들이 먼저 직접 실업에 노력한 후 국내의 다수 실업가와 연락하여 재원의 토대를 공고케 하여 대사를 성취할 만한 자본력을 준비하려 하였습니다.

이상의 모든 일은 이상과 이론에 붙이지 않고 실지로 착수하여 좋은 효과를 보았습니다. 또한 이러한 일은 우리 민족의 전도에 큰 희망이 되었습니다.

우리의 적인 일본이 한국을 병탄(倂呑)하려 할 때 장래 가장 위험한 것으로 발견한 것이 곧 이 신민회(新民會)입니다. 이러므로 신민회원들을 암살당(暗殺黨)으로 구날(構捏)하여 여러 차례의 당옥(黨獄 : 105인 사건 등)을 당하였습니다. 일본 경찰은 그 중에 안태국(安泰國)·이승훈(李昇薰)을 가장 위험한 인물로 인식하여 비할 데 없는 혹독한 악형을 가하였습니다. 악형으로 선생이 수십 회 기절하였지만 끝까지 그 뜻을 굴함이 없었습니다. 선생의 성격은 의지가 강고하여 한번 뜻을 정하고 시작한 일은 중도에서 개변함이 없이 끝까지 나아가는 것이 특징이었습니다. 또한 인애와 포용(抱容)의 덕량이 넘쳐 딴 사람으로 하여금 자기에게 복종케 할 술법을 쓰거나 또는 그러한 의사를 품지도 아니하되 선생을 아는 사람은 무비 충심으로 열복(悅服)하였습니다.

선생은 평생에 모든 일을 불평적으로 행함이 없고 화기(和氣)로써 해결하셨습니다. 선생이 계셔서 처사하는 곳에는 무비춘풍화기(無非春風和氣) 중에서 일이 원만히 되었습니다.

선생은 극히 총명하여 감각력과 판단력과 기억력이 비상하였습니다. 선생이 적의 법정에서 재판을 당할 때의 일입니다. 적은 선생이 선천(宣川)에 가서 총독을 암살하려 하였다 하였습니다. 그 때 선생은 그날에 경성 모 요리점에서 연회할 때 무슨 무슨 음식을 얼마에 치른 것과, 또 아무 때에 아무 서관(書館)에서 무슨 책 얼마를 구입한 것과, 아무 상점에서 무슨 물건 얼마를 매도한 것을 일일이 입증하여 모두 꼭 들어맞았나이다.

선생은 성실·근면하여 직업에 노력하셨습니다. 선생은 국사에 분주·노력하기는 남의 10배 이상을 하면서도 항상 자기 영업에 근면하였습니다. 자력(資力)으로써 자가를 생활케 하였으니, 이는 현대 우리 애국자들이 본받아야 할 일입니다.

선생이 일찍 국사에 노력함이 큽니다만, 아직 더 생존하였더라면 선생의 진로가 크게 열려 우리 민족의 전도를 위하여 선생의 본능을 발휘할 것이 의심없나이다. 인물이 귀한 이 때에 우리는 선생을 영결함이 너무나 불행합니다.

선생께서 작년 이곳에 와서 병들었을 때, 내가 구호하노라 하였으나, 정성이 부족한 소치로 선생을 구원치 못하고 마침내 나의 이 손으로 눈을 감기었으니, 그날에는 천지가 아득하여 아무 용기와 정신이 없었나이다.

나의 나중 할 말은, 남아 있는 우리들은 선생과 같이 변함이 없고 간사함이 없는 애국자의 생활을 끝까지 지어나가기를 바라나이다.

1921년 4월 1일, 안태국 선생 1주기 추도사.

혈전(血戰)

최후의 승리는 혈전에 있나니, 혈전을 하려면 그 성의와 용기가 있어야 되리로다.

진정한 성의와 용기가 있는 자는 입으로 혈전하지 않고 그 혈전이 실현되도록 몸으로 노력하리라.

혈전을 실현케 함에는 무장도 군수도 여러 가지가 있어야 함은 물론이나 가장 없어서는 안 될 근본 문제는 지식과 양식이니라.

그러므로 혈전을 기대하는 용감한 우리 대한의 남아는 방황하지 말고 배움에와 벌이함에 지성을 다할지어다.

1921년 4월 2일, 신문에 발표된 단문(短文).

정부에서 사퇴하면서

〈시국 대연설〉

여러분! 오늘 이 저녁, 처음 나를 대할 때에 먼저 이러한 감상이 있을 줄 압니다.

"네가 어찌하여 정부에서 나왔는가? 네가 3년 동안이나 붙들어 오던 정부를 왜 오늘에는 떠나서 밖으로 나왔는가? 그 안에서 누구와 충돌이 생겨 감정으로 나왔는가. 혹은 그 안에서 욕과 괴로움을 많이 당하므로 그것을 피하려고 나왔는가?"

내가 정부를 설립한 처음부터 오늘까지 3년 동안이나 이것을 붙들고 나오다가 오늘 와서 이와같이 나오게 되었습니다. 이유를 자세히 설명하자면, 그 말이 장황하여 시간이 허락치 않습니다. 그러나 간단히 말하면 이렇습니다.

내가 본시 정부에 있던 것이 누가 고와서 있었던 것이 아니요, 지금 나온 것도 누가 미워서 나온 것이 아닙니다. 그러므로 나의 들고남이 조금도 감정상의 문제가 아니외다.

또한 만일 내가 정부에 있을 때에 욕과 괴로움이 있다 하면, 내가 밖으로 나온 후에도 그 욕과 괴로움은 의연히 남아 있을 줄로 생각합니다. 그러므로 내가 나온 것은 욕이나 괴로움을 피하려고 나온 것도 아니외다.

그러면 왜 나왔겠습니까? 내가 나온 본의는 지금 내가 노동총판으로서 일하는 것보다 평민으로서 일하는 것이 독립운동에 좀더 유익함이 될까 해서입니다.

어떤 이들은 말하기를 내가 이번 국무원을 사직한 것은 한때 편의를 위한 가면적 태도라고 합니다. 다소 민심을 수습한 후에 다시 들어가 이승만 대통령 밑에 영구히 총리가 되기로 약속하고 나의 심복인 손정도(孫貞道) 등 모모 씨를 국무원에 들여보냈다고 합니다.

나는 실로 이러한 약속이나 의사가 없었습니다. 내일이라도 내가 다시 노동총판으로 정부에 들어갈 필요한 경우가 있으면 마땅히 다시 들어갈 것입니다.

왜입니까? 나는 들고나며 행동하는 것을 오직 우리 독립운동에 유익되고 안 됨을 표준으로 하기 때문입니다.

여러분은 이러한 섭섭한 생각이 있을 것입니다. '우리가 독립운동을 시작한 후에 선택하여 정부 안에 모은 모모 제씨는 끝까지 변동함이 없이 둥그렇게 앉아서 일하기를 희망하고 있다. 그런데 지금에 와서는 왜 이같이 더러는 나가며 더러는 있게 되었는가.' 하고 말입니다.

어찌하여 이같이 되었는지 그 원인과 누구의 길고 짧은 관계를 말하자면 긴 시간을 요구합니다. 그러므로 그 내막을 여러분께 자세히 알리지 못함이 유감입니다. 다른 날에 이 내막을 말할 이가 있을는지도 모르고, 나라도 기회가 있으면 말하고자 합니다.

그 내막 중 어떤 것은 별문제이고, 하여간 처음 모인 이가 같이 앉지 못하게 된 것은 사실이요, 이것을 섭섭하게 생각함에는 나도 또한 동감자입니다.

"그러면 너는 끝까지 그 안에 있을 것이지 왜 너까지 나왔는가?"

하고 말씀하실 분도 계실 것입니다. 나는 독립운동 이후에 정부 안에 모여진 소위 우두머리란 인물들이 독립을 완성하는 날까지 한 사람도 변동하지 말고 끝까지 같이 나아가야 된다고 절규하였습니다. 절규할 뿐 아니라 이것을 위하여 노력해온 사람 중의 한 사람임을 자처합니다.

그러나 오늘은 나의 성의와 능력이 부족해서인지, 시세와 경우의 관계인지, 하여간 나의 노력하던 그 희망은 이미 실패를 고하였습니다. 일이 이같이 되었기에 나는 정부 안에 앉아서 내가 금후로는 어떻게 행동함이 마땅할까 하며 생각을 많이 했었습니다. 그 결과 '이 때는 부득이 정부 안에 있음보다 밖에 나와 평민의 신분으로 무엇을 해야 되겠다.' 하고 생각했기에 이같이 나왔습니다.

오늘부터는 여러분과 같이 한 백성으로서 일하기를 시작하였으니, 나의 하는 일이 옳거든 여러분은 많이 원조해주시기를 바랍니다.

연설의 필요

이제 본론에 들어가기 전에, 지금도 연설을 하고 있지만, '연설이 무슨 필요로 생겨난 것인가, 또 어느 시대에 산출한 것인가'를 잠간 말하겠습니다.

연설이 신권시대(神權時代)나 군권시대(君權時代)에 산출되었습니까? 아닙니다. 곧 군권시대 말 민권시대(民權時代) 초에 시작하여 민권시대에 성행해왔습니다.

이것으로 미루어 보아도, 이른바 공화정치·민주정치의 필요로 산출된 것임을 알겠습니다. 신권시대나 군권시대에 있어서는 신의 의사, 군의 의사나 소수인의 의사를 다수 인민이 복종할 것뿐이요, 민의 의사는 소용이 없으니 연설이 있을 필요가 없었습니다.

공화시대는 국가의 사업을 그 국민 전체 의사에 의하여 행하는 것이 원칙입니다. 그렇기 때문에 국민 각각 자기의 의사를 표시하여 어느 의사가 국민 다수, 곧 전체의 의사임을 알아야 하므로 부득불 연설이 산출되었습니다.

당초에 연설로써 공화국을 촉진하였고, 공화의 정치를 행함에 연설을 하여 성하였습니다. 결코 연설은 한때 연설이나 노름처럼 볼 물건이 아닙니다.

오늘 나 안창호라도 대한 국가의 일을 내 단독으로 행할 권세와 능력을 가졌다 하면, 여러분 앞에 나와서 연설할 필요가 없을 것입니다. 내가 오늘 연설하는 이유도 나의 의사를 일반에게 성명하여 국민 다수가 취하고 취하지 아니함을 묻고, 그 결과에 따라 전도 문제를 해결코자 함입니다. 그러므로 여러분은 내가 연설을 하는 것부터 주의하시기를 바랍니다.

우리의 독립운동은 계속할까, 정지할까

이제 먼저 물어볼 말은 '금번에 시작한 우리의 독립운동은 계속하려는가, 정지하려는가.' 함이외다. 누구나 말하기를 "물론 계속할 것이지 정지한다, 안한다고 의논할 여지가 있을까." 하겠습니다만, 그 입으로는 이와같이 말하되, 그 중심의 진정을 보면 의심이 가득하여 '계속할까, 정지할까' 하는 주저가 없지 않습니다.

먼저 독립운동을 계속하고 아니함에 확단이 없으면 독립운동의 진행책을 말할 필요가 없습니다.

여러분! 먼저 이에 대하여 명확한 단정을 지으십시오. 만일 누가 나더러 묻기를 "너는 어떻게 정하였느냐." 하면, 나의 명확한 대답은 '독립운동은 절대로 계속할 것'이라 하겠습니다. 오늘의 대한 사람은 죽으나 사나, 성(成)하나 패하나 끝까지 독립운동을 계속하기로 결심할 것이요, 이것이 대한 사람 된 자의 천직이요, 외무입니다. 누구든지 독립운동을 계속할까, 말까 주저하는 이도 독립이 싫거나, 자유가 싫어서 그것을 받을까, 말까 주저함은 아닐 것입니다. 다만 독립운동이 성공이 될는지, 안 될는지 하는 의심과 상심으로 그리되는 줄 압니다.

아닌 것이 아니라, 얼른 보면 우리에게는 인재도 결핍하고, 재력도 결핍하고, 기타 무엇도 부족하고, 무엇도 없으므로, 독립이 성공할까, 못할까 하는 의심이 생길 듯도 합니다. 그렇지만 여러분은 조금도 의심하거나 상심하지 마십시오. 우리는 독립할 가능성이 확실히 있습니다. 왜입니까? 우리 대한 사람은 무엇으로 보든지 근본적 자격이 독립할 민족이요, 결코 이민족(異民族)의 노예의 생활을 오래할 민족이 아니기 때문입니다.

이러한 우리의 민족으로서 독립을 요구하는 이날에 세계의 시운(時運)은 우리의 요구에 응합니다. 보십시오. 러시아와 미국이 장차 일본을 치려 하고, 영국과 프랑스도 일본을 해하려 하고, 오스트레일리아와 캐나다 또한 일본을 배척하려는 것이 다 사실입니다. 그런즉 오늘 세계의 현상이 모두 다 일본을 둘러치는 때니 이것이 전에 없던 우리의 큰 기회가 아니겠습니까.

그런즉 우리 민족 근본적 자체로 보든지, 외국의 형세로 보든지 우리의 독립을 완성할 가능성이 있는데, 어찌하여 의심하고 주저하고 있습니까.

우리 중에서 독립운동 계속에 대하여 의심하고 주저한다 하면, 그 가장 큰 원인은 이것입니다.

실질적으로 독립운동을 진행하기 위하여 우리 자체의 경우와 처지를 살펴 그 경우와 처지에 합당한 방침과 계획을 세우고, 그것을 밟아나아가기로 노력하지는 않습니다. 공연히 턱없는 요행과 우연을 표준하고 과도한 욕망을 품고 기다리고만 있습니다. 바로 그 턱없는 욕망대로 되지 않는다고 의심이니, 상심이니, 비판이니 하는 것이 생기는 것입니다.

지금에 흔히 들리는 말인 피인도자(被引導者)는 인도자에게 대하여 부족한 것을 한(恨)하고, 인도자는 피인도자에 대하여 부족한 것을 한합니다. 그리하여 '이런 인도자를 가지고 무엇을 할까, 이런 동포를 가지고 무엇을 할까' 하는 소리가 많습니다. 그 밖에도 '무엇이 부족하니, 무엇이 부족하니' 하는 소리가 따라서 많습니다.

여러분, 생각해봅시다. 우리의 인도자나 피인도자가 부족하다고 가정하고 부족한 인도자를 자꾸 욕한다고 그 인도자가 일조에 변하여 족해지겠습니까? 피인도자를 못났다고 나무란다고 일석에 변하여 잘난 백성들이 되겠습니까? 또는 무엇 무엇이 부족하다고 팔짱 찌르고 돌아서서 원성과 한탄을 지른다고 그 부족한 것들이 다 변하여 족해지겠습니까. 그럴 리가 만무합니다.

그러므로 오늘날 우리가 크게 생각할 것은 이런 것입니다. 우리는 이러한 인도자·피인도자를 가졌고, 이러한 부족한 경우에 처했다는 사실을 분명히 보아야 합니다. 그런 후에 이 경우와 이 처지에서 우리는 어떻게 진행해야 오늘에 부족한 것을 내일은 족하게 하여 기어이 독립을 완성해나갈 수 있는가를 생각해야 합니다.

이러한데 소위 낙심한다, 상심한다 하는 그대들은 아무 요량도 없고 자기의 노력할 의무도 다하지 아니하고, '이승만이 독립을 실어다 줄까, 이동휘가 독립을 찾아다 줄까, 또 기타 모모가 가져다 줄까' 하다가, 그것이 뵈지 않는다고, 또는 '미·일 전쟁이나 갑자기 생겨서 가만히 앉았다가 독립을 얻을까' 하다가 그도 속히 되지 않는다고 소위 낙심이라, 원망이라 하는 것이 생깁니다.

여보시오, 여러분! 우리 국민이 이러하고서 무엇을 희망하겠습니까. 오늘에 크게 각오하여 시간의 원근을 꺼리지 말고 우리는 우리 처지에서 우리 생활 방침을 세워 가지고 용맹직진(勇猛直進)해야 합니다.

그런데 금후의 독립운동은 어떻게 진행할까 함을 대강 생각합시다. 이것을 말하기 전에 '우리는 과거의 독립운동을 어떻게 하였는가'를 말하겠습니다.

과거의 운동은 독립을 선언하고 만세를 부르는 것이었습니다. 옥에 갇히고, 총검에 찔리고, 생명을 희생하며 한 모든 것이 만세운동을 행함이었습니다.

그 후에는 압록강 연안으로 시작하여 작탄단총(炸彈短銃)의 시위운동이 있었고, 두만강 연안에서 시작하여 다소의 전투적 운동이 있었고, 구주와 미주에 선전운동이 있었습니다. 이러했던 과거 운동의 그 결과가 무엇입니까? 그 만세 소리로 적이 쫓겨가기를 바람도 아니요, 다소의 작탄(炸彈)과 국부적 전투로 적을 능히 구축하리라 함도 아니었습니다. 그것은 우리 국민의 독립의 지원(志願)과 자유의 정신을 밖에 발표하여, 첫째는 우리 국민이 서로 '우리 국민 전체가 동일하게 독립할 의지가 있다.' 함이 알려지고, 또한 '크게 독립운동할 약속을 이루게 된 것'이요, 둘째는 세계 열방으로 하여금 '민족의 의사와 용기의 어떠함'을 알게 하는 데 있었습니다.

과거의 독립운동이 과연 크다고 할 만합니다. 그러나 미래의 독립운동에다 비하여는 그리 크다고 할 수 없습니다. 우리 민족이 일찍 국가적 큰 운동을 지내봄이 별로 없었으므로 과거의 운동을 시작한 것뿐이요, 독립운동할 의사를 대내, 대외에 선전한 것뿐입니다.

그렇다고 과거 운동을 무가치하고 작은 일이라고 말함은 아닙니다. 과거에 그와 같이 시작하였기 때문에 비로소 미래에 진행할 독립운동이 장원(長遠)하고 광대한 것을 절실히 생각하게 되었던 것입니다.

그러면 장래의 독립운동은 무엇이겠습니까. 우리가 독립운동 독립운동하고 모호한 가운데서 지내서는 안 되겠고, 먼저 무엇이 독립운동인지를 알아야 하겠습니다.

독립운동은 독립을 이루기 위하여 동작하는 모든 일을 가리킴이라 하겠습니다만, '모든 동작 중에 그 요령이 무엇인가.' 이것이 여러분의 의사와 내 의사가 서로 부합하는지 알고자 합니다. 우리 독립운동의 요령을 말하면 아래의 여섯 가지 사항이 있습니다.

1. 군사운동.
2. 외교운동.
3. 재정운동.
4. 문화운동.
5. 식산운동(殖産運動).
6. 통일운동.

독립운동이란 것은 이 여섯 가지 운동을 종합한 명사입니다. 그러므로 이 여섯 가지의 운동을 바로 진행하면 독립을 성공하게 되겠고, 이 여섯 가지 중에 하나라도 안 되면, 다른 다섯 가지가 다 진행되지 못하여 독립을 성공하기 불가능하겠습니다. 그러므로 누구든지 이 중에 무엇 한 가지만, 혹 두 가지만 해야 된다 하는 이를 나는 믿을 수 없습니다. 이 여섯 가지 중에 어느 것이 경하고, 중한 것이 없이 다 똑같이 힘써야만 될 것입니다.

우리는 공연히 세력이니 권리니 양심이니 하고 허공 중에서 그림자를 가지고 빈 싸움을 하지 말아야 합니다. 각각 나의 자격과 경우를 따라서 군사운동이나, 외교운동이나, 기타 어느 운동이나 이 여섯 가지 가운데 무엇이든지 하나씩 자기에게 적당한 것을 분담하고, 그 일이 이루어지도록 최후까지 꾸준히 나아가기를 결심합시다.

첫째, 군사운동이 어찌하여 필요한가에 대해서는 아무도 의심할 이가 없을 줄 압니다. 왜입니까? 독립을 성공하려니까 독립 전쟁을 해야 되겠고, 독립 전쟁을 하려니까 군사운동을 불가불 해야 되겠다고 누구든지 얼른 대답할 것이기 때문입니다.

둘째, 외교운동에 대하여도 이론이 없습니다. 우리가 강한 일본과 더불어 싸워 이기려면 열국(列國)의 동정을 얻어야 되겠고, 열국의 동정을 얻으려니 불가불 외교운동을 해야 되겠다고 논의가 일치할 것입니다.

셋째, 재정운동으로 말하면 앞에서 말한 군사운동이나, 외교운동, 기타 모든 운동을 하려면 다 금전이 있어야 됩니다. 그러므로 재정운동은 아니할 수 없는 것이라고 다 말할 것입니다. 그러나,

넷째, 문화운동은 무슨 필요가 있는가 하는 이들이 많습니다. 오늘날 이 때 어느 여가에 문화운동과 같은 것을 하고 천연세월(遷延歲月) 하겠는가, 어서 하루바삐 나가 싸워 죽어야지 하면서 교육을 받는 자나 교육을 베푸는 자에게 비난하는 일도 없지 않습니다. 하물며,

다섯째, 식산운동에 이르러서는 왜 독립운동을 아니하고 이 따위 일을 행하느냐 하며 역정을 냅니다. 그렇지만 이 식산운동이 독립운동의 부분되는 가치임에는 부정할 수 없습니다. 이제 그 이유를 간단히 말하겠습니다.

이 세상 모든 일에 성하고 패하는 것이 그 지식이 길고 짧음에 있음을 깊이 깨달아야 합니다. 우리나라가 왜적에게 망한 것도 우리의 지식이 저들보다 짧은 까닭입니다. 그러므로 오늘 우리 대한의 사람들은 지식의 일촌일척을 늘리는 것이 곧 우리의 독립을 일촌일척을 더 가깝게 함인 줄을 깊이 깨달아야 합니다.

이 문화운동이야말로 근본적 문제입니다. 지금 우리가 걱정하고 있는 통일이 잘못된다, 분규가 생긴다 하는 것 또한 우리의 지식

정도가 유치함에 원인한 것입니다. 그런고로 독립에 뜻이 있는 우리 민족의 지식을 높이기 위하여 진정한 노력이 있어야 할 것입니다.

식산운동은 이렇습니다. 여러분, 과거 세계대전 때에 이 식산운동을 각국이 평상시보다 어떻게 힘썼는지를 아시겠습니까? 내가 미주에서 그것을 직접 보았습니다. 이 때 미국 사람들은 어떤 계급을 막론하고 이 운동에 전력을 다했습니다.

여자는 섬섬 옥수에 호미를 들고, 부호는 그 화려한 공원을 채전으로 만들었습니다. 기타 사람들은 온갖 방법, 온갖 수단을 다하여 식산을 경영하는 것을 내 눈으로 보았습니다. 식산운동이 잘되어야 따라서 재정운동이 잘될 것은 다시 말할 필요가 없을 것입니다.

나는 우리 독립운동자 중에 소비자뿐이고, 생산자가 한 사람도 없음을 볼 때에 가슴이 답답합니다. 서북간도를 보십시오. 러시아 영토를 보십시오. 북경을 보십시오. 이 상해를 보십시오. 소위 독립운동을 한다는 사람치고 생산하는 자가 그 누구입니까? 오직 소비자뿐입니다. 나는 이것이 우리 독립운동 장래에 큰 험악한 문제라고 생각합니다. 만일 저들이 다 각각 생산자가 되어 저들의 현금의 소비자는 그 금전의 전부가 임시정부의 금고로 들어오게 되면, 우리의 독립 사업이 얼마나 잘 진흥될는지 모르겠습니다.

그러므로 다수는 이것을 심상시하지만, 기실은 식산운동이 우리 독립에 큰 관계가 있습니다. 물론 나의 말하는 본지(本旨)가 다른 운동은 다 가볍고 이 문화운동과 식산운동이 가장 중하다는 것이 아니라, 이것 역시 여섯 가지 필요한 것임을 말함이외다.

이상에 말한 여섯 가지 운동에 각각 그 진행의 방식을 말하겠습니다.

첫째, 군사운동에 대하여 어떠한 방침을 취해야 합니까? 과거에는 다만 몇 십, 몇 백 명이라도 나가서 싸워야 된다 말하고, 사실 그렇게도 했습니다. 그렇지만 지금의 군사운동은 그와 같이 하여서는 안 됩니다.

몇 명씩 소수로 나가서 싸우자는 이에게 그 이유를 물으면 이렇게 대답합니다.

"이렇게 함으로 세계에 선전자료를 만든다는 것이지 적을 패케 하겠다 함이 아닙니다. 다만 붉은 피를 흘려 우리 민족에게 독립 정신을 끼쳐주자는 것입니다."

나도 그 열렬한 뜻에 대해서는 탄복합니다. 그렇지만 그들의 의사를 보면 첫째는 외계의 구조를 의뢰할 뿐입니다. 둘째는 독립을 성공할 신념이 없는 데서 나왔다 하겠습니다.

오늘 이후 우리는 군사운동을 하되, 그러한 의미로 할 것이 아니요, 적을 구축하여 항복받기를 표준하고 운동해야 합니다. 일찍 우리의 흘린 피만 하여도 선전자료나 후손에게 끼쳐줄 독립 정신을 완성하기 위하여 흘린 것이므로 그것만으로도 충분합니다.

그렇다면 어찌해야 합니까. 첫째, 군사를 모집할 것이니, 먼저 지원병 3만 명 이상, 5만 명 이하만 모집하여 잘 단결하면 이것을 기본하여 기십, 기백만의 독립군을 모집할 수 있을 것입니다. 이와같이 지원병을 모집함도 일조일석에 물먹듯 쉽게 되는 것이 아닙니다. 많은 노력을 허비하여 이달에 몇 백 명, 내달에 몇 천 명씩 모집해나아가면 그 예정수에 달할 것입니다.

또는 우리 군사운동에는 사관 양성(士官養成)에 힘써야 하는데, 다른 나라에 비하여 한층 더 전력할 필요가 있습니다. 다른 나라 군사는 다 훈련을 충분히 받은 군사이므로 사관이 적어도 됩니다. 그렇지만 우리 군사는 훈련을 받지 못했습니다. 훈련 없는 군사에게 지도·통솔할 사관이 더 많아야 됨은 지당한 일입니다.

내가 오늘 이 여섯 가지 운동에 대하여 그 진행책의 대강이라도 말하려 하였습니다만, 나의 말할 기력이 부족하고 또 이 장소에서 10시 안으로 떠나야 됩니다. 그래서 그것을 다 말하지 못하고 생략

할 수밖에 없으니 매우 유감됩니다.

다만 내가 여러분에게 바라는 말은 이 말입니다. 여러분, 군사가 안 된다, 외교가 안 된다, 재정이 안 된다, 기타 문화와 식산과 통일이 안 된다 하여 독립운동에 낙망하지 마십시오.

군사나, 외교나, 재정이나, 문화나, 식산이나, 통일이 다 원만히 되었다 하면, 독립운동을 한다고 할 필요가 없지 않겠습니까. 없는 군사를 있게 하고, 부족한 것을 족하게 하는 것이 독립운동이 아니겠습니까.

그런즉 우리는 6대 운동을 목표로 삼고 그 진행할 방침을 연구하여 상당한 계획을 세워 나아가고 나아가야 합니다.

이제 다른 것은 다 생략하고 통일운동에 대하여 말하겠습니다. 통일운동에 이상에 말한 바 군사운동, 외교운동, 기타 모든 운동에 성하고 패함이 달렸습니다.

내가 통일을 한다고 많이 부르짖은 까닭에 '안창호의 통일 독립'이라는 별명까지 있습니다만, 독립을 완성하려면 우리 민족적 통일력이 아니고는 될 수가 없습니다. 그러므로 독립을 기망(企望)하는 우리는 통일의 완성을 위하여 노력 아니할 수 없습니다.

오늘날 우리의 군사운동이나, 외교운동이 잘되지 않았던 이유는 군사운동을 하되 불통일적 군사운동을 하였고, 외교운동을 하되 불통일적 외교운동인 때문이외다. 기타 모든 운동의 성취가 못 됨이 다 그 까닭입니다. 그동안 우리는 북경에서도 군사운동, 서간도에서도 군사운동, 북간도에서도 군사운동, 러시아령(領)에서도 군사운동, 또 어디서도 군사운동을 하였습니다. 그네들이 그 군사운동에 많은 시간과 노력을 희생하였으나, 각기 국부적이고 분열한 소수의 군사운동이었습니다. 그러므로 그 성적이 저마다 보잘 것없어 오늘까지 대한 민족적 군사운동이 실현되지 못한 것입니다.

외교운동도, 재정운동도 역시 그러합니다. 외교로 말하여도 북경에서 따로, 러시아령에서 따로, 미주에서 따로, 또 어디에서도 따로, 갑과 을이 각각 내가 대한 민족 대표라 하고 외국인을 교섭하니, 누가 그 진정한 대한 민족의 대표자라고 인정하겠습니까? 그러므로 오늘까지 대한 민족적 외교운동이 실현되지 못하여 외교할 만한 날에 외교의 성과를 거두지 못했던 것입니다.

재정으로 말하여도 내가 일찍 국민개납주의를 철저히 실행하자 말하였습니다. 그렇지만 이곳 저곳으로 분산되어 푼돈이 되었습니다. 이가나 김가나 분열적으로 재정을 운동치 말고, 온 국민이 모두 통일적으로 대한 임시정부의 국고를 향하여 재정을 바쳐왔더라면 우리의 독립 사업이 얼마나 발전되었을는지 모르겠습니다. 이것 뿐이겠습니까. 계속 강조합니다만, 모든 운동의 실현이 못되는 이유가 다 이 통일의 궤도를 잃은 때문입니다.

중앙 집중

그런즉 불가불 통일을 해야만 되겠습니다. 그렇다면 그 통일은 어떠한 방법으로 해야 합니까?

통일하는 방법 중에 가장 큰 것이 두 가지입니다. 그 하나는 전민족적 통일 기관을 설치하는 것입니다. 그 설치한 중앙 최고기관에 전국민의 정신과 마음과 힘을 집중하여 중앙의 세력을 확대케 해야 합니다.

그 두번째는 사회의 공론(公論)을 세우는 것입니다. 큰 사람이나 작은 사람은 물론 어떠한 사람이든지 다 그 공론에 복종케 해야 합니다.

지금 어떠한 이들은 대한 임시정부와 의정원을 부인하노라는 발표까지 하였으니 그 용기가 지나쳤고, 대한 사람으로서 못할 일을 하였다고 합니다.

우리 임시정부와 의정원이 이미 성립된 지 3년이란 시간을 지냈고, 대내적으로 말하더라도 압록강·두만강으로부터 저 부산까지, 제주도까지 가면서 한국 사람 보고 묻기를 너의 정부와 의정원이 있느냐 하면, "네, 우리 정부와 의정원은 상해에 있습니다."고 대답합니다. 또는 중국령(中國領)이나 러시아령이나 미국령(美國領)을 물론하고 해외에 있는 교민(僑民)이 다 우리의 의정원과 정부가 상해에 있다고 합니다.

그러므로 현존한 우리의 의정원과 정부를 전체 국민이 인정하는 것은 사실입니다. 또는 열국(列國)으로 말하여도 프랑스·영국·미국·러시아·중국 및 기타 여러 나라들이 아직 우리의 정부와 의정원을 정식으로 승인하지는 아니하였으니, 현존한 우리의 의정원과 임시정부의 존재를 인정합니다. 우리가 이러한 경우를 얻지 못하였다면 몇 천만원의 금전과 다수의 생명을 희생하여서라도 이러한 경우를 만들어야 하는데 이미 3년이 지나고 대외·대내간에 다 인정되는 우리의 의정원과 정부를 부인한다 함은 너무도 큰 실수라 하지 않을 수 없습니다.

바로 불충실한 것을 충실하도록, 불원만한 것을 원만하도록 개선한다 함은 마땅하겠지만 어찌 부인해야 합니까? 그런즉 이미 성립된 우리의 의정원과 정부를 더욱 충실하게 하고, 더욱 공고케 하여 민족적 통일 기관이 되게 해야 합니다. 만일 전국민의 힘을 중앙으로 집중하는 도를 실행치 않고 각각 제가 영웅이라고 분파적 행동을 취하면 백 년을 가더라도 통일을 이룰 수 없을 것입니다. 그러므로 통일운동의 첫 방침이 중앙 집중인 것입니다.

공론의 성립

통일하는 방침의 둘째인 공론(公論)을 세우고 그 공론에 복종케 하자 함이 또 중요한 문제입니다.

우리나라 사람들이 이 까닭에 통일이 못 된다, 저 까닭에 통일이 못 된다 합니다. 그러나 실상은 공론에 복종할 줄을 모를 뿐 아니라, 공론을 세워 보지도 못하고 갑은 갑론을, 을은 을론을, 각각 자기의 논을 주장하여 싸우기만 하는 까닭입니다.

흔히 들리는 말이 "소위 우리의 수령이라, 인도자라 하는 자들이 서로 싸움들만 하기 때문에 통일도 안 되고, 일도 안 된다."고 욕합니다만 그런 것이 아닙니다. 여러분은 이것을 깊이 깨달으십시오. 만일 진정한 인도자라면 진정한 싸움을 하는 자입니다. 누구나 소위 인도자가 되고서 국가에 대한 자기의 주의와 확신이 있으면 성충을 다하여 싸움을 아니할 수 없습니다. 만일 싸우지 않으면 성충있는 인도자라고 할 수 없습니다.

김가나 이가나 각각 자기의 주장을 세워 싸울 때, 인민 된 자는 냉정한 눈으로 그 싸움을 잘 살펴보아야만 합니다. 그리하여 김가가 옳으면 김가의, 이가가 옳으면 이가의 편을 따라야 합니다. 즉 그 옳은 편에 다수의 의사를 집중하여 그 옳은 편 사람으로 복종케 할 것이니, 이것이 이른바 공론을 세움이외다.

공론이란 것은 그 국민 다수의 공변된 의사를 가리킴이외다. 그러므로 인도자가 싸우므로 통일이 못 됨이 아니라, 그 백성이 공론을 세우고, 못 세움에 있다 함이외다.

미국을 예로 들어 말하면 루즈벨트나 윌슨이나 브라이언이나 하딩이나 그네들이 다 미국의 큰 인도자요, 세계적인 위인이라고 합니다. 그러나 이들은 항상 싸웁니다. 그이들을 인도자라, 위인이라고 하는 것은 싸움을 성충으로 하였기 때문입니다.

루즈벨트와 윌슨 사이에는 50년 동안이나 끊임없이 싸워왔습니다. 몇 해 전에 루즈벨트는 육해군을 확장하자고 주장하고, 윌슨은 그것을 반대하여 양방이 크게 싸웠습니다. 이 때 미국의 백성들은 그 싸우는 내용을 살펴서 시비를 판단하고 다수가 윌슨 편에 서므로 루즈벨트는 그에게 복종하였습니다.

그 후에 브라이언과 윌슨 사이에는 사분(私分)이나 공분(公分)으로 매우 가까운 친고(親故)요, 브라이언의 운동으로 윌슨이 대통령이 되었고, 윌슨이 대통령이 된 후에 브라이언은 총리가 되었습니다. 그렇지만 윌슨이 미독전쟁(美獨戰爭)을 주장하자 브라이언은 이를 반대하여 총리의 직까지 사면하고서 크게 싸웠습니다. 그러나 미국의 다수 국민이 윌슨 편에 서므로 브라이언이 할 수 없이 그에게 복종하여서 통일적으로 미독전쟁을 행하였습니다.

또 근년에 와서는 윌슨은 국제연맹회를 주장하고, 하딩은 이것을 반대하여 크게 싸울 때에 윌슨 편에 섰던 다수 국민이 하딩 편에 옮겨 서므로 윌슨은 그에게 복종할 수밖에 없이 되었습니다. 저 미국 백성들은 자기의 인도자들이 싸울 때에 덮어놓고 "저놈들은 싸움만 한다."고 인도자 전부를 배척치 않고 그 싸움의 이해와 곡직(曲直)을 살펴 이익되고 좀더 옳은 것을 주장한 인도자를 후원하여 다 그이를 복종케 하므로 통일을 이루고 있습니다.

우리의 인도자도 싸운다고 하여 그 시비와 흑백을 묻지 않고 그놈들은 다 때려치울 놈이라 하면 어찌 공론이 설 수가 있겠습니까? 우리 사람들의 입으로 흔히 대한의 인도자·애국자는 다 죽일 놈이라 하니, 설마한들 다 죽일 놈이야 되겠습니까? 또 누구든지 일생에 죽일 놈의 일만 하기야 하겠습니까?

내가 연전에 서양 신문기자를 대할 때에 그들은 우리의 독립운동을 비관적으로 말했는데, 그 이유는 서로 싸우기 때문이라 했습니다. 내가 반박하기를, "그대네 나라 사람들은 싸움을 더 많이 한다." 하였더니 그들은 이렇게 대답하더이다.

"우리들의 싸움과 그대들의 싸움은 크게 다르다. 우리는 싸우되 공론에 복종할 줄을 알므로 좋은 결과를 얻고, 그대들의 싸움은 시작한 뒤에 지는 편이 없는 것을 보니 공론에 복종할 줄을 모르는 싸움이라. 그러한 싸움으로는 통일을 이루질 못하고 분열이 되므로 망할 수밖에 없다."

여러분, 이 신문기자가 바로 보지 못했다고 하겠습니까?

우리도 남과 같이 통일을 바라거든 공론을 취해야 합니다. 한 의형제적 수단으로 사교(私交)를 짓거나, 교제적 수단으로 접대를 잘하고 못함과, 통정(通情)을 한다, 안한다 하는 그따위 수단으로 통일을 취하려면 백 년을 가더라도 얻을 수가 없습니다.

우리 사회의 현상을 보면 하급은 말할 것 없고, 소위 중류 이상 고등 인물까지도 국가사업의 통일을 한 교제적 수단으로 이루기를 꾀하니 그 유치한 것이 어찌 한심치 않겠습니까? 이제부터 크게 각오하여 공론을 세우고 공론에 복종하는 것으로 통일의 도를 이루어야 하겠습니다.

국민대표회

이제 통일을 이루기 위하여 중앙에 집력함과 공론을 세우는 두 가지 방법을 실행키 위하여 행할 한 가지 일은, '국민대표회'라 칭하든지 혹은 다른 명사(名詞)를 취하든지 간에 각 지방·각 단체의 대표자들이 한번 크게 모임이 절대 필요합니다. 여기에는 두 가지 이유가 있습니다.

첫째, 각 방면의 의사(意思)가 한 곳으로 집중한 후에야 각 방면의 정신과 마음과 힘이 한 곳으로 집중될 것이요, 각 방면의 의사를 집중하려니까 불가불 국민대표가 있어야 되겠다 하는 것입니다.

둘째, 공론을 세우려 하면 한 지방이나 몇 개 단체의 의논으로는 공론이라고 인정할 수 없습니다. 즉 국민 다수 의사를 공론이라 하겠는데, 국민 다수의 의사를 발표케 하려니까 불가불 각 방면의 대표가 모여야 되는 것입니다. 공론을 세워야만 된다 하고 공론을 세울 실제가 없으면 소용이 없습니다. 그러므로 각 방면 대표가 모이는 것으로써 공론을 세우는 것이 실제라 합니다.

혹자는 말하기를 국민을 대표한 의사기관(意思機關)의 의정원이 있는데, 다시 국민대표회를 모은다 함은 의정원을 부인하고 무시하는 것이라 하나 그렇지 않습니다. 본시 공화정치로 말을 하면 중앙기관은 국민의 여론에 복종하고 국민 각 개인은 그 중앙기관을 복종하는 것입니다.

이제 중앙기관으로서 국민의 여론에 복종하려면 여론이 있은 후에야 될 것인데, 각 방면의 대표가 모여 다수의 의사를 표시하기 전에는 여론이 성립될 수 없습니다. 국민의 여론을 성립하기 위하여 한때 각 방면의 대표가 모이는 것이 어찌 의정원을 부인한다, 또는 비법행위(非法行爲)라고 말하겠습니까?

이것은 형식상 이론입니다만, 우리의 실질상 이면을 들어서 말하면 이곳에 의정원과 임시정부가 성립된 이후로 여러 가지 분규와 복잡한 문제가 있어오다가 오늘에 그 위기의 도수가 점점 높아지는 것이 사실입니다.

이 분규되는 복잡한 문제를 그냥 방임하면 독립운동 진행에 장애가 많겠고, 이것들을 해결하여 시국을 정돈하려면 각 방면의 대표들이 모여 크게 공론을 세워야 될 줄로 생각합니다.

이곳에서 의정원과 정부를 세울 때 일을 원만히 하지 못한 것도 사실입니다. 서간도(西間島)나, 북간도(北間島)나, 러시아령이나 미국령의 의사를 묻지 않았을 뿐 아니라, 하물며 각원으로 피선되는 모모 제씨에게도 조직 여부를 알게 하지 않았습니다.

타협의 필요

우리가 현존한 정부와 의정원을 절대로 인정하지만 과거에 불충분하게 일한 것은 자인할 수밖에 없습니다. 그때에는 초창기라 어떠한 경우에 시기의 절박으로 그렇게 된 것이라고 용서는 하겠습니다만, 그 불충분한 것을 그대로 고집하고 더 충분케 하기를 꾀하지 않는 것은 옳지 못합니다.

일찍 일을 시작할 때에 충분히 못한 결과는 통일을 저해했습니다. 러시아령과 북간도 방면에서 우리 중앙기관의 존재는 인정하더라도 이 중앙기관에 귀순하여 협동치 못한 것이 그 실례입니다.

러시아령 사람들이 선하여 그렇든지, 악하여 그렇든지, 우(愚)하여 그렇든지, 지(智)하여 그렇든지 그것은 별문제고, 그같이 분열되어 있는 것은 방임할 수는 없지 않습니까? 내가 일찍 국무총리 대리로 있을 때에 러시아령과 타협을 짓기 위하여 현순(玄楯)·김성겸(金聖謙) 등을 보내어 타협을 진행하다가 그 역시 실패를 당하였습니다.

그러나 나는 조금도 낙심하지 않고 타협하여 합동되기를 계속 노력하려 합니다. 우리가 러시아령·중국령 국민의 대다수를 제하여 놓고 누구와 더불어 무엇을 지으려 하겠습니까.

혹자는 생각하기를, '우리의 독립운동은 우리의 힘으로 성공하기는 불가능하다. 그러므로 미국이 도와주고, 안 도와주는 데 달렸다.'고 하여 미국만 쳐다보고 있을는지 모르겠습니다만, 이것은 독립 정신에 위배될 뿐더러, 설혹 미국의 도움받기를 바란다 하더라도 알몸으로 외롭게 서서 손을 벌리면 미국이 그같이 어리석어서 몇몇 개인만 보고 원조를 해주겠습니까? 남의 도움을 받기를 원하더라도 먼저는 자체가 통일하여 민족적 운동임을 실현시켜야 될 줄을 깨달아야 합니다. 어떤 이는 말하기를 "이것저것 다 쓸데없다. 돌아오거나 말거나 몇 사람이라도 막 밀고 나가면 된다." 합니다만, 왜 이같이 어리석은 용기가 지나칩니까.

우리가 혹 몇 백만의 군사와 몇 억원의 자본을 가지고 세력이 굉장하여 반대자를 능히 잡아다가 참지포지(斬之砲之)할 수 있다 하더라도 자기 민족을 위력으로 누르지 아니하고 덕의(德義)로써 화충(和沖)하여 귀순하기를 도모해야 하는데, 한푼의 실력도 없으면서 덮어놓고 '적법(適法)이건 비적법이건 너희 러시아령놈들은 와서 복종만 하라'면 어찌 될 수가 있겠습니까? 이러므로 한번 크게 모여서 서로의 양해를 요구하며 공론을 세워 일치 협동할 도(道)를 시험하자 함이외다.

이 국민대표회 촉진에 대하여 반대하는 이들의 의사를 살펴보면, 한편에서는 "이 국민대표회는 수모(誰某)를 옹호하기 위한 수단으로 하려는 것이니 반대하자." 하고, 또 한편에서는 "수모를 내어쫓기 위하여 행하는 수단인즉 반대하자." 하고 있습니다. 각각 자기의 뜻을 이루지 못하게 될까 하여 국민대표회를 두려워하고 있는 것입니다.

내가 주장하는 바는 옹호주의자나 반대주의자나, 가령 안창호를 역적이라고 논하는 자나 충신이라고 논하는 자나, 어떠한 주장, 어떤 논을 가진 자를 물론하고 각방이 다 모여들어 한번 크게 싸워 큰 해결을 지어, 크게 평화하고 크게 통일하자는 것입니다. 그래 가지고 군사운동이나 외교운동이나 모든 운동을 일치한 보조로 통일 진행해야 합니다.

보십시오. 여러분! 우리 국민의 정도가 국민대표회 한 번 할 만한 자신도 없다 하면 독립운동은 어찌하려 합니까! 너무 주저하지 말고 되도록 일치하게 노력합시다.

오늘 내가 이 연설회를 주최한 이로부터 '이 연설회 끝에 처리할 사건이 있으니 말을 길게 하지 말아 달라'는 부탁을 받았습니다. 그러므로 오늘은 될 수 있는 대로 간단히 말하겠습니다. 대한의 일은 누가 해야 합니까? 나는 전에 이러한 말을 하였습니다.

"영국의 일은 영국 사람이 하고, 미국의 일은 미국 사람이 하고, 중국의 일은 중국 사람이 하고, 러시아의 일은 러시아 사람이 하더라. 그러면 대한의 일은 어느 사람이 해야 합니까?"

다시 묻습니다, 여러분!

대한의 일을 뉘게 맡기려 하십니까? 영국 사람에게 맡길까요? 중국 사람에게 맡길까요? 아니면 미국이나, 러시아나 어느 다른 나라 사람에게 맡길까요?

아닙니다. 영국의 일은 영국 사람이 하는 것처럼, 대한의 일은 대한 사람이 해야 할 것입니다.

그런즉 대한 사람인 우리는 대한의 일에 성충을 다함이 피치 못할 의무와 천직이 아니겠습니까. 어떤 이는 우리의 일이 잘되고 못되는 것을 대통령이나 각원(閣員)에게만 책임을 지우고 자기는 아무 책임도 없는 줄 생각합니다. 이는 자기의 의무와 책임과 천직을 모르는 사람이요, 자기의 권리를 포기하는 사람이외다. 어떠한 직책, 어떠한 지위를 물론하고 대한 사람인 이상에는 동일한 책임이 있습니다. 그런즉 우리는 결단코 대한의 일에 대하여 무의식한 태도로 방관할 수가 없습니다. 모두 다 자기가 할 수 있는 일을 찾아서 각각 자기의 능력을 다하여 오늘·내일·모레, 날마다 간단없이 꾸준한 노력을 하는 자가 대한인의 책임을 다하는 이라고 하겠습니다.

오늘 저녁 이 자리에 많이 모인 우리들은 무슨 구경을 하려거나 놀러 모인 것이 아닙니다. 다만 우리의 책임을 다하기 위하여 일하려고 왔습니다.

그러면 일은 무슨 일입니까? 곧 독립운동을 하는 일입니다. 내가 일전에 말하기를 '독립운동은 군사·외교·재정·문화·식산·통일, 이 여섯 가지 운동을 이름이다' 하였습니다. 오늘 저녁에는 특별히 독립운동의 하나인 통일운동을 말하려 함이외다. 왜입니까? 독립운동을 하려면 통일운동을 아니할 수 없는 까닭입니다. 독립운동에 관한 무슨 일을 지으려 하든지 통일 한 가지가 없으면 다른 것은 할 수가 없기 때문입니다.

그러므로 통일운동이 곧 독립운동이라 하였습니다. 우리가 이같이 중대한 문제, 곧 전민족의 통일을 위하여 모였기 때문에 이 저녁에 잠깐 지내는 시간이 심상한 시간이 아니요, 우리의 긴중(緊重)한 시간이라 생각합니다. 내가 일찍 말하기를, '독립운동은 절대로 계속해야 되겠다. 죽으나 사나 괴로우나 즐거우나, 어떠한 경우를 당하든지 끌고 나아가야만 되겠다' 하였습니다.

그러면 끌고 나아가면서 분투 노력하자는 것이 무엇이겠습니까? 이는 곧 전일에도 말하고, 이 저녁에도 말한 여섯 가지 운동이외다.

우리 대한 사람이 모두 일어나 만세를 불렀는데도 만일 독립이 안 된다고 그냥 주저앉고 말면 이것은 독립할 자격이 없음을 스스로 증명함이외다. 우리가 당초에 독립운동을 시작하기에 앞서 무수한 위험과 곤란이 있을 것을 미리 알고 시작하지 않았습니까? 우리 독립 선언서에 '최후의 일인까지, 최후 일각까지'라 함은 '마지막 사람이 마지막 핏방울을 흘리기까지'라 하는 말입니다. 이 말은 하나도 살아 있지 말고 다 죽자는 말로 생각하는 이가 있습니다만, 어떻게 죽자는 말입니까? 약을 먹고? 목을 매어? 칼로 찔러 자살하여 죽자 함이겠습니까?

아닙니다. 독립을 위하여 일하다가 하나가 죽어도 그냥 하고, 둘이 죽어도 그냥 하여 나중 핏방울을 흘리기까지 일하자 함입니다.

오늘에 일하여 이루지 못하면 내일에, 금년에 일하여 이루지 못하면 내년에 그냥 하여 1년, 2년, 10년, 20년 언제든지 독립을 완성하는 날까지 쉬지 말고 일하자 함이외다. 그런즉 우리는 우리 천직을 다해 끝까지 쉬지 않을 사람인 줄 각각 알아야 될 것입니다.

통일 방법

오늘 저녁에도 통일의 방침을 강구·실시하기 위하여 모였습니다. 내가 주장하는 바 통일의 방침을 국민대표라 칭하든지 혹은 다른 명사(名詞)로 칭하든지 간에 그 명칭 여하는 중요하지 않습니다. 오로지 원근 각지에 있는 우리 인민의 대표자들이 한 번 한 곳에 모이자는 것입니다. 그리하여 서로 의사를 양해하며 감정을 융화하고 전도의 대방침을 세우며 국민의 큰 공론을 세워 가지고 큰 사람이나 작은 사람이나, 남자나 여자나, 김가나 이가나, 대한의 사람은 다 그 공론에 복종케 함이 가장 필요하다 함입니다. 그렇지만 '통일의 방법이 이것 하나뿐이니 이것만 하고 말자'는 것이 아니외다. 다른 여러 가지 통일의 방법도 실시하고 그 방법 중의 하나인 국민대표회도 행하자는 것입니다.

내 말은 '한 번 국민대표회를 하면 다시는 분규가 없고 영구한 통일이 되리라' 함도 아닙니다. 이번에 국민대표회를 성립하여 통일의 길을 취하고, 또한 다른 날, 다른 경우에는 또 다른 방식으로 통일을 운동하여 이 간절한 통일운동이라는 독립운동을 끝까지 계속하고 계속하여 장원(長遠)한 계속을 해야 될 것입니다. 한번 운동을 해보고 안 된다고 낙심하여 중단할 것이 아닙니다.

그런즉 통일하는 방침의 하나 되는 국민대표회 기성(期成)에 대한 문제를 좀더 절실하게 생각합시다. 우리가 3년 동안이나 독립운동을 하였으나 무슨 특별한 성공이 없는 것은 통일이 못 된 까닭입니다. 통일이 못 되었다 함은 곧 모든 국민의 힘이 집중되지 못하였다 함이요, 전부의 힘이 집중되지 못한 까닭은 전부의 정신과 의사가 집중되지 못한 것입니다.

이제 전부의 힘이 집중되기 위하여 그 정신과 의사를 집중하려면 한 번 크게 모여 크게 의논을 해야만 합니다. 그렇지 않고 동에서 서에서, 남에서 북에서 서로 가로막혀 의심하고 비난만 하며,

김가는 김가의 자설만 주장하고, 이가는 이가의 자의만 고집하고 있으면 통일을 얻어볼 날이 없습니다. 그러므로 각 방면의 사람이 한 번 크게 모임이 우리가 요구하는 통일의 실제인 것입니다. 또한 이것이 우리 독립운동의 정당한 행위임을 부정할 수 없습니다.

하지만 이에 대해서 여러 가지 의심들이 있습니다. 첫째는 "국민대표회를 모으는 것이 옳으냐, 어떠냐' 하여 혹은 옳다, 혹은 옳지 못하다 하는데, 옳지 못하다는 이의 말은 이것이 법리상에 불합하니 불가하다 합니다. 왜? 의정원이 있는데 또다시 무슨 국민대표회가 있겠는가. 이것이 곧 의정원을 부인하는 성질을 포함하였다 합니다.

나는 일찍 이에 대하여 대답하기를, '본래 공화국이란 것은 국민의 여론에 의거하여 행사하는 것이다. 그런데 국민의 여론을 세우려면 김가·이가가 각각 자기의 주장만을 끝까지 주장하고 차단(此團)·피단(彼團)이 각각 자기의 의사만을 끝까지 고집하면 될 수가 없다' 하였습니다. 그런즉 각 방면의 다수의 사람이 집합하여 의논한 후에야 진정한 여론이 성립되겠습니다. 그러니까 불가불 국민대표회를 회집해야 되겠다 함이외다.

우리가 진행할 궤도와 진행의 순서를 생각해봅시다. 어떠한 나라에서든지 혁명사업을 처음 시작할 때는 모든 국민이 참여할 수는 없습니다. 처음에 다소의 뜻있는 사람들이 의논하여 시작한 뒤에 다시 그보다 크게 합동하고, 또다시 크게 합동하여 마침내 온 민족이 대동일치한 운동을 일으키게 되는 것입니다.

우리도 역시 이런 식으로 더 크게 모여야 합니다. 그 마음과 정신이 더 크게 모임으로 해서 큰 힘의 뭉침이 더욱 커지는 것입니다. 우리가 원만하게 모이려면 전국 13도의 남녀가 모조리 투표하여 대표자를 뽑아내야 하지만, 이것은 지금의 경우상 사실상 불가능한 것입니다. 또 그 버금가는 방법으로 교민(僑民)이 거처한 지방에서 남녀가 다 투표하여 대표자를 뽑아보내어 모이게 함이 합당하겠으나 일찍 각 지방의 평균한 조직체가 없으니 이 역시 실행하기가 곤란합니다. 다른 방법은 각자의 각단(各團) 대표자가 모이는 것인데, 이것은 가능합니다.

러시아령으로 말하면 국민의회에서 대표를 보내는 동시에 그 국민의회에 동정을 하는 단체건, 반대를 하는 단체건 다 같이 보낼 것입니다. 그런즉 우리의 과거와 미래를 생각하면 처음에 상해에 얼마가 모여 일을 시작하였고, 이제 각단의 대표자가 모여 일을 더 크게 하고, 이후에 해외 교민 전체의 대표가 한 번 더 크게 모일 것입니다. 이리하여 일을 바로 진행하면 장차는 전국의 대표자가 원만히 모이게 될 날이 있을 것이외다.

그런즉 각 방면의 대표가 한 번 크게 모여 하자는 것이 우리 일을 진행함의 궤도요, 순서요, 전민족적 운동으로 나아가는 정로(正路)입니다.

이 궤도와 순서를 버리고 어떠한 방법으로 통일을 구하려고 반대하는지 참 알 수 없는 일입니다. 내 생각에는 이론보다, 오해와 억측과 감정이 섞여 여러 가지 이론(異論)이 생긴 것 같습니다. 이론보다도 감정의 힘이 더 큰데, 현재 우리 사람에게 있어서는 흔히 이론은 아무 효력도 없고 전부 감정적 지배가 많습니다. 그러므로 우리 사람들은 국민대표회 문제뿐 아니라, 무슨 일에든지 찬성하고 반대할 때 정면으로 나서서 이론을 주장하지 않고 어두운 방 안에서 쑤군쑤군하여 서로 꾀고 이간하고 중상하는 흉책(諷策)을 사용하며 요언부설(謠言浮說)을 암전(暗傳)하기에 크게 힘씁니다.

예로 말하면 '이것이 표면에는 옳은 듯하나 그 내용은 무엇이 어떻고 무엇이 어떻다.'하여 사람의 의혹을 불러일으키고 감정을 일으키므로, 우리의 사회가 어둡고 컴컴한 동공(洞空)에 침침하게 되어집니다. 내가 바라는 바는 방 안에서 쑤군거리는 비열한 행동은 그만두고 국민 앞에 나와서 다 내어놓고 정론(正論)하기를 시험하자는 것입니다.

의혹을 버리라

근간에 국민대표회 촉진에 대하여 반대하는 의견들이 분분합니다. 여기에서 의혹과 감정을 불러일으키는 종류를 몇 가지 들어 말하겠습니다. 첫째는 '안창호의 말대로 그렇게 되었으면 좋겠으나 그렇지 못하는 것은 그 가운데 딴 내용이 있기 때문이다.' 그 내용을 말하면 '이승만을 쫓아내려는 이동휘나 상해 정부를 깨치려는 원세훈(元世勳)이 안창호를 이용하여 자기네의 목적을 달하려고 하는 것이니 속지 말라, 음모자들의 획책이다.'하여 의혹을 일으키고 있습니다.

여보십시오, 여러분! 그 의혹을 일으키는 사람의 말과 같이 이동휘나 원세훈이 무슨 딴 목적을 가지고 국민대표회를 촉진한다고 가정해봅시다. 그렇다면 이후 국민대표회에 모이는 사람이 다 이동휘의 자녀나 제질(弟姪)만 오게 되겠습니까? 결코 그렇지 못합니다. 이동휘·원세훈 씨 등은 어떠한 마음을 가졌든지 간에 국민대표회는 각 방면으로 각종의 의사를 가진 사람이 모여 의논하여 다수의 공결을 취할 것입니다. 그런데 무엇을 의심하겠습니까? 어느 개인의 무슨 내막이 있다고 국민대표회 촉진에 대하여 의심하는 것은 참 어리석고 못난 일입니다.

내가 주장하는 국민대표회는 이동휘의 대표회나, 원세훈의 대표회나 기타 어느 개인의 대표회가 아니요, 명사(名詞)와 같이 곧 국민의 대표회를 말함이외다.

그 다음에 의혹하는 말은 '그 말이 과연 옳다, 각 지방 대표자들이 모이면 원(元)씨나 이(李)씨를 찬성하는 자도 있을 것이요, 반대하는 자도 있을 터이니 원씨나 이씨가 조금도 문제가 되지 않는다. 그러나 다 원만히 모여, 다 원만하게 해결하였으면 좀 좋겠지만, 우리 인민 정도에 소위 대표자란 것들이 모여야 싸움만 하고 말 터이지 무슨 좋은 결과가 있겠는가. 우리는 3년 동안이나 지내본 바 이승만·이동휘·안창호·이동령 등 모야모야가 다 국민대표자의 자격들이지마는 서로 싸움들만 하지 않던가.'하여 국민대표회가 모여서라도 호과(好果)는 없고 악과(惡果)만 있으리라고 의혹하는 말만을 꾸며 만듭니다.

그 사람의 말대로 이동휘나 안창호나 모야모야는 싸움만 하는 사람이라고 가정합니다. 그러나 이 사람들이 모여 싸웠으니 이후에 오는 다른 대표자들도 싸움만 하고 말 것이라고 속단하지 마십시오. 왜냐? 이완용이가 매국적인고로 이재명(李在明)도 매국적이 되었습니까? 송병준(宋秉畯)이가 매국적인고로 안중근(安重根)도 매국적이 되었습니까? 이완용·송병준이가 있는 동시에 안중근·이재명도 있었습니다. 그러면 어찌 모야모야가 싸움하였다고 다른 대한 사람도 싸움만 하고 말리라는 것이 정론이라 하겠습니까?

우리 사람들 중에 어느 두 사람이나 세 사람이 잘못하면 그 밖에 모든 다른 사람이 다 잘못하겠다 하여, 두 사람만 싸워도 우리나라 놈은 싸움만 하니 모두 때려 죽일 놈이라 합니다. 두 사람이 싸우는데 대한 사람이 다 때려 죽일 놈이라 하는 것은 너무 지나친 말이 아니겠습니까?

또는 국민대표회가 좋기는 하지만 대한 사람의 정도가 낮기 때문에 모이면 싸움만 하겠다 의심하여 애시당초 그만두자 하면 독립운동은 어찌합니까? 싸움이 무서워 모이지 못하면 의정원도, 정부도, 천도교도, 예수교도, 청년당도, 모든 것이 다 못 모일 것이 아니겠습니까?

나는 우리 인민의 정도가 싸움이나 하고 대표회를 할 수 없다 하는 그 말이 독립운동을 할 수 없다는 말과 동일하다고 봅니다.

나 역시 국민대표회의 집합이나 집합한 뒤에 의논이 모두 순서로 평탄하게 진행하게 되리라고 확신하기 어렵습니다. 여러 가지 곤란이 많을 줄 압니다마는, 먼저도 말하였습니다만, '대한의 일은 대한의 사람이 합니다. 못났어도 대한 사람, 잘났어도 대한 사람, 정도가 낮아도 대한 사람, 정도가 높아도 대한 사람'이 하는 것입니다. 어떠한 자격을 가졌든지 대한의 일은 대한 사람이 할 수밖에 없지 않습니까.

대한 사람이 정도가 낮아서 대한의 일을 대한 사람이 못한다 하면 정도가 높은 미국 사람이나 영국 사람에게 위임하자는 말입니까? 그렇지 아니하면 그 중에 잘난 몇 사람이 전제(專制)를 하자는 말입니까! 싸우거나 안 싸우거나, 잘되거나 안 되거나, 대한의 일은 대한 사람이 저희 자유로 의논하여 일하는 것이 원리 원칙입니다.

그런즉 싸움만 하여 안 될까 해서 대한 사람의 대표자가 대한의 일에 모이지 않게 하려고 꾀하지 말고, 잘 모이고 모인 후 싸움 없이 일이 잘 진행되도록 다 합력합시다.

혹자는 말하기를 지금 국민대표회를 촉진하겠다고 하는 사람들은 정부에서 나온 총, 차장(總次長)과 기타 정부를 반대하는 사람들뿐이라고 하나, 내가 실자로 보는 바에 의하면 정부에서 나온 총, 차장이 있는 동시에 다른 사람들도 있고, 그 전에는 정부를 반대하던 사람들이 있는 동시에 찬성하는 사람도 있습니다.

아닌게 아니라 그 사람들이 전에는 서로 격막과 오해가 없지는 않았습니다. 그렇지만 국민대표회를 촉진하자는 주지(主旨)로 모이기 시작한 후로는 옛날의 격막과 오해가 풀리고, 그 모임의 공기가 원화(圓化)한 것을 볼 때에 나는 기뻐하였습니다.

이와같이 옛날에 어떠한 감정, 어떠한 의사를 가졌던 사람이든지 각각 새 정신을 가지고 다 원만히 모여들어 국민대표회를 성립시키면 장래 싸움도 없으리라고 생각합니다.

또는 근간에 소위 국민대표회 찬성측과 불찬성측 양방의 인사들이 각각 내게 와서 말하시기를, '당신 조심하시오. 양쪽이 다 의심합니다.' 하며 혹은 가만히 있으라고 합디다.

그 의심하는 조건이 무엇인 줄 아십니까? 하나는 '안창호가 국민대표회를 주장하는 본의가 본시 대통령 될 야심이 있으므로 이승만을 몰아내고 자기가 대통령 되려는 계획이다.' 하는 일방의 의심입니다. 다른 하나는 '안창호가 이승만 위임 통치의 연루자(連累者)이다. 그러므로 자기의 죄과를 옹호키 위하여 국민대표회를 열어가지고 이승만 대통령을 절대 옹호하려고 한다.'고 말하고 있습니다.

여러분은 국민대표회를 촉진하는 것이 옳다고 말하는 안창호의 마음이 어떠한 것인가를 의심하거나 겁내지 마십시오. 다만 국민대표회란 그 물건이 옳은가? 어떤가? 이익될까? 해될까만 생각하십시오. 왜냐? 아까 국민대표회는 이동휘의 아들이나 딸만 모이지 않을 것이라는 말과 같이, 안창호의 뜻을 이루어줄 사람만 모일 이치가 없는 것입니다.

안창호는 아무리 어리석더라도 각 방면의 대표는 안창호에게 대통령이나 총리나 시킬 사람만 오리라고 믿지 않습니다. 그러므로 그와 같은 희망은 가지고 있지 않습니다.

나의 앞으로의 행동

다음은 오늘 말하는 문제와 별로 관련 없는 말입니다. 그렇지만 이 기회에 나 개인에 관한 의사를 잠깐 말하겠습니다.

세상은 나에 대하여 여러 방면으로 의심과 주목이 있지만 나 스스로가 생각하는 오늘 이후의 행동은 다음과 같습니다.

나는 독립운동에 대하여 힘껏 노력할 것입니다. 내가 직접 군사운동을 행할 자격자가 못 되므로 직접 군사운동의 책임자는 되지 못합니다. 그래서 누가 군사운동의 책임자가 되든지 나는 그를 후원하여 군사운동을 도와주고, 또한 그 밖의 외교나 재정운동과 모든 운동에 대해서도 나의 가능한 한도 안에서 원조할 것입니다. 내가 직접 담책하여 하고자 하는 것은 다음입니다.

첫째, 현재의 분규한 것이 융화되고 통일되기 위한 국민대표회 촉진에 대하여 무슨 명의상 직위는 띠지 아니하고 나의 책임을 다하여 성립되도록 힘쓸 것입니다. 이것이 성공되거나, 실패되거나 금후로는 아래의 둘 중 하나를 취하려 합니다.

① 우리 사회 각 인물의 선하고 악한 것과 이롭고 해로운 모든 내막을 국민에게 공개하여 국민으로 하여금 명확한 판단을 짓는데 참고하도록 할 것입니다. 왜냐? 현시 우리 국민들 중에 누가 선한지 악한지 그 실지를 모르고 요언사설에 취하여 암흑리에서 신음하고 있기 때문입니다. 판단의 잣대가 없어 광명한 길이 열리지 않는 것이 너무도 통석(痛惜)하므로 이것을 책임할 뜻이 있다 함이외다. 만일 이것이 아직 할 시기가 아니라 하여서 그만두게 되면,

② 독립운동의 하나인 문화운동을 직접 책임하여 노력하려고 합니다.

다시 본 문제에 들어가서 말하겠습니다. 국민대표회 촉진에 대하여 비난하는 말과 의혹이 그 밖에도 여러 종류가 더 있으나 이것을 일일이 대답하자면, 말스럽지 않은 것도 하도 많아서 그만두겠습니다. 그렇지만 여러분은 이 위에 대답한 것을 가지고 미루어 생각하면 그 다른 것들도 잘 양해가 될 줄로 믿습니다.

이제 여러분이 한 가지 깊이 생각할 것은 이 국민대표회가 잘되고 못 되는 것은 나중 문제이지만, 하여간 국민대표회가 생겨나는 것은 막을 수 없는 형세입니다. 국민대표회가 각방의 원만한 찬성으로 성립이 되면 그 결과가 따라서 원만할 것이요, 불행하면 장래에 대결렬이 있을는지도 모르겠습니다. 왜냐? 국민대표회의 찬성측과 반대측의 두 파가 생기게 되면 대결렬할 수밖에 없기 때문

입니다.

이 말을 들을 때 '그러면 국민대표회를 그만두면 그런 염려가 없지 않겠는가!' 하겠지만, 지금 되어진 국세(局勢)는 그것이 불가합니다. 여기 여러분이나 나, 그 외의 몇 사람이 국민대표회를 그만두게 하려 하여도 그만두게 할 수가 없습니다. 이제는 국민대표회가 생겨질 것은 피치 못할 사실입니다.

여러분! 이후에 결렬이 되면 그 선하고 악한 것은 누구에게 있든지 별문제이고, 하여간 우리의 대사는 그릇되지 않아야 합니다.

참으로 국가와 민족을 사랑하시는 여러분은 이 국민대표회의 문제를 질시하거나 냉정시하여 방관하지 마십시오. 이번에 일이 잘되고 못 되는 데 우리의 운명에 영향이 적지 않습니다.

그럼, 먼저 국민대표회의 촉진을 찬성하는 여러분께 말합니다. 여러분은 아직 양해를 얻지 못하여 반대하는 측에 있는 이들에게 감정적·저항적 태도로 대하지 말고, 호감적으로 양해 얻기를 꾀하여 북경 사람들과 연락을 요구하는 동시에 또 다른 곳 사람과 우리 임시정부나 의정원측에 있는 이들까지 다 악수하여 일치 협진하기를 힘쓰십시오.

이번에는 국민대표회의 촉진을 반대하시는 여러분께 말합니다. 여러분은 이 국민대표회를 한 방면의 사람에게 맡겨두고 방관시하거나 감정론을 하며 원근에 의혹을 일으키는 선전을 하지 마십시오. 그 대신 다 같이 들어와서 이미 되는 일을 원만히 되게 하여 전국민의 정신과 힘이 한 번 크게 집중하여 통일의 도를 이루어 독립운동의 비운이 변하여 행운이 되도록 하십시오.

여러분! 금일에 있는 각방의 절규를 무조건으로 없애려면 실로 불가능한 일입니다. 가령 옛날에 러시아령(領) 인도자 중에서 러시아령 교민(僑民)에게 대하여 우리 임시정부와의 정원에 대한 악선전을 한 것은 사실입니다. 그이들은 무슨 까닭에 그리하였던지 그것은 딴 문제입니다. 그이들이 지금 와서의 '우리가 이같이 분열하고는 서로 망하고 말리라' 하여 러시아령에 있는 교민을 끌어서 상해와 북경으로 협동케 하려 하고 있습니다. 저토록 악선전하던 사람들이 갑자기 무조건으로 다 합동하자 한다고 러시아령 동포가 그 말을 들을 수 있겠습니까?

그런즉 무슨 조건이든지 가히 합동될 만한 조건을 세워 가지고 합동을 요구하는 것이 지혜롭지 않겠습니까? 국민대표회라는 큰 조건을 가지고 비단 러시아령뿐만 아니라, 각 방면 사람이 한 번 다 크게 모여들자 함이니 이에 대하여 무엇을 의심하겠습니까? 우리의 앞길은 길고 멉니다. 우리는 마땅히 여러 가지 운동을 각각 담책하고 용진(勇進)해야 합니다. 이 통일운동에 대하여는 더욱이 동일한 노력을 다합시다.

1921년 5월 12일과 17일에 행한 시국 강연.

홍사단의 발전책

본단이 설립된 지가 7년이 되었습니다. 그동안 본단이 잘 발전되었습니까, 못되었습니까? 단우(團友)는 백여 명에 불과하고 단의 재산은 7천여 원이며, 단에서 하는 일이라고는 단보(團報)를 발행하는 일뿐이외다. 그러나 나는 잘 발전되었다 생각합니다.

본단 소재지인 미주에 있는 한인들은 어떠한 사람들입니까. 그 대다수는 무식 하류 계급의 사람으로 전이무상(轉移無常)한 사람들입니다. 그 수도 6, 7백 명에 불과합니다. 그런데 그 가운데서 백여 명의 동지를 얻게 됨은 실로 경하할 일이 아닐 수 없습니다.

일을 하는 데는 먼저 주의(主義)를 정함이 필요합니다. 우리는 무실역행(務實力行)의 정신으로 발전을 계획하되, 작은 것에서부터 큰 것을 이루어야 합니다. 결코 머리만 크고 꼬리가 짧아짐은 우리가 취할 바가 아닙니다. 실력을 암축(暗蓄)한 후 확장함은 가하되, 실력도 없이 허장성세함은 불가합니다.

발전이란 무엇을 의미함입니까. 단우를 증가시키는 일입니다. 우리 단의 발전은 즉 우리 민족의 발전입니다. 그러면 어떻게 발전해야 합니까? 단보 같은 것도 시작은 등사로 하다가 힘이 미치면 활자로 하고, 처음에는 단우에게만 배부하나 이후에는 국내, 국외를 물론하고, 광포(廣布)하여 주의를 널리 선전하기에 노력할 것입니다.

그 다음에는 원동(遠東)의 적합한 곳에 본단의 근거지를 정하는 것인데, 그것은 내외 정세의 안정을 보아서 추진할 것입니다. 그 근거지는 어떻게 세우겠습니까? 본단의 재정이 2만원에 달할 것은 눈앞에 있습니다. 그 때에는 만원으로 토지를 사고, 또 만원은 건축·개척 사업비에 쓸 것입니다. 후에는 천원 이상 저금한 단우만 이곳에 모을 것입니다.

자력으로 자활하는 자가 50호에만 이르면 그 근거는 족히 견고하여 일을 경영하고 실시하기에 어렵지 않을 것입니다. 이 면(面) 촌락의 경영 제도는 물론 이상적이어야 할 것입니다.

이리하여 이상촌을 이룩한 후에는 먼저 사범 강습소를 세워 사범을 길러야 하는데, 일학 교사(日學敎師) 될 이와 야학 교사 될 이, 윤회 강사(輪廻講師) 될 이를 기를 것입니다. 이리하여 이것으로 개조의 초보를 실천할 것입니다.

그 다음에는 활판소를 설치하여 저술과 번역과 신문과 잡지를 많이 발행하여 우리 민족에게 우리 단(團)의 주의와 사교적 풍조를 넓혀줄 것입니다.

이 촌에 있는 상점은 공동 경영으로 하여 이익이 밖으로 유출치 못하게 해야 할 것입니다. 공원·학교·장의소(葬儀所)·병원 등의 시설 종류도 구비하게 할 것입니다. 이에는 각기 알맞은 인물을 요하며, 여기에 종사할 인물은 다 단우이어야 할 것입니다.

이를 처음에는 평척(評斥)할 자 많을 것이나 조만간 찬동하게 되어 취모(取模)할 자도 있을 것입니다. 본주(本住)를 원하는 자도 많을 것입니다.

본 단우들의 동맹 저금부는 후에 반드시 크게 발전하여 그로 인하여 은행 경영도 어렵지 않게 될 것입니다. 이후에는 대도회마다 홍사단의 대건축이 생길 것이니 그 안에는 여관·구락부·수양 기관 등을 구비하게 될 것입니다. 그리하여 9대 사업은 곳곳에 진행될 것입니다.

나의 앞날이 어떨지를 예측키 어렵습니다만, 비록 내가 죽을지라도 이 주의와 계책을 제군들은 실시하기 바랍니다.

어떠한 방법으로 동지를 모집해야 합니까. 우리가 홍사단을 발전하자 함은 홍사단 그것을 위하여 발전하자 함이 아니요, 우리 민족을 위하여 이 홍사단을 발전하자 함입니다.

우리 홍사단을 발전시키는 방법은 단우를 많이 모집함에 있습니다. 우리의 단우의 장래 발전을 위하여 그 때를 보아 그 때에 적당한 일을 해야 할 것이니, 지금은 우리 동지 모집에 호시기라 생각합니다. 우리 단에서 아직껏 아무런 사업도 실시하지 못한 것은 우리의 힘이 아직 미치지 못한 까닭입니다. 그러므로 지금이 우리 단우 모집에 비상한 노력을 할 때입니다.

우리 동포들은 작년부터 맘이 들떠서 방황하는 중입니다. 그 결과는 타락하거나, 그렇지 아니하면 뿔뿔이 흩어져 각각 제 집을 지어 들게 될 것입니다. 그것을 그대로 두어서 다수 청년이 타락하게 되면 그보다 더 큰 해가 없을 것입니다.

각각 제 집을 짓는 데도 바로 지으면 괜찮지만, 잘못 지으면 그것 역시 큰일입니다. 어떤 때인들 단우를 모집하지 않으리요만, 특히 민국 3년, 금년은 우리가 크게 활동하여 단우 모집에 큰 노력을 가할 때입니다. 우리는 상당한 금력과 시간을 허비하면서라도 대모집을 시행할 때입니다.

단우를 모집하는 데는 ① 단으로서 ②단우 각자가, 해야 할 것입니다.

단으로 취할 방법은 각지 형편을 고려하여 활동을 하는 동시에 기관 잡지를 발행하여 가합한 자를 버리지 않아야 할 것입니다. 단우 각자가 취할 방법은 단우 자신이 여하한 곳에 가든지 동포를 만나면 정밀히 관찰해야 합니다. 그 사람이 지금 방황하고 있는가 그렇지 않은가, 그리고 왜 방황하는가를 보아 타락하였다 해서 버리지 말고, 집을 지었다고 해서 마찬가지로 버려서는 안 됩니다.

사람을 대하여 토론할 때에,

① 동일 관찰을 가지게 함이 가하고,

② 동일 관찰을 가지게 되면 동일 각오가 나게 함이 가합니다. 그리하여 그렇게 되면,

③ 우리 단의 주의(主義)를 소개하고,

④ 그 주의에 동의하면 단의 간부 인물을 소개하십시오.

관찰과 각오와 주의가 비록 동일할지라도 그 간부 된 인물을 의심하게 되면 동지되기 불능할 것입니다. 그러므로 우리는 사람을 대하되 무의식하게 하지를 말고 유의식하게 하기를 주의해야 합니다.

우리 흥사단은 수양 기관이요, 훈련 기관이기 때문에 나도 하고 남도 하게 하자, 함이 목적입니다. 그렇다면 어떠한 성질로 해야 합니까? 우리 흥사단에서는 소극적으로 하지 말고 적극적으로 합시다. 소극적 수양을 취하지 말고 방담적(放膽的) 수양을 취합시다.

동양의 수양 방법이 어떻습니까? '전전긍긍연 여림심연 여리박빙(戰戰兢兢然 如臨深淵 如履薄氷)', 동양에서는 수천 년간 이와 같은 수양을 취해왔습니다. '위방불입 난방불거(危方不入 亂邦不居)', 이것이 다 소극적 주의입니다. 기독교도 동양에 들어온 뒤에는 또한 소극적으로 흐르게 되었습니다. 우리 흥사단우는 그런 수양을 하지 맙시다. 그 대신 나는 능히 무실(務實)할 수 있는 장부요, 역

행할 수 있는 장부라 생각합시다.

소극적 수양을 취하는 자는 한번 실수에 빠지면 전율하여 다시 일어나는 힘이 없어 점점 연약해갑니다. 적극적 수양을 취하는 자는 설혹 한두 개의 실수가 있더라도 재접재려(再接再勵)하여 진진불이(進進不已)합니다. 공자는 사십이 불혹(四十而不惑)이라 하였나니 인수무과(人誰無過)이겠습니까?

무죄한 자는 한 사람도 없다고 바울이 말했습니다. 이상에 한 말이 심상한 말이 아닙니다. 이후 우리 단우의 동작은 천연하고 평범하게 해야 합니다. 고의로 국궁연(鞠躬然)하게 하지 말아야 합니다.

끝으로 한 마디 붙입니다만, 농담을 이해하고 즐기십시오. 그렇다고 너무 실없는 말이 방담(放膽)이 아닙니다. 우리는 아프리카인에 가까운 행동을 배웁시다. 그들은 농담을 제일 즐깁니다.

겉으로 보면 평범하나, 그러나 속으로 의리를 지키며 하는 일에 충성을 다함이 옳습니다.

1921년 7월 1일, 상해 홍사단 단소 연설.

태평양회의의 외교 후원에 대하여

태평양회의에 대한 외교 후원을 토론할 필요는 무엇입니까? 다름 아니라, 우리가 이번 외교에 승리하면 우리에게 이익이 있겠고 실패하면 해가 있다는 말씀입니다. 그러면 태평양회의란 무엇이고, 외교의 후원이란 어떻게 해야 합니까.

세상 사람은 무엇이라 하든지 나는 국민을 속이는 언론을 해서는 안 된다고 생각합니다. 우리가 독립운동의 사생과 흥망이 이 회의에 달렸다느니, 또는 우리가 이번에 후원하기만 하면 독립이 꼭 될 터이니 외교를 후원해야 되겠다는 등의 말을 하면 이는 국민을 속이는 말입니다. 왜? 독립운동이 흥하고 망하는 것이나, 임시정부가 살고 죽는 것은 모두 우리 자신이 잘하고 못함에 있지, 태평양회의에 달려 있을 리가 없기 때문입니다.

다만 우리는 이 기회를 잘 이용하면 이익을 얻겠고, 잘못하면

해를 입을 것이니, 이 기회에 힘을 쓰지 않을 수 없습니다.

태평양회의란 무엇입니까. 솔직히 말해서 태평양회의는 일종의 의문입니다. 이는 차차 설명하겠습니다. 먼저 우리의 외교 후원은 어떻게 해야 할까요?

나는 세 가지가 있다 생각합니다.

첫째, 대표 되는 인물과 우리가 과거에는 친하였거나 원수이었거나 대표로 나선 이상 거국일치로 응원해야 하겠습니다. 왜냐하면 태평양회의의 외교 후원은 대표 한 개인의 문제가 아니요, 전민족의 이해를 위함인 까닭입니다.

외교 후원의 둘째는 의사와 금전을 제공함이외다.

외교 후원의 셋째는 재료를 공급함이외다.

돈은 어떻게 내야 합니까. 내 힘껏 많으나 적으나 정성을 다하면 됩니다.

의사는 어떻게 바쳐야 합니까. 이것도 내 정성껏 생각할 것입니다.

재료 공급은 어떻게 해야 합니까. 우리에게 자치할 능력과 독립할 자격이 있는 증거를 보여야 합니다. 만일 우리가 자치할 능력과 독립할 자격이 없다는 재료를 세계에 공급한 뒤에는 아무런 선전이 다 무슨 쓸 데가 있겠습니까?

먼저 태평양회의는 의문이라 하였습니다. 그 성질에 대하여 세 가지 해석이 있습니다.

어떤 이는 이번에 세계 열강이 전쟁의 참화에서 깨어나 진정한 세계 평화를 도모하려고, 따라서 동양 평화를 유지하려고 모인 것이라고 합니다. 그러므로 진정한 동양 평화를 짓기 위하여 한국의 독립을 승인하리라 합니다.

둘째, 어떤 사람은 이번 일은 다만 미·영 양국이 일본 사람을 축소시키기 위하여 독립을 승인하리라 합니다.

그러나 맨 나중 사람은 그들이 떠드는 평화의 소리는 가면에 불과하다 합니다. 먼저 헤이그의 평화회의가 있었고, 또 파리의 평화회의, 국제연맹이라 하여 미·영·불·이·일 제국이 늘 부르는 소리가 세계의 평화였습니다. 더욱이 일본은 날마다 동양의 평화를 부르짖고 있습니다. 그런데 왜 한 번도 성공을 못했느냐고 합니다. 그렇습니다. 다만 그 열강들이 입으로는 평화를 부르나 이는 가면에 지나지 않습니다. 진정한 평화를 생각하고 있지 않기에 평화를 구할 방법을 애써 찾고 있지 않습니다.

일본이 동양 평화의 책임이 자기에게 있노라고 날마다 한인에게, 중국인에게 말합니다. 한국과 중국을 병탄(倂呑)하면서도 그냥 평화를 하자 합니다.

독립과 자유의 정신이 없는 민족은 세상에 없습니다. 그런데도 오늘날 소위 강국 된 자는 약국을 무시하고 이를 약탈하면서 평화를 부르짖고 있습니다. 먹는 자는 좋거니와 먹히는 자는 불행하지 않겠습니까. 강자의 가면적 평화로는 세계의 평화가 되지 않는다고 맨 나중 사람은 주장합니다.

이상 세 가지 해석 중에 어느 것을 택하더라도, 우리가 독립을 하려면 자치할 능력과 독립할 자격을 세상에 보여야 하겠습니다.

만일 세계가 일본의 세력을 축소시키기 위하여 한국을 독립시키려 할는지도 모릅니다. 그렇지만 우리가 그 자격 없음을 세계에 알리면 세계가 우리를 믿지 못하여 독립을 승인하기 어려울 것입니다.

또 세계 강국이 진정한 평화를 원한다 합시다. 그렇지만 독립의 자격이 없는 민족을 독립시켜 놓으면, 그 민족이 스스로 도탄에 들어갈 것이니, 차라리 어떤 나라가 통치케 함이 진정한 평화를 위하여 이롭다고 할 것입니다.

만일 그 마지막 태도를 취한다 하면, 우리가 자치할 능력과 독립할 자격을 보이더라도 무슨 소용이 있느냐고 합니다. 소위 5대 강국들이 약국을 무시하고 동등한 대우를 하지 않는데 우리가 자격을 보이더라도 소용이 없다 합니다.

그러면 먼저 그들이 왜 세계를 무시하고 침략을 일삼겠습니까. 이는 머리에 깊이 박힌 사상의 힘입니다. 그들이 평화를 부르짖는 것도 실은 전혀 거짓이 아닙니다. 전쟁의 참화를 목도할 때에는 세계가 진정한 평화를 자연히 부르짖게 됩니다. 다만 전쟁이 다 지나가고 참상이 보이지 않게 되면, 또 이전에 머리에 젖었던 약육강식의 사상이 나오는 것이외다.

일본의 입장에서 세계의 대세를 본다 하면, 어서 한국과 중국을 친구삼아 아시아의 형세를 든든하게 하면, 미국의 발 아래서 부들부들 떨 필요가 없을 것입니다. 그러나 일본의 소위 자유주의자라 자칭하는 자까지도, 국내에서는 자유를 주장하다가도 국외 문제에는 침략을 찬성하고 있습니다. 이는 그 침략적 사상이 머릿속에 깊이 박힌 까닭입니다.

그러면 이상 세 가지 태도 중에서 어느 방향으로 보아도 좋습니다. 우리의 선결 문제는 우리 자신이 자치할 능력과 독립할 자격이 있다는 재료를 제공해야만 합니다. 그렇지 않고서는 다른 아무것도 소용이 없습니다.

무엇이 자치할 능력과 독립할 자격이 있는 표준이 되겠습니까. 자기 일은 자기의 돈과 자기의 지식으로 하는 사람, 자기를 자기의 법으로 다스리는 그 사람입니다.

그러면 말하기를 우리에게 무슨 돈과 무슨 지식이 있어 그런 힘을 보일까 합니다. 분명히 말씀 드리지만 우리에게도 돈과 지식이 있습니다. 생각해보십시오. 돈 많은 사람은 많은 대로 살고, 가난한 사람은 가난한 만큼 삽니다. 남의 돈 빌어 쓰지 않고, 제가 제 세납(稅納) 바쳐서 쓰면 가난하더라도 독립입니다.

지식이 많거나 적거나 우리 지식이 다 한 깃발 아래 들어와 통일적으로 일하면, 제가 세운 법률도 스스로 다스려 나갈 각오만 있으면 이는 자치의 능력이 있는 증거입니다.

우리가 아직 강토(彊土)를 회복치 못하였으니 해외에 있는 2백만이라도 제가 스스로 대의사를 뽑아 그 입법에 복종합시다. 정부를 세우고 이에 복종함은 개인의 사유(私有)를 복종함이 아닙니다. 국민의 입법을 위한 최고 기관을 복종함입니다.

이것이 실로 우리의 사활문제가 아닙니까. 민족의 본체가 이런 후에야 독립을 감히 말할 것이 아닙니까. 오늘날 우리가 실력 없다고 낙심치 말고 마음에 맹세하여 오늘부터 기초를 닦아 나아갑시다. 우리에게 자치할 능력과 독립할 자격이 있으면 태평양회의가 없더라도 독립이 될 터이요, 아무런 침략자도 반성치 않을 수 없을 것입니다.

나는 내 눈으로 멀리 바라봅니다만 장차 대한 청년의 손에 알지 못할 무엇이 생겨서 일본을 크게 징계할 날이 있습니다. 그렇지만 아직은 그 시기가 아닙니다.

그러면 그 때가 언제입니까? 우리가 제 돈, 제 지식을 내고 제 법으로 저를 다스리는 그날입니다. 앞에 이러한 희망과 계획이 없이 다만 태평양회의니 폭탄이니 하더라도 이는 다 입에 발린 거짓일 뿐입니다.

여러분, 그러면 우리가 태평양회의에 임하여 각오할 것이 무엇입니까. 태평양회의를 잘 이용하면 우리에게 이익이 있고 못하면 해가 있다는 말입니다. 우리가 태평양회의에서 외교를 잘하려면 이전에 있는 모든 분쟁은 딴 문제로 버려야 합니다. 곧 단독 행동을 취하지 말고, 전국민이 일치로 후원하는 데 있을 뿐이외다. 전국민이 일치하여 자치할 능력과 독립할 자격을 보이는 데 있을 뿐입니다.

어떻게 하면 전국민이 다 합할 수 있습니까. 타인의 뺨을 때린 뒤에 사죄도 아니하고 외교를 위하여 합하자 함은 모순입니다. 서로 해하려는 것을 그치지 않고 합하고자 하여도 아무 쓸데없습니다. 또 국민은 어떤 이들이 서로 싸움한다고 해서 둘 다 역적이라고 욕하는 것도 싸움을 그치게 하는 것이 못 됩니다. 먼저는 서로 양보함을 취하고 그래도 안 될 때에는 공리로써 선·불선의 판단을 내려야 싸움을 결말할 수 있는 것입니다.

나는 이 기회에 역설합니다만, 우리 국민이 통일하자면 국민대표회가 완전히 성립되어야 합니다. 각종의 주장이 상대할 때에는 각지의 대표가 직접 모여 앉아 그 시비를 결단함밖에 도리가 없습니다.

나의 주장하는 대표회는 아무 선입 조건 없이 다만 다수 국민의 의사로써 과거의 분규를 획정하고, 장래의 방침을 세우기 위하여 국민의 대표를 소집하자 함입니다. 우리가 이를 하고 못하는 것은 우리에게 자치할 능력과 독립할 자격이 있고 없음을 나타내는 것입니다.

전에 〈대륙보(大陸報)〉 기자 페퍼가 나더러 말했습니다.

"내가 한국에 들어가서 여자들이 독립운동을 위하여 그 노리개·반지를 빼서 주는 것을 볼 때에 참으로 한국 일을 위하여 힘쓸 마음이 있구나 하고 느꼈습니다. 그러나 그 후에 한인들 가운데 서로 분쟁하는 것이 자꾸 내 눈에 보일 때에 한인은 아직 독립할 자격이 없는 것 같습니다."

내가 왜 이런 말을 하겠습니까. 우리의 내용이 허약한 것은 일본이나 세계가 다 압니다. 불쌍한 한국 사람만 모르고 있습니다.

여러분, 최후에 부탁합니다. 우리가 외교를 후원하려거든 근본적으로 통일부터 합시다. 통일을 하려거든 국민대표회의 완성을 힘씁시다. 왜 대표회를 아니 보고 개인의 색채만 보고 꺼려야 합니까? 개인을 보지 말고 대표회의 정신을 보십시오.

이 석상에 모인 우리부터 먼저 반성하여 전날의 불평을 다 잊어버리고 진정한 통일의 운동을 위하여 노력합시다. 이것이 후원의 근본 문제요, 독립운동의 사활 문제입니다.

1921년 9월 3일.

새로이 나가자

우리나라의 나이 높아감이여. 따라서 지각이 높아가도다.

적을 적할 마음이 점점 강함이여. 동족을 적하는 사혐(私嫌)이 점점 사라지도다.

나누이면 패하고 모이면 공성할 줄을 깨달음이여. 중앙 정부 기치하에 모여들리로다.

새로 나아갈 방향이 점점 정해짐이여. 질서있는 운동의 길에 점점 들어가도다.

허영을 버리고 근본을 존중히 함이여. 자체의 토대가 공고해지리로다.

실력의 가치를 점점 깨달음이여. 각각 그 직업에 충성하리로다.

국민의 의무심이 점점 높아감이여. 납세와 징병의 일이 점점 실현되리로다.

크게 모여 크게 의논함이여. 큰 방침이 세워지리로다.

큰 방침이 세워짐이여. 큰 힘이 중앙에 집중하리로다.

큰 힘이 중앙에 집중함이여. 큰 진행의 원동력이 비치리로다.

아, 일반은 이것을 점점 각오함이여. 기대하던 국민대표회가
쉬 실현되리로다.

1922년 1월 1일, 〈독립신문〉에 발표한 도산의 친년사.

국민대표회(國民代表會)를 지지하자

여러분, 지금 나는 매우 어려운 자리에 나섰음을 깨닫습니다. 왜? 이 때의 우리 경우는 가장 절박하고, 우리 일반의 심리가 가장 긴장한 때문입니다.

오늘 내가 말함에 대하여 여러분이 다른 때보다 비상한 주목이 있을 줄 압니다. 그런데 내가 어려운 자리에 섰다 함은 비상한 주목을 관계함이 아닙니다. 그것은 나의 말 한 마디를 바로하고 그릇하는 것이 전체에 큰 영향을 줄까 하여 말하기가 매우 조심스럽습니다.

여러분, 지금의 경우가 과연 절박하며, 일반의 심리가 과연 긴장합니까? 다시 말하면 우리의 독립운동을 끊어 장사하게 되었습니까, 아니되었습니까? 아무 근거없이 빈 말로 호담스럽게 '우리의 독립운동이 어찌 끊어질 리가 있겠는가' 하고 장담하는 것은 소용이 없는 말입니다.

왜? 옛날에 4천 년을 지켜 내려오던 국가의 생명을 끊은 것을 돌이켜 생각해보십시오. 잘하면 국가의 생명을 잇고 못하면 국가의 생명을 끊는 것같이, 잘하면 독립운동의 생명을 잇고 못하면 독립운동의 생명을 끊는다는 것을 깊이 생각합시다.

그러면 어떻게 해야 독립운동의 생명을 끊어 장사하지 않고 그 생명을 이어 적극적으로 진행하겠습니까. 먼저 판단할 것은 여기 있습니다. 우리 한국 민족의 생명이 끊어지면 따라서 우리 독립운동의 생명도 끊어질 것이요, 우리나라 민족의 생명이 살아 있으면 우리 독립운동의 생명도 살아 있을 것이외다.

오늘 이 자리에 앉으신 남녀 동포는 살았는가, 죽었는가! 스스로 물어보십시오. 여러분이 독립운동의 생명을 살리어 계속하려거든 여러분이 먼저 스스로 살아야 할 것이외다.

어떤 사람이 독립운동을 살릴 사람이며, 또 어떤 사람이 독립운동을 그치게 하고 죽일 사람일까요?

우리 독립운동에 대하여 희생적 정신으로 자기의 책임을 다하여 지성으로 독립운동에 관한 방침을 연구하고, 지성으로 토론하고, 지성으로 실행하는 자는 독립운동을 살리는 산 대한 사람이라 할 것입니다. 이와 반대로 독립운동에 대하여 아무 생각과 아무 실행이 없이 방관하고 앉았는 사람은 독립운동을 죽이는 죽은 대한 사람이라 하겠습니다. 그런즉 우리 독립운동이 죽기를 원치 아니하고 살아 활동하기를 원하는 여러분은 이 시간부터 진정한 성의와 청정(淸淨)한 두뇌로 깊이 연구하고 실행을 꾀합시다.

그런데 우리 독립운동의 문제로 지금 크게 현안된 것은 국민대표회 문제이외다. 이 문제에 대하여 1년이 넘도록 왈가왈부라 하여 우리 국민의 큰 토론 재료가 되었었습니다. 이렇게 되는 것도 우리의 수준이 전보다 좀 진보된 듯합니다.

내가 지금 국민대표회 소집의 본의를 말하겠습니다. 이것은 나

개인의 의사일 뿐만 아니라 국민대표회 주비처(籌備處) 전체의 의사를 대표한 것이라고 하겠습니다. 만일 여러분들의 생각에 "너 개인의 말이지 어찌 주비처의 의사를 대표하였단 말인가." 하는 의심이 나거든, 내가 이같이 공개하고 말한 후에 내일이라도 주비처에서 부인한다는 표시가 없거든 이것을 곧 주비처의 의사라고 인증해주십시오.

국민대표의 본의(本義)

그러면 국민대표회의 본의가 무엇입니까.

국민대표회를 소집하는 본의는 어느 개인이나 어느 기관을 공격하거나 반대하기 위함도 아니요, 또는 어느 개인이나 기관을 찬성하기 위함도 아닙니다.

국민대표회를 발기한 이후 지금까지 1년 동안 국민대표회를 소집하는 이유를 연설로, 혹 논문으로 여러 번 공개 표시하였습니다만, 여론이나 문자로써, 어느 개인이나 기관에 대하여 공격하거나 악선전을 한 일은 한 번도 없었습니다.

그러면 국민대표회를 소집하는 본의가 무엇입니까.

곧 각 방면에 헤어져 있는 대한 민족 전부의 성력(誠力)과 물질을 중앙의 일방으로 집중하여 오늘에 가진 힘보다 좀더 큰 힘을 이룬 후 우리의 독립운동을 적극적으로 진행하기 위함입니다. 거듭 말씀 드립니다. 국민대표회를 모으는 본의는 어느 개인이며, 기관을 공격하거나 반대하기 위함이 아니요, 각 지방에 헤어져 있는 대한 민족의 성력과 물력(物力)을 중앙 일방으로 집중하여 큰 힘을 이루어 가지고 크게 진행키 위함이외다.

우리가 큰 힘으로 독립운동을 적극적으로 진행하려면 성력과 물력을 집중할 필요가 있겠습니까, 없겠습니까? 있습니다. 그렇다면 성력과 물력을 집중하려면 국민대표회를 소집해야 합니까, 아니해야 합니까? 이것이 우리가 한번 깊이 생각해볼 문제입니다.

이것은 과거와 현재를 살펴보면 밝은 판단이 있을 줄 압니다. 과거에 원수의 속박 아래서 신음하다가 가슴에 사무친 아픈 것이 폭발되어 더 이상 참지 못하고 만세 소리로 독립운동을 시작하여 세계를 놀라게 하였습니다. 그 후에는 2년이 원년(元年)보다, 3년이 2년보다, 4년이 3년보다 점점 떨어져 와 오늘에 와서는 운명 문제를 말하게 되었습니다. 이것은 사실이라 숨기려고 하여도 숨길 수가 없고, 감추려고 하여도 감출 수가 없이 되었습니다. 여러분, 여기에 대하여 아픈 마음이 어떠합니까?

이같이 된 원인이 어디에 있습니까? 이것은 우리의 힘이 부족한 때문이니 곧 성력과 물력이 아울러 소진(消盡)한 때문이외다.

이 성력과 물력이 소진한 원인은 무엇입니까? 우리 민족은 다 근본적으로 독립운동에 대하여 성의가 없었던 사람이기 때문입니까? 또 토굴을 파고 사는 인디언과 같이 한푼도 생산력이 없는 사람이기 때문입니까? 아닙니다. 우리 민족의 성의는 결코 남보다 떨어지지 않고, 물력도 남에게 비하여는 다소 빈궁하나 독립운동을 계속하지 못할 만큼 물력이 없다고는 못하겠습니다. 이것은 사실이 증명하는 것이외다.

성력으로 말하면 독립 만세를 부른 후로 지금까지 독립운동을 위하여 귀한 시간과 귀한 재산을 소비하여, 귀한 생명을 희생한 자가 여러 만 명에 이르지 아니하였습니까. 또한 물력으로 말하더라도 최근 러시아령·중국령·국내·미국령 등지에서 모은 재산이 거액이 아닙니까.

그러면 이와같이 성력도 있고 물력도 있는데, 왜 없다고 하는 것입니까. 이것은 있기는 있어도 그 있는 것이 각각 헤어져 있으며, 한 곳에 집중되지 못한 때문입니다. 있고도 없는 것같이 되어 오늘 이와 같은 절박한 경우를 당한 것입니다.

조직적 통일

대체 이 성력과 물력이 집중되지 못하는 원인이 무엇입니까. 혹자는 말하기를 대한 사람은 어리석고 악한 때문에 그 힘을 집중할수 없다고 합니다. 우리가 미상불 어리석은 것을 자탄할 적도 있고, 선하지 못함을 자책할 점도 없지는 않습니다. 그러니 이와같이 집중이 되지 못함은 어리석고 악한 것만이 원인이라고 할 수 없습니다.

과거의 형세가 그럴 수밖에 없었습니다. 과거의 운동이 통일적인가 아닌가를 생각해보면, 과거의 운동은 통일적이었습니다. 한때에 일어나 만세 부른 것을 보든지, 지금의 대한 남녀의 각 개인의 심리를 들여다보면 목적이 다 독립운동이요, 동에서나 서에서나 다 독립운동을 한다고 하고 있습니다.

그런즉 이것이 다 통일적입니다. 그러나 통일적은 통일적이나다만 정신상 통일뿐이요, 실무상 조직적 통일은 못되었습니다. 이조직적 통일을 이루지 못한 것이 악의나 고의로 된 것이 아니라 형세가 그같이 되었던 것입니다.

내지에서 독립운동을 시작하여 다수의 의남충녀(義男忠女)가 결박을 당하고 옥에 갇히어 피를 흘릴 때에, 전민족이 다 같이 일어나 독립운동을 시작했습니다. 그때는 내지뿐만이 아니라 러시아령·중국령·미국령 어디를 물론하고 국내·해외에 일체로 일어났습니다. 그렇지만 실제상 조직적 통일을 이루지 못한 것은, 내지로 말하면 원수의 엄계(嚴戒)와 압박 밑에서 실제상 조직 일을 실행키 불가능하였고, 바다 밖으로 말하면 각 방면에서 각각 일어나뭉친 후에 조직적 지식도 부족했기 때문입니다. 더욱이 교통이 불편하여 서로 화합하며 소통하기 불능하여 실제상 조직을 실행하기어려웠습니다.

이러므로 정신은 같지만 실제상 조직적 통일을 이루지 못하고 각 방면이 각각 깃발을 세우고 분립한 가운데 서로 격막이 되었습니다. 그리하여 각 방면이 각각 착오와 과실도 있었고, 각 방면이 격막하고 착오가 있는 동시에 음언(陰言)과 부어(浮語)가 한없이 성행하여 오해와 감정이 높아졌습니다. 오해와 감정이 높아짐에 따라 서로 원수같이 보게 되므로, 참 원수인 원수에게 대하여서는 대적할 마음이 부지중 박약하고 동족간에 대적하게 되었습니다. (중략)

그러한 중에 열렬한 청년 독립군들은 믿을 곳도 없고 희망할 데도 없으므로 자연 방황중에 기지가 타락되고 상심 낙망하여 한을 부르짖게 되었습니다. 이러하므로 한 곳으로의 집중력은 고사하고 각방·각자의 힘이 소진하는 지경에 이르게 되었습니다. 다시 말하면 이것이 근본 고의와 악의로 된 것이 아니라 형세가 이렇게 만들었던 것입니다.

이것은 과거와 현재의 현상입니다. 오늘에 깊이 생각할 것은 그 막힌 담과 착오된 것과 오해와 감정과 분규를 그대로 방임해두고서 성력과 물력을 집중하면 우리의 독립운동이 살아 계속될 수 있을까 입니다. 이 점을 우리가 크게 판단해야 합니다.

이상과 같이 격막된 가운데 각방의 의사가 집중되지 못하여 의사가 분열되므로, 따라서 이 집중이 되지 못하는 것이 사실이외다. (중략)

그런즉 오늘에 우리가 할 일이 무엇입니까?

곧 우리의 성벽으로써 이 격막을 깨뜨리고, 그 오해와 과실을 씻어버리고, 그 오해와 감정을 없애고, 다시 새 정신과 새 기운으로 큰 계획을 세워 가지고 독립운동을 적극적으로 진행할 수밖에 없습니다. 이 밖에 다른 큰 방법이 있다면 곧 이 자리에 나와서 말씀해주십시오.

이상에 말한 바와 같이 격막과 착오와 오해를 다 제거하고 다시 공통적 의사로 대계획을 세워 성력과 물력을 집중하게 하려면 한

번 각 방면을 크게 모아, 크게 의사 소통을 하는 것이 절대 필요합
니다.

대표회가 할 일

이와같이 크게 모이는 것은 필요하나 어찌하여 굳이 국민대표회
로 모이자 하는 것이겠습니까? 그 이유는 지금 러시아령에 있는
단체가 각방을 부르면 다 모이겠습니까. 중령에 어떤 단체가 각방
을 부르면 다 모이겠습니까. 이것은 도저히 안 될 것이외다. 그러
면 현 임시정부에서 부르면 다 모이겠습니까. 그것도 안 되겠습
니다.

왜? 안 되는 이유는 현상의 사실을 보면 그러하외다. 이것은
일찍 격막한 가운데 이러한 현상을 지은 것이외다.

그러므로 여기도 저기도 치우침 없는 국민대표회 명의로 각방을
소집하는 것이 현재로서는 최선책입니다. 내가 바라는 바는 어떠
한 명의로든지 어서 속히 모여 이 성력과 물력이 집중되는 것이
외다.

국민대표회에서 진행할 강령(綱領)은 우리가 모이므로 과거의 격
막과 착오와 오해와 감정을 다 끊어버리고 새로 독립운동의 대계
획을 세우기 위함입니다. 그렇다면 큰 계획을 세우는 강령의 내용
이 무엇이겠습니까. 그 대체는 이러하겠습니다.

1. 중앙기관을 어떻게 공고케 할까.
2. 중앙기관과 각 지방 사이에 어떠한 방법으로 연락을 취할까.
3. 기관 유지와 사업 진행책을 어떻게 할까.
4. 일반 인민에게 금전상 부담을 어떻게 할까.
5. 중앙 정무를 어떠한 사람에게 위탁할까.

그리고 독립운동 기간에 서로 엄히 지킬 맹약을 세울 것입니다.
예를 들자면,

1. 군사는 중앙의 명령 외에 자유 행동을 취하지 못할 것.
2. 인민에게 재정을 강제로 정하지 못하게 할 일.
3. 공금을 횡령하지 못할 일.

등입니다. 이것은 나의 결정적 말이 아니요, 다만 이런 종류의 필
요한 규약을 세우게 되리라 함이외다. ……(미완)

1922년 4월 6일, 국민대표회 소집에 대한 해명 연설.

국민대표회를 맞이하면서

묻노니, 동포여! 동포는 어떠한 심리로써 이번에 모이는 국민대표회를 맞이하는가? 반가운 마음으로 맞는가, 싫은 마음으로 맞는가, 미워하는 마음으로 맞는가, 공경하는 마음으로 맞는가, 무시하는 마음으로 맞는가?

다시 말하면 이 국민대표회를 축복하는가, 저주하는가?

이제 이것을 일반 동포에게 한번 물어 알고자 하노라.

왜? 국민대표회가 잘되고 못됨은 물론 그 국민대표회의 자체에 있거니와, 그 국민대표회의 주위에 있는 일반 동포의 심리와 태도 여하가 막대한 영향을 주기 때문이노라.

내가 우리 한인 사회에 대하여 자못 섭섭히 여기는 점이 많은 중에 한 가지 크게 섭섭하게 여기는 바는, 곧 우리 동포 중에서 누가 무엇을 시작하든지 일반 사회는 먼저 믿음보다 의심이 있고, 사랑보다 미움이 있고, 공경보다 무시가 있어 축복하는 자는 없고 저주하기를 좋아함이로다. 우리 속언에 '입도둑에 망한다'는 말이 있나니, 과연 우리 한인 중에 될 만한 일도 저주 때문에 망한 것이 많도다.

예를 들자면, 누가 한 학교를 설립하여도 "그놈의 학교가 잘될까, 몇 날이나 갈까.", 누가 한 단체를 발기하여도 "그놈의 단체가 잘될까, 몇 날이나 갈까.", 누가 한 영업을 시작하여도 "그놈의 영업이 잘될까, 몇 날이나 갈까.", 하외다. 통틀어 말하면 대한 사람으로서 대한 사람의 일에 대하여 찬성이나 축복을 하기는커녕 비방이나 저주를 하는 것이외다. 이러한 나쁜 입방아가 우리 대한 사람의 큰 습관을 이루었다 하여도 과언이 아닐지라.

동포 제군들은 이 말을 깊이 생각할지어다. 인류 사회의 만반사위(萬般四圍)가 상조(相助)하는 데서 되는 법이요, 또 인류의 상조는 먼저 자기 민족끼리로부터 시작하는 것이 과거와 현재의 사실이 아닌가?

이치와 사실은 이러하거늘 우리 대한 사람은 자기 동족 중에서 여하한 좋은 일이 생기더라도 한 마디 말일망정 도우려고는 하지 않고, 오히려 비방하고 저주하니 무슨 일이 되어볼 수 있겠는가.

과거와 현재에 우리 민족이 실패한 원인이 많겠지만 그 중에 가장 큰 원인은 우리 민족간에 서로 돕지는 않고 저주한 것일지라.

한번 독립을 선언하고 다수 동포가 피를 뿌린 후에 독립을 표방하고 일어난 단체도 많고, 일어난 군대도 많으며, 국치(國恥) 이후 십 년 만에 실현된 임시의정원과 임시정부도 있었지만, 그 모든 것이 오늘 와서는 다 쇠퇴한 경우에 이르렀도다.

이렇게 된 것이 각각 그 자체가 선하지 못한 이유도 있을 것이지만, 필자는 말하되 그 자체의 불선만으로 그렇게 된 것이 아니요, 뭇사람의 저주로 말미암아 그와 같이 되었다고 하노라.

동포 제군은 이 점에 대하여 크게 각성하기를 비노라.

그런즉 이제 유사 이래에 가장 크게 모이는 이 국민대표회, 독립운동 이후에 가장 원만히 모이는 이 국민대표회, 전민족의 통일을 표방하고 모이는 이 국민대표회, 독립운동의 대방침을 세우기 위하여 모이는 이 국민대표회에 대하여 먼저 의심으로, 미움으로, 저주로 맞이하지 말고 믿음으로, 사랑으로, 축복으로 맞을지어다.

그리고 이렇게 하는 것이 이 대표회에 모이는 대표 그 개인을 위함이 아니요, 전민족을 위함임을 각오할지어다.

그같이 믿음과 사랑과 축복하는 성의로써 맞고 후원하다가, 혹 국민대표회의 의사가 그릇됨이 있더라도 감정적으로 비방하며 책망하기를 일삼지 말고, 성의로써 그 그릇된 길을 교정키 위하여 각각 자기의 의사를 그 대표회에 줄 것이며, 또는 일이 그릇되기 전에 각각 자기의 지력을 다하고 성력을 다하여 좋은 방침을 제공할지라.

이와같이 하면 그 대표된 사람들도 성의가 더 생기고, 힘과 기운이 더 생기어 기쁨과 공정한 마음으로써 직무에 충실하리라. 이로써 국민대표회의 결과가 원만하게 되어 모든 사업이 성공하면, 이는 국민대표회에 참석하였던 대표 그 개인의 복리가 아니요, 우리 대한 전민족, 즉 동포 일반의 복리일지라.

그런데 더욱이 이 때는 앞에서 말한 바와 같이 4년간 우리의 독립운동은 연년이 퇴보하여 독립운동이 거의 중단되는 지경에 이르렀고, 또한 각방의 분규 착잡은 여지없는 경우에 처하여 적을 적할 마음은 점점 쇠진해가고 장내(墻內)의 동족간에 자상·잔멸할 경우에 임하지 아니하였는가.

이러한 경우에 처한 우리로서 한 번 독립운동을 만회하여 원만한 통일을 이루고 장래의 대방침을 세워 대사업을 진전케 하려는 이 국민대표회를 어찌 성의로써, 사랑으로써 맞지 않으리요?

이에 임하여 한 번 더 간절히 바라는 바는, 즉 대한의 피를 가진 대한 남녀는 이 국민대표회에 대하여 무책임한 이방인과 같이 방

관·냉소의 태도로써 저주의 말을 뱉지 말고 있는 성의를 다하여
축복하라 함이로다.

1923년 1월 24일.

국민대표원 제군들이여

국민대표회의에 대표 되신 제군들! 제군들은 다 한 지방이나 한 단체의 대표자이외다.

제군들은 이번 이 회의에 오기 전에 일찍 각 방면에서 우리의 독립을 위하여 많이 노력하고 또한 중대한 책임을 가졌을 줄 압니다.

그러나 제군들이 일찍 얼마만한 노력을 하였던지 또는 어떠한 책임을 가졌던지, 이번 회의 대표의 책임과 같이 중대한 책임은 없었을 줄 압니다.

또 제군들이 이번 이 대표회의를 마치고 돌아간 뒤에도 각각 중대한 책임을 질 줄 압니다. 그러나 장래에 이떠한 책임을 맡든지 이번 회의에 대표 된 책임보다 더 중대한 책임은 없을 줄 압니다. 다시 말하면, 제군들이 오늘 전무후무한 중차대한 책임을 가졌다 함이외다.

2천만 민족이 자유를 얻고 못 얻음도 제군들의 손에 있고, 반만 년 역사를 가진 조국이 독립되고 못 됨도 제군들의 손에 있으며, 다시 말하면, 우리 국가와 전민족이 죽고 사는 것이 제군들의 손에 달렸습니다.

제군들은 응당 각각 그 책임의 중대함을 생각하고 있을 것입니다. 전전긍긍하여 잠을 평안히 이루지 못하며, 머리를 잠시도 쉬지 못하고, 아무도 상상하지 못할 정도로 노심초사할 줄 압니다.

그런데 제군들은 이 중대한 책임을 어떻게 이행하기로 생각을 정하였습니까? 우리의 전민족이 통일적으로 독립운동의 대방침을 세워 가지고 국권 광복의 대사업을 완성하자 함이 물론 이번 모인 국민대표회의의 유일한 정신이요, 목적일 것이외다. 이를 이루기 위하여 전심과 전력을 다할 가장 필요한 점이 무엇일까요?

군사 · 재정 · 외교 · 기타 실업 · 교육 등에 대한 적당한 방침을 세우고, 제도와 기관을 이상적으로 개선하고, 중추의 인물을 지혜롭게 선용하기에 전심과 전력을 다할 것인 줄 압니다. 제군들이 이미 이를 깨닫고 또한 성의로써 이에 대하여 노력하는 줄 압니다.

그러나 제군들은 이보다 더 중요한 것이 있는 줄 분명히 알고 있습니까, 모르고 있습니까? 나는 알건대 무엇보다도 가장 먼저 중요시할 것이 이번 모인 국민대표회의의 자체를 원만히 하는 것이라 합니다.

우리 민족이 목마르게 바라는 바는 통일이요, 또 통일입니다. 그런데 그 통일의 방법을 과거에는 무엇이라 하였으며, 또 미래에는 무엇이라 할는지 모르겠지만, 현재는 우리 전민족이 통일되고 못 됨이 이 국민대표회의 자체의 원만과 불원만에 있습니다.

다시 말하면 통일의 유일한 방법은 이번의 국민대표회의 자체의 원만이라 합니다. 따라서 독립운동의 대방침도 여러 가지로 말할 수 있지만, 독립을 완성하고 못함 또한 이 국민대표회의 자체의 원만과 불원만에 달렸다고 생각합니다.

아, 대표원 제군들이여!

제군들은 2천만 민족을 참으로 사랑하고 또한 제군들의 몸을 자중하여 이 '국민대표회의 자체의 원만'이라는 문제에 대하여 재삼 깊이 생각하기를 바랍니다. 이번에 모인 대표원 백 명만이 잘 합하면 2천만이 통일되고 따라서 독립을 완성할 기초가 확실히 세워질 것이외다.

제군들이 만일 진심으로 합하지 아니하면 통일의 방법과 이상을 아무리 말하더라도 통일은 실현될 수 없고, 따라서 군사니 외교니 무엇이니 하고 독립운동의 방침과 이상을 아무리 말하더라도 한갓 공상으로 돌아가고 말 것이외다.

그러므로 국민대표회의 자체의 원만과 불원만이 무엇보다도 선결 문제라 생각합니다.

종래의 우리 민족의 불통일을 위하여 걱정하는 이가 많았지만 그 걱정거리가 누구입니까.

우리의 독립운동을 위하여 들에서 김매어서 돈벌어 바치는 농부도 아니요, 앞으로 나아가 죽자면 죽는 군인도 아니요, 시장에서 머리 숙이고 돈벌어 바치는 상민(商民)도 아니요, 광산과 철로에서 땀을 흘리고 돈벌어 바치는 노동자도 아닙니다. 오직 불통일의 걱정거리는 어느 지방이나 단체의 대표 될 만한 이들의 문제이외다. 또한 독립운동에 대하여 장해를 준다, 안 준다 하는 문제도 각 방면의 인도자급에 있는 사람들이외다.

제군들이여! 제군들은 우리 2천만이 이번 모임에 대하여 얼마나 주목하고 또한 의구하는 마음이 있는 줄 아십니까, 모르십니까? 독립 선언 후 4년 동안 독립운동을 위하여, 또한 각 방면의 통일을 위하여 독립운동자의 모임이 한두 번이 아니었습니다. 그렇지만 단 한 번도 인민의 희망은 이루어지지 못하고 오히려 불호한 영향을 주었을 뿐이외다. 북간도에 모였던 결과, 흑하(黑河)에 모였던 결과, 북경에 모였던 결과, 서간도에 모였던 결과, 또 어디 어디에서 모였던 결과, 손으로 그 얼마를 꼽든지 꼽는 대로 그 모임에서 좋은 일이 생기지 않는 것은 고사하고, 도리어 모인 그 자체부터 실패를 고하였습니다. 그리하여 어디서 독립운동자가 모인다 하면 흔히 믿는 마음보다 의심하는 마음이 많고, 반가운 마음보다 두려운 마음이 많았음이 사실이외다.

그런데 이번 이 모임은 그 모이는 명의가 가장 아름답고, 그 모이는 형세가 가장 거대하고, 그 모이는 시기가 가장 적당하고, 그 모이는 목적이 가장 원대하외다. 이러한 위대한 모임이 있게 됨이 우리 대한 민족의 큰 기회요, 운수가 아니겠습니까. 제군들이여, 제군들은 이 기회와 이 운수를 어떻게 응용하려 하십니까?

지중지대한 책임을 지고 가장 어려운 경우에 처한 대표원 제군들은 국민대표회의 자체의 원만을 기도할 것이 가장 중요한 문제임을 과연 깊이 각성하고 있습니까? 만일 그렇게 생각한다 하면 그것을 원만케 할 그 도가 무엇이겠습니까?

이는 대표회의의 규모나 형식 문제가 아니요, 오직 대표원 제군들의 각 개인 심리상태 여하에 있다 함이외다. 대표 된 각 개인이 여하한 심리를 가져야 이 국민대표회의 자체를 원만히 할까 함이 깊이 연구할 만한 조건이외다.

나는 이에 대하여 몇 가지로써 고하고자 합니다. 즉 첫째는 과거의 감정을 망각할 것, 둘째, 피아(彼我)를 일시동인(一視同仁)할 것, 셋째는 일만 표준하여 공평·정직할 것, 넷째는 흉금을 피력할 것, 다섯째는 공결에 열복할 것 등이외다.

첫째, 이번에 모인 대표 제군들이 평시에 서로 의심하던 것을 그냥 의심하고, 미워하던 것을 그냥 미워하고, 배척하던 것을 그냥 배척하고, 싸우던 것을 그냥 싸운다면 아무리 원만을 구하고자 하여도 얻지 못할 것입니다. 그러므로 먼저 과거에는 어떠한 관계가 있었던지 그 쌓였던 모든 감정을 다 잊어버리십시오. 오직 서로 믿고 사랑해야 회의 자체가 원만해지고 대표자 된 자의 책임을 다하는 것이 될 것이외다.

둘째, 제군은 한 단체나 지방에서 선출한 대표자나, 한번 이 회의에 출석하는 순간부터는 어느 한 단체나 지방의 대표가 아닌 전민족의 대표자입니다. 그러니 전민족을 대표한 자의 도량을 가지십시오. 2천만 민족 중 어떠한 개인이나 단체나 지방을 구별하여 편파하지 않고 일시동인하는 굳은 덕량이 있어야 회의 자체가 원만해지고 대표 된 자의 책임을 다하는 것이 될 것이외다.

셋째, 제군들이 어떠한 이론을 진술하고, 어떠한 안을 제출하든지 각각 그 자신이나 친구나 당파의 이해를 표준하여 외공내사(外公內私)하면 우리가 구하는 원만을 얻지 못할 뿐 아니라 도리어 패망에 이를 것입니다. 그러므로 각각 자기의 이해는 절대 희생하고 오직 일만 하는 순결한 마음으로 회의석상에서 공평과 정직을 주장해주십시오. 그렇게 한다면 설혹 이세(理勢)로써 싸움의 치열함이 어떠한 정도까지 도달할지라도 아무 위해가 없으며, 도리어 회의 자체가 원만해지고 대표 된 자의 책임을 다하는 것이 될 것이외다.

넷째, 제군들은 다 한민족을 대표하여 같은 혁명 사업을 하기 위하여 모였습니다. 그런데 이 자리에서 국제간의 외교자들과 같이 서로 마음을 가리우고 진정을 말하지 아니하면, 아무리 원만을 얻으려고 하여도 어디로부터 이것이 생기겠습니까?

그러므로 친소(親疏)도 비교해보지 말고, 설혹 초면의 사이라도, 우리는 다 같은 대한 혁명당의 대표라는 견지에서 각각 흉금을 열고 서로 진정을 피력하도록 합니다. 그렇게 하면 회의의 자체는 원만해지고 대표 된 자의 책임을 다하는 것이 되겠습니다.

다섯째, 어떠한 모임에서든지 다수의 의견에 복종하지 않으면 일치와 원만을 내리지 못할 것은 더 논할 여지가 없습니다. 우리

간에 과거의 모인 경험을 살펴보면, 모여 일을 의논하다가 결정되는 일이 자기 의사에 조금만이라도 불합하면 곧 탈퇴합니다. 혹은 형식적으로 탈퇴는 아니하더라도 이면으로는 열복치 아니합니다.
(중략)

현재 우리 민족의 불통일된 원인 중 가장 큰 것은 회합의 원칙인 공결복종(公決服從)을 이행치 아니함입니다. 그러므로 이번 모임을 표본이 될 수 있도록 모범적으로 합시다. 실로 공결된 바에 열복하면 자연 회의 자체가 원만해지고 대표 된 책임을 다하는 것이 될 것이외다.

제군들이 모인 이번 국민대표회의의 원만과 불원만이 우리 한국민족의 사활 문제입니다.
(중략)

제군들은 이 국민대표회의 자체의 원만을 위하여 어떠한 것이라도 아끼지 말고 다 희생하십시오. 또한 아무리 원하지 않는 고통이라도 잘 참고 받으시길 바랍니다.

1923년 10월 7일.

민족에게 드리는 글

　고국에 계신 부모와 형제 자매들이여, 나는 어머니를 떠난 어린 아이가 그 어머니를 그리워하는 것처럼 고국을 그리워합니다. 얼마 전에 고국으로부터 온 어떤 자매의 편지를 읽다가,

　"선생님, 왜 더디 돌아옵니까? 고국의 산천초목까지도 당신이 빨리 돌아오시기를 기다립니다."

라는　구절을 읽었을 때는 비상한 느낌이 격동하여 일어났습니다. 더욱이 지금은 부모와 형제 자매들이 비애와 고통을 받는 때이라 고국을 향하여 일어나는 생각을 스스로 억제하기 어렵습니다. 여러분이 하시는 일을 직접 보고, 여러분이 하시는 말씀을 직접 듣고 싶으며, 또 내가 품은 뜻을 여러분께 직접 고할 것도 많습니다.

　그러나 아직은 돌아갈 수가 없습니다. 내가 일찍 눈물로써 고국

을 하직하고 떠나올 때 생각한 바가 있었기 때문에 웃음 속에서 고국 강산을 대할 기회가 오기 전에는 결코 돌아갈 수 없습니다.

그렇지만 나는 여러분께 대하여 간접적으로라도 고통 속에서 슬퍼하시는 것을 위로하는 말씀과, 그와 같은 간난(艱難) 중에서도 '선한 일'을 지어가심에 대해 치사(致謝)하는 말씀을 드리고 싶습니다. 또한 우리의 장래를 위하여 묻기도 하고, 고하기도 하고 싶었지만 기회가 없습니다.

마침 우리의 공공적 기관인 동아일보가 출현된 뒤에 글로써 여러분께 말씀을 전할 뜻이 많았으나, 내 마음에 있는 뜻을 써보내더라도 여러분께 전달되지 못할 염려가 있으므로 아직껏 아무 말씀도 못하였습니다. 그러나 지금에는 하고 싶은 뜻을 참지 못하겠습니다. 그래서 전달될 만한 한도 안의 말씀으로 몇 가지를 들어 묻고자 합니다.

비관적인가 낙관적인가

묻노니 여러분은 우리 앞날의 희망에 대하여 비관을 품으셨습니까, 낙관을 품으셨습니까?

여러분이 만일 비관을 품으셨으면 무엇 때문이며, 또한 낙관을 품으셨다면 무엇 때문입니까? 시세(時勢)와 경우를 표준함입니까? 나는 생각하기를 성공과 실패는 먼저 목적 여하에 있다고 봅니다.

우리가 세운 목적이 그른 것이면 언제든지 실패할 것입니다. 그러므로 우리가 세운 목적이 옳은 줄로 확실히 믿으면 조금도 비관하지 않고 낙관할 것입니다. 이 세상의 역사를 의지하여 살피면, 그른 목적을 세운 자는 한때 잠시 성공은 하지만 결국은 실패하고 말고, 이와 반대로 옳은 목적을 세운 자는 한때 잠시 실패는 있으나 결국은 성공하고야 맙니다.

그러나 옳은 목적을 세운 사람이 실패하였다면, 그 실패한 커다란 원인은 자기가 세운 목적을 향하여 나가다 어떠한 장애와 곤란이 생길 때에 그 목적에 대한 낙관이 없고, 비관을 가진 것에 있는 것이외다. 목적에 대한 비관이라 함은 곧 그 세운 목적이 무너졌다 함이외다. 자기가 세운 옳은 목적에 대하여 시시때때로 어떠한 실패와 장애가 오더라도, 조금도 그 목적의 성공을 의심치 않고서 낙관적으로 끝까지 밀고 나아가는 자는 확실히 성공합니다. 이것은 인류의 역사를 바로 보는 자는 누구든지 다 알만한 것이외다.

그런데 이에 대하여 여러분께 고할 말씀은 옳은 일을 성공하려면 끊임없이 옳은 일을 해야 되고, 옳은 일을 하려면 옳은 사람이 되어야 할 것을 깊이 생각하자 함이외다.

돌아보건대 우리가 왜 이 지경에 처하였는가, 우리가 마땅히 행했어야 할 옳은 일을 행치 아니한 결과로 원치 않는 이 지경에 처하였습니다.

지금이라도 우리는 옳은 목적을 세웠거니 하고 그 목적을 이룸에 합당한 옳은 일을 지성으로써 지어나가지 않으면, 그 목적을 세웠다 하는 것이 실지가 아니요, 허위로 세운 것이기 때문에 실패할 것입니다.

옳은 일을 지성으로 지어나가는 사람은 곧 옳은 사람이어야 합니다. 그러므로 내가 나를 스스로 경계하고 여러분 형제 자매들에게 간절히 원하는 바는, 옛날과 같이 옳은 일을 짓지 못할 만큼 옳지 못한 사람의 습성에서 탈피하여 옳은 일을 지을 만한 옳은 사람의 자격을 가지기에 먼저 노력해야 한다는 것입니다.

지금 우리가 우리의 희망점을 향하여 나아가도 현재의 시세와 경우가 매우 곤란하다고 할 만합니다. 그렇지만 밝게 살펴보면 우리 앞에 있는 시세와 경우는 그리 곤란한 것도 아니외다. 나는 이

시세와 경우를 큰 문제로 삼지 않고, 다만 우리가 일체 분발하여 의로운 자의 자격으로, 의로운 목적을 굳게 세우고, 의로운 일을 꾸준히 지어나가면 성공이 있을 줄 확실히 믿기 때문에, 비관은 없고 낙관뿐입니다. 우리 동포 중에서 열 사람, 스무 사람이라도 진정한 의로운 자의 정신으로 목적을 향하여 나아가면 장래에는 천 사람, 만 사람이 같은 정신으로 같이 나아가게 될 것을 믿습니다.

우리 민족사회에 대하여 불평시하는가, 측은시하는가

묻노니 여러분은 우리 사회 현상에 대하여 불평시합니까, 측은시합니까?

이것은 한 번 물어볼 만하다고 생각되는 문제입니다.

내가 살펴본 바로는 우리 사람들은 각각 우리 사회에 대하여 불평시하는 태도가 날로 높아갑니다. 이것이 우리의 큰 위험이라고 생각합니다. 지금 대한 사회 현상은 불평할 만한 것이 많은 것은 사실입니다. 특히 고등교육을 받고 있는 이들은 불평시하는 말이 더욱 많습니다. 지식 정도가 높아가므로 관찰력이 밝아져서 오늘 우리 사회의 더러운 것과 악한 것과 부족한 것의 여러 가지를 전보다 더 밝게 보므로 불평시하는 마음이 생기기 쉽습니다.

그런데 이것은 매우 위험합니다. 불평시하는 그 결과가 자기 민중을 무시하고 배척하게 됩니다. 그 민중이 각각 그 민중을 배척하면 멸족(滅族)의 화를 벗을 수 없습니다. 그러므로 매우 위험하다고 역설하는 것이외다.

그런즉 우리는 사회에 대하여 불평시하는 생각이 일어나는 순간에 측은시하는 방향으로 돌려야 되겠습니다. 어떻게 못나고, 어떻게 약하고, 어떻게 실패한 자를 보더라도 그것을 측은시하게 되면 건질 마음이 생기고 도와줄 마음이 생기어 민중을 위하여 희생적으로 노력할 열정이 더욱 생깁니다. 어느 민족이든지 그 민중이 각각 그 민중을 붙들어주고, 도와주고, 건져줄 생각이 진정으로 발하면 그 민중은 건져지고야 마는 것입니다.

여러분이시여! 우리가 우리 민족은 불평시할 민족인데, 우리가 억지로 측은시하자고 함이 아닙니다.

자기의 민족이 아무리 못나고, 약하고, 불미하게 보이더라도, 사람의 천연(天然)한 정으로 측은히 여겨야 함은 물론이거니와, 그밖에 우리는 우리 민족이 처한 경우를 보아서도 측은히 여길 만하외다. 지금의 우리 민족이 도덕적으로, 지식으로, 여러 가지 처사하는 것이 부족하다 하여 무시하는 이가 있으나 우리의 민족은 무시할 민족이 아닙니다.

우리 민족으로 말하면 아름다운 기질로 아름다운 산천에서 생장하여, 아름다운 역사의 교화로 살아온 민족이므로 근본이 우수한 민족입니다. 그런데 오늘 이와같이 일시 불행한 경우에 처한 것은 다만 구미(歐美)의 문화를 남보다 늦게 수입한 까닭입니다.

일본으로 말하면 구미와 교통하는 아시아 첫 어귀에 처하였으므로 구미와 먼저 교통이 되어 우리보다 일찍 신문화를 받게 되었고, 중국으로 말하면 아시아 가운데 큰 지역을 점령하였으므로 구미 각국이 중국과 교통하기를 먼저 주력한 까닭에 또한 신문화를 먼저 받게 되었던 것입니다.

그러나 우리는 오직 그러한 경우에 처하지 아니하였고, 동아(東亞)의 신문화가 처음으로 오는 당시의 정권을 잡았던 자들이 몽매(夢寐)중에 있었으므로 신문화가 들어오는 것이 늦어졌습니다. 만일 우리 민족이 일본이나 중국의 구미 문화가 들어올 그때에 같이 그 신문화를 받았더라면 우리 민족이 일본 민족이나 중국 민족보다 훨씬 나았을 것입니다.

일본 민족은 섬나라 같은 성질이 있고, 중국 민족은 대륙적 성질이 있는데, 우리 민족은 가장 발전하기에 합당한 반도적 성질을 가진 민족입니다. 근본이 우수한 지위에 처한 우리 민족으로서 이와같이 불행한 경우에 처하여, 남들이 열등한 민족으로 오해함을 당함에 대하여 스스로 분해 하고 서로 측은히 여길 수밖에 없습니다. 그러므로 우리의 천연의 정을……원본활자 미상……마음과 또는 우리의 경우를 생각하고 불평시하는 마음을 측은시하는 방향으로 돌이켜 상호부조의 정신이 진발하면, 우리 민족의 건져짐이 여기에서부터 시작된다고 함이외다.

그러므로 더욱이 우리 청년 남녀에게, 우리 민족을 향하여 노한 눈을 뜨거나 저주하는 혀를 놀리지 않게 하고, 5년 전에 흐르던 뜨거운 눈물이 계속하여 흐르게 하기를 바랍니다.

주인인가 나그네인가

묻노니 여러분이시여, 오늘 대한 사회에 주인 되는 이가 얼마나 됩니까? 대한 사람은 물론 다 대한 사회의 주인인데, 주인이 얼마나 되는가 하고 묻는 것이 이상스럽습니다. 그러나 대한인이 된 자는 명의상 누구든지 다 주인이 될 수 있지만, 사실상 주인다운 주인이 얼마나 되는지 알 수 없습니다.

어느 집이든지 주인이 없으면 그 집이 무너지거나, 그렇지 않으면 다른 사람이 그 집을 점령합니다. 이와 마찬가지로 어느 민족 사회든지 그 사회에 주인이 없으면 그 사회는 망하고 그 민족이 누릴 권리를 딴 사람이 취하게 됩니다.

우리는 우리 민족의 장래를 위하여 생각할 때에 먼저 우리 민족 사회에 주인이 있는가 없는가, 있다 하면 얼마나 되는가 하는 것을 생각지 아니할 수 없고 살피지 않을 수 없습니다. 나를 비롯하여 여러분은 각각 우리의 목적이 이 민족 사회의 참주인인가 아닌가를 물어볼 필요가 있습니다.

주인이 아니면 나그네인데, 주인과 나그네를 무엇으로 구별합니까? 그 민족 사회에 대하여 스스로 책임감이 있는 자는 주인이요, 책임감이 없는 자는 나그네입니다.

우리가 한때에 우리 민족 사회를 위하여 뜨거운 눈물을 뿌리거나 분한 말을 토하는 때가 있고, 슬픈 눈물과 분한 말뿐 아니라 우리 민족을 위하여 위태한 곳에 몸을 던진 때도 있다 할지라도, 그렇다고 주인인 줄로 자처하면 오해입니다. 지나가는 나그네도 남의 집에 참변이 있는 것을 볼 때에 눈물을 흘리거나, 분언(忿言)을 토하거나, 그 집의 위급한 것을 구제하기 위하여 투신하는 수도 있습니다. 그러나 그는 주인이 아니요, 객이기 때문에 한때 그러는 것일 뿐 그 집에 대한 영원한 책임감은 없습니다. 내가 알고자 하고 또 요구하는 주인은 우리 민족 사회에 대해 진정으로 영원한 책임심을 간직한 주인입니다.

이상의 '비관적인가 낙관적인가', '불평시하는가 측은시하는가' 하는 두 마디 말(言)은 우리 현상에서 한 번 생각해볼 만하다 하여서 말하였지만, 이 역시 객관적인 나그네에게나 할 말이지 진정한 주인에게는 할 말이 아닙니다.

참주인은 그 집안의 일이 잘되어 나가거나, 못 되어 나가거나 그 집의 일을 버리지 못합니다. 그 집 식구가 못났거나, 잘났거나 그 식구를 버리지 못합니다. 자기 자신의 지식과 자본의 능력이 짧거나 길거나를 가리지 않고 자기의 능력대로 그 집 형편을 의지하여 그 집이 유지하고 발전할 만한 계획과 방침을 세우고, 자기 몸이 죽는 시각까지 그 집을 맡아 가지고 노력하는 자가 참주인입니다.

주인 된 자는 자기 집안 일이 어려운 경우에 빠질수록 그 집에 대한 염려가 더욱 깊어져 그 어려운 경우에서 건져낼 방침을 세우고야 맙니다.

이와같이 자기 민족 사회가 어떠한 위난과 비운에 처했든지, 자기 동족이 어떻게 못나고 잘못하든지, 자기 민족을 위하여 하던 일이 몇 번 실패하든지 간에 그 민족 사회의 일을 분초 간에라도 버리지 아니하는 이가 참주인입니다. 무릇 주인은 지성으로 자기 민족 사회의 처지와 경우를 의지하여 그 민족을 건져낼 구체적 방법과 계획을 세우고, 그 방침과 계획대로 혼신의 노력을 다해야 하는 것입니다.

내가 옛날 고국에 있을 때에 한때 비분강개한 마음으로 사회를 위하여 일한다는 자선사업적 일꾼을 많이 보았으나, 영원한 책임을 지고 주인 노릇하는 일꾼은 드물게 보았습니다. 또 일종의 처세술로 체면을 차리는 행세거리 일꾼은 있었으나, 자기의 민족 사회의 일이 자기의 일인 줄 알고 실지로 일하는 일꾼은 귀했습니다.

내가 생각하기는 지금와서는 그때보다 주인 노릇하는 일꾼이 많이 생긴 줄 압니다. 그러나 아직도 그 수효가 그리 많지 못한 듯합니다. 한 집안 일이나 한 사회 일의 성쇠흥망이 좋은 방침과 계획을 세우고 못세우는 데 있고, 실제 사업을 잘 진행하고 못하는 데 있습니다.

그러나 이것도 주인이 있은 뒤의 문제이지, 만일 한 집이나 한 사회에 책임을 가진 주인이 없다고 하면 방침이나 사업이나 아무것도 없을 것입니다. 그런즉 어떤 민족 사회의 근본 문제가 주인이 있고, 없는 데 있습니다.

여러분은 지금 당장 내가 과연 주인인가를 스스로 살펴보십시오. 그리고 주변에 참주인이 얼마나 있는지를 냉정히 파악해보십시오.

만일에 주인이 없거나, 있더라도 수효가 적다고 생각하신다면 다른 일을 하기 전에 내가 스스로 주인의 자격을 찾고, 또한 많은 사람으로 하여금 주인의 자격을 갖게 하는 그 일부터 해야 되겠습니다.

우리가 과거에는 어떠하였든지 간에 이 경우에 임하여서는 주인 노릇할 정(情)도 일어날 만하고, 자각도 생길 만하다고 믿습니다.

합동과 분리

오늘 우리 대한을 보면 합해야 되겠다 하면서 어찌하여 합하지 아니하고 편당(偏黨)을 짓는가, 왜 싸움만 하는가 하고 서로 원망하고, 서로 꾸짖는 소리가 대한 천지에 가득 찼습니다. 이것만 보더라도 우리 대한 사람은 합동적이 아닌 분리적이라는 사실을 잘 알 수 있습니다.

또 오늘날 대한 사람은 합동하기를 간절히 원하는 듯합니다. 합동하면 흥하고 분리하면 망한다, 합동하면 살고 분리하면 죽는다. 이 모양으로 합동이 필요하다는 이론이 사석에서나 공석에서나, 신문이나 잡지에 많이 보입니다. 그러므로 대한 사람은 합동해야 된다는 이론은 더 말할 필요가 없다고 생각합니다.

그러면 우리 대한 민족의 개개인은 과연 합동의 필요를 절실하게 깨달았는가—이것이 의문입니다. 남더러 합하지 않는다, 편당만 짓고 싸움만 한다고 원망하고 꾸짖는 그 사람들만 다 보여서 합동하더라도 적어도 몇 백만 명은 되리라고 믿습니다. 그런데 아직도 그러한 단체가 실현된 것이 없는 것은 이상한 일입니다. 아마 아직도 합동을 원하기는 하지만, 합동하고 못하는 책임을 남에게만 미루고, 각각 자신이 합동의 길을 위하여 노력하는 정도까지는 이르질 못한 듯합니다.

사지(四肢)와 백체(百體)로 이루어진 우리 몸은 그 사지와 백체를 분리하면 그 몸이 활동을 못하기는 고사하고, 근본되는 생명까지 끊어집니다. 이와같이 각개 분자인 인민으로 구성된 민족 사회도 그 각개 분자가 합동하지 못하고 분리하면, 바로 그 순간 민족 사회는 근본적으로 사망될 것입니다. 그러므로 각개 분자의 합동력이 없다고 하면 다른 것은 더 말할 여지가 없습니다.

옛날 아메리카 13방 인민들이 자기네의 자유와 독립을 위하여 일하려고 할 때에, 양식과 무기와 군대와 여러 가지 준비할 것이 많았습니다. 그러나 먼저 준비해야 할 것은 각 개인의 머리 가운데 합동의 정신을 가짐이었습니다. 그네들은 그것을 먼저 준비해야 될 필요를 깊이 깨달았기 때문에,

"합동하면 살고 분리하면 쓰러진다(United we stand, divided we fall)."

라는 표어를 각 개인이 불렀습니다. 그러므로 우리 무리는 이 합동에 대하여서 주인 된 자의 자격으로 책임을 지고, 합동의 방법을 연구하며, 행동하는 행위를 실천하도록 노력해야 하겠습니다.

내가 이제 합동에 대하여 말하겠습니다. 우리 사회가 과거에 거의 역사적으로, 습관적으로 합동이 못 되어온 원인이 있습니다. 또 현재에 합동이 되지 못하는 모양과, 합동을 하려면 취해야 할 방법을 들어서 말할 것이 많습니다. 그러나 그것은 너무 길어질 우려가 있으므로 현재 상태에 가장 필요하다고 믿는 몇 가지만 말하려 합니다.

첫째는 온 민족이 공통적으로 같이 희망하고 이행할 만한 조건을 세우는 것입니다. 오늘날 우리가 요구하는 합동은 민족적 감정으로 하는 합동이 아니요, 민족적 사업에 대한 합동입니다. 민족적 감정으로 하는 합동은 인류 사회에 폐단을 주는 것이라 하여 깨뜨려 없애려 하는 이조차 있습니다.

나는 내가 민족적 감정으로 된 합동을 요구하지 아니하고, 민족적 사업을 중심으로 하는 합동을 요구한다 함은 민족적 감정을 기초로 하여 이루어진 민족주의가 옳다, 옳지 않다 하는 것을 근거

로 하는 말이 아닙니다. 어느 민족이든지 '우리 민족', '우리 민족'하고 부를 때에 벌써 민족적 감정을 기초로 한 합동이 천연적으로 있는 것입니다. 그렇기 때문에 합동하자, 말자 하고 더 말할 필요가 없으며, 우리가 요구하고 힘쓸 것은 민족의 공통적인 생활과 사업을 위하여 하는 합동입니다.

그런데 '일을 위한 합동'은 그 일이 무슨 일이며, 그 일할 방법이 무엇인가를 분명히 한 뒤에 생기는 것입니다. 덮어놓고 무조건 '합동하자', '합동하자' 하는 것은 아무리 떠들고 부르짖어도 합동의 효과를 얻을 수도, 믿을 수도 없을 뿐더러, 일에 대한 조건 없이는 합동을 요구할 이유도 발생하지 않습니다. 어떤 민족이 합동함에는 그 민족이 공통적으로 이해하는 조건이 선 후에야 된다 함은 세계 각국의 역사와 현재의 실례를 들어서 말할 것이 많습니다만, 우리 민족이 최근에 겪은 경험을 가지고라도 좋은 실례를 삼을 수가 있습니다.

그러면 우리 사람이 합동할 조건이 무엇인가? 그것의 첫째는 목적이요, 둘째는 그 목적을 달성하기 위한 방침과 계획입니다. 그런데 우리 민족의 공통적 큰 목적은 이미 세워진 것이니까, 이에 대해서는 다시 세우자, 말자 할 필요는 없습니다. 오직 남은 것은 그 방침과 계획뿐이니, 이것이야말로 우리의 합동의 공통적 조건이 되고, 목표가 되는 것입니다.

그러므로 이 공통적 조건의 방침과 목표를 세우는 근본 방법은 무엇이겠습니까. 그것은 우리 대한 사람 각 개인이 머릿속에 방침과 계획을 세움에 있습니다. 이 말은 얼른 생각하면 모순처럼 생각될 것입니다. 사람마다 각각 제 방침과 계획을 세워 가지고 각각 제 의견만 주장한다 하면 합동이 되기는커녕 더욱 분리가 될 염려가 있지 아니할까 하고 의심하기 쉽지만, 그것은 절대 그렇지 않습니다.

위에서 말한 바와 같이 민족 사회는 각개 분자인 인민으로 구성된 것이므로, 그 인민 각개의 방침과 계획, 즉 합동의 목표가 생기는 것은 민족 사회에서는 피치 못할 원칙입니다.

그러므로 각 개인은 이 원칙에 의지하여 자기네 민족과 사회의 현재와 장래를 위하여 참으로 정성껏 연구하여, 그 결과를 가장 정직하고, 가장 힘있게 발표할 것입니다. 이 모양으로 각각 의견을 발표하노라면 그것들이 자연 도태와 적자 생존의 원리에 의지하여 마침내 가장 완전하고, 가장 여러 사람의 찬성을 받는 '여론(輿論)'을 이룰 것이니, 이 여론이야말로 한 민족의 뜻이요, 소리요, 또 명령이외다.

우리는 자유의 인민이므로 결코 노예적이어서는 안 됩니다. 우리를 명령할 수 있는 것은 오직 각자의 양심과 이성뿐이라야 합니다. 결코 어떤 개인이나, 어떤 단체에 맹종하여서는 안 됩니다.

우리는 각각 대한의 주인이기 때문에 '나의 대한을 어찌할까' 하는 문제에 대하여 마치 일당을 받고 일하는 고용자 모양으로 자기의 공로를 내세울 필요가 없고, 다만 우리의 일인 대한의 일만 잘되면 그만일 것입니다.

그러므로 각 개인은 각각 자기의 의견을 존중하는 동시에 남의 의견을 존중해야 합니다. 비록 어떤 의견이 사사로운 감정으로 자기와 좋지 못한 개인에게서 나온 것이라 하더라도, 그 의견이 민족 사회에 이롭다고 생각되면, 그 의견을 취하여 자기의 의견을 만들기를 즐겁게 해야 할 것입니다. 다시 말하면, 자기가 진정한 주인인 책임을 가지고 실지로 방침과 계획을 세워보았던 사람이기 때문에 제 의견, 남의 의견을 가릴 것이 없이 제일 좋은 의견이면 취하는 것입니다.

그러므로 우리가 만일 합동을 요구하려거든 합동을 이룰 만한 조건을 세우기에 먼저 힘을 쓰고, 합동을 이룰 만한 조건을 세우려거든 나와 여러분은 서늘한 머리를 가지고 조용한 방이나 산이나 들이나, 어디서든지 각각 지성을 다하여 방침과 계획 세우기를 연구하기 시작합시다—내가 대한의 주인이라는 마음으로.

나는 (이 말이 어폐가 있을지 모르겠지만) 더욱이 우리 사회 각 계급에 처한 여러분께 대하여 진정한 민족적 방침을 세우는 데 너무 무심하지 말고, 추상적 관찰과 추상적 비판만을 일삼지 말며, 이 앞날의 문제에 대하여 각각 깊이 연구하여 구체적 방침을 세워 가지고, 한때에 발표하여 서로 비교한 후에 가장 다수되는, 가장 원만한 계획 아래에 일체 부응하여 우리 모든 민중이 한 깃발 밑에 같이 나아가는 것이 하루바삐 실현되기를 간절히 바랍니다.

둘째는 공통적 신용을 세울 것입니다. 앞에서 말하기를 민족적 합동은 공통적 조건을 세움으로써 이루어진다고 하였습니다. 그보다 먼저 될 문제는 사회의 각 분자되는 개인들의 신용입니다.

서로 신용이 없으면 방침이 서로 같더라도 합동될 수가 없고, 서로 신용이 없으면 공통적인 목적과 방법을 세우기부터 불가능할 것입니다. 그러므로 공통적인 방침을 세워 가지고 공통된 진행을 하려면, 즉 합동의 사실을 이루려면 먼저 사회의 신용을 세워야 하겠고, 사회의 신용을 세우려면 먼저 각 개인의 신용을 세워야 하겠습니다.

한때 잠시의 여행을 하는 데도 의심스러운 사람과는 동행하기를 원치 아니합니다. 하물며 한 민족의 위대한 사업을 지어나가려 할 때에 자기 마음에 의심하는 사람과 더불어 생사를 같이 할 뜻이 없을 것은 자명합니다. 오늘 우리 민족 사회가 이처럼 합동이 되지 못하고 분리한 상태에 있는 것은 공통적인 방침을 세우지 못함과 그 밖에 다른 이유도 많지마는, 그 중 가장 큰 이유는 대한인이 대한인을 서로 믿을 수 없는 것이요, 서로 믿을 수 없이 된 것은 서로 속이기 때문입니다.

지금 우리 사회 중에 누가 무슨 말을 하든지, 누가 무슨 글을 쓰든지 그 말과 그 글을 정면으로 듣거나 보지 않고, 그 뒤에 무슨 딴 흑막이 있는가 하고 찾으려 합니다. 어떤 사람이 동지·친구라

생각하고 무엇을 같이 하기를 간청하더라도, 그 간청을 받는 사람
은 이것이 또 무슨 협잡이나 아닌가 하고 참마음으로 응하지 아니
합니다.

슬프다! 우리 민족의 역사를 돌아보면, 우리 민족의 생활이 소
위 하급이라고 일컫는 평민들은 실지로 노동을 힘들여 하며 살아
왔습니다. 그런데 소위 중류 이상 상류 인사라는 이들의 생활은
농사나, 장사나, 자신의 역작(力作)을 의뢰하지 않는 생활이었습
니다. 때문에 그 생활의 유일한 일은 협잡이었습니다. 그네들은
거짓말하는 것이 자기의 생명을 유지하는 유일한 방법이었습니다.
거짓말하고 속이는 것이 가죽과 뼈에 젖어서 양심에 아무 거리낌
없이 사람을 대하고 일에 임함에 속일 궁리부터 먼저 하게 되었습
니다. 이것이 후진인 청년에게까지 전염이 되어 대한 사회가 거짓
말 잘하는 사회가 되고 말았습니다.

아아, 슬프고 아프다! 우리 민족이 이 때문에 합동을 이루지
못하였고, 서로 합동을 이루지 못하였기 때문에 죽음에 임하였습
니다. 죽음에 임한 것을 알고 스스로 건지기를 꾀하나, 아직도 서
로 믿을 수 없기 때문에 민족적 합동 운동이 실현되질 못합니다.
대한 민족을 참으로 건질 뜻이 있으면 그 건지는 법을 멀리서 구하
지 말고, 먼저 우리의 가장 큰 원수가 되는 속임을 버리고서 각 개
인의 가슴 가운데 진실과 정직을 모셔야 하겠습니다.

대한 사람은 대한 사람의 말을 믿고, 대한 사람은 대한 사람의
글을 믿는 날이 와야 대한 사람은 대한 사람의 얼굴을 반가워하
고, 대한 사람은 대한 사람과 더불어 합동하기를 즐거워할 것입
니다.

대한의 정치가로 자처하는 여러분이시여, 이런 말을 하면 종교
적 설교 같다고 냉소하시지 마시고, 만일 대한 민족을 건질 뜻이
없으면 모르겠지만 진실로 있다고 하면 네 가죽 속과 내 가죽 속에
있는 거짓을 버리고 '참'으로 채우자고 거듭 맹세합시다.

지도자

우리가 상당한 공통적 방침 아래 서로 믿고 모여 협동적으로 나아가려 하면 없어서는 안 될 필요한 존재가 지도자이외다. 세상 무슨 일이든지 단독적 행동에는 자기의 이익을 위해 좋은 지도자의 지도를 요구하되 그다지 절실한 필요는 없습니다. 그렇지만 협동적 생활에 있어서는 작은 협동이나, 큰 협동이나 그 협동한 전체를 지도하는 지도자가 있어야 협동의 사실을 이루고 협동의 효과를 거둡니다. 이와 반대로 지도자가 없다고 하면 협동을 한다고 하더라도 그 사실을 이루지 못하고, 따라서 그 효과를 거두지 못합니다.

작게 음악하는 일을 한 가지 두고 생각해봅시다. 나팔이나 피아노나 일종의 악기를 가지고 독주를 하면 모르지만, 북과 나팔이나 퉁소나 거문고들의 여러 가지를 합하여 협동적으로 음악을 병주(竝奏)할 때에는 악대 전체를 지도하는 이가 있습니다. 이것은 어떤 사람에게 지도자라는 존호를 주기 위해서가 아니요, 협동적 음악을 이룸에 없어서는 안 될 필요한 존재이므로 지도자를 두게 된 것이외다. 이뿐이 아닙니다. 어느 지방에 구경을 가더라도 단독적이 아니요, 협동적 관광단체일 것 같으면, 그 여행단을 인도하는 명칭이야 무엇이든지 반드시 지도자가 있어야 그 협동적 여행을 이루게 됩니다. 이것뿐이 아닙니다. 군대 · 경찰 · 실업단 · 교육단 · 정당 · 연구회 등 이루 들어 말할 수 없는 천종, 만종의 인류의 협동적 행동에는 정해놓은 지도자가 있습니다. 소협동에는 소협동의 지도자가 있고, 대협동에는 대협동의 지도자가 있고야 맙니다.

여러분이시여! 보시지 않습니까? 어떠한 분자로 어떠한 주의로 조직된 민족이든지, 그 민족에는 그 민족의 지도자가 있지 않습니까?

소위 민족주의를 타파하고 세계주의를 표방한다는 그 민족에도 그 주의를 가지고 일하는 그 민족의 대표가 있습니다. 여러분이시여! 우리는 그와 같이 지도자를 세웠었습니까? 아니, 세우셨습니까? 이 글을 보는 형제나 자매 중에 혹 말하기를, 이것을 누가 모를까, 쓸데없는 유치설이라 할는지 모르겠습니다마는, 대한 사회의 현상을 보면 이것을 진정으로 아는 사람이 많은지 적은지 크게 의문됩니다.

근대의 청년들은 평등·동등설을 주장하면서 평생에 자기에게는 지도자를 두는 것이 모순된다고 생각하는 듯합니다. 그러면서 합동을 바라고 있습니다. 우리 사람들이 '합하자, 합하자' 말은 하지만, 합동의 사실을 이루는 지도자를 세우는 것은 큰일로 알고 그것을 위하여 생각하고 힘을 쓰는 사람을 만나보기 어렵습니다.

그런데 지도자를 세워야 할 일이 물론 필요하만, 내세울 지도자가 있는가 없는가 하는 것이 문제입니다. 내 귀에 많이 들리는 말은 이런 말입니다. '대한 사회에는 아직도 지도자 자격이 있는 사람이 없으니까 아무리 지도자를 세우려 하더라도 사실 불가능하다.' 그러므로 앞으로 지도자의 자격이 생기는 때에는 세우겠지만, 당분간은 할 수가 없다는 것입니다.

과연 그렇습니까? 아닙니다. 오늘에 만일 지도자의 자격이 없다고 하면 앞으로 백 년, 천 년 후에라도 지도자의 자격이 없을 것이요, 지도자의 자격이 있을 것이라고 하면 오늘에도 그 지도자의 자격이 있습니다.

오늘에 지도자의 자격이 없다고 말하는 사람은 아직도 그 지도자가 무엇인지를 모르기 때문인가 합니다. 지도자의 자격을 무엇으로 판정하는가! 어떠한 협동이든지 그 협동 중에 앞선 사람은 곧 지도자의 자격을 가진 자이외다. 바꾸어 말하면 지도자의 자격은 곧 비교 문제로 생기는데, 그 비교는 다른 협동적 인물과 비교하는 것이 아니요, 어떤 협동이든지 그 협동 자체의 인물 중에 비교하여 그 중 앞선 사람을 지도자의 자격으로 인정하게 됩니다.

앞서 음악대를 말하였지만, 사명은 다르되 우등 음악대와 열등 음악대의 여러 층의 구별이 있습니다. 우등 음악대에는 우등 음악 지도자가 있고, 열등 음악대에는 열등 음악 지도자가 있습니다. 열등 음악 지도자를 우등 음악 지도자에 비하면 지도자의 자격이 못 된다 할 수도 있습니다. 그렇지만 열등 음악 지도자는 그 음악대에서는 가장 뛰어난 사람이므로 완전히 한 지도자의 자격이라고 칭할 수 있는 것입니다.

이와 같은 경우는 음악대에만 적용되는 것이 아닙니다. 고상한 학자가 모인 협동에도 여러 학자에 비하면 앞선 자가 그 자체의 지도자가 되고, 무식한 노동자 모임에는 그 노동자 중에 앞선 사람이 그 노동자 협동 자체의 지도자가 됩니다. 그 협동 자체가 없으면 모르거니와 협동 자체가 있는 때에는 반드시 지도자가 있고, 지도자를 택함에는 딴 협동체의 인물과 비교하지 아니하고, 그 협동체 인물과 비교하여 택하는 것이 인류사회의 협동적 생활의 정칙인 것입니다.

그러므로 오늘 우리 민족사회의 정도가 낮다 하면 낮은 대로 오늘 형편에 의지하여 앞선 지도자의 자격이 있겠고, 앞날에 우리가 높다고 하면 그날 높은 정도에 의하여 앞선 지도자가 있겠습니다. 그렇기 때문에 지도자의 자격 없는 시간은 절대로 없습니다. 지도자의 자격이 없다고 하는 것은 그 협동의 진리를 깨닫지 못하고 스스로 지도자를 세우지 않았을 뿐입니다.

여러분, 생각해보십시오. 우리 대한 사람은 성의나 능력이 다 수평선처럼 같고, 앞서고 뒤선 사람이 없다고 생각하십니까? 그럴 리는 만무합니다. 내 눈으로 고국을 들여다볼 때는 고국 안에 우리 지도자가 될 만한 자격을 갖춘 위인들이 있습니다. 나는 그네들을 본 후에 사랑하고 공경하고 내 마음으로 그이들을 우리의 지도자로 세웠습니다.

여러분도 다 보시겠지요? 위인이란 별물건이 아니요, 위인의 마음으로 위인의 일을 하는 자가 위인입니다. 남이야 알거나 모르거나, 욕을 듣고 압박을 받아가면서 자기의 금전과 지식, 시간과 자기의 정열을 다 내놓고 우리 민족을 위하여 일하는 그네들을 곧 위인의 마음으로 위인의 일을 하는 우리의 지도자가 될 만하기에 넉넉합니다. 이런 사람이 있는가 없는가를 찾아보면 분명히 있습니다. 내 눈에 보일 때에는 여러분의 눈에도 응당 보이겠지요. 이와같이 성의나 재능으로 앞선 사람들이 있는데 어찌하여 지도자의 자격이 없다 합니까?

내가 바로 살폈는지 모르겠지만 오늘 우리 사회를 대표한 지도자가 세워지지 아니한 것은 지도자가 없었다는 것이 이유가 되지 못함은 물론입니다. 이 밖에 다른 이유가 많다고 할는지 모르지만, 가장 큰 이유는 우리 민족의 큰 원수라고 인정할 만한 시기(猜忌) 때문입니다.

우리 사람은 지도자를 세우고 후원하기에 힘쓰는 것은 고사하고, 지도자가 세워질까 봐 두려워하여 지도자 될 만한 사람을 거꾸러뜨려 지도자 못 되게 노력하는 듯합니다. 우리 역사에 이순신(李舜臣)은 가장 비참하고 적당한 실례입니다. 그를 꼭 지도자로 삼고 후원해야만 할 처지였는데도 선인들은 시기하고 모함하여 거꾸러뜨리고야 말았습니다. 근대에도 유길준(兪吉濬) 같은 어른은 우리의 지도자 되기에 합당하였습니다. 그렇지만 우리의 선인들은 그를 지도자로 삼지 아니하였습니다. 도리어 압박과 무시를 더하다 마침내 그의 불우의 일생이 끝날 때에 가서 성대한 회장(會葬)을 한 것을 보고 나는 슬퍼하였습니다. 언제든 이러한 현상이 변한 후에라야 대한 민족이 운동을 하는 길에 들어서겠습니다.

여러분이시여! 우리 사회 중에 같은 자본력을 가진 사람 중에 그 금전을 대한 사회를 위하여 쓰지 않거나 도리어 그 금전을 우리 민족에게 해로울 만한 데 쓰는 사람에 대해서는 별말이 없고, 우리 민족을 위하여 자기의 금전을 쓰는 사람들에게 대하여서 비난과 핍박이 있습니다. 적게 쓰는 사람들에게는 적은 핍박이 있고, 크게 쓰는 사람에게는 큰 핍박이 있는 것이 보입니다.

같은 신지식을 가진 사람 중에 그 지식을 민족을 위하여 쓰지 않거나 쓰더라도 해롭게 쓰는 사람에게는 아무런 말이 없고, 그 지식을 우리 민족을 위하여 공헌하는 사람에게는 비난과 핍박이 있습니다. 이도 적게 쓰는 사람에게는 적은 핍박이 있고, 많이 쓰는 사람에게는 많은 핍박이 있습니다. 다시 말하면, 인격도 없고 성의도 없는 사람에게는 아무 문제가 없고, 상당한 사람, 성의있는 사람에게 향하여는 화살을 던지고 칼을 던지는 것이 현상의 사실인가 합니다.

누구든지 일부 지방 군중의 신임을 거두면 각 지방에서 그 지방 파의 괴수라 하여 공격과 비평을 더합니다. 누구든 한 단체, 한 기관의 신임을 거두게 되면 각 방면이 일어나서 파당의 괴수라 칭하여 공격합니다. 누구든지 두뇌에 가진 지식이 다수 청년의 흠앙을 받을 만하면, 어떤 수단으로든지 허물을 찾아서 그 사람의 신용을 거꾸러뜨리고야 맙니다.

여러분이시여! 민중을 위하여 돈을 쓰는 사람은 안 쓰는 사람에 비하여 앞선 사람이요, 자기의 지식과 자기의 시간과 자기의 정력을 쓰는 사람은 안 쓰는 사람에 비하여 앞선 사람이요, 한 지방이나 한 단체라도 신임을 거두는 사람은 거두지 못하는 자에 비하여 앞선 사람인 것은 분명 사실입니다.

그러나 앞에서 말한 바와 같이 앞선 사람을 기어이 거꾸러뜨리고야 말려고 하여, 오늘 우리 사회에 가장 시간을 많이 허비하고 골몰하게 다니는 일은 지도자 될 만한 사람을 지도자 못 되게 하는 일인가 합니다.

오늘 우리 사람들의 풍기를 보면 누구를 숭배한다, 누구의 부하가 된다 하면 수치 가운데 가장 큰 수치로, 욕 가운데 가장 큰 욕으로 압니다. 그러므로 어떤 사람을 자기 양심상으로 숭배하고 지도자로 만드는 이가 있지만, 옛날 베드로가 자기의 스승 예수를 모른다 한 것처럼 그 사람에 대해서는 숭배하지 않는 듯한 형식을 꾸미고 있습니다. 자기가 옳다고 인정하는 사람에게 대하여 누가 어떤 비난을 하든지 한 마디 변명을 제대로 못합니다.

그러므로 오늘 우리 사회에는 사람에게 대한 존경어가 없어지고 그 대신 모욕어와 무시어가 많이 번성하는 것 같습니다. 현시에 우리 사람들은 지도자라는 말조차 하기 싫어하고 듣기도 싫어하는 것 같습니다. 그러므로 지도자를 세워야 되겠다는 의견을 가진 사람이라도 그 문제를 가지고 공중(公衆)을 향하여 발론하기를 주저합니다. 그 이유는 그 말을 해도 효과를 거두지 못하며, 자기를 지도자로 섬겨 달라는 혐의를 받고 군중에게 배척을 받을까 두려워하기 때문입니다.

아아, 슬프다! 내 말이 너무한지 모르겠지만, 오늘 우리 사회 현상은 과연 지도자를 원하지 않는 것이 극도에 달하였습니다. 혹자는 말하기를 '지도자들이 바로만 하면 지도자를 세우지 않을 이유가 있으랴, 지도자 놈들이 협잡이나 싸움만 하기 때문에 우리가 지도자를 세우지 않는다'고 말합니다만, 이것은 말도 되지 못하는 말입니다. 왜냐하면 지도자란 것은 앞선 사람이기 때문입니다. 협잡만 하고 싸움만 하는 사람은 벌써 뒤떨어진 사람이기 때문에 지도자란 말부터 당치 않는 말입니다.

그러면 협잡 않고 싸우지 않는 놈이 어디 있는가 하고 말합니다. 있습니다. 적다고 할는지는 모르나 자기 금전·자기 지식·자기 능력을 가지고 정직하게 민중을 위하며 일하고, 협잡을 모르는 사람이 과연 있습니다. 또는 외형을 보면 남한테 욕도 먹고, 공격도 받고, 모함도 받기 때문에 같은 싸움꾼인 듯하나, 그 욕과 그 핍박, 그 모함을 받으면서도 한 번도 저항의 행동을 취하지 아니하고 공평하고 원만한 마음으로 군중을 향하는 사람도 있습니다.

나는 이렇게 살피고 있습니다만, 내가 살피는 것과 달리 다 협잡하고 다 싸움만 한다고 판정하더라도, 그 중에 협잡과 싸움을 적게 하는 사람은 지도자의 자격이 있습니다. 왜? 자체 인물에 비교하여 앞서 있기 때문입니다. 남을 시기하는 태도를 없이 하고, 우리의 민족을 위하여 지도자를 찾아 세울 성의로 냉정한 머리를 가지고 살피면 과연 앞선 사람들이 보입니다.

앞선 사람을 찾기 위하여 서늘한 머리로 사회를 살피는 정도에 이르는 것은, 값없는 허영에서 떠나 자기 민족 사업을 실제로 표준하는 주인 되는 책임심이 있는 후에야 됩니다.

어느 집이든지 그 집에 주인 된 사람은 자기 식구 중에 좋은 인물이 생기는 것을 영광스럽고 기쁘게 생각할 뿐입니다. 여기에는 시기심이 조금도 없습니다. 형이나 아우는 물론이고 똑똑한 하인만 들어오더라도 즐거워합니다. 이것은 자기 집에 이로울 것만 생각하는 주인의 마음이기 때문입니다. 자기 집안 식구 중에 좋은 사람이 생기는 것은 기뻐하고 사랑하고 보호합니다.

이와같이 자기 민족사회의 사업이 다른 민족사회보다 더 낫기를 요구하기 때문에, 자기 민족 중 좋은 사람이 생기기를 간절히 기대하고, 생기는 시간에는 기뻐하고 즐거워하여 숭배하고 후원하기를 마지않습니다.

말이 너무 길어지므로 이것을 참고로 하고, 이 밖에 더 나은 방법으로라도 지도자를 세움에 주력하시기를 바랍니다.

무조건 허명만 표준하여 지도자라고 인정하지 말고, 먼저 그 사람의 주의와 본령과 방침과 능력을 조사한 후에 그 주의와 본령이 내 개성에 적합하고, 그 주의에 대한 방법과 능력이 나와 다른 사람보다 앞선 것을 본 후에 지도자로 인정할 것이요, 그것을 살피는 방법은 사회에 떠돌아다니는 요언비어(妖言誹語)에 의하지 말고 그 사람의 실지적 역사와 행위를 밝게 살필 것입니다.

대주의·대본령이 맞고 큰 성의가 있는 줄로 인정한 후에는, 그 사람이 한때 한때 말이나 일에 실수함이 있더라도 그것을 교정하여 주기를 노력할지언정 가볍게 배척하지 말아야 할 것입니다.

한때의 허물로 사람의 평생을 버리고, 한 가지 두 가지 허물로 그 사람의 전체를 버리는 것은 불가합니다. 과거 시대에는 일불이 살육통*하였지만, 현실에는 육통이 생일불**합니다. 지도자를 택할 때에 친소원근과 차당피당의 관념을 떠나서 전 군중의 이해를 표준하고 공평 정직한 마음으로 해야 합니다.

부허와 착실

부허(浮虛)는 패망의 근본이요, 착실은 성공의 기초이외다. 그런데 우리 대한의 사회 상태가 허황된가 착실한가, 다시 말하면 패망적인가 성공적인가, 이것을 크게 묻고, 크게 말하고자 합니다.

얼마 전에 〈○○일보〉를 읽다가 어떤 외국의 유명한 선비가 대한을 시찰하고 갈 때에 우리의 어떤 신문기자가 그이를 향하여 "대한의 장래가 어떠해야 되리까?" 하고 물었을 때, 그는 다른 말을 하지 않고 오직 "대한 사람이 부허, 그것을 떠나서 착실한 데로 들어가야 되겠다."는 간단한 말로 대답한 것이 기재된 것을 보았습니다. 생소한 외국 손님이 우리 사회의 문안에 처음 들어설 때에 그 눈에 얼른 띄어 보이리만큼 허황해졌으니, 우리의 부허가 얼마나 심해졌습니까?

연래로 고국에서 오는 소식을 듣건대, 지금 대한 사회에 가장 크게 성행하는 것이 미두취인***이라 합니다. 누구나 이것이 정당

---

*일불이 살육통(一不投六通) ; 옛날 강경과(講經科)과거에 칠서(七書) 중 여섯 가지만 외고 한 가지만 못 외었다는 일에서 나온 말, 오직 하나의 잘못으로 그 밖의 모든 일이 실패함.

**육통이 생일불(六通生一不) ; 여러 가지의 잘한 일이 있으면 한 가지의 잘못된 일은 용서받을 수 있다는 뜻.

***미두 취인(米豆取人) ; 현물(現物)없이 미곡(米穀)을 거래하여 그 이득을 취하는 사람을 일컬음, 현실의 거래를 목적으로 하는 것이 아니고 미곡의 시세를 이용하여 거래하는 일종의 투기 행위임.

하고 착실한 업이 아닌 허황된 것으로 인정하고 또 이것을 함으로
써 결국은 실패하는 줄 다 압니다. 그러나 이것을 즐겨 하여 열성
으로 덤벼드니, 이것만 보더라도 우리 사회의 부허한 것은 숨길
수 없는 사실인 듯합니다.

어찌 미두 취인뿐일까요? 이 밖에 일의 목적이 아주 선하고 성
질이 아주 좋다 하더라도, 일에 대한 수단은 거의 미두 취인적 정
신을 취하는 듯합니다.

아아, 슬프다 부허 중에 장사를 받은 우리 민족이 아직도 그 부
허의 그물을 벗지 못하였고, 그냥 그물을 벗을 생각도 아니하는
듯합니다.

무릇 착실이란 것은 무슨 일이든 실질적 인과율(因果律)에 근거
하여, 명확한 타산 하에 정당한 계획과 조직으로써 무엇을 어떻게
하여 어떠한 결과를 지어내겠다 하고, 그 목적을 달성하기까지 뜻
을 옮기지 않고 그 순서에 의지하여 각근한 노력을 다함을 이름이
외다.

부허는 이와 반대로 인과의 원칙을 무시하여 정당한 계산과 노
력을 하지 아니합니다. 그래서 천의 한 번, 만의 한 번 뜨이는 요
행수만 바라고 예외적 행동으로 여기에 덥석, 저기에 덥석 마구
덤비는 것입니다. 또한 당초에 일의 성 불성(成不成)은 문제로 삼지
아니하고, 다만 한때의 빈 명성이나 날리기 위하여 허위적 행사를
취하여 마구 들뜨는 것이외다.

이상에 말한 착실과 부허의 뜻만 밝게 이해하면, 긴 이론이 없
더라도 어느 것이 성공적이요, 어느 것이 패망적임을 쉽게 판단하
겠습니다.

혹자는 말하기를 정치가의 사업은 조직이니, 타산이니 하는 학
자적 사업이 아니라 엉큼하고 허황된 듯한 수단을 취하는 것이라
고 합니다. 그렇기 때문에 그 시대의 일은 그 시대 군중 심리를 이
용한다 하여 일을 부허한 심리에 맞도록 꾸미고, 허장을 일삼으

며, 부허한 것을 장려하는 무리도 있습니다만, 이 때는 수호지(水滸誌)적 시대가 아니고 과연 학자의 시대입니다. 그러므로 정치를 비롯한 다른 무엇에 일을 위하는 학자적 지식은 없더라도 학자적 관념은 있어야 합니다. 이제는 복술(卜術) 선생을 모셔다가 점을 칠 때가 아니요, 학자 지식이 있는 이를 모셔다가 지도자로 세우고 그 지도를 받아 일할 때입니다. 가다가 한때 부득이한 경우로 인하여 군중의 그릇된 심리를 이용하고 허황된 수단을 잠시 취하는 것도 불가한데 하물며 부허한 것으로 기초와 본령을 삼아서야 되겠습니까.

우리 사회의 국내·해외를 물론하고, 과거의 부허한 원인으로 실패한 경험의 실증을 낱낱이 들어 밝혀서 말하고 싶지만 그것은 참고 그만두겠습니다. 그렇지만 분명한 것은 오늘 우리 사회의 위협 강탈과 사기 협잡, 골육상전하는 모든 악현상이 거의 다 이 부허로 기인하였다는 사실입니다. 또한 대한 사람이 대한 사람과 더불어 서로 믿고 의탁하여 협동할 길이 막혀진 것, 대한 사람이 대한 사람과 더불어 질서를 차려 이를 지켜 나아갈 길이 막혀진 것, 외인(外人)한테까지 신용을 거두지 못하게 된 모든 원인이 또한 이 부허 때문입니다. 다시 말하면, 우리는 부허로 인하여 무엇이든지 실제로 성공하기는 고사하고 패망하게 되었습니다. 그러므로 외국 사람이 우리에게 충고를 해줄 때에도 먼저 착실을 말하였습니다.

그런데 우리의 처지와 경우가 절박한 이 때에 착실이라, 부허라 가릴 여지가 없다고 생각하기 쉽습니다만, 나는 과연 우리의 경우와 처지가 너무도 절박하기 때문에 어서 급히 착실한 방향으로 노력하여 절박한 것을 실제로 벗자 함이외다. 착실한 방향으로 절실히 노력하면 성공이 있을 줄을 확실히 믿습니다. 이 믿음에 대한 실제 사실을 밝게 말씀 못 드리는 것이 유감이외다. 그러나 여러분들이 과연 착실한 관념을 품고 앞을 내다보면 굳이 내가 말을 안 하더라도 여러분의 눈앞에 성공의 길이 환하게 보여질 줄 믿습니다.

더욱이 우리가 하려고 하는 위대하고 신성한 사업의 성공을 허 (虛)와 위(僞)로 기초하지 말고, 진(眞)과 정(正)으로 기초합시다. 다시 말씀 드리지만, 우리가 하려고 하는 위대하고 신성한 사업의 성공을 허위의 기초 위에 세우려 하지 말고 진정 위에 세우려고 합 시다. 허위는 구름이요, 진정은 튼튼한 반석이외다.

이 착실한 관념을 가진 이는 현재 우리 사회의 반동의 자극으로 이 착실한 마음이 더욱 강한 줄 압니다. 착실한 관념을 가진 여러 분께 특별히 고합니다. 독선적으로 그 마음을 가지고 고립한 당에 서서 사회의 부허한 것을 원망하고 한탄만 하지 마십시오. 그 대 신 착실한 관념을 가진 사람을 서로서로 찾아 착실하게 뭉치십시 오. 그들과 착실한 일을 참작하여 착실의 효과를 이론으로만 표시 하지 말고 사실로써 표현하도록 노력하십시오.

이렇게 한다고 부허한 이들이 쉽게 따라오지는 않을 것입니다. 따라오지 않을 뿐더러, 그네들의 부허한 심리에 맞지 않기 때문에 훼방과 공격과 방해까지 더하는 일도 없지 아니할 듯합니다. 그렇 더라도 이것을 꺼리지 말고 초지일관 착실하게 나아가면, 공격하 고 반대하던 그네들도 그 부허한 것을 버리고 성공의 길로 같이 들 어설 줄로 믿습니다.

나는 본시 문자에 생소하여 문자로써 내 의사를 의사대로 표시 하기가 곤란합니다. 게다가 사정으로 인하여 마음에 있는 뜻을 마 음 놓고 쓰지 못하고, 스스로 제한을 지어가면서 쓰려니까 더욱 곤란합니다. 그러므로 여러분이 어떻게 살펴보실는지는 모르겠습 니다. 나의 중언부언하는 본뜻은 우리가 우리 민족사회의 현재와 장래에 대한 책임을 지고서 각각 주인 된 자의 자격으로 옳은 목적 을 향해 나아가자는 것입니다. 어떠한 곤란과 장애와 유혹이 있더 라도 비관과 낙망으로 나아가는 걸음으로 목적을 성공할 때까지 굳세게 나아가자는 것입니다. 나아가되 동족간에 상호부조하는 애

호의 정신으로써 공통된 조건 아래, 각파가 조화하고 상당한 인도
자를 세우고 서로 믿음으로써 협동하여 함께 나아가자는 것입
니다. 공통된 조건을 세우고 나아가되 부허한 것으로는 근거하지
말고 착실한 것으로 근거하여 나아가자 함이오니, 여러분은 내가
원하는 본뜻에 유의해주십시오.

혹 이것은 작은 문제요, 심상한 말로 생각할는지 모르겠습니다
만, 나는 이 몇 가지가 큰일을 해가려는 사회에 있어서 가장 중요
한 문제라고 생각하고 있습니다. 우리 사회는 심상하다고 할 만한
이상 몇 가지에 대한 큰 각성이 생긴 후에야, 내게서든지 뉘게서
든지 더 이상의 큰 말이 나오고, 큰 사실이 실현되리라고 생각합
니다.

이는 1924년 도산이 구술하고 춘원이 필기한 원고임. 춘원이 가지고
본국으로 돌아와 〈동아일보〉에 연재하다가 일본 당국의 금지로 연재가 중
단됨. 그 후 1926년 〈동광〉잡지가 발간되면서부터 다시 게재됨. 서두에
'전달될 만한 한도 안의 말씀'이라 쓴 것은 일본 관헌의 검열에 통과될 범
위라는 뜻으로 해석됨.

따스한 공기

참 세월이 빠릅니다. 내가 이곳을 떠날 때에 아가들이 오늘 저녁에 나를 위하여 환영가를 불러주는 것을 들을 때에 세월이 빠른 것을 깨달았습니다.

나는 나의 제2의 고향인 미주에 다시 와서 여러분을 대할 때에 그 기쁜 것은 다만 형식이 아니요, 진정한 기쁨이 있습니다. 미주에 있는 남녀 동포들이 공익을 위하여 금력과 심력을 합하여 썼었습니다. 그러다가 3·1운동 이후에 마음과 힘을 다하여 국가 사업에 진충갈력하였습니다. 나는 여러분과 미국에서 고락을 같이 하다가 3·1운동시에 주신 사명을 만분의 일이라도 이루지 못하고 이제 여러분을 대하게 되어 마음이 두렵습니다. 겸하여 돈을 주시고 성력을 다하여 독립운동의 사명을 나에게 맡긴 것을 생각하면 참으로 두렵고 황송합니다.

만일 내가 우리 독립 운동의 책임자이었노라고 말한다면, 이는 우리 전체 동포를 무시함이외다. 그러나 나는 책임자 중의 일분자는 확실히 되었습니다. 그래서 나는 어떻게 하면 내가 맡은 책임을 다할까 하는 생각으로 마음에 고통도 많았습니다. 혹시(或是) 극단으로 생각도 해보았습니다.

내가 할 수 있는 데까지는 해보았습니다. 이제는 나 개인에 대한 말을 그만두고 여러분이 듣고자 하는 것을 말씀 드리고자 합니다.

우리는 3·1운동 이후에 여러 가지 실지적 시험을 해보았습니다. 파리 강화회의에 대표도 보내보았고, 상해 법조계 의정원과 국무원도 조직해보았고, 워싱턴에 구미 위원부도 두어보았고, 모스크바에 대표도 보내보았고, 런던에 선전부도 두어보았고, 러시아령에 국민회의도 있었고, 북경에 군사 통일회의도 해보았고, 서북간도(西北間島)에 간민회(間民會)도 해보았고, 만주에 군정처(軍政處)도 있었고, 통의부(統義部)도 있었고, 대한 독립군 총사령부도 있었고, 국민 대회도 해보았고, 작탄도 던져보았고, 무엇 무엇 다 실지적 시험을 해보았습니다.

그러나 만세 일성은 우리 전민족적 행동이었지만, 이외의 다른 활동은 다 국부적 활동이라고 할 수 있습니다. 누구나 다 말하기를 자기네가 하는 활동이 전민족을 대표하여 하노라고 하였지만, 사실상 국부적 행동에 지나지 못하였습니다.

그러면 이 국부적 행동에 우리가 얻은 것은 무엇입니까? 바로 우리 대한 민족이 큰 경험을 얻었다고 하는 것입니다.

우리 민족의 실지적 대실험을 해보았습니다. 이 경험 때문에 우리는 많은 교훈을 받았습니다. 우리가 3·1운동 이전에는 이러한 실험을 해본 적이 없었으나, 만세 소리 이후에 이와같이 고귀한 실지 실험을 해보았습니다. 우리 가운데 혹자는 생각하기를, 우리 독립운동에 허다한 금전과, 허다한 정신력과, 그보다 더 귀한 수만의 피를 희생한 것에 비해 아무런 결과가 없다고 실심(失心) 낙망하는 이도 있습니다.

그러나 우리의 경험으로 인하여 장래 방침에 유익될 것이 많습니다. 그런고로 내가 오늘날 미주에 회환(回還)한 것은 무슨 성공이 있다고 하는 것이 아니며, 또한 실패하였다고도 아니합니다.

나는 우리의 경험을 성의로 연구하자고 호소합니다. 만일 이 경험을 성의로 연구하여 장래에 잘해나아갈 것을 생각지 아니하면, 우리의 금전력과 정신력과 생명을 희생하여서 얻은 이 실험이 소용없게 됩니다. 우리가 성의로 연구하지 아니하면, 내가 무슨 좋은 방침을 생각해내기는커녕 남이 장래 좋은 방침을 연구해준다고 하여도 그것을 양해할 수 없습니다. 아무런 연구가 없는 머리에서 나올 것이 없습니다. 우리는 성의로 우리의 과거 경험을 연구해보아야 되겠습니다.

과거의 경험에 의지하여 몇 가지 요령을 들어 말하려 합니다. 우리의 병통(病痛)은 먼저 아무 계획도 정하지 않고 되는 대로 덤벼봅니다. 계획은 정하지 않고 행여나 될까 하고 마구 해봅니다. 우리가 구멍가게를 하려 하여도 그 계획을 먼저 하여 가지고 이것은 이렇게 해야 되겠고, 저것은 저렇게 해야 되겠다 하는데, 우리 국가 사업에 있어서 계획을 먼저 정하지 않고는 될 수 없습니다. 혹 어떤 이는 "혁명 사업을 언제 일일이 계획을 정하여 가지고 하나."하고 말합니다. 작은 장사에도 철저한 계획을 실지적으로 정한 후에 하는데 어찌하여 혁명 사업이 철저한 계획이 없이 되겠습니까.

국가 사업을 빈말로만 하지 말고, 실력을 무시하지 말고, 공상적으로 하지 말고, 실제적으로 해야 합니다. 우리 가운데서 준비 독립운동자로 무시하는 자도 없지 않으나, 우리는 실제적 준비를 하여 장래에는 유계획·유조직한 독립운동을 해야만 되겠습니다. 앞으로는 실력을 준비하는 사람이 많아야 하겠고, 또한 과거보다 실력을 준비하는 자가 늘어가야 하겠습니다.

원년도(元年度)에 우리 독립운동자들이 만일 전부 직업 있는 자들이었다면 한층 독립운동이 잘되었을 것입니다. 그런데 독립운동자의 대다수가 무직업자인 때문에 독립운동에 방해가 많았습니다. 독립운동자 중에 다 직업이 있었다면 정부에 재정 수입도 많았겠고, 따라서 독립운동을 계속적으로 할 수 있었을 것입니다. 직업이 없기 때문에, 당장 밥 먹을 것이 없는데 어떻게 운동을 계속할 수 있었겠습니까. 따라서 정부의 재정 수입도 엉성할 수밖에 없었습니다.

이제 나는 보편적 실력과 특수적 실력을 말하려 합니다. 그러면 먼저 보편적 실력이란 무엇입니까. 보편적 실력이란 전체 민족이 실력을 준비하자 함을 가리켜 말함이외다. 그러나 이 보편적 실력 준비는 참으로 어렵습니다.

(보편적 실력 준비가 어려운 이유로, 내지에 있는 동포들은 그 정치 기관·경제 기관·교통 기관·교육 기관, 기타 모든 기관이 일본 사람의 손에 있는 것과, 3·1운동 이후에 된 일을 상세히 말함.)

그러나 이 보편적 준비도 아주 할 수 없다는 것은 아니외다. 우리 경제 발전은 그만둘까, 우리의 교육 발전은 그만둘까 함은 아니외다. 그것들을 계속 추진하면서 보편적 실력 준비를 해야만 되겠다는 말입니다.

특수적 실력 준비는 우리가 무엇 무엇을 만들어야 하겠다 함을 이름이외다. 앞으로 할 일은 공상으로 하지 않고 실제로 해야 합니다. 우리는 한둘의 영웅이나, 한두 개의 단체가 운동을 하지 말고 전민족이 동참해야 합니다. 계획이 있어서 그 일에 다 각기 상당한 자격이 있는 자, 즉 그 일에 특수한 자격이 있는 자가 그 일을 맡아서 해야 합니다. 가령 작탄을 던지고자 하면 작탄 제조에 전문적 특수의 준비가 있는 자라야 되겠고, 외교에도 어느 나라 말이나 좀 안다고 내세우지 말고 외교에 전문적 특수한 준비가 있는 자에게 맡겨야 한다는 것입니다.

내가 원동(遠東)에 있을 때의 일입니다. 내가 미국에서 왔다고 미국 공사나 영사를 교섭할 일이 있으면 나더러 가라고 하는 이도 있었습니다. 그러나 영어도 잘 통하지 못하며, 또는 영어를 잘하는 통역도 없기 때문에 나는 사양하고 가지 않은 때가 많았습니다. 그러므로 우리 독립운동에는 무엇 무엇 할 것 없이 그 일에 그 사람을 얻어 써야 하겠고, 또한 특수한 전문 학식가가 많아야 되겠습니다.

나는 이제 우스운 이야기를 한 마디 하려 합니다. 우리 가운데서 흔히 말하기를 '프랑스 사전에 불가능은 없다'라는 말을 인용하여 세상에 무슨 일이든지 다 할 수 있다고 합니다. 그러나 프랑스 사람들의 해석과 우리의 해석은 다릅니다. 가령 프랑스인 보고 누가 묻기를 이 사기(砂器)를 어떻게 만드는가 하고 물었다 합시다. 그러면 그 프랑스인은 대답하기를, 내가 사기를 만드는 학교에 가서 그 방식을 철저히 배운 후에 자본을 모아 공장을 설립하고 저 물잔이나 다른 것을 만들겠다고 할 것입니다.

그러면 우리의 해석은 무엇인가? 우리의 해석은 이렇습니다. 누가 묻기를,

"저 잔을 만들 수 있습니까?"

하면 자신 있게 대답할 것입니다.

"네, 만들지오."

"어느 학교에서 그 만드는 법을 배우셨습니까?"

"그까짓 것을 누가 배워서 아나요, 만들면 만들지오."

"그렇다면 그것을 만들 자본은 있습니까?"

"그까짓 것 만드는 데 자본은 무슨 자본입니까. 그냥 만들지오."

이것이 프랑스 사람의 무불능이라는 해석과 우리의 무불능이라는 해석입니다. 우리는 공상으로만 무엇을 덮어놓고 다 한다고 하

지 말고 무엇을 하든지 특수한 준비를 가지고 실지적으로 해야만 되겠습니다.

앞으로는 무계획적이고, 무준비한 일을 하려 들지 말고 특수한 준비를 철저히 하여 가지고 해야만 합니다. 공상적으로 하지 말고 실지적으로 해야 합니다. 우리가 요구하는 사건은 보편적인 실력 준비를 가급적으로 해야 되겠고, 특수적 실력 준비를 철저하게 해야 합니다.

여러분! 내가 말하고자 하는 사건이 많습니다. 그러나 오늘 저녁에는 시간이 없으므로 이 다음 기회를 기다릴 수밖에 없습니다.

그러나 내가 최종적으로 여러분께 말씀 드리려 하는 것은 이것입니다. 우리 한인 사회의 좋은 공기는 따스한 공기라는 것입니다. 내가 원동에서 떠날 때는 추운 공기가 가득하므로 초목이 다 말랐었습니다. 그런데 따스한 공기가 가득한 하와이에 와서 본즉 풀이 푸르고 산이 푸르러서 정말 딴 나라와 같습니다.

그러면 따스한 공기란 무엇이겠습니까? 이는 사랑의 공기입니다. 우리 사회는 이것이 박약합니다. 내가 원동에 있을 때에 무슨 일을 해보려고 산과 들을 홀로 다닐 적에 마음이 처참한 때가 많았습니다.

왜 그랬겠습니까? 그것은 우리 한인계(韓人界)에 따뜻한 사랑이 부족했기 때문이외다.

우리가 미국 사람이나, 영국 사람이나, 어느 나라 사람을 대할 때엔 어떠한 공포심이 없습니다. 심지어는 내지의 일본인을 대할 때에도 공포심이 없습니다. 그런데 우리 한인이 한인을 대할 때에는 공포심도 있고, 질투심도 있음은 그 무슨 까닭입니까. 이 모두가 우리 가운데 따뜻한 사랑의 공기가 없음이외다. 어디를 가든지 우리 한인에게는 추운 공기가 보입니다.

내지에서는 해외에 있는 동포가 싸움을 한다 하지만 실상 내지에도 그러한 공기가 있습니다. 이것이 과연 우리의 큰 결점입니다. 우리 앞에 공통한 것은 우리의 원수 일인이며, 그 반면에는 피가 같고 뼈가 같은 우리 전체 민족이 서로서로 사랑하며, 서로서로 용서하고 따뜻한 공기를 빚어내야만 우리의 일이 성취될 수 있습니다.

여기 앉으신 여러분은 이 예배당에 주말마다 모여서 따뜻한 공기를 빚어내는 줄 압니다. 샌프란시스코에 계신 동포의 유일한 책임은 모여 서로서로 사랑하여, 샌프란시스코 한인의 공기를 따뜻하게 하며, 새크라맨토에 계신 동포나 스락톤에 계신 동포나 어디에 계신 동포나 다 막론하고 서로서로 사랑하여 우리 전민족의 공기가 따뜻하게 되면, 이것이 우리 장래의 성공에 무엇보다도 절대 필요한 것입니다.

만일 피가 같고, 살이 같고, 뼈가 같은 우리 동포간에 서로서로 사랑이 부족하면 우리는 무엇을 준비하든지, 또 무슨 활동을 하든지 다 헛것이 되고 말 것입니다. 그러면 오늘 우리가 깊이깊이 생각할 점은 누구나 서늘한 공기 만드는 자 되지 않기로 성력을 다할 것이며, 누구나 추운 공기를 빚어내는 자 되지 않기로 결심하는 일입니다. 바로 이것이 우리 운동의 앞에 오는 성공에 절대 요구하는 바입니다. 또한 사람이라면 마땅히 준비해야만 될 마음입니다.

1924년 겨울, 미국으로 건너간 도산이 동포들의 환영회 석상에서 한 연설.

동지들께 주는 글

오늘 할 일은 오늘에

(75행 검열로 삭제)

그런데 간절히 묻노니, 우리 동지들은 과연 오늘에 할 일을 정말 하는지요? 이 일을 다 하자면 조금도 흥분이 수축하고 맥이 풀릴 일이 없을 줄 압니다. 또한 경제운동에 관한 일에 대하여도 마찬가지로 오늘에 해야 될 일이 퍽 많습니다. 그 역시 조직의 방법, 기초적 인물의 조사와 연락, 운동비의 판비(辦備), 그 외에 무엇무엇 여러 종류가 있겠습니다.

그 밖에 오늘에 해야 될 일이요, 오늘에 할 수 있는 일은 우리 동지를 징구(徵求)하는 일이외다. 다시 말하거니와 오늘의 일 중에 이것이 큰일이외다. 발전, 발전 하는 것은 다른 데에 있지 않고 진정한 동지를 늘리어 나아감에 있습니다. 이런 것을 오늘의 큰일로 알고 기회 있는 대로 힘써 나아가면 일감이 없다고 맥이 풀릴 이유가 도무지 없습니다. 또는 오늘에 할 일 중에 가장 우리가 할 큰일은 우리의 몸을 고치고 우리의 가정을 고치는 것입니다. 우리가 경영하는 모든 일이 이 두 가지 기초 위에서 되겠습니다.

이것은 오늘에 불가불할 일이요, 또는 할 수 있는 일이요, 늘 할 일이외다. 여러분, 이런 일을 다하여 놓고 일할 감이 없다고 합니까? 의심컨대 그런 일은 일로 여기지 않고 다른 무엇만 생각하지 않는가 슬퍼합니다.

만일 우리가 우리 몸부터, 우리집부터 고치는 것을 큰일로 보지 않는다고 하면 우리는 세상을 속이는 사람이요, 우리가 스스로 속는 사람이외다.

내가 이런 주의를 주장한 사람 중의 한 사람이요, 여러 동지의 특수한 사랑을 받는 사람 중의 하나인 줄 압니다. 그런데 나는 오늘 할 일을 늘 못하는 것이 큰 한탄이외다. 시간이 부족한 관계로 못하는 한도 있고, 능력이 부족한 관계로, 물질의 부족으로 한함도 있으되, 그 중에 가장 크게 한탄할 그 관계는 나의 허위의 죄악 때문입니다.

오늘에 우리의 일이 우리의 생각대로 되지 못함을 한하다가는 나의 죄를 스스로 책하는 그것을 막을 수 없습니다. 그러나 나는 나의 생명을 다하여 나의 오늘에 할 일을 그 오늘마다에 다해보려고 힘씁니다.

〈동광〉 1926년 1월호.

사업에 대한 책임성

이 세상에는 여러 가지 사업이 있습니다. 정치 사업도 있고, 종교 사업도 있고, 실업(實業) 등 무슨 무슨 사업이 많이 있지 않습니까? 이 여러 가지 사업의 목적은 결국 우리 사회의 삶을 위함이외다. 정치 사업은 생활의 위안을 위함이요, 실업 사업은 생활의 안락을 위함이요, 그 밖의 무슨 무슨 사업이 다 사람의 생활을 표준한 것이외다.

그러므로 개인이나, 단체로나 무슨 하는 사업이 있고서야 참 삶이 있고, 또 사람이 산 후에야 사업이 있는 법이 아닙니까? 그래서 생명과 사업은 서로 떠나지 못할 연결적이요, 순환적 관계를 지어 가지고 있습니다. 이것은 옛적이나, 지금이나, 장래에도 도무지 변하지 못할 원칙입니다. 때문에 어느때 어디를 물론하고 사업 문제가 우리 인생과 더불어 깊은 관계를 맺어 가지고 있습니다. 사업을 하기 위함이므로 이 사업의 방법과 기능을 얻기 위하여 많은 세월을 허비하고 많이 고심하고 있지 않습니까.

모든 일이 다 유의식적이 있고 무의식적이 있습니다. 일에 대한 이해와 관계를 알아서 의미있게 하는 것은 유의식적이요, 일에 대하여 아무 요량이 없이 되어지는 대로 의미가 없이 하는 것은 무의식적이외다. 사업에 대하여서도 의식적으로 하는 이가 있고, 무의식적으로 하는 이가 있습니다. 문명한 나라의 사람이 하는 사업은 유의식으로 하는 것이요, 미개한 나라 사람이 하는 사업은 무의식적으로 하는 것입니다.

문명한 나라 사람은 사업에 대한 방법을 연구하고 통계적 관념 아래에서 하기 때문에 그들의 사업은 흥왕(興旺)하고, 미개한 나라 사람은 이것이 없기 때문에 그 사업이 쇠퇴해지는 법입니다.

그날그날을 살아가기 위하여 하는 고식적 사업이라든지, 형세에 몰리고 자연에 흘러서 구차하게 하는 사업은 이것이 다 미개한 나라 사람의 무의식으로 되는 일이외다. 그러니 그 결과가 어떠하겠습니까. 전자와 후자의 결과가 판이한 것은 당연한 일이외다.

사업의 실질을 말하고 사업의 방침을 토론하기 전에 먼저 '이것을 의논할 만한 정도가 되었나? 이것을 경영할 만한 가치가 있나'를 판정할 필요가 있습니다. 그러면 정도가 되고 안 될 것과, 가치가 있고 없는 것을 무엇으로써 측정하겠습니까? 곧 자기의 몸과 집에 대한 책임이 있고, 자기의 국가와 민족에 대한 주인된 관념이 있은 후에야 정도가 되고 가치가 있다고 말하겠습니다. 다시 말하면, 자기 몸과 자기의 집을 자기가 건지지 않으면 건져줄 이가 없는 것과, 자기의 국가와 자기 민족을 자기가 구하지 않으면 구해줄 이가 없을 줄 아는 것이 곧 책임심이요, 주인 관념이외다.

이 책임적 관념이 없고 보면 사업에 대한 문제부터가 발생하지 않겠습니까? 가령 어떤 학교를 하나 두고 말합시다. 이 학교로 더불어 아무런 관계가 없는 지나가던 사람은 그 학교가 잘되고 못됨에 대하여 아무런 관심하는 바가 없을 것이나, 그 학교의 당국자 된 이는 그 학교에 대한 책임심이 있기 때문에 아주 책임적으로 고심하고 노력하여 그 학교가 기어이 잘되게 만들 것이 아닙니까? 그러면 여러분은 과연 내 몸과 집과 내 국가와 민족에 대한 책임심이 있습니까? 주인 된 관념을 가집니까, 안 가집니까, 스스로 물어보고 대답하시오. 이 책임심이 있는 자라야 참 애국자이외다.

(50행 검열로 삭제)

사업에는 공적 사업과 사적 사업이 있습니다. 자기의 몸이나 집을 위하여 하는 사업은 사적 사업이요, 국가나 민족이나 인류를 위하여 하는 사업은 공적 사업이외다. 어떤 이는, 공적 사업은 어떤 특수한 사람의 전유적(專有的) 사업으로 여기고, 사적 사업에만 힘쓰기 때문에 국가와 사회가 쇠퇴해집니다. 또 어떤 이는 사적 사업은 비애국자가 하는 것이라 하여 공적 사업에만 힘쓰고, 사적 사업은 돌아보지 않기 때문에 자기의 몸과 처자가 기한(飢寒)에 빠지게 됩니다.

그러나 사적 사업과 공적 사업은 서로 밀접한 관계가 있습니다. 그렇기 때문에 사적 사업이 잘되어야 공적 사업도 잘되고, 공적 사업이 잘되어야 사적 사업도 잘되는 법입니다. 다시 말하면, 자기의 한 몸과 집을 능히 건질 힘이 없는 자로서 어찌 나라를 바로 잡는다 하며, 나라가 바로 되지 못하고서 어찌 한 몸과 집인들 안 보될 수 있겠습니까. 또 어떤 이는 공적으로 갔다, 사적으로 왔다 하면서 방향을 잡지 못합니다. 그러나 타락되어 이것도, 저것도 다 아니하는 이가 적지 않습니다.

그러나 그러한 것이 아니라 농부는 농업, 상인은 상업, 학생은 학업으로써 각각 자기의 책임적 직무를 삼아 이것에 충성을 다 하다가, 다른 때, 다른 경우를 당하면 또 그것에 충성을 다하여 각 각 자기 맡은 바 일에 좋은 결과가 있게 할 따름이외다. 다시 말하면 공적과 사적이 다 필요하고 서로 떠나지 못할 관계가 있는 것이므로, 누구든지 놀고 입고 먹지 말고 오직 공과 사의 두 가지가 다 서게 하라 함이외다.

〈동광〉 1926년 2월호.

무정한 사회와 유정한 사회

정의(情誼)는 친애와 동정의 결합이외다. 친애라 함은 어머니가 아들을 보고 귀여워서 정으로써 사랑함이요, 동정이라 함은 아들이 당하는 고(苦)와 낙(樂)을 자기가 당하는 것같이 여김이외다.

그리고 돈수(敦修)라 함은 있는 정의를 더 커지게, 더 많아지게,

더 두터워지게 한다 함이외다. 그러면 다시 말해서, 친애하고 동정하는 것을 공부하고 연습하여 이것이 잘 되어지도록 노력하자 함이외다.

인류 중 불행하고 불쌍한 자 중에 가장 불행하고 불쌍한 자는 무정한 사회에 사는 사람이요, 복 있는 자 중에 가장 다행하고 복 있는 자는 유정한 사회에 사는 사람이외다. 사회에 정의가 있으면 화기가 있고, 화기가 있으면 흥미가 있고, 흥미가 있으면 활동과 용기가 있습니다.

유정한 사회는 태양과 우로(雨露)를 받는 것 같고 화원에 있는 것 같아서, 여기는 고통이 없을 뿐더러 만사가 진흥합니다. 흥미가 있으므로 용기가 나고, 발전이 있으며, 안락의 자료가 일어납니다.

이에 반하여 무정한 사회는 가시밭과 같아서 사방에 괴로움뿐이므로, 사람은 사회를 미워하게 됩니다. 또 비유하면 음랭(陰冷)한 바람과 같아서 공포와 우수만 있고 흥미가 없음에 그 결과는 수축될 뿐입니다. 염세(厭世)와 나약(懦弱)과 불활발이 있을 따름이며, 사회는 사람의 원수가 되니, 이는 사람에게 직접·고통을 줄 뿐 아니라 따라서 모든 일이 안 됩니다.

우리 대한 사회는 무정한 사회이외다.

다른 나라에도 무정한 사회가 많겠지만, 우리 대한 사회는 가장 불쌍한 사회이외다. 그 사회의 무정이 나라를 망케 하였습니다. 여러 백 년 동안을 대한 사회에 사는 사람은 죽지 못하여 살아왔습니다. 우리는 유정한 사회의 맛을 모르고 살아왔으므로 사회의 무정함을 견디는 힘이 있거니와, 다른 유정한 사회에서 살던 사람이 하루 아침에 우리 사회 같은 무정한 사회에 들어오면 그는 죽고 말리라고 생각합니다. 민족의 사활 문제를 앞에 두고도 냉정한 우리 민족이외다.

우리가 하는 운동에도 동지간에 정의가 있었던들 효력이 더욱 많았겠습니다. 정의가 있어야 단결도 되고 민족도 흥하는 법이외다.

정의는 본래 천부(天賦)한 것이언만, 공교(孔敎)를 숭상하는 데서 우리 민족이 남을 공경할 줄은 알았으나, 남을 사랑하는 것은 잊어버렸습니다. 또 혼상제사(婚喪祭祀)도 허례로 기울어지고 진정으로 하는 일이 별로 없습니다.

여러분이 유년 시절의 일을 회고해보시오. 사람과 사람 사이에 서로 사랑하는 정이 생김은 당연하거늘 우리 사회에서는 부모와 자녀, 형과 아우의 사이에 아무 정의가 없습니다.

어른들이 어린아이를 대할 때에 한 개의 완희물(玩戲物)로 여깁니다. 그리하여 그 울고 웃는 꼴을 보기 위하여 울려도 보고 웃겨도 봅니다. 또 호랑이가 온다, 귀신이 온다 하여 아이들을 놀라게 합니다. 또한 집안에 계신 조부모나 부모는 호령과 매 때리기로만 일을 삼으므로 아이들은 조부나 부친 앞에 있어서는 매맞을 생각에 떨고 있습니다.

나는 어렸을 때에 산에 가서 놀기를 제일 좋아하였는데, 종일 놀다가도 돌아올 때에는 매맞을 생각에 떨면서 돌아왔습니다. 게다가 걸핏하면 잘못하였다고 내쫓습니다. 제 아비의 집에서 쫓겨나와 울면서 빙빙 돌아다니는 꼴은 참으로 기가 막혀 볼 수가 없습니다.

이같이 하여 강보(襁褓)에서부터 공포심만 가득한 생활을 하던 아이가 가정의 옥을 벗어나서 학교에 가면 학교 훈장(訓長)이라는 이가 또한 호랑이 노릇을 합니다. 아이가 학교에 가고 싶어서 가는 것이 아니라 부모가 가라니까 마지못해서 가는 것이외다.

또 시부모와 며느리, 형과, 아우, 모든 식구가 다 서로 원수이외다. 관민(官民)간에도 그러합니다. 리(里)에, 면(面)에, 군(郡)에, 도(道)에 가보시오. 어디서든지 찬바람이 아니 부는 데가 없습

니다. 그보다 더 기막히는 것은 남녀간의 무정함이외다. 우리네의
가정에서 부부가 만일 서로 보고 웃었다가는 큰 결딴이 납니다.
남녀 사이에는 정의가 전혀 끊어져 서로 볼 수도 없었습니다. 따
라서 남녀가 사귀는 날이면 필경 범죄 사실이 생깁니다. 이것은
남녀간 정당한 교제의 길을 막는 까닭이외다.

이제 한번 눈을 돌려 다정한 남의 사회를 봅시다. 그들의 가정
에서는 부모가 결코 노하지 않습니다. 장난감으로 인형 같은 것을
주어 사랑하게 하고, 잘 때에는 안고 키스하고 재웁니다. 식탁에
서도 아이를 특별히 대우합니다. 우리 가정에서처럼 역정을 내며
먹으라고 호령하지 않습니다. 이리하여 어렸을 적부터 공포심이
조금도 없이 화기애애하게 자랍니다.

서양 아이들은 실로 꽃보다도 귀합니다. 정이 가득한 가정에서
자라난 까닭이외다. 소학교에 가면 교사는 다 여자이외다. 이것은
남자보다 여자에게 정이 더 많음이외다. 선생이 학생을 친절히 대
접하므로 학생들은 선생을 매우 따르고 학교에 가고 싶어합니다.
그러므로 서로 소학생들은 결코 우리나라 아이들처럼 학교에 가기
싫다고 억지 쓰는 것을 보지 못했습니다.

학교뿐 아니라 선차(船車)에서도, 집회석에서도 화기가 있습
니다. 근심이 있는 이는 결코 남의 앞에 나서지 않습니다. 예배당
에서는 음악대가 있고, 또 교우들이 때때로 모여 웃고 먹고 하면
서 정의를 화목하게 합니다.

우리나라의 예배당에는 공포가 가득하외다. 우리나라 교인들의
사랑은 진정으로 나오는 정이 아니라, 그렇지 않으면 죄가 된다는
공포 관념에서 나오는 사랑이외다.

그네들은 정의를 밥과 옷 이상으로 여깁니다. 상인이나, 학생이
나, 심지어 신문 파는 아이들까지라도 구락부 안 가진 자가 없습
니다. 그들은 정의 없이는 살 수 없다는 주지(主旨)에서 이렇게 합

니다. 미국 같은 나라에 가서 제일 부러운 것은 업(業)의 상하를 물론하고 다 즐거워함이외다.

서양 사회에서는 손님이 오면 딸이나 누이로 하여금 웃고 접대케 합니다. 부부 될 남녀는 약혼 시절부터 서로 열정적인 사랑이 지극하여 서로 껴안고 좋아합니다. 다른 이가 이를 흠하지 않으므로 그들에게는 아무런 공포가 없고 다만 두터운 정뿐이외다.

남녀의 회합은 이것이 사회의 정의 기초이언만, 우리 사회는 남녀를 꼭 갈라놓으므로 차디찬 세상을 이루고 맙니다. 서양 사람은 정의에서 자라고 정의에서 살다가 정의에서 죽습니다. 그들에게는 정의가 많으므로 화기가 있고, 따라서 흥미가 있어서 무슨 일이든지 다 잘됩니다.

우리는 이 정의돈수(情誼敦修) 문제를 결코 심상히 볼 것이 아니외다. 우리가 우리 사회를 개조하자면 먼저 다정한 사회를 만들어야 하겠습니다. 우리는 선조 적부터 무정한 피를 받았기 때문인지 아무래도 더운 정이 없습니다. 그러므로 정의를 기르는 공부를 해야 되겠습니다. 그러한 뒤에야 참 삶의 맛을 알겠습니다.

일언일동(一言一動)에 우리 사이의 정의를 손상하는 자는 우리의 원수이외다. 과거나 현재의 우리 동포는 어디 모인다 하면 으레 싸우는 것으로 압니다. 남의 결점을 지적하더라도 결코 듣기 싫은 말로 하지 말고 사랑으로써 할 것이외다. 이제 정의를 기르는 데 있어서 주의할 몇 가지를 말하겠습니다.

1. 남의 일에 개의치 말라.

우리는 걸핏하면 주제넘게 됩니다. 남의 허물이 있으면 이것을 적발하기를 좋아합니다. 우리는 각각 자기 일만 살피고, 자기의 허물만 스스로 고칠 뿐, 결코 남의 일이나 허물에 개의치 말 것이외다.

2. 개성을 존중하라.

모진 돌이나, 둥근 돌이나 다 쓰이는 장처(長處)가 있는 법이니, 다른 사람의 성격이 나의 성격과 같지 않다 하여 나무랄 것이 아니외다. 각각 남의 개성을 존중하여 자기의 성격대로 가지는 것을 시인할 것이외다.

3. 자유를 침범치 말라.

아무리 같은 동지라 하더라도 각 개인의 자유가 있는 것인데, 이제 남을 내 마음대로 이용하려다가 듣지 않는다고 동지가 아니라 함은 심히 어리석은 일이외다. 서양 사람은 비록 자기 자녀에 대하여도 무엇을 시킬 때에는 하겠느냐(Will you?)고 물어보는 의미로 말하여 그 자녀들의 자유를 존중합니다.

4. 물질적 의뢰를 말라.

우리네의 친구들 중에 돈 같은 것을 달라는데 주지 아니하면 그만 틀어집니다. 그러므로 우리는 친구에게 물질적 의뢰를 하지 아니함이 옳고, 설혹 의뢰하였더라도 자기의 요구대로 되지 않는다고 정의를 상할 것은 아니외다.

5. 정의를 혼동치 말라.

부자·부부·친구·동지의 정의가 다 각각 다른 것이외다. 부자 간의 정의와 친구간의 정의가 같겠습니까? 또 같은 동지끼리라도 더 친한 사분(私分)이 있을 것이외다. 그러니 누구는 더 사랑한다고 나무라지 말 것이외다.

6. 신의(信義)를 확수(確守)하여라.

서로 약속한 것을 꼭꼭 지켜야 정의가 무너지지 않습니다. 만일 한다고 한 것을 그대로 안 하면 서운한 마음이 꼭 생깁니다. 그러므로 신의를 확수하는 것이 정의를 기르는 데 한 가지 조건이 됩니다.

7. 예절을 존중히 하라.

우리나라 사람들은 좀 친해지면 예절이 문란해집니다. 그래서 친구간에 무례히 하는 것이 서로 친애하는 표가 되는 줄 압니다.

그러나 무례한 것으로는 친구에게 호감을 못 주고 도리어 염증이 생기게 합니다.

그 나라의 애국자를 대하는 것도 무정한 사회와 유정한 사회가 다릅니다. 우리 무정한 사회에서는 애국자의 결점만 집어내다가 위난에 빠질 때에는 구원치 않습니다. 그러나 유정한 사회에서는 그렇게 아니합니다. 또 어떤 이가 공익사업에 돈을 내다가도 다시 더 안 내면 그전에 낸 것을 고맙게 생각지 않고 도리어 욕을 합니다. 이런 무정한 사회가 어디 있겠습니까.

유정한 국민은 아무리 점잖은 신사나 부인이라도, 노상에서 환난(患難)을 만난 사람을 보면 그 체면과 수고를 돌아보지 않고 기어이 구원해줍니다. 여기는 귀천의 구별이 없습니다. 자기의 좋은 옷을 찢어서라도 상한 사람의 상처를 매주고 간호해줍니다.

정의 없는 대한 민족의 고통은 실로 지옥 이상이외다. 대한인의 사회는 가시밭이외다. 아무런 낙이 없습니다.

단우(團友)들이여. 우리는 단우다운 정을 지켜 화기 가운데 삽시다. 화기중에 일에 흥미가 나고, 흥미있는 일이라야 성공합니다. 모든 사업, 모든 의무를 다하고 싶어서 하게 됩니다.

흥사단우(興士團友)가 가는 곳마다 정의를 펼칩시다. 대한민국의 사활 문제는 정의돈수에 있습니다. 말하고 또 말하거니와, 정의를 근본하면 만사가 일고, 정의가 없으면 아무 일도 안 됩니다.

정의를 힘쓰되 도(道)를 지킬 것이외다. 우리 사회에는 공의(公議)와 정의가 없어지고, 문란함과 무례한 것이 친애의 표가 되었습니다. 어린아이가 어머니를 사랑하는 사랑, 어머니가 울면 울고, 어머니가 웃으면 웃는 어린아이, 이것이 참사랑의 표시이외다. 서양인은 길에서 환난당한 사람을 만나면 기어이 살려주려고 귀천을 분별 않고 애쓰고 간호합니다. 남의 환난을 볼 때에 참으로 동정하는 이가 우리 단우입니다. 우리는 어디를 가든지 오직 '정의돈

수' 네 글자에 의지하여 삽시다.

〈흥사단보〉 1946년 7월호.

제2부

위대한 민족의 지도자

山이란 가까이 보면 모르나
멀리 보아야 장관이다.
세월이 흐름에 따라 島山은
더욱 위대한 장관으로 보인다.

이승만

도산을 애도하는 글

김구

대한민국 30년 3월 10일에 김구는 삼가 고 도산 (島山) 안창호(安昌浩) 동지 선생 영전에 수언(數言)을 올리나이다.

선생이여, 거금(距今) 15년 전 4월 29일 윤봉길(尹奉吉) 의사가 상해에서 적괴 시라카와(白川) 등을 박살함으로써 찬란한 세계 역사의 한 페이지를 창조하던 그날, 우리는 선생을 적에게 **빼앗겼던** 것입니다.

그리하여 우리의 지척에 있는 왜(倭) 영사관에서 선생을 구출하려고 우리의 뇌즙(腦汁)을 짜내볼 대로 짜보았던 것입니다. 이 운동에 있어서는 지금 우리나라 서울에 와 있는 미국 친우 피치 선생 부부의 노력이 자못 컸던 것도 영원히 잊을 수 없는 사실의 하나입니다. 그러나 우리의 운동은 필경 수포로 돌아가고, 선생은 적의 포로가 되어 한 많은 고국에 돌아와 영어(囹圄)의 생활을 하신 것입니다.

그래도 우리는 우리의 손으로 왜적을 타도하고 자유로운 조국 강토 위에서 선생을 맞이하고자 밤낮으로 하느님께 선생의 건강을 위하여 기도하였습니다. 그러나 하늘이 도우시지 않았는지 우리의 악운이 미진함이었는지는 모르지만, 선생은 드디어 적의 독해(毒害)를 입어 옥중에서 서세(逝世)하신 것입니다.

우리가 입국(立國)하기는 선생이 서세하신 후 7주년이 되던 해입니다. 우리는 입국한 그때부터 동포들과 손을 맞잡고 선생의 다하지 못한 유업을 완성하고자 분투 노력하였나이다. 그러나 이룬 것이 하나도 없이 이제 동지들과 함께 선생의 서세 10주년을 맞게 되니 한갓 무량한 감개만 금할 수 없나이다.

선생이여, 우리 조국이 해방된 것을 10분(分)으로 보면 그 중 7분은 우리의 애국적 선열 선현들의 피땀일 것이요, 그 7분 중에는 선생의 노력이 또한 중요한 부분을 점령하고 있는 것은 많은 말을 할 필요도 없는 것입니다.

그러나 불행히 최후의 3분이 우리의 힘으로 되지 못한 까닭에 우리의 해방은 사전상에 새 해석을 올리지 아니하면 안 될 기괴한 내용을 포함하고 있습니다. 우리의 해방이 왜적을 몰아 쫓아내 준 것만은 감사한 일이지만, 다른 각도에서 보면 통일과 자유와 행복이 아니라 분열과 구속과 불행이 되어 있습니다. 우리에게는 해방의 환희도 벌써 지나간 꿈이 되고 말았습니다. 선생이 누워 계시고 이 몸이 숨쉬고 있는 남한의 정세를 볼지라도 암담하기 짝이 없습니다.

날마다 늘어가는 것은 실업자뿐입니다. 이 겨울을 지내는 동안에 서울 안에서만 얼어 죽은 자가 61명인데, 그들은 거의 다 전쟁으로 말미암아 재해를 입은 동포라 합니다. 그 외 행려(行旅) 병사자가 금년 1월 한 달 동안에 111명이라 하는 바 이것은 작년 1월 중 70명에 비해 41명이 격증된 것이며, 작년 1년도 599명에 비하여 벌써 5분의 1의 놀랄 만한 숫자를 나타내고 있는 것입니다.

가련한 농촌의 동포들은 과분한 공출에 신음하고 있으며, 식량의 부족은 의연히 도처에서 위협을 주고 있습니다. 그 중에도 설상가상으로 모 기관, 모 단체에서 가지가지의 명목으로 거두는 것들이 많아 향촌과 도시의 빈곤한 동포를 울리고 있습니다.

근로 동포들은 공장에서 종일 노역하지만 호구도 극난한 형편입니다. 학교는 문이 열려 있으나 교수는 부족하고 부담금은 과중하여 순진하고도 정열에 타오르는 청년 학생들의 가슴을 초조하게 하고 있습니다.

발전소는 여러 곳에 있으나 석탄 부족으로 인하여 최대 한도 능력을 발휘하지 못하고, 북한의 부족한 공전(供電)만 의뢰하고 있는 까닭에 전등과 동력(動力)은 정돈(停頓)되는 때가 더 많습니다. 지하에 석탄은 상당히 매장되었다 하나 이것을 힘껏 채굴하지 못하고 있습니다.

공장도 적지 않게 있으나 이것을 운영하지 못하고 있습니다. 철로의 증설은 고사하고 있는 열차도 활용하지 못합니다. 화폐의 정리는 고사하고 지폐는 필요한 대로 찍어내기만 합니다.

모리배는 탐관오리와 결탁하여 경제를 교란하며 가련한 세민(細民)들의 피를 빨고 있습니다. 그리하여 물가는 기하급수로 올라만 가고 있습니다. 그 중에도 가장 큰 결함은 과거에 왜적에게 가장 충량(忠良)하던 주구배(走狗輩)·부호배 등 특수 계급의 등용입니다. 그들은 최근 수년간에 벌써 군정에 단단히 뿌리 박혀 가장 견고한 세력을 형성하였습니다. 이제는 군정 당국이 그들을 좌우하기보다 그들이 군정 당국을 좌우하게 되었습니다. 그러므로 만일 군정 당국이 그들에게 단호한 처단을 하고자 하려면 치안까지 고려하지 아니할 수 없게 된 것입니다.

군정 당국이나 일부 우리 지도자 간에 친일파 민족 반역자의 처단은 한인의 독립정부가 성립된 후에 할 것이라고 주장하고 있는 이상, 그들이 어떠한 명목이라도 빌어 통일된 독립정부, 더구나 애국자로서 조직된 정부의 수립을 방해할 것은 자연한 논리인 것입니다. 이것이 어찌 미국의 정책이며, 하지 장군의 진의(眞意)이겠습니까마는 이것이 우리 눈으로 볼 수 있는 현실인데 어찌하겠나이까?

그러므로 미군이 점령하고 있는 독일과 일본에서는 다 진보와 발전이 있으나 오직 우리 한국에서만 수년 동안에 하등의 향상이 없는 것이 무리는 아닌 것입니다. 우리가 가보지 못하는 북한에도 애로사항이 사람마다 있겠지만, 다수의 동포가 남하하는 것을 보면 남한보다는 더욱 참담하다는 것을 상상할 수 있는 것입니다.

선생이여, 우리는 미소 공위(美蘇共委)에서 이 모순이 해결되기를 희망하였습니다. 그러나 미소 공위는 도리어 우리에게 신탁을 강요하다가 영용(英勇)한 우리 애국 동포의 분노와 반대로써 실패되었습니다. 이에서 실망한 우리는 UN의 정의의 발동으로써 정당한 해결이 있기를 간망하였습니다. 과연 UN에서는 한국 문제에 대해 관면당황(冠冕堂皇)한 결의안을 통과하고 그 결과로써 임시 위원단을 한국에 파견한 것입니다.

과연 그 위원단 의장 메논 씨는 그 위원단을 대표하여 환영회 석상에서 혹은 방송국에서 우리에게 굳은 언약을 하였습니다. 말하기를 "하나님이 합한 것은 사람이 나눌 수 없다.", "통일이 없으면 독립이 없다.", "이번에 삼팔선은 기어이 철폐하고 통일 정부를 수립하도록 하겠다." 하였습니다. 그러나 1개월 후에는 그것을 잊어버린 듯한 행동을 취하였습니다. 북한에 입경(入境)하겠다는 서한 1통을 보낼 뿐 입경 거부가 있은 후에는 하등의 성의 있는 노력도 없었습니다.

노력이 있었다면 뉴욕을 내왕한 것뿐이었고, 성공이 있었다면 자기가 파키스탄의 분열에서 맛본 고통을 우리에게 맛보이려 하는 것뿐이었습니다. 이 분열 공작을 성공하는 데는 미국인이 제조한

"북한에서 인민 공화국이 수립되었다."는 요언(謠言)이 상당한 효과를 내었다는 것까지 솔직하게 고백하였습니다.

그 중에도 우리와 가장 길게 환난을 같이함으로써 친교가 깊은 중국의 대표가 남한의 단선(單選)을 주장하여 그것을 국제적으로 합리 합법화하려 하는 데 노력할 줄은 몽상도 하지 못하였던 것입니다. 중국의 내란은 중국의 통일을 방해하고 중국의 위신을 국제적으로 추락시키고 있거늘, 우리 한국에 자기들과 같은 모양의 화근을 심을 필요야 어디 있겠습니까?

놀라운 것은 필리핀 대표가 우리 한국에 미군의 육·해군 기지를 건설하라고 주장한 것입니다. 그리고 또 워싱턴 7일 발 UP 통신에 의하면 그 곳 소식통의 전언(傳言)으로써 "남한 정부 수립 후에라도 일정한 기간은 미군의 보호를 계속하리라."고 하였으니 이것은 더욱 놀라운 것입니다. 그러면 남한의 전도는 불보다도 환하게 보이는 것이며, UN 임시 위원단의 할 일이 무엇이라는 것도 예측할 수 있는 것이지만, 특별히 동병상린의 처지에 있는 약소국 대표들이 이 공작(工作)에 중요한 배우로 출연하는 것은 우리로서 이해하기 곤란한 일입니다.

그들이 우리에게 은혜를 베풀지 못할지언정 하필 우리 자손 만대에 영원히 망각할 수 없는 원한을 끼칠 것이 무엇이겠습니까.

선생이여, 그러나 이것도 감사하다고 좋아서 날뛰는 부끄러움을 모르는 수많은 무리가 우리 안에 있는 바에야 누구를 원망하고 책망하겠습니까. 4국 신탁이 싫다고 미소 공위를 반대한 것이 애국자라 한다면, UN의 협조 아래 실시하려는 1국 신탁도 반대하는 것이 애국자일 것입니다.

소련만을 의존하는 인민 공화국을 건설하는 것이 조국을 분열하는 반역자라고 규정하면서 자신이 자기 남한 단정을 수립하려 한다면 그것은 무엇이라고 규정해야 옳겠나이까.

옛날의 보호 조약을 찬성한 것을 매국노라 규정한다면, 앞으로 오는 보호 조약도 방지하는 것이 당연히 애국자일 것입니다.

선생이여, 선생은 조국의 강토를 수호하고자 방방곡곡에서 목이 터지도록 소리를 질렀던 것입니다. 조국의 독립을 완성하려고 온 갖 노력을 다하였던 것입니다. 망한 조국을 광복하기 위하여 만리 이역에서 동분서주하다가 불행히 적의 포로가 되어 옥에 갇혔다가 생명까지 빼앗긴 줄을 단군의 자녀로서는 다 알고 있나이다.

그러니 선생의 위대한 정신과 영용한 전적(戰跡)을 체득하는 자가 과연 얼마나 되겠나이까. 오늘 이 자리에서 선생을 추모하는 자 중에서는 선생의 발자취를 밟고 나갈 동지가 얼마나 되겠나이까.

바라건대 3천만 각개의 뇌수(腦髓)마다 선생의 위대한 정신을 주입하여서 조국의 통일과 독립이 완성될 때까지 영용한 투쟁을 계속하게 해주옵소서.

선생이여, 옛날에는 조국의 비운이 당두하면 수심에 찬 기색이 이 나라 방방곡곡에 가득 찬 중에서 혹은 통곡, 혹은 순사(殉死), 혹은 투쟁 등의 각종 방식으로써 민족의 정기가 표현되었습니다. 그러나 지금에는 조국의 위기를 담소와 환희와 추종으로 맞는 자가 적지 않습니다. 이렇게 국난을 바로 보지 못하는 현상을 볼 때마다 김구도 일사(一死)로써 그들의 정신을 환기하고자 선생의 뒤를 따르고 싶은 마음이 불현듯이 날 때가 한두 번이 아니었습니다. 그렇지만 한갓 죽는 것보다는 잔명(殘命)이 있을 때까지 좀더 분투하는 것이 더욱 유효할까 하여 구차히 생명을 연장하고 있나이다. 이것이 행복한 듯한 때도 많으나 도리어 송구하고 고통스러운 때가 더 많습니다.

선생이여, 국난(國難)에 양신(良臣)을 사(思)한다 하였거니와 조국의 위기가 점점 박두할수록 위대한 지도자를 추모하는 심회가 더욱 간절하나이다. 그러므로 이날을 당한 우리는 애사(哀辭)를 베풀어 선생의 가신 것을 슬퍼하기보다는 선생에게 오늘의 우리의 처지와 경우를 하소연하여서 우리를 인도해주시기를 간원하고 싶습니다.

선생이여, 선생의 영혼이 계시면 이날 이 때에 편안히 누워 계시지 못하리이다. 김구는 도탄에 빠진 3천만 동포, 그 중에도 특별히 삼팔선너머 우리의 그리운 고향에 있는 가련한 동포를 대표하여 선생께 우리의 갈 길을 가르쳐주시기를 간구하나이다.

앞산에서 두견이 울면 선생이 부르시는 줄 알 것이요, 뒤 창에서 빗소리가 나면 선생이 오신 줄 알 것이니 꿈에라도 나타나서 우리의 갈 길을 일러주사이다.

선생이여, 강산도 의구하고 선생의 발자취도 완연하건만 선생의 영매한 자태만은 찾을 길이 없으니, 서글픈 가슴을 어찌 진정하오리까. 출렁이는 한강수가 다할지언정 면면한 이 한이야 어찌 끝이 있사오리까.

진실 정신(眞實精神)

최남선

1

내 일신상으로 반세기라는 50년 전을 회상할 때에 우리 국가·민족·사회에 중대한 변화가 하도 많아서 하마 꿈이 아니었던가 하게 된다. 현재 전시·전후를 통하여 국토와 국민은 남북으로 분열된 채이어서 놀란 혼이 아직 진정하지 못한 것을 느끼고 있다.

오늘의 국세(國勢)와 세태를 바라볼 때 특별히 50년 전에 도산(島山) 안창호(安昌浩) 선생과 더불어 한국인 자신의 손으로 처음 일으킨 근대적 청년운동인 청년학우회(靑年學友會) 시대가 그립게 회상되며, 우선 그 50년 후인 현실과 비교해보지 않을 수 없다. 비교한 끝에는 중대한 일대 차이가 있는 것을 새삼스레 발견하게 된다.

도산 선생과 청년학우회를 조직한 시기의 역사적 배경은 독립한국이 일본의 보호국이 되고 마지막 운명이 끊어지려는 위기에 처해 있었다. 당시에 근대적 민족 자각으로써 청년학우회를 만든 근본 정신은 진실한 민족의 혼의 자각으로써 진실한 독립 국가를 찾자는 것이었다. 그리고 이러한 청년운동의 기운을 촉진시키는 일대 모범이 된 것은 당시의 이탈리아 통일운동이었다. 즉 '청년 이탈리아'라는 단체가 표방한 진보·자유·통일의 3대 주장을 내세우고 분투 성공하여 마침내 이탈리아 제국을 건설한 사실이 우리 청년들에게 큰 흥미와 감격을 주었던 것이다.

그래서 우리 한국에서도 그와 같은 청년의 힘으로 국가의 진보와 통일을 성취해보자는 것이었다. 19세기 이래의 서구에서의 국민운동의 선구자로서는 독일의 '도덕동맹'·'학생 조합' 운동이 있었던 것도 모르는 바는 아니지만 특히 '청년 이탈리아' 운동이 우리의 모범이 되었었다.

이러한 이상(理想)과 목적을 위하여 우리는 미국에서 돌아오신 도산 선생을 동경에서 만나 그의 지도하에 상의하였다. 도산 선생은 먼저 귀국하여 평양에 대성학교(大成學校)를 설립하고, 서울에서는 〈대한매일신문〉을 통하여 배일사상(排日思想)을 선전 고취하였으며, 우리로서는 그 정신에 의한 독립 전취를 위한 청년운동으로서 국민운동의 선구적 역할을 하게 되었었다.

당시 도산 선생은 세브란스 병원 앞에 있던 조그만 집에 계셨는데, 조석으로 만났고 문안에 들어오시면 반드시 우리집에 들르셨다. 한 번은 청년운동에 대한 슬로건, 즉 청년학우회의 취지서를 꾸며보라는 분부이었다. 그 내용의 말씀은, "우리 국가와 민족이 이렇게 쇠망한 근본적 이유가 진실한 국민적 자각·민족적 자각·역사적 자각·사회적 자각을 못 가진 데 있다. 배일운동이 있기는 하지만 그 중에는 그냥 비분강개에 그치는 수가 많고 믿을 만한 책임심이 결여되어 있다. 그러므로 우리가 하는 청년운동(국민운동)은 어디까지나 '진실'을 숭상해야 한다. 언변보다도 실행을, 형용보다도 내용을 존중해야 한다. 그것이 '무실역행(務實力行)'

이다. 이상과 목적을 책임있게 실행할 능력도 기르고 정신도 기르
자. "

라는 것으로, 그러한 내용으로 청년학우회의 취지서를 초안하라는
명령을 하셨다.

　그러나 나는 그것을 사양하고 신채호(申采浩) 씨한테 미루었더니
그는 유려한 문장으로 하룻밤에 장대한 취지서를 썼는데, 너무 길
어서 줄여서 쓰게 되었다.

　취지서가 된 뒤에 곧 조직에 착수하였는데, 당시로서는 사회에
서 가장 명망이 높던 윤치호(尹致昊) 선생을 중앙 위원장으로 추대
하고 내가 중앙 총무(中央總務)로 실무를 맡아 보았다. 지방조직에
있어서는 한성분회(漢城分會)를 중심으로 삼고 황해도, 평안남북도
를 발전 지반으로 하여 순수하고 열렬한 청년운동을 전개하였다.

　나는 중앙 총무로서 한 달이나 두 달 사이를 두고 개성 · 안악(安
岳) · 평양 · 안주(安州) · 선천 · 곽산(郭山) · 용천(龍川) · 의주(義州)로
사무 시찰과 유세 출장을 하는 데 분망하였다. 그 주장인 '무실역
행'은 눈이나 귀를 즐겁게 하는 말은 다 피하고 일을 실제로 하자
는 것인데, 이것은 도산 선생의 머릿속에서 창작한 정신이며, 표
어이었다. 선생은 그것을 알기 쉽게 설명하는 데 있어서 철학적인
문구를 쓰지 않고 '거짓말 말자'는 것이라고 단순하고 명쾌하게
말씀하였다. '거짓말 안 하는 인간', '거짓말 안 하는 민족'이 되
어야 한다는 것이었다.

　이러한 도산 선생이 지도하던 국민운동은 마침내 백오인 사건
(百五人事件)의 구실을 일본 관헌에게 주었고, 기타 각종 탄압이 심
해져서 도산 선생이 해외로 망명하게 되었고, 청년학우회도 한국
안에서는 존립할 수 없게 되었다. 이 정신으로 도산 선생은 미국
에 가서 홍사단을 조직 · 지도하였고, 그 후 다시 국내에서 수양 동
우회(修養同友會) 운동이 계속 발전해왔던 것이다.

2

6·25 전란을 나는 우이동에서 겪었다. 세태가 무섭게 변하는 동안 나는 백운대(白雲臺) 밑에 숨어서 옛날부터 좋아하는 시조(時調)로써 답답한 마음과 캄캄한 현실을 하소연하고 지냈는데, 그것이 습관이 되어서 그 뒤 3년 동안에 천 몇 백 편을 얻었다. 그 중의 한두 수를 옛날 50년 전의 청년학우회(오늘의 흥사단) 정신에 비겨서 소개하면 다음과 같은 것이다. 다시 말하면 지금 현사회의 모든 사람, 민족의 거의 전부가 진실한 마음과 생활을 버리고 허위와 죄악에 부동(浮動)하고 있다는 한탄에서 읊은 것이기 때문이다. 제목은 〈진실〉이라고 하였다.

어디를 둘러봐도 진실인지 아니할사
속이고 얼러맞춰 얼쯤얼렁하는 일들
어깨를 비비는 위에 나라가 떠 있도다.

남산과 북악산을 물끄러미 쳐다볼사
거짓과 겉발림이 하도 많은 세상이매
저들의 우뚝한 것은 정말인가 하웨라.

아무리 그렇게야 엉터리의 세상이리
아마도 지나치게 잘못 봄이 아닐까 해
감았다 떴다 하면서 눈을 의심하여라.

거짓말에 가득 찬 이 사회의 사람들은 오늘날 한국의 평화적 통일이라는 이름 밑에 제네바에서 회의가 열리고 있어서 이에 관심이 집중된 모양이나, 우리가 진정으로 바라는 자유 통일이 거기서 성취되겠는가. 소련의 침략에만 두려워할 게 아니요, 미국의 원조에만 고마워할 게 아니요, 우리 동포 전체가 스스로 자각하여 자립 통일의 진실한 길을 개척해야 할 것이다.

소련이 자기들 이익을 떠나서 한국을 통일시킬 것인가.

미국이 자국의 극동 정책상으로 우리 민족을 위한 통일책을 추진해줄 것인가.

모든 약소 민족이 자기들의 이해를 돌보지 않고 우리 한국의 통일을 노력해줄 것인가.

모두 다 아니다. 우리의 국토와 민족의 자유 통일은 우리 민족 자신의 자각된 힘으로만 진정하게 해결되어야 하고 그것밖에 가장 믿을 데가 없으며, 그것이 비록 어렵다 하더라도 다른 나라의 턱만 바라보느니 보다는 가능성이 많은 것이다. 이러한 민족적 자각도 거짓말 않는 데서만 시작된다.

정부나 사회의 지도자가 모두 거짓말을 하고 온 세상이 거짓말에 덮여서 허공에 떠 있으니 믿을 것이 없다. 그래서 나는 앞의 시조에서와 같이 남산과 북악산이 저렇게 솟아 있는 것조차 정말로 튼튼한 자리를 잡고 솟아 있는지 의심하지 않을 수 없는 심경까지 되었다는 것이다. 이래서야 이 거짓말만 아는 민족이 어떻게 이 중대하고 비상한 국난을 구해낼까가 진실로 한심스럽기 짝이 없다.

이 때 또다시 50년 전에 청년운동에서 부르짖은 '진실 정신'이 생각난다. 한국의 재건을 위하여는 반공 투쟁(反共鬪爭)도 필요하고 태평양을 건너오는 물자도 필요하지만, 무엇보다도 근본되는 것은 한국인들이 자신의 양심을 회복한 진실 정신만이 한국을 구하고 무궁한 운명을 개척하리라고 생각한다.

3

동양 문화와 서양 문화를 비교해보면 현대의 동양은 서양보다 아주 쇠퇴하여 있다. 생활은 암담하고 그 문화는 정체되어서 우매

(愚昧)와 빈곤에 빠져 있다. 동양에 있어서도 우리 한국이 가장 심하다. 그것은 무슨 까닭인가. 말하자면 진실한 인생관이 확립되지 못한 것이다.

서양 근대 문화의 특징은 멀리는 문예부흥기(文藝復興期) 이후로 베이컨·데카르트·칸트 등의 철학사상을 중심으로 인간과 역사의 경험을 실제로 활용한 진취적인 투쟁정신에 있었다고 말할 수 있다. 그것이 심하면 칸트 철학의 중심인 '경험론'의 하나의 발전으로써 생명의 철학이라는 것까지 나타나고 있다. 이론상에서 하는 법칙이나 분석이나 종합보다도 생생하게 손으로 직접 만질 수 있는 현실과 격투하자는 실천 철학까지 나오게 되었다. 이러한 철학이나 생활 양식은 모든 것에 진실을 존중하는 태도라고 볼 수 있다.

근세에 와서부터의 동양, 중국의 명(明)나라며, 청(淸)나라에는 생활 양식이나 생활 태도에 진실성이 없었다. 우리 한국에서도 임진란 이후로는 진실성이 더욱 없었는데, 이것은 동양에서도 가장 심한 역사를 남기고 있는 것이다.

2천 년 내지 2천 5백 년 전 시대에 세계적 성인(聖人)은 모두 동양에서 나왔으며, 근대 서양 문화의 원동력이 된 인쇄술·나침반의 발명도 동양에서 되었던 것이다. 그러한 위대한 창조력을 가졌던 동양이 근대에 와서는 왜 침체하고 몰락되었을까.

그 근본은 진실성이 결여된 까닭이라고 단언할 수 있다. 이 진실성은 생활 태도와 생활 양식을 합리적으로, 경험을 살리는 타당성, 새로운 진리를 탐구하는 적극성이라고 보겠다. 그러한 진실성의 대소와 심천(深淺)의 차이가 현대 문화의 선진성과 후진성을 척도(尺度)하게 되는 것이다.

이러한 데 자각한 것이 50년 전 청년학우회 운동의 근대적 표현이었다. 진실 정신과 그것의 실천을 '무실역행(務實力行)'이라는 추상적 문자로 표방하였지만, 구체적으로 쉽게 말하자면 '거짓말 않는 민족이 되자'는 것이었다. 그때부터 이미 통렬한 말로만 비분강개하는 자칭 지사·애국자가 있었다. 그러한 진실치 못한 애국운동의 허위를 지적하고 나왔던 것이다.

그것은 50년 후인 오늘에도 마찬가지일 뿐 아니라, 극도에 달해 있다는 이 현실이 얼마나 슬픈지 모르겠다. 국무위원으로부터 학교의 선생, 교회의 목사, 그리고 각 직장의 간부들이 얼마나 '진실'한 일을 하고 있는가, 이것이 있고 없음으로 해서 우리 국가 민족 전도가 광명이냐 암흑이냐를 점칠 수 있는 것이다.

그러나 내 눈이 본 이 현실 사회가 정말이라면 어디를 막론하고 광명을 찾을 수 없다. 현재에 광명이 없을 뿐 아니라, 이대로는 장래도 광명이 열려오리라고는 기대하기 어렵다.

4

이조시대에도 한때 합리적 생활을 위한 진보성과 진실성을 찾으려는 태도가 일부 식자(識者) 사이에 대두하여서 소위 북학론(北學論)이라는 것도 있기는 하였다. 이것의 내용은 북쪽인 중국에서 실행되고 있는 생활 태도와 양식을 모범하여 우리의 국민 생활도 합리적으로 하자는 것이 골자이었다. 그 일례로서는 집을 짓는 데 나무를 가지고 하면 산림이 황폐해지고 그 집의 수명도 짧아서 불경제이므로 중국과 같이 벽돌을 구워 가지고 가옥을 구축(構築)하자는 것이다. 또 무거운 짐을 나르는 데 인부나 소, 말의 등으로는 노력상으로나 능률상으로 불경제이니까 수레(荷車)를 이용하자, 그렇게 하려면 우선 수레가 통행할 수 있도록 도로를 확장하고 개량하자는 것들이었다.

그러나 그것은 일시 일부의 주장에만 그치고 실천화되지는 못하였다. 이러한 합리적인 방법은 서양에서 적극 이용되어서 근대적인 부영(富榮)을 초래하였던 것이다. 우리나라에서는 비록 그러한 필요에 자각한 사람이 있었다 하더라도 골방에서 이야기한 데 지나지 못하였다. 그리고 근세 2,3백 년 동안에는 그러한 정치가도 사회운동가도 보지 못하였던 것이다.

양반이라는 특권층의 자제가 학문을 한다는 것은 합리적 생활을 위한 진리나 그 실천방법을 연구하는 것이 아니요, 다만 과거(科擧) 한 장 보려는 게 유일의 목적이었다. 과거만 한 장 보면 공부도 더할 필요가 없이 그냥 부귀영달을 누리게 되므로 모든 학문도 과거로써 종결되고 완성되어 버렸다.

그래서 진정한 정치가도 학자도 사회운동가도 출현할 도리가 없었다. 여기서는 와트의 전기도 발명될 수 없었고, 루터의 종교개혁도 생길 수 없었고, 아인슈타인의 '상대성 원리'도 발견될 수 없었던 것이다.

그러한 결과로서 근대 및 현대의 생활과 문화의 쇠퇴는 이미 약속되었던 것이다. 하나의 인간이나 민족의 생활에는 두 가지의 자세가 있다고 본다면, 하나는 살려고 하는 개인이나 민족이요, 다른 하나는 살아져 있으니까 그냥 살아가는 개인이나 민족이다. 첫째의 살려는 생활 태도는 이상(理想)을 위하여 계획을 세우고 분투노력하는 것이요, 다음에 살아 있으니까 그냥 사는 태도는 부모가 낳아주었고 숨을 쉬니까 그냥 사는 대로 있다가 죽는다는 것이다. 전자는 서양의 인생관이요, 후자는 동양, 그 중에서도 특히 우리 한민족의 생활관이었던 것이다.

5

역사가는 지나간 일(경험)을 가지고 영인을 삼는다는 말이 있다. 유구한 역사관의 입장에서 볼 때에는 하나의 민족이나 국가의 흥망성쇠는 이상한 일도 아니며, 놀라운 사실도 못 된다. 그러므로 그 민족이나 국민의 근본 가치는 이러한 시대에 따르는 흥망으로써 판단되지는 않는다. 다만 그 역량의 가치 표준은 한번 쇠망한 뒤에 일어서는 힘을 준비하느냐 못하느냐에 있고, 또 그러한 재건의 기백(氣魄)이 있느냐 없느냐에 달려 있는 것이다.

임진란의 교훈을 우리 민족은 진실로 살려보려는 아무런 실천도 없었다. 그래서 그 후 30년을 못 가서 병자호란(丙子胡亂)을 또 겪었으며, 그 호란(胡亂)의 경험을 또 반성과 재건의 교훈으로 삼지 못하였다. 또 가깝게 회상하는 갑오년(甲午年)의 경험을 10년 후인 갑신년(甲申年)에도 살리지 못하였고, 갑신년의 경험을 그 후에도 살려본 사실이 없다.

역사 철학에서 보는 우월한 민족은 무익한 역사를 되풀이하지 않는 데 있다고 하면, 우리 민족은 열등(劣等) 민족이라는 것을 자탄하지 않을 수 없다. 왜냐하면 우리는 과거의 실패의 경험을 한 번도 살려본 적이 없고 무익유해한 경험을 되풀이만 해왔기 때문이다.

우리의 과거만 그런가? 현재는 어떠하며 또 장래는 어떠할 것인가? 매우 슬픈 사실이지만 현재도 우리는 진실한 민족적 자각이 없어서 유해한 허위의 경험만 되풀이하고 있다. 되풀이할 뿐만 아니라 허위 자체를 위한 발달만이 성행되고 있다. 이로써 보면 우리의 장래도 가히 내다볼 수 있지 않은가. 허위에서의 반성으로 실패의 경험을 살리는 진실에의 자각이 없는 한, 우리 민족은 이 몰락과 쇠망에서 재기할 수가 없다.

그러나 이러한 허위와 침체의 원인을 자신의 과오로 생각지 않고 책임 전가를 하는 버릇이 고질로 되어 있다. 그것이 모두 남의 나라의 사정과 남의 나라들의 역사에만 의존하여서의 '과도시기(過渡時期)'라는 괴변(怪癖)이다. 노일전쟁(露日戰爭) 시대에도, 청일전쟁(淸日戰爭) 시대에도, 보호 정치(保護政治) 시대에도, 병합(倂合) 시대에도, 우리들은 '과도시기'라는 것으로써 자기 민족의 무위무능(無爲無能)을 용서해왔던 것이다. 이와 같은 '과도시기관'

의 자기 기만은 언제까지나 영원한 불행을 감수하는 자멸 긍정의 생활 태도가 아니고 무엇이랴. 이러한 실패와 굴욕의 경험을 되풀이하는 것을 자인하는 '과도시기'의 연속만의 역사가 영광스럽다는 말인가. 이처럼 우리 민족 생활에는 한 시대에서 한 시대로, 또는 한 계단에서 한 계단으로 진보돼가는 진실성이 없다.

모든 문제는 국제 문제에 있다고 보는 것이 우리가 되풀이해온 사대주의의 큰 과오이었다. 오늘에도 남북 통일 문제를 주네브 회의(會議)에만 쳐다보는 태도가 어리석다. 8·15해방 같은 공것은 몇 천 년에도 한 번 있을까 말까 하는 우리로서의 우연이었고, 오늘날의 국난(國難)은 우리의 진실한 자격의 힘만이 해결할 수 있는 것이며, 국제 정세의 호·불호에 대하여서도 우리 자신이 그것을 받아들일 자주적 태세가 있어야만 유효하게 활용되는 것이다.

지금 우리 사회의 지도자나 국민은 자신이 할 일을 젖혀놓고, 입만 벌리면 소련을 공격하고 김일성(金日成) 타도를 부르짖는다. 그리고 그것으로써 무슨 애국자인 체한다. 또 정치의 부패한 현실에 대한 불만이나 대통령의 잘못을 말한다. 그것도 좋지만, 그럼 자기 자신의 생활의 실제는 민족과 사회를 위하여 진실한 일을 실천하고 있는가 하면 그렇지 않다.

이러한 공리공론(空理空論)을 말고 자기 자신의 생활 태도부터 진실하게 하자. 그것이 50년 전에 청년학우회가 부르짖고 일한 '무실역행'의 민족성 혁신의 인격완성운동이었다. 오늘도 그것이 필요할 뿐 아니라 오늘이야말로 50년 전 그때보다 더욱더 필요한 것을 통감하여 마지 않는다.

그러한 진실한 생활 의식과 실천 없이는 비록 유엔의 힘으로 기적적으로 남북 통일이 된다고 하더라도, 그것은 번개같이 왔다가 혜성같이 사라지고야 말 것이다. 그것을 자력으로 개척할 힘이 없고, 자력으로 유지할 수 없으면 그럴 수밖에 없기 때문이다.

6

나는 전문적 역사가의 입장에서, 또는 이 나라 민족의 한 사람 으로서 오랜 체험을 통하여 '민족'이라는 것이 무엇이냐를 상당히 관찰해왔었다.

나의 생각으로 '민족'은 본질적으로 필요한 것도 아니며 당연히 있어도 안 될 것이요, 다만 '대립(對立)'의 의식으로만 성립되는 것이라고 보게 되었다. 이것은 나의 일종의 자기변이기도 하다.

도대체 '민족'이라는 것이 인류사회에서 나타난 것은 그리 오래 지 않다. 문자의 세계라는 동양의 한문 가운데는 자고로 '민족'이 라는 말이 없다. 서양에서도 중세기 이후, 즉 시민 생활이 발생된 이후에 길어도 4백 년 전에야 '민족'이라는 말이 생겼다. 그래서 나는 민족은 하나의 '대립 의식'이라 생각하였다. 상대의 민족적 인 집단체가 있을 때에 '민족 의식'은 생긴다는 것이다. 이것은 전 인류의 평등한 평화 생활을 위하여 있어야 할 당연성은 없다고도 말할 수 있다.

다음에 '국가'는 무엇이냐. 그것은 공동 목표를 향한 '통일정 신'을 가진 사람들의 덩어리다. '통일'이 없으면 공동 생활의 질 서를 유지키 어려워서 형성된 조직체이다. 중국은 자고로 '통일' 이 없었고 분열체의 집합이었다. 서양에 있어서도 19세기 이후에 독일에서 처음 국가적 통일이 구체화되었다. 그 전까지 독일에서 도 삼사십 개의 자유시(自由市)라는 소도시 국가의 형태이었으나 게르만 민족의 우수한 통일정신이 기회를 얻어서 독일 제국(帝國) 이라는 통일 국가를 구체화한 것이었다.

가까운 일본은 서양의 제국주의(帝國主義)와 자본주의에 대하여 동양 유일의 대항력을 가졌었는데, 그것도 3백여 개의 제후(諸侯) 의 소국으로 분열되었던 것을 명치유신(明治維新)의 민족적 · 국가 적 자각에 의하여 통일을 완수하고 근대 문명국으로 용왕매진(勇往 邁進)하였던 것이다.

'민족'은 '대립'에서 생기므로 현세계가 아직 사회주의나 허무주의나 세계주의(a cosmoplitan)가 아닌 이상, 역시 민족적·국민적 통일이 있어야 생존 발전할 수 있다. 그러나 한국에는 현재 통일이 없다. 그러면 장래에는 통일이 존립하겠는가. 역사에 있어서 망하지 않는 나라가 없지만 우리 한국은 망하지 못한 나라였던 것이다. 이것은 일종의 이설(異說)로 들리겠지만 '망하지 못한 나라'라는 것은 '혁명이 없었던 나라'라는 의미와 같은 것이다.

신라가 망해서 고려가 된 게 아니요, 고려한테 나라를 양도한 것이었다. 고려가 망해서 이조가 된 것이 아니라, 이조한테 양도하였던 것이다. 이것을 이해하려면 그러한 나라 이름이 바뀌어진 것은 국민적인, 사회적인, 정치적인 혁명이 아니었다는 것이다.

나라의 이름은 바뀌었으나 나라가 망한 것도 아니었으며, 그럴 때마다 국민의 정치 생활이나 사회 생활에 혁명이 있었던 것도 아니다. 여기에 한국민의 생활 의식에는 진보가 없었고 혁신이 없어서 언제나 침체와 퇴보만이 약속되었다.

지금 민족이 재생하고 국가를 통일하는 데는 진실한 것을 위한 혁명이 필요하다. 나는 일찍이 '혁명 없는 사회는 피 없는 인간과 같고, 꽃 없는 동산과 같다.'고 말하였다. 이러한 것이 우리 한국의 역사였었다. 이렇게 '망하지도 못한 나라'는 새롭게 흥할 수도 없다. 따라서 새로운 싹이 나올 수 없다. 여기에 필요한 것이 진실에의 '민족 혁명'이다.

오늘날 한국의 운명이라는 것은 아무도 예측치 못한다. 이런 허위와 죄악에 싸인 현실을 호전시킬 수 있느냐 없느냐를 시험하는 중대한 역사적 시기에 처해 있다. 그것을 생각할 때에 나는 '진실을 위한 민족 혁명'을 위하여 50년 전에 도산 선생과 함께 부르짖던(오늘날의 홍사단의 정신인) '국민적 진실', '민족적 진실'을 회상치 않을 수 없다.

'진실하냐 못하냐'로써 우리 민족 장래의 운명은 좌우되고 말

것이다. 그러므로 거짓과 악에 대한 이러한 정신 혁명을 위하여 도덕적인 싸움을 용감히 전개해야 이 사회 현실을 바로잡을 수 있다.

악에서는 선이 나오지 못한다. 악에서 선이 나오기를 기다리는 것은 어리석은 자멸의 길이다. 선의 힘으로써 악을 때려치는 데서만 선의 세계의 광명은 나타나는 것이다.

도산 안창호 선생님에게

이광수

　미주(美州)에서 돌아오신 조(趙) 박사 편에 선생님의 안후(安候)를 듣잡고 기뻐하였습니다. 선생님께서 북미 각지에 산재한 동포들을 순방하시었다는 말씀과, 특히 멀리 사모하는 우리 국로(國老) 서(徐) 박사를 방문하시고 영서상조(靈犀相照)하였다는 말씀을 듣잡고는 하도 기뻐서 박장갈채(拍掌喝采)함을 금치 못하였습니다.
　제가 마침 선생님께 편지를 드리려 하면서도 병후(病後)의 몸이 항상 피곤하여 오늘 내일 하고 미루어오던 차에, 마침 개벽사(開闢社)에서 저더러 선생님을 생각하는 글을 써 달라고 청하옵기로 우편으로 드리는 대신 이 편지를 쓰기로 하였습니다. 선생님께서 제 병을 근심하시고 건강에 주의하라고 하셨습니다. 그러나 선생님! 저는 선생님께 슬픈 소식을 드리지 아니치 못하게 되었습니다. 그것은 어제 의사에게 척추(脊椎) 카리에스라는 진단을 받은 것입니다. 의서(醫書)를 보면 이 병은 소아는 쾌유하는 희망이 없다고 합니다. 짧으면 일이 년, 오래 끌면 혹 십수 년 더 살 수가 있다고 하는데, 넉넉잡고 한 3년 더 살 것으로 작정하는 것이 합당할 듯하옵니다.

그러나 선생님! 저는 죽는 것을 두려워하지는 아니합니다. 1년이나 3년이나 목숨이 붙어 있는 동안에는 선생님의 뜻을 위하여 전력을 다하려 하옵니다. 또 의사의 말이 한 1년 동안 잘 요양을 하면 생명을 붙잡을 수도 있다고 하니, 아마 병자를 위로하는 말일 것입니다만, 선생님의 뜻이요, 우리의 이상(理想)인 것을 실현하기 위하여 할 수 있는 대로 생명을 붙들어보려고 합니다.

선생님께서도 지금 마흔여덟, 작년 북경(北京)서 뵈올 때 몹시 수척하신 양을 뵙고는 퍽 가슴이 아팠습니다. 그러나 설마 하늘이 조선에게서 선생님 한 분까지 빼앗아 가랴, 적더라도 금후 20년 동안만 건재하여 우리를 지도하게 해주소서 하고 빌었습니다. 나는 이 기도가 반드시 응할 것을 믿습니다.

선생님! 먼 데 계신 선생님께서는 조선 안의 현상을 퍽 듣고 싶어하실 줄 믿습니다. 그러나 지금 그 자세한 현상을 말씀 드릴 자유가 없습니다. 다만 '날로 경제적으로는 살 수가 없어지고, 정신으로 민족적 해체가 생긴다 하는 것만 말씀하려 하옵니다. 지도자라 일컬을 만한 이들은 거의 다 낙심하여 물러앉습니다. 어쩌면 그렇게 영원히 낙심할 줄 모르실 듯한 남강(南崗) 선생님까지 조선의 앞날에 대하여 낙심을 하십니까. 그 밖에도 누구누구하는 이가 많아서 이야기를 해보면 거의 다 낙심을 하였습니다. 3·1운동에 흥분하였던 반동이라고 어떤 친구는 설명을 합니다만 저는 그렇게 생각지 아니합니다. 이것은 무계획하게 움직이던 자의 당연한 귀결이라고 믿습니다. 뿌리 없는 데서 열매를 거두려 하고, 기초와 재목 없이 집부터 지으려 하고, 자본도 없이 영업 광고부터 내려하던 자의 당연한 귀결이라고 믿습니다.

"나간다 나간다 하기를 20년을 하지 아니하였느냐. 그러하건마는 20년 후의 오늘까지도 나갈 힘이 없지 아니하냐. 나갈 준비하기를 20년을 하였다면, 지금은 나갈 힘이 생겼으리라. 지금부터 나갈 준비를 하지 아니하고 여전히 나간다 하기만 하면 금후 20년에도 여전히 나갈 힘이 없으리라! 그러므로 지금은 나갈 때가 아니요, 나갈 준비를 할 때다!"

이것이 선생님께서 3·1운동 중에 상해(上海)에서 설파(說破)하시고, 다수 동포에게 완진파(緩進派)니 비전파(非戰派)니 하는 비난을 들으신 말씀이 아닙니까. 선생님의 양언(良言)을 비난하던 동포가 지금에는 그 이치를 깨달을 만도 하건마는, 아직도 가는 목소리로 나간다 나간다 할 뿐입니다. 그러나 이제는 그런 소리 하는 이조차 줄어들고 대부분은 낙심하여 각자 도생(圖生)의 길이나 찾게 된 듯 합니다.

진실로 '준비'·'기초', 이것은 선생님이 조선을 위하여 20년간 절규도 하시고 또 역행(力行)도 하신 것입니다. 그러나 요행과 요술적 성공만 바라고, 하나만한 원인에서는 오직 하나만한 결과만 생긴다, 결코 하나에서 둘이나 셋은 생기지 아니한다는 과학적 정신이 부족한 우리 동포는 선생님의 지도를 받을 줄을 몰랐습니다. 물리학과 화학의 원리를 배운 청년들까지도 부로(父老)의 요술사상(妖術思想)에 휩쓸려 들어가고 맙니다.

그러나 선생님! 조선은 마침내 요행과 공담(空談)으로 망하고 말 것입니까. 아닙니다.

선생님이 창도하신 실력준비주의(實力準備主義)를 따르는 조선의 자녀는 그래도 조금씩 조금씩 증가해갑니다. 허위를 떠나서 진실에, 공상과 공론을 떠나서 역행에, 교사(巧詐)와 반복(反覆)을 떠나서 충의(忠義)에, 겁나(怯懦)와 편안함을 떠나서 용기에, 이기적 개인주의를 떠나서 단체를 위하여 자기를 위하는 민족 봉사의 정신에, 요술적 요행을 바라던 것을 떠나서 정당한 인(因)을 쌓아 정당한 결과를 얻으려는 과학적 정신에 공명하는 조선의 자녀가 비록 수효로는 적다 하더라도 나날이 늘어갑니다. 어른들은 잘못된 선입견(先入見)에서 헤어나지를 못하건마는, 순결한 소년들은 심히 예민하게 이 부름에 향응(響應)하는 것을 볼 때에 저는 환약(歡躍)하지 아니할 수가 없습니다.

만일 선생님께서 국내에 계시다 하면 얼마나 좋을까. 얼마나 조선의 순결한 청년 남녀들이 선생님의 인격에 감화를 받아 선생님의 이상을 따라 몸을 바치고 나서는 새 사람들이 될까. 선생님의 참된 말씀과 정성된 실행과 밝은 지혜를 산 모범으로 하여 진실로 새 조선의 기초와 동량(棟梁)으로 용주(鎔鑄)함이 될까.

그러나 조선의 청년 남녀들은 그 행복을 가질 운명에 처하지 못하였습니다. 오직 수양 동맹회(修養同盟會)와 그 동지들의 언행을 통하여 간접으로 선생님의 이상과 인격의 도야(陶冶)를 받을 수가 있을 뿐입니다.

"말이나 행실에 거짓이 없으라."

"나를 잊고 조선을 생각하라."

"조선을 위하여 한 직무를 담당할 덕행과 학식과 기능을 준비하라."

"이러한 주의(主義)를 가진 자끼리 굳게 뭉치라."

극히 미력(微力)한 선생님의 제자들이요, 동지들인 몇 사람은, 쉬임없이 이 뜻을 조선의 자녀들에게 펴느라고 애는 씁니다. 그러나 선생님! 우리는 너무도 무력합니다. 무력함을 생각할 때마다 선생님을 생각합니다.

만일 하늘이 우리 민족을 버리지 않으신다면, 반드시 힘있는 자를 우리에게 주셔서 선생님의 뜻을 실현하는 큰 일꾼이 되게 하실 줄 믿습니다. 그것을 믿기 때문에 죽음을 기다리는 저도 생명이 허락하는 순간까지 참된 조선의 아들과 딸을 찾아다닐 것입니다.

이 글을 쓰고 앉았을 때에 제 눈앞에는 수없는 남녀 학생들이 보입니다. 저는 그들을 일일이 찾아가서 선생님의 이상을 전하고 싶습니다. 적어도 제 생명이 끝나기까지 1만 명에게는 전하고 싶습니다. 그것도 안 되면 1천 명에게라도 전하고 싶습니다. 그들 중에서 선생님의 동지자(同志者), 선생님과 같이 허위를 미워하고 말이나 행동에 오직 참된 자, 선생님과 같이 일분일초를 경홀(輕忽)히 아니하고 의무(국민의로의, 인간으로의)를 역행(力行)하는 자, 선생님과 같이 조선에 대하여, 동지에 대하여, 우인에 대하여, 모든 미세한 허락과 약속에 대하여 충성과 의리를 지키는 자, 선생님과 같이 이상과 의리와 임무를 위하여는 고락과 사생과 훼예(毁譽)를 안 돌아보고 만난(萬難)을 배척하고 일생에 변함이 없는 용기를 가진 자, 선생님과 같이 조선을 위하여 일생의 안락을 희생하고 전심전신을 바치는 자, 선생님과 같이 단결의 신의를 지키는 자가 천 명만 생기고, 그 천 명이 굳게 뭉친다 하면, 이게 조선 민족이라는 시체에는 부활의 기초가 확립되는 것이 아니겠습니까.

선생님께서는 과거 20년 동안에 오직 이것을 사업으로 아셨고, 오직 이것을 위해 노력하셨습니다. 선생님을 모르는 동포들은 선생님을 이것 외에 무엇을 하려 하는 이인 줄로 생각합니다. 그러나 선생님의 이상을 조선이 깨달을 날이 가까웠다고 믿습니다. 그러나 그것은 현실에 이미 성년 된 어른들의 조선이 아니요, 지금 학교에 다니는 어린 동생들의 조선입니다.

선생님! 인격의 개조(改造)는 과연 어렵습니다.

"급해 하지 말고, 하는 체하지 말고, 천연스럽게, 그러나 쉬지 말고 조금씩 조금씩 고쳐가고 새로워가라."

이렇게 선생님은 새로 동지들에게 늘 권하셨습니다. 저도 선생님의 뜻을 받아 제 인격을 고쳐 보느라고 한 지가 벌써 5년이 되었습니다. 그러나 스스로 저를 돌아보면 개선된 것이 그렇게 현저하지 아니합니다. 오직 하나 위로하는 것은 제가 동아일보사(東亞日報社)의 기자로, 경신학교(儆新學校)의 교사로 일을 볼 때에,

(1) 일을 위하여 전심력(全心力)을 다한 것.

(2) 신병(身病)이 있기 전에는 꼭 시무(始務) 시간을 지킨 것.

(3) 신문사와 학교를 내 것으로 사랑한 것입니다.

이것이 오직 선생님을 따라 수양한 효과인가 합니다.

그러나 아직도 조선의 흥망보다도 나 자신의 사생(死生)과 고락이 더 절실하게 생각되고, 주의(主義)를 위한 노역(勞役)보다 구복(口服)을 위한 노역이 더 소중하게 생각됩니다. 저는 40세를 기한으로 하여 제 인격의 개조를 완성하려고 계획을 세우고 있습니다. 그러나 지금 몸에 생긴 병은 저를 그 때까지 보게 할는지 알 수 없습니다.

"우리 민족에게는 사랑이 부족하오. 부자간의 사랑, 부부간의 사랑, 동지간의 사랑, 자기가 보는 일에 대한 사랑, 자기가 속한 단체에 대한 사랑, 모르는 사람에게 대한 사랑 등 우리 민족에게는 사랑이 부족하오. 사랑이 부족한지라 증오가 있고, 시기가 있고, 쟁투가 있소. 우리가 단결 못하는 원인의 하나도 여기 있소."

이것은 선생님께서 새로운 동지들에게 늘 하시던 말씀입니다.

"그러니까 우리는 사랑하기 공부를 합시다. 무실(務實)하기 공부, 역행하기 공부를 하는 양으로 사랑하기 공부를 합시다."

이렇게 수없이 말씀하셨습니다. '사랑하기 공부!' 아마 이것은 선생님께서 처음 내신 문자(文字)라고 생각합니다.

이번 조(趙) 박사 편에 선생님께서는 유억겸(兪億兼)군과 저와의 관계를 근심하시고, 저더러 어디까지든지 유(兪)군의 오해를 풀도록 힘쓰라 하셨습니다. 그처럼 선생님은 유군과 저를 사랑하십니다. 두고두고 잊지 못하고 걱정하실 정도로 사랑하십니다. 그러나 저는 그처럼 유군을 사랑하지 못하였습니다. 유군께서 인사를 아니하시니 나도 아니한다, 유군께서 나를 만나시기를 원치 아니하시니 나도 유군을 만나기를 원치 아니한다, 이 모양으로 왔습니다. 작년에 선생님께서 저와 이러한 대화가 있었습니다.

"유군을 찾아가 보시오."

"유군이 저를 안 만나신다는걸요."

"그래도 찾아가 보시구려. 몇 번이든지 유군이 웃고 춘원(春園)의 손을 잡아 맞을 때까지 찾아가 보시구려. 사랑과 인정이 반드시 유군의 맘을 움직이리다."

이렇게 가르쳐주셨습니다. 그러나 저는 그 후 1년이 넘도록 선생님께서 가르치신 대로 하지를 못하였습니다. 여러 가지 평계도 있지만, 결국은 제가 동지에게 대한 사랑이 부족한 것입니다. 그러나 이제부터는 해보려 합니다. 선생님 같으시면 반드시 그대로 하셨을 것을 믿습니다.

또 동우구락부(同友俱樂部)에 대하여서도 그러합니다. 좀더 제게 사랑과 정성이 있었더라면 반드시 여러분을 움직여 벌써 합할 수가 있었을 것을 하고 생각하면 오직 부끄러울 뿐입니다.

"조선 사람끼리 서로 사랑하자. 허물일랑 서로 용서하고 잘하는 것은 서로 칭찬하자. 불쌍한 조선 사람끼리는 결코 서로 다투지 말자. 그리하되 동지간엔 더욱 그리하자!"

이것은 선생님께서 작년에 동포에게 고하는 편지, 동아일보에 연재되다가 당국의 금지를 당한 것 중 일절의 대의입니다.

나는 일찍 선생님께서 성내시는 양을 못 보았습니다. 우시는 것은 보았으나 노여워하시는 것은 선생님을 모신 지 만 2년 동안 한번도 못 보았습니다. 제가 선생님을 모시고 상해(上海)에 있을 때 여관에 방을 잡으러 갔다가 급사가 불공(不恭)한 것을 보고 성을 내었습니다. 그때 선생님은 화평(和平)한 웃음으로, "성내지 마시지오." 하신 것을 기억합니다. 저는 그때 선생님의 화평한 웃음 속에는 저를 위하여, 저의 바쁜 성질을 위하여 슬퍼하는 빛이 있음을 보았습니다. 그때부터 성내지 않기 공부를 하고, 나를 미워하고 훼방하는 사람에게까지라도 사랑과 용서로 대하기를 공부하였으나 크게 효과가 없었습니다. 그런데 가만히 살펴보니 우리 중에는 과연 사랑이 부족하고, 용서가 부족하고, 성내고, 시기하고, 취모멱자(吹毛覓疵)하는 풍습이 많습니다.

'사랑하기 공부!'

이것은 우리 민족의 큰 공부 제목이라고 생각합니다.

그러나 새 조선의 생명은 점점 자랍니다. 그것이 하루 이틀에 커질 것이 아니라 하더라도, 반드시 만 사람이 그것을 우러러볼 날이 올 줄 믿습니다. 선생님께서 뿌린 씨가 결코 헛되이 되지 아니할 줄을 선생님께서도 믿으시니, 만리이역(萬里異域)에서 고국을 바라보시는 눈물어린 선생님의 눈에는 희망과 만족의 웃음이 있으리라고 믿습니다.

도산의 생애와 사상

지명관

망각된 인간

도산이 남기고 간 사진이 있다. 비교적 젊은 시절의 사진을 보면 어쩐지 도산은 퍽 신경질적이 아니었던가 하는 생각이 든다. 그 얼굴에는 재기(才氣)가 흐르고 있다. 너무나 단정한 모습이다. 날카로운 지성에다 지나치게 예민한 감수성을 지녔기 때문에 신경질적이 아닐 수 없었을 것 같다.

그러나 실상 그가 있는 곳에는 언제나 평화가 있었다. 그는 어디서나 비할 데 없이 온화하고 관후한 성격을 보여주었다. 그가 말한 인간의 혁신, 자아혁신(自我革新)이란 곧 그 자신이 걸어온 인생의 행로였다고 말할 수 있을 것이다. 자아혁신을 부르짖기 전에 스스로 자기가 자기를 다스리고 변화시키는 일을 꾸준히 하

였다. 그렇기 때문에 그는 먼저 다만 성실하고 자비스러운 인간이
고자 했던 것이다.

도산은 조국의 독립을 위하여 몸으로 겪는 고초보다도 더 심한
고난을 정신적으로 맛보았다. 그의 인간과 사상은 바로 그 자신의
정신적인 수련의 결과인 것이다. 이러한 수련을 통하여 그의 인간
됨은 점점 높은 곳으로 발전해갔다. 임종을 앞두고 "나는 죽음의
공포가 없다."라고 한 말은 그가 뼈저린 자기수양의 절정에서 한
말일 것이다. 이러한 수련의 과정에서 그의 사상은 끝없는 심화(深
化)의 길을 밟았다. 그의 사상은 어떻게 하면 잃어버린 나라를 찾
아서 번영시키느냐 하는 데 머문 것이 아니라 궁극적으로는 인간
의 문제, 자기 자신의 문제를 붙잡고 몸부림치는 것이었다.

그는 나라가 위기에 빠져 절망의 구렁텅이에서 허덕이고 있음을
보고 주야로 조국의 자주독립만을 생각하지 않을 수 없었다. 그러
므로 그의 눈은 부단히 밖으로 향하고 있었다. 이렇게 밖의 것에
관심을 두어야 하는 시대에는 인간의 문제는 잃어버리기 쉬운 것
이다. 그러나 도산만은 이러한 고난 속에서도 눈을 언제나 자기
안으로 돌려보고자 하고 있었다. 이 어려움 속에서 바로 자기 자
신을 발견하고 그것을 붙잡고 몸부림치는 것이다.

도산은 오랫동안 우리에게서 잊어버려진 것같이 느껴진다.

도산이 이해를 얻지 못한 것은 그가 지닌 이러한 깊은 정신병 때
문이라고 생각된다.

그는 고독하였다. 그는 심한 내면의 공허를 느꼈다. 그가 간직
하였던 영혼의 흐느낌은 도산 그 자신의 것, 또한 그 당시 우리 민
족이 지녔던 슬픔이라기보다는 인간의 삶이 본래적으로 지니고 있
는 비애라고 할 수 있지 않을까. 그가 발견한 자신이란 나라 없는
이 민족, 일본인에게 곤경을 당하고 있는 '나'라기보다는 인간이
면 누구나가 지니고 있는 외롭고 슬픈 자아(自我)라고 생각된다.

이러한 의미에서 그는 정치인이라기보다는 한 사색인(思索人)이

요, 성자와도 같은 한 구도자(求道者)였다. 이 땅의 불행이 구도자인 그로 하여금 목숨을 내걸고 민족의 독립운동에 참여하지 않을 수 없게 하였다.

"나는 죽으려니와 내 사랑하는 동포들이 그렇게 많은 괴로움을 당하니 미안하고 마음이 아프다."

임종시의 또 하나의 술회. 그는 본디 사색이나 신앙 또는 교육에 고요히 종사할 인간이었다. 그러한 세계에 대한 끝없는 갈망을 그는 지니고 있었다. 그러나 동포들의 괴로움을 보고 자신의 문제에만 몰두할 수는 도저히. 없었다.

무엇보다도 자신에 대하여 충실하고자 노력하는 구도자였던 까닭에 괴로워하는 동족을 남겨놓고 눈감을 수 없었다.

그리하여 그 비극 속에서 자기 몸을 불사르고 만 셈이다. 이 땅의 현실이 그를 끌어내어 희생의 제물로 삼고 말았다.

도산을 좀더 태평스러운 시대에 깊은 사색인으로서 삶을 다할 수 있게 할 수 있었더라면 오죽이나 좋았을까. 또 인간과 인간 운명을 깊이 명상하고 영원을 갈망하면서 심화하는 종교적인 삶을 살게 할 수 있었더라면 얼마나 좋았을까. 그러나 역시 도산은 그 시대의 어려움 속에서 그 본연의 빛을 지닐는지도 모른다. 다만 그 드높은 지성과 한없이 부드러운 정서, 꿰뚫는 직관이 너무나 견디기 어려운 현실 속에서 쓰러져간 것이 아쉽게 여겨진다.

도산은 새로운 현대사적인 의미에서 문제시되어야 한다. 그는 그 인간과 사상의 깊이에 있어서 새롭게 이해되어야 한다는 말이다. 그가 그 시대의 도전을 받고 거기 응하였으면서도 그 시대를 넘어 민족과 인간의 영원한 문제에 부딪쳐간 사실을 깊이 고려해야만 할 것이다. 이러한 의미에서 도산은 그 시대의 테두리 안에서 그 삶을 영위했음에도 불구하고 그 시대를 초탈한 존재라고 해야 할 것 같다.

성장의 계절

도산이 남긴 자필 이력서를 보면 고종(高宗) 15년(1878) 11월 9일에 출생한 것으로 되어 있다. 대동강 하류에 있는 도롱섬에서 태어나 일곱 살 때 아버지 안흥국(安興國)을 여의자 그는 할아버지 슬하에서 자라났다.

외세(外勢)의 물결이 한반도에 몰려오던 격동의 시기에 도산은 장성해갔다. 가정과 서당에서 한문을 익히고 있었으나 나라를 뒤덮고 있는 외세의 물결에 무감각할 수는 없었다. 그리하여 어린 도산은 서당에서 같이 글공부하고 있던, 자기보다 서너 살 위인 필대은(畢大殷)과 더불어 의기 투합하여 곧잘 국사를 논하였다.

근세 조선의 개국을 강요한 병자수호조약(丙子修好條約)이 체결된 것은 바로 도산이 출생하기 두 해 전인 고종 13년이었다. 개국과 부패의 산물이라고 할 수 있는 임오군란(壬午軍亂)은 도산이 다섯 살 된 해, 즉 고종 19년의 일이다. 그 후 2년이 지난 고종 21년 10월에는 갑신정변(甲申政變)이 일어났다. 그리고 고종 31년 갑오년(甲午年), 도산이 열여섯 살 때 드디어 동학란(東學亂)이 일어나고 청일전쟁(淸日戰爭)으로 번져갔다.

그리하여 그해 여름 도산은 평양성에서 대패하는 청군(淸軍)과 청일 양군의 전화로 짓밟히는 나라의 모습을 보게 되었다. 그로부터 일제(日帝) 침략의 물결은 도도히 흘러들어왔고, 조국의 운명은 점점 위기에 휩쓸려 들어가게 되었던 것이다. 이러한 격동의 시기에 성장해가면서 한민족(韓民族)의 나라로 이 땅을 보전하려고 하는 염원을 지니고 있는 한 도산의 생애는 끊어질 수 없는 항거의 삶으로 이어지는 수밖에 없었다.

여기에 도산의 삶은 건설과 육성, 교육과 심화의 과정이라기보다는 그것을 뜻하면서도 항거와 고독, 비판과 실의(失意)의 과정일 수밖에 없었다. 그렇기 때문에 그가 발견한 민족이나 인간은 긍정과 찬양을 받을 것이라기보다는 부정과 비판을 받을 것이었다. 그리고 도산의 정신 밑바닥에는 하나의 비판적인 태도가 흐르고 있었다.

이에 우리는 도산의 삶에서 그지없는 페이소스를 느낀다. 그는 분명히 거대한 인간이라기보다는 어쩐지 슬픔을 머금은 듯한 처량한 모습으로 보인다. 그는 광명한 앞날을 바라보고 환희하기보다는 어두운 앞날을 지켜보면서 그 옛날 소크라테스처럼 마음속 깊이 다이몬의 소리를 듣고 있는 것 같다.

그러므로 그는 외쳤다.

"동지를 믿고 속으라."

"죽더라도 동포끼리는 무저항주의를 쓰자. 때리면 맞고, 욕하면 듣자. 동포끼리만은 악을 악으로 대하지 말고 오직 사랑하자."

이것은 곧 절망한 인간이 그래도 체념할 수 없다는 삶의 의지에서 던지는 절규로 들려온다.

"나라가 없고서 한 집과 한 몸이 있을 수 없고, 민족이 천대받을 때 혼자만이 영광을 누릴 수 없다."고 외칠 때 그것은 결코 안이한 말일 수만은 없다. 비록 오늘과 이 민족에게 실망할 수밖에 없다 하여도 그렇게 부르짖어보자는 것이다. 그것이 마음속 깊이에서 울려나오는 유일한 진실이기 때문이다.

만년에 일제가 더욱 득의양양해 할 때 어떤 동지가 그에게 물었다고 한다. 이제 이렇게 일제가 융성하니 우리 독립이란 불가능할 것이 아닌가고. 도산은 다만 그것이 가능한가를 묻지 말고, 그것이 옳은 것이니 독립, 독립 하고 부르짖음을 계속하자고 대답하였다. 환경과 형편에 따라서 진리를 왜곡(歪曲)할 수 없다는 것이다. 이러한 심정에서 도산은 동우회(同友會)사건으로 일제에게 잡혀 신문을 받을 때도 담당 일인(日人) 검사 나가사키(長崎祐三)에게 단호하게 말하였다.

"나는 밥을 먹는 것도 민족운동이요, 잠을 자는 것도 민족운동

이다. 나더러 민족운동을 하지 말라 하는 것은 죽으라는 것과
같다. 죽어도 혼이 있으면 나는 여전히 민족운동을 계속할 것
이다.”

　도산은 그 업적에서 평가되기보다 그 삶의 깊이에서 문제되어야
한다. 민족의 비운 속에서 다만 그것을 초래한 바깥 원인만을 바
라본 것이 아니라 그것을 가능하게 한 슬픈 민족, 슬픈 인간, 슬픈
‘나’를 발견하고 그것 때문에 몸부림쳤다. 그의 생활, 그의 일, 그
의 말과 사상, 모두가 이러한 그 자신의 내면이 표출된 것에 불과
하였다. 그것은 다만 나 자신과의 갈등에서 하나의 인간으로 성실
하게 살기 위하여서는 불가피한 행동이고 사상이었다.

　이러한 도산이 지닌 정신적인 자세는 그 일생을 통하여 불변한
것이었다. 그렇기 때문에 어느때고 모든 문제를 자신에게로 환원
시켰다. 외국 군대들이 이 땅을 황폐하게 만들면서 접전하고 있는
모양을 본 그는 그때부터 그 원인이 외국인들에게 있다기보다는
우리 자신에게 있다고 생각하였다. 기울어가는 나라의 운명을 앞
에 놓고 이러한 생각을 품게 된 소년 안창호의 모습을 이광수는 다
음과 같이 기록하고 있다.

　“청일전쟁 갑오년은 무인생(戊寅生)인 도산이 19세 되던 해였다.
그는 평양에서 청일군이 접전하는 양을 보고 또 전쟁의 자취를 보
았다. 평양 주민은 헤어지고 고적과 가옥은 파괴되었다. 총각 안
창호는 어찌하여 일본과 청국이 우리나라에 군대를 끌고 들어와
전쟁을 하게 되었나 생각하였다. 그의 소년 시절의 동지요, 몇 살
위인 필대은과 이 문제를 토의하느라고 밤새 격론하였다. 그래서
도산은 한 결론을 얻었다. 외국이 마음대로 우리 강토에 들어와서
설레는 것은 우리나라에 힘이 없는 까닭이다.”

　이리하여 도산은 힘이 무엇인가를 찾아내려고 하였다. 열강(列
強) 사이에서 독립을 지탱하고 번영을 누릴 수 있는 힘을 찾아 길
러야 된다고 본 것이다. 이 열강 중 어느 쪽에 가담해야 삶을 유지

할 수 있을까 하는 대중의 패배의식(敗北意識)에 항거하면서 참다운 힘을 가지고 자주적으로 민족의 운명을 열어보자는 것이었다. 이러한 생각에서 도산은 바로 그 힘이 민족의 개인에 자리하고 있는 정신에서 온다고 생각하였다. 그 당시의 퇴폐한 인간, 패배와 의타(依他)를 되씹고 있는 인간을 벗어나는 데서 힘의 원천을 찾았다.

도산이 청일전쟁으로 눈앞에 전개된 조국의 위난 속에서 필대은과 무엇을 말했는지 자세히는 알 수 없다. 어쨌든 필대은은 도산에게 커다란 영향을 준 모양이다. 도산은 드디어 일신의 안락을 희생하고 나라와 민족의 문제를 생각하기로 결심하였다. 그리하여 열여덟 살 되는 고종 32년(1895)에 그는 서울로 향해 고향 땅을 떠났다.

언더우드가 세운 구세학당(救世學堂)에서 공부하게 된 것은 우연한 일에 지나지 않았다. 노자가 떨어져 방황하던 중 무료로 숙식을 제공하면서 가르쳐준다기에 하는 수 없이 구세학당에 들어갔을 따름이다. 여기서 2년간의 교육을 받은 그는 나중에 일본 경찰에 체포되었을 때 예심 판사에게 스스로 장로교인이라고 말한 것처럼 기독교의 교육을 받아 기독교에 입교하게 되었다. 이때 도산의 정신 생활에 어떠한 변화가 일어났을까.

도산은 기독교의 사랑과 윤리에 깊은 감명을 받았던 것 같다. 훗일 그는 결코 어떤 교회에 소속되어 살기를 원하지 않았다. 또한 어떤 교리적인 데 얽매여 있으려고도 하지 않았다. 선교사들이 지나치게 내세(來世)를 강조하는 데는 반발을 느꼈던 모양이다. 울부짖는 신앙의 열광에 대해서는 어리석은 백성이라고 하면서 회의적인 태도를 취했다.

그럼에도 불구하고 그는 기독교의 영향을 적지않이 받았던 것이다. 그는 흥사단의 입단 문답에 있어서도 각각 자기 종교대로 기도를 하게 하였다. 원래 그는 유교(儒敎)의 허례(虛禮)와 형식적

인 강요에는 비판적이었다. 거기에는 공리(空理)만이 있고 정의(情
誼)란 찾아볼 수 없다는 것이다. 그는 정의를 상실하고 엄한 규율
로써 인간성을 억압하는 것을 증오하고 있었다.

"여러분이 유년 시절 일을 회고해보시오. 사람과 사람 사이에
서로 사랑하는 정이 생김은 당연하거늘 우리 사회에서는 부모와
자녀, 형과 아우의 사이에 아무 정의가 없습니다.

어른들은 어린아이를 대할 때 한 개의 장난감으로 여깁니다. 그
리하여 그 울고 웃는 꼴을 보기 위하여 울려도 보고 웃겨도 봅
니다. 또 호랑이가 온다, 귀신이 온다, 하여 아이들을 놀라게 합
니다. 또 집안에 계신 조부모나 부모는 호령과 매때리기만 일삼으
므로 아이들은 한때도 마음을 펴지 못합니다. 아이들은 조부나 부
친 앞에 있으면 매맞을 생각에 떨고 있습니다.

나는 어렸을 때에 산에 가 놀기를 제일 좋아하였는데 종일 놀다
가도 돌아올 때는 매맞을 생각에 떨면서 돌아왔습니다. 그러다가
걸핏하면 잘못하였다고 내쫓습니다.

제 아비의 집에서 쫓겨나 울면서 빙빙 돌아다니는 꼴은 참으로
기가 막혀 볼 수 없습니다. 이같이 하여 강보에서부터 공포심만
가득 찬 생활을 하던 아이가 가정의 울을 벗어나서 학교에 가면 학
교 훈장이란 이가 또한 호랑이 노릇을 합니다. 아이는 학교에 가
고 싶어 가는 것이 아니요, 부모가 가라니까 마지못해서 가는 것
이외다."

도산은 말하자면 낡은 유교의 모랄에 얽매어 있는 우리 가정과
사회를 날카롭게 비판한 셈이다. 위에서 아래로 내려오는 삼강오
륜(三綱五倫)의 질서를 소박하게나마 비판하였던 것이다. 이러한
비판이 확신으로 화하게 되어 그러한 낡은 인간관계를 극복하고
이웃과의 사이에 새로운 정의에 근거한 교제를 가지자고 그가 주

장하게 된 것이 바로 기독교적인 영향에서 이루어진 것이 아닌가 하는 것이다.

그리하여 도산은 낯 모르는 사람에게도 미소를 지어보자고 말한다.

"서로 사랑하면 살고, 서로 싸우면 죽는다."

"너도 사랑을 공부하고 나도 사랑을 공부하자. 남자도 여자도 우리 2천만이 다 사랑하기를 공부하자. 그래서 2천만 한민족은 서로 사랑하는 민족이 되자."

이렇게 그는 주장하였다. 그는 사랑이 있는 곳에 진정한 힘이 성립될 수 있다고 민족을 사랑하여 그들의 병을 고치려면 먼저 자신의 병부터 고쳐야 될 것이 아니냐는 것이다.

그러므로 도산은 기독교에서 사랑과 자기 혁신이라는 가장 근본적인 원리를 섭취하였을 뿐 아니라 그로부터 크게 감동된 바 있었다.

이 때문에 그의 삶과 사랑에는 몸에 밴 기독교의 체취가 풍기고 있는 것이다.

"도산이 감옥에서 나와 각 지방을 순회하여 평안북도 선천에 왔을 때, 옛날 친지와 후배들이 정성껏 마련한 새로운 금침을 펴고 자게 되었는데, 새벽에 잠을 깬 도산은 같이 자던 백영엽(白永燁)을 깨워 함께 꿇어 엎드려 눈물 섞인 기도를 올렸다. '저는 우리 민족의 죄인이올시다. 이 민족이 저를 이렇게 위해 주는데 저는 민족을 위해 아무것도 한 일이 없습니다. 저는 죄인이올시다…….', 하면서 그는 오래 흐느껴 울었다 한다."

여기에 도산의 심한 내면성이 남김없이 드러나 있다. 그것은 심오한 자기 부정(自己否定)에 산 삶이다. 바로 이 점에서 그는 무한한 자기 성장의 길을 걸을 수 있었다. 그러한 과정에서 자기를 표현하였고 갖은 고초 속에서도 자기를 진정한 생명으로 견지할 수 있었다. 자기를 죄인시하는 이러한 자기 규탄이야말로 그가 말하는 깊은 의미에서의 자아 혁신이라 하지 않을 수 없을 것이다.

이처럼 혁신되어 가는 자아일 때에만 사랑하는 인간, 국가와 민족을 위한 힘이 될 수 있는 인간이 된다고 본다. 도산은 스스로 이러한 과정을 혹심하게 걸으면서 성자와도 같은 삶을 이어갔다는 데서 길이 기억될 만한 인물이 되었다. 이와같이 구세학당의 젊은 날을 기점으로 하는 기독교적인 사유 방식은 그의 인생 행로에 있어서 조금도 떼어놓을 수 없는 면이었던 것이다. 바로 '나'와 '우리'의 오늘을 비판하고 새로운 방향을 추구해야 하겠다는 도산의 막연한 심정에 기독교와 그리고 구세학당에서 배운 새로운 학문이 결정적인 내용과 방향을 제시해주었다.

사실 도산은 가장 진정한 의미에서 철저한 기독교인이었으니, 이는 나중에 동학당을 피해 상경한 필대은을 그가 설복시켜 기독교에 입교하게 한 것을 보더라도 가히 짐작할 수 있는 일이다. 그는 기독교에서 인생의 결정적인 전환을 이룬 사람으로서 이제 그 날카로운 심정으로 인간의 문제, 윤리의 문제를 풀어보려 하였다. "그가 인류를 사랑하는 점에서 기독교적이었다."고 춘원도 말한 바 있지만 도산은 언제나 민족의 문제를 넘어 인간의 문제, 나 자신의 문제로 향하였다. 이러한 죄인으로서의 자기 발견이라는 종교적인 마당에서 그는 만인을 사랑하려는 윤리를 자아냈던 것이다. 그렇기 때문에 그는 끝내 '왜놈'이라고 부르지 못하고 '일본 사람'이라고 할 수밖에 없었던 휴머니티의 소유자였다.

2년간의 구세학당 생활에서 자기 발견의 노력과 수련을 겪은 그는 이제 이러한 새로운 자기 발견에서 자기 실천에 몸을 던지게 되었다. 그는 독립협회(獨立協會)에 가입하고 즉시 젊은 몸으로 대중 속에 뛰어들어가게 된다.

도산이 민족을 위한 열렬한 투쟁에 투신하여 활약한 바를 말하기 전에 여기서 그의 결혼과 가정에 대한 이야기를 잠깐 해두겠다.

도산이 서울 유학을 마치고 돌아왔을 때 하나의 문제가 그를 기다리고 있었다. 그의 조부가 손자 며느리를 정해놓고 있었던 것이다. 그는 이러한 결혼에 즉각적으로 반대하였다. 그는 우선 신부 될 이혜련(李惠練)이 비기독교인이라는 것을 구실로 내걸자 장인 될 집안이 모두 기독교에 입교하고 말았다. 그러자 도산이 상대자의 공부 못한 것을 문제삼자 장인은 딸을 공부시켜도 좋다는 것이었다. 이리하여 도산은 그녀와 약혼하고 누이동생과 함께 서울 정신(貞信)학교에 입학시키게 되었던 것이다.

후에 도산이 미국 유학의 길을 떠날 때 약혼자는 굳이 같이 갈 것을 고집하였다. 하는 수 없어 그들은 서울 제중원(濟衆院)에서 결혼식을 하고는 일본을 거쳐 미국으로 떠났다. 이 여사(李女史)는 며칠 일본에서 머문 동안이 그녀의 생전에 가장 잊혀지지 않는 행복한 순간이었다고 술회하고 있다.

사실 도산이 그 가정과 더불어 즐길 수 있었던 세월이란 극히 짧은 기간에 불과했던 까닭이다. 그는 단 1년도 계속해서 가정에 머물러 있을 수 없는 형편이었다. 이만큼 그는 거의 모든 시간을 조국을 위해 바쳤던 것이다.

그렇기 때문에 1926년 미국을 떠날 때 송별회 석상에서 그는 눈물겨운 술회를 한 바 있었다.

"내가 지금까지 아내에게 치마 하나, 저고리 하나를 사준 일이 없었고, 필립에게도 공책 한 권, 연필 한 자루 못 사주었다. 그러한 성의가 없었던 것은 아니다. 여러 가지 사정으로 그랬는데, 여간 죄스럽지 않다."

기약하고 떠난 날에 돌아오지 않는 남편을 생각하며 이 여사는 절망 속에서 철없는 아기의 뺨에 자기 얼굴을 비비면서 안타까운 몸부림을 눈물로 달래보려고 했다. 도산은 필립(必立)·필선(必鮮)·필영(必英)의 세 아들과 수산(秀山)·수라(秀羅)의 두 딸을 뒤에 남겨놓은 채 떠났던 것이다. 1963년 도산의 기일(忌日)에 내한

한 이 여사는 이렇게 술회하였다.

"도산 선생은 신비스러운 남성이었어요. 만나면 도무지 말이 나오지 않고 돌아서면 한없이 곱고 좋기만 했으니까. ……지금도 무엇이라고 딱 잘라서 이야기할 수 없지만 눈에 보이지 않는 강한 힘이 그만 나로 하여금 부모 형제, 그리고 사랑해 주던 고모할머니(이 여사는 여덟 살 때 어머니를 여의고 고모할머니 슬하에서 자라났음.)를 모두 남겨둔 채 이역만리 길을 떠났으니……."

혁명가나 정치인이기에는 너무나 평화를 사랑하는 아름다운 마음씨를 소유하였던 도산이었지만, 끝끝내 그는 한 가정인의 안온을 그렇게도 그리던 교육자로서 평화를 누릴 수가 없었다. 다만 성취한 인간이었기 때문에 조국이 몸부림치는 와중(渦中)에 스스로 뛰어들어 거친 일생을 시작하지 않을 수 없었다.

젊음의 절규

도산이 평양성 대동강 서편 언덕, 쾌재정(快哉亭)에 올라 부르짖던 것은 광무(光武) 2년(1898) 9월 10일, 그가 스물한 살도 채 안 되었을 때 일이었으니, 이것이 곧 처음으로 그가 대중 앞에 나와 연설한 것이었다.

독립협회 관서지부(關西支部)의 주최로 고종 황제(高宗皇帝)의 탄신일인 이날을 맞아 만민공동회(萬民共同會)가 열렸다. 평양 감사도 참석한 이 자리에서 더벅머리 총각 안창호는 무명 두루마기를 입고 연단에 올라섰다.

"세상을 바로 다스리겠다고 새 사또가 온다는 것은 말뿐이다. 백성들은 가뭄에 구름 바라듯이 잘살게 해주기를 쳐다보는데, 인모(人毛) 탕건을 쓴 대·소관들은 내려와서 여기저기 쑥덕거리고 존문(存問)만 보내니, 죽는 것은 애매한 백성뿐이 아닌가. 존문을 받은 사람은 당장 돈을 싸 보내지 않으면 없는 죄도 있다 하여 잡아다 주리를 틀고 돈을 빼앗으니 이런 학정이 또 어디 있는가. 빼앗은 돈으로 하고한날 선화당에서 기생을 불러 풍악 잡히고 연관정에 놀이만 다니니, 이래서야 어디 나라 꼴이 되겠는가."

도산은 이처럼 집권층에 대한 공격을 전개하였다. 집권층을 비판하였지만 또 한편 그는 관민이 자리를 같이 하게 된 것을 기뻐하면서 이제 민족이 국내외적으로 위기에 처해 있는 오늘 집권층의 각성이야말로 가장 긴요한 것이라고 외쳤던 것이다. 그의 웅변과 그리고 정연한 논리에 거기 모였던 모든 사람이 감탄하였다. 그의 말과 태도는 민중에게 경이와 기대의 마음을 불러일으켰다.

광무 원년과 2년 두 해에 걸쳐 독립협회의 운동은 활발히 전개되어 나갔다. 그러나 광무 2년 6월 서재필(徐載弼)은 정부 고문에서 해임되어 미국으로 돌아갔고, 정부는 소위 보부상(褓負商)들을 시켜 독립협회 회원과 그 집회에 대한 테러 행위를 하였다. 드디어 10월 12일 정부는 조서(詔書)를 내려 독립협회에 대한 해산을 명하였다.

그 후에도 여러 번 만민공동회가 계속되었다. 서울로 올라온 도산도 시골뜨기차림으로 연단에 올라 보부상의 포악한 행위를 규탄하고 이러한 폭력에 위축되는 정신을 일깨우려고 하였다. 그러나 다음해 정월, 정부의 명령으로 독립협회는 마침내 해산되고 말았다. 이리하여 도산이 내디딘 첫번째 정치 활동은 실패와 좌절의 기록을 남기게 되었다. 여기서도 진정한 우리의 적은 밖에 있다기보다 안에 있다고 다시금 그는 자각하였던 것이다.

도산은 좌절을 맛볼 때마다 자신에게 돌아왔다. 그러한 좌절이 오는 이유는 곧 우리들 자신에게 있다고 생각했기 때문이다. 우리 자신에게 힘이 있어야만 외세에 대항할 수 있다. 그러므로 이렇게 자신에게로 돌아오는 것은 은둔의 길을 찾는 것이 아니라 곧 전진을 위한 준비였던 것이다.

독립협회가 해산된 후 고향으로 돌아온 도산은 광무 3년(1899) 22세의 몸으로 강서(江西) 고향 땅, 동진면(東津面) 암화리(岩花里)에 점진학교(漸進學校)를 세웠다.

점진 점진 점진 기쁜 마음과
점진 점진 점진 기쁜 노래로
학과를 전무하되 낙심 말고
하겠다 하세, 우리 직무를 다.

이러한 노래와 더불어 시작된 이 학교는 말하자면 우리나라 사람이 세운 최초의 사립학교였다. 또한 최초로 남녀 공학(共學)을 실시한 학교였다고 할 수 있을 것이다. 이 학교 이름을 '점진'이라고 한 데서도 도산의 뜻하는 바를 엿볼 수가 있다. 독립이라는 정치운동에 헌신하다가 그것이 좌절되자 힘을 기르기 위한 보다 장구한 계획, 꾸준한 노력을 경주해보자는 것이었다.

점진이란 곧 끊임없는 자기 향상을 도모해보자는 것이다. 사실 우리에게는 이러한 부단한 결의와 실천이 결핍되어 있었다. 더욱이 그 당시와 같이 절망적인 정세가 계속 다가온다고 하면 자기를 꾸준하게 올바른 방향으로 지켜나아간다는 것이 중요한 과제일 수밖에 없다.

그러므로 점진이란 곧 불변의 신념과 실천을 요구하는 도산의 마음이었고, 그가 그 자신에게 과하는 당위(當爲)이기도 하였다. 그리하여 도산은 재판정에서도 "대한의 독립은 반드시 이루어진다고 믿는다."고 확언했을 뿐 아니라 모진 고통 속에서도 굽히지 않았다. 어떠한 고난이 와도 그것을 이겨 내려 했던 것은 부단한 자기 극복을 위해서였다.

도산은 약 3년 반 가량 학교 사업과 지방 개발 사업에 종사한 다음 도미할 길을 찾아나섰다. 이 미국 유학에 대하여서는 후에 홍사단 사건으로 예심 심문을 받을 때 다음과 같이 말한 것으로 그 목적을 알 수 있을 것이다.

"피고는 어떤 목적으로 유학하였는가?"

"미국에서 교육학을 연구하고 돌아와 국내에서 교육 사업에 종사하려는 생각과, 기독교의 오의(奧義)를 연구하려는 생각에서 도미하였던 것이다."

그는 25세가 되던 1902년에 고국을 떠났다. 하와이를 거쳐 샌프란시스코에 도착한 것이 그해 10월 14일이었다.

풍전등화(風前燈火) 같은 조국의 운명을 구해보려던 한 가닥의 노력이 실패한 후, 도산은 스스로 능력있는 엘리트가 됨으로써 참다운 교육으로 국민의 힘을 길러보겠다고 생각하여 고국을 떠난 것이다. 여러 날 동안 망망한 대해에 떠 있다가 하와이 섬, 처음으로 미국 땅의 산봉우리를 보았을 때 도산은 감격하였다. 그것은 새로운 희망의 상징이었다. 여기에서 청년 안창호는 '도산(島山)'이라는 아호를 택했다.

다시 발견한 민족

1902년 늦은 가을부터 시작된 미국 생활 5년은 도산에게 있어서는 새로운 가시밭길이었다. 공부를 하려던 꿈은 산산이 부서지고 말았으며, 그리하여 그로 하여금 훗일 "나는 무식하다."는 말을 늘 입버릇처럼 외고 다니게 했다. 그러나 이 무식이란 그가 지닌 성실성과 민족을 사랑하는 열의가 그로 하여금 자초(自招)케 한 운명이었다. 한편 이러한 결의 때문에 그에게서 전개된 사상은 그의 타고난 재능과 성품이 눈물겨운 체험을 통하여 자아내는 참으로 의미 깊은 삶의 진리라고 할 수 있을 것이다.

도산은 25세의 나이로 미국 보통학교 교육부터 받을 생각이었다. 당시 샌프란시스코에는 20명 미만의 한국인들이 살고 있었다. 그 곳에 사는 중국인들에게 인삼을 팔러 다니는 상투를 튼 사람들이 열 명 가량이었으며, 도산과 같은 처지에 있는 고학생들이 열 명 가량이었다. 그 중에는 도산과 동향인 이강(李剛)·정재관(鄭在寬)·김성무(金聖武) 같은 학생도 끼어 있었다.

미국에 온 지 얼마 되지 않았을 때의 일이다. 도산은 길가에서 미국 사람들이 구경하고 있는 가운데 상투를 마주잡고 싸우는 두 한국 사람을 보았다. 서로 약정(約定)하였던 인삼장사 구역을 범(犯)하였다는 것이다. 도산은 이 싸움을 말리고 나서, 우선 미국에 있는 동포들의 생활부터 지도해야겠다는 필요를 깊이 느끼게 되었다. 그래서 그는 공부를 그만 중단하고 동향 친구 세 사람이 대주는 비용으로 근근히 생명을 이어가면서 다시금 대중운동에 발을 내어딛게 된 것이다.

도산은 동포들의 가정을 방문하여 그 실태를 파악한 다음 청결한 환경, 단정한 복장으로의 생활 개선부터 착수하였다. 그리고 그 자신이 동포들이 거처하는 곳의 청소를 담당하였다. 처음에는 그들이 도리어 도산을 의심하였으나 점차 신뢰하게 되어 나중에는 문제가 있으면 으레 도산에게 상의하게까지 되었다. 그 뒤 동포들이 로스앤젤레스에 농장의 일거리를 찾아 모이게 되자 도산도 그곳으로 옮겨갔다.

도산은 자기가 떠나더라도 우리의 동포가 올바른 생활 태도를 유지하고 일을 계속하게 하기 위하여 친목회를 조직하였다. 이것이 미국과 하와이에서 조직된 최초의 한국인 단체였던 것이다. 광무 7년(1903) 9월 23일에 조직이 된 단체가 나중에는 공립협회(共立協會)로 되고, 그 후 다시 국민회(國民會)로 발전하게 된다.

이 때 이미 도산은 한국인의 인간으로서의 문제가 그 생활 밑바닥에 깔려 있어 결코 정치적인 데만 문제가 있는 것이 아니라고 깨달은 것이다. 그리하여 그는 자아 혁신의 수양과 생활 개선의 노력을 고취할 수밖에 없었다. 그리고 그러한 새로운 인간은 두터운 정의(情誼)를 서로 나누며 협동할 수 있어야 된다고 믿었다. 따라서 무엇보다도 이에 맞춰 국민을 조직하고 육성할 엘리트의 구실이라는 것을 심각하게 생각하지 않을 수 없었다. 이 때 이미 젊은 도산의 머리에는 훗일 흥사단을 일으키게 될 체험과 사상이 무르익어가고 있었다고 할 수 있다.

로스앤젤레스에서 공립협회가 조직되니 곧 그 회원이 35명으로 늘었다. 이 협회는 신용있는 노동자의 집단으로 향상하였으며, 회원들은 교회에도 나갔다. 또 야학도 실시하였다. 더욱 흥미있는 것은 협회 결의로써 경찰을 두기로 한 사실이다.

"언제든지 회원의 집에 들어갈 권한을 주고, 아홉 시에는 불을 끄고 잘 것, 부인들이 긴 담뱃대를 물고 거리로 다니는 것을 금할 것, 속옷 바람으로 밖에 나오지 말고 반드시 와이셔츠를 입고 다닐 것 등을 법으로 만들어 실시하였다."

도산은 회원들의 권고로 샌프란시스코에 돌아와 패시픽 거리에 건물을 사서 회관을 설립하고 곧 공립신문을 발간하니 이것이 광무 9년(1905) 11월 20일의 일이다. 후에 이강·김성무 등이 원동(遠東)으로 파견됨으로써 융희 2년(1908)에는 시베리아와 북만주에 집회가 설립되었다. 다음해 공립협회는 '국민회(Korean National Association)'로 개칭 발전케 되었는데, 이 국민회는 교포의 권익을 옹호하고 취직을 알선하는 기관일 뿐만 아니라 수양 단체요, 독립을 위한 정치 단체이며 또한 민주주의를 실천 실습해가는 단체였다.

"도산은 26세의 젊은 나이로 이와 같은 사업을 성공적으로 끌어나가면서 그 자신의 평생의 사업 원리를 파악하고 그것을 적용하였으니, 그것은 첫째, 점진적으로 민중의 자각을 기다려서 하는 것과, 둘째, 민중 자신 중에서 지도자를 발견하여 그로 하여금 민심을 결합케 하고 도산 자신이 지도자의 자리에 서지 아니한다는 것이었다."

도산은 민중의 자각을 기다리고 그것을 촉구하면서 그 위에 국가의 발전을 기대한다는 민주적인 사고방식을 가지고 있었던 것이다. 그는 그것을 실지로 실천하여 가장 확실한 진보의 가능성을 발견한 사람이었다. 그는 힘이란 바로 이와같이 각성된 개체가 민주적인 관용의 미덕을 발휘하면서 협동하는 데 있는 것이라고 생각하였다. 또한 도산은 그 자신이 모든 어려운 일을 담당하면서도 윗자리를 차지하려고 애쓴 일이 없다. 그리하여 임시정부에서도 자기는 늘 아래 있으면서 서로 갈라진 지도자들을 연합시키려고 하였다.

이러한 경향은 자리를 탐하여 비극을 초래해온 이 땅의 현실 속에서 진실을 지탱하려는 그의 결의를 나타낸 것이라고 할 수 있겠다.

국민회에는 차차 여러 부류의 사람들이 가입하게 되었다. 심지어는 빚을 지고 도망해온 사람도 있었다. 도산은 "미국의 과수원에서 귤 한 개를 정성껏 따는 것이 나라를 위하는 것이다."라고 하면서 그들이 노동하고 생활을 이어나아가는 데 정신적인 기초를 주려고 하였다.

이와같이 발전을 거듭해간 국민회는 바로 제1차대전 후에 이승만으로 하여금 워싱턴에서 국민회 총회장 안창호의 명의로 된 신임장을 가지고 독립운동을 전개하게까지 하였다. 뿐만 아니라 제2차대전 후에는 '재미한족연합회(在美韓族聯合會)'를 조직하고 15인의 대표자를 본국에 파송하여 독립운동에 협력하게도 하였으니, 참으로 이 국민회의 긴 역사를 통해 크나큰 업적을 남겨놓은 것이다.

미국에서의 교포의 조직이 완료됨과 때를 같이하여 조국에서는 노일전쟁이 끝났다. 일본에게 나라가 병탄되는 것이 오늘인가 내일인가 하는 위기에 놓이게 되었다. 도산은 이러한 조국의 비운을

눈앞에 놓고 그대로 미국에 머물러 있을 수가 없었다. 그는 그가
지닌 내면적인 성실성 때문에 항상 변동하는 정세의 요청 속에서
하던 일을 중단할 수밖에 없었던 것이다.

융희 원년(1907) 30세로 도산은 험난한 조국에 되돌아왔다. 그리
하여 정치적인 망명의 길을 떠나가기까지 다시 고국땅에서 지내게
되었다.

부인 이 여사는 처음 이 미주의 생활을 오직 눈물의 세월이었다
고 회상한다. "울지 말라 해도 울고, 고생이 너무 많구나……하고
위로해주어도 울고, 얼마나 많이 울었는지 모른다."는 것이다. 그
때 너무 많이 울어서 나중에는 웬만한 고통이 와도 울지 않게 되
었다고 한다. 도산이 다시 고국으로 떠나게 되었을 때의 형편을
신문은 다음과 같이 전해주고 있다.

"이 여사는 로스앤젤레스에서 첫아기 필립을 낳았다. 초산이었
으므로 매우 불안하였지만 입원할 형편도 못 되고 조산원을 부를
여유도 없어서 교회 구제회에서 해산하였다. 필립을 낳은 지 1년
만에 도산 선생은 귀여운 첫아기와 아내를 남긴 채 다시 고국으로
떠났다. 이유는 일본이 한국을 지배할 것이 뻔하다고 생각했기 때
문에 동포를 깨우쳐야겠다는 염원에서였다. 이 여사는 남편의 뜻
을 너무도 잘 알았으므로 그대로 가게 하였다."

한말(韓末)의 풍운 속에서

1905년 을사보호조약(乙巳保護條約)이 체결된 후 많은 민족운동
이 있었으나 조국의 운명은 일제 침략 앞에 점점 기울어져가고만
있었다. 도산은 처음에는 이러한 고국에 돌아와 국내 사정을 잘
알아본 후 곧 미국으로 다시 돌아가 그 곳 동지들과 함께 구국운동
을 전개할 심산이었다. 그러나 국내 동지들의 권고에 따라 국내에

그대로 머물러 전국민을 상대로 한 운동을 일으키려고 노력하지 않을 수 없었다. 그리하여 비밀 결사 신민회(新民會)가 조직되었고 전국을 순회하는 강연회도 열었다.

그 당시의 도산의 강연은 20대였던 그 옛날보다 한층 더 논리적인 설득력을 가진 것이었다. 그는 세계의 정세를 말하고 한국의 국제적인 위치가 위기에 직면하여 있음을 지적하였다. 그럼에도 불구하고 국내의 사정이 얼마나 전락된 상태에 있는가를 말하고 "지금에 깨달아 스스로 고치고, 스스로 힘쓰지 아니하면 망국을 뉘 있어 막으랴."하고 전국민의 각성을 촉구하였다. 이렇게 눈물 섞인 어조가 넘쳐흐를 때면 모든 청중이 흐느껴 울었다고 한다. 그리고는 민족의 고유한 '우미성과 선인의 공적'을 찬양하고 미래의 꿈을 불러일으킬 때 청중들은 '대한 독립 만세'를 고창하지 않을 수 없었다.

도산의 음성은 중음계(中音階)로 깊이가 있고 부드러운데다 B장조를 띤 것이었으며, 내용은 미사 여구를 늘어놓은 것이 아니라 솔직하면서도 간절하고 독창적인 표현을 썼다. 어쨌든 그의 강연은 만당을 매혹하고 마는 것이었다. 그렇기 때문에 그의 강연에 대하여서는 허다한 에피소드가 있다. 여기에 한 가지만 기록한다.

"개성 연설이 유명하였다는데 무슨 내용인지 모르겠습니다. 연설을 듣는 사람들이 모두 울었대요……. 그때 헌병대에 있던 일본 사람 형사는 조선말을 썩 잘했는데, 그가 직무상 연설 내용을 필기하면서 그냥 죽죽 눈물을 흘리고 울었다는군요."

그의 설득력, 그의 말과 그 속에 스며든 인간성, 그 성의는 사실상 원수까지도 감동하게 만들었던 것이다. 훗일에는 일본 검사, 간수 등 모두가 그의 인격 앞에 머리를 숙였다. 일본인에게는 원한 품은 2천만을 억지로 국민 중에 포함하는 것보다 우정있는 2천만을 이웃 국민으로 두는 것이 일본의 이익일 것이라고 그는 조용히 말했다. 그러므로 한국의 독립은 동양의 평화와 일본의 복리를 위한 것이라고 믿었던 것이다.

이와 같은 자세로써 도산은 일본인을 증오하지 않았다. 적어도 그는 증오하지 않으려고 결단한 것이었다.

도산은 단숨에 나라를 구할 수 있는 길이 있다고 믿지를 않았다. 그러나 동지들 중에는 어떤 정치적인 행동으로 대세를 만회해보려고 하는 이들도 있었기 때문에 도산과는 정면으로 대립되기도 하였다. 개중엔 심지어 일인 이토 히로부미(伊藤博文) 통감과 화합하여 어떤 길을 모색하였으면 하는 견해를 피력하는 이들도 있었다.

도산은 마지못하여 이토 히로부미와 만났다. 그러나 그것은 일인의 검은 계획을 확인한 것에 불과하였다. 다만 이토 히로부미는 매우 탄복하면서 "안창호는 바른 사람이요, 크게 될 사람이오."라고 했다는 말이 전해진다. 일설엔 일인들이 도산 내각(島山內閣)을 운위했던 일도 있었다는 말이 있다.

그러나 도산은 정치에서의 좌절을 다시 한 번 뼈아프게 느끼면서 점진주의적 방향으로 눈을 돌려 1908년 나이 31세 때 평양에다가 대성학교(大成學校)를 세우기로 하였다. 그는 '진실정신(眞實精神)'으로 무장한 새로운 민주주의적인 인물 양성에 전력을 기울였다. '청년학우회'라는 것을 조직하여 젊은이들을 훈련시키는 한편, 출판이나 산업진흥도 추진하였다. 조국의 새날을 맞기 위한 그 당시의 모든 노력과 분투 가운데서도 도산이 이룩한 업적은 저 하늘에 빛나는 별과도 같이 찬연한 것이었다.

그 당시 각자의 수양에 힘쓰고 일심단결하여 교육과 산업에 힘씀으로써 앞으로 독립할 기회를 찾자는 모임으로 신민회라는 게 있었다. 여기에는 양기탁(梁起鐸)·이갑(李甲)·이동녕(李東寧)·이시영(李始榮)·이승훈(李昇薰)·김구(金九) 등 애국지사 3백 명이 모여들었다. 도산은 이 비밀 조직의 총감독이라는 최고 지위에 양기탁을 추대하고는 모든 공로를 그에게 돌렸다.

대성학교는 도산이 2년밖에 경영하지 못하였다. 그가 한일합방 4개월 앞두고 정치적인 망명의 길을 떠나게 된 때문이다. 그러나 이 학교는 윤치호(尹致昊)를 교장으로 추대하고 도산 자신이 대리 교장으로 근무하면서 중등교육을 목표로 하여 민족운동자를 양성 하였다. 도산은 이러한 종류의 학교를 서울·대구·광주·그리고 그 밖의 여러 주요 도시에 설립하여 거기서 나온 인재로 각 군에 대성학교와 같은 정신의 초등학교를 세우려고 하였다.

도산은 또한 이 무렵 실업에 대한 뜻을 펴기 위하여 우리나라에 서는 처음으로 주식회사(株式會社)인 마산동 자기회사(馬山洞磁器會 社)를 설립하였으며, 문화 사업으로는 태극서관(太極書館)을 창립 하여 건전한 서적을 출판하려고 하였다. 그리고 또한 당시의 언론 기관인 매일신문이나 황성신문에서는 신민회 관계자가 많이 일하 고 있었다. 도산이 1909년에 창립한 청년학우회도 우리가 잊어서 는 안 될 그의 공적일 것이다. 후에 흥사단의 신조가 된 무실(務 實)·역행(力行)·충의(忠義)·용감(勇敢)의 4대 정신이 여기에서 고 취되었다. 이 학우회는 신민회와 같은 비밀 조직이 아니라 일인 통감정치 하의 내무대신의 허가를 얻은 수양 단체로 정치와는 아 무 관련도 없는 것으로 조직되었다. 말하자면 이것도 도산의 점진 주의라는 꾸준한 인간 양성, 실력 배양의 터전으로 삼았던 셈 이다. 전문 기술을 가지기 위한 노력이라든가 덕·체·지(德體智)의 삼육(三育)에 관한 수양이 강조되었다.

무실 역행 등불 밝고
깃발 날리는 곳에
우리들의 나갈 길이
숫돌 같도다.

영화로운 우리 역사

복스러운 국토를
빛이 나게 할 양으로
힘을 합쳤네.

최남선(崔南善)이 이 학우회를 위해 지은 노래이다. 도산은 벅찬
과제를 앞에 놓고 동분서주했다. 그러나 기울어가는 국운을 붙들
수는 없었다. 1909년 10월 안중근(安重根) 의사가 이토 히로부미(伊
藤博文)를 하얼삔 역두에서 암살한 후 운명은 급변해갔다.

이토 히로부미 암살 사건에 관련되었다는 혐의로 3개월 동안 개
성 헌병대에 갇혔던 도산을 위시한 신민회 간부들은 이제 마지막
결단을 내리려고 했다. 원수들의 민주주의자를 일망타진하려는 손
길이 가까워졌기 때문이다.

"우리 애국자에게 남은 오직 하나의 길은 눈물을 머금고 일보
물러서서 장래의 힘을 기르는 것이다. 우리가 망국의 비극을 당하
는 것은 힘이 없는 까닭이니, 힘이 모자라서 잃은 것은 힘을 길러
야 찾아질 것이다. 국내에서 남을 수 없는 동지들은 해외로 나가
서 인격과 단결력을 기르고 교육과 산업을 일으켜 민력을 배양하
는 것이다. 말하자면 신민회 운동을 계속하는 것만이 조국을 다시
찾는 오직 하나의 길이다."

이렇게 말하는 도산에게 물론 좌중이 모두 눈물을 흘렸다. 융희
4년(1910) 봄 33세에 중국인 소금배로 갈아타고 산동성(山東省) 위
해위(威海衛)로 향하였다. 각기 헤어져 중국으로 망명하기로 한 동
지들이 모두 청도(靑島)에 집결하게 되어 있었기 때문이다. 국내에
서는 그 해 6월 모든 집회가 금지되었으며, 8월 22일 합방조약이
조인되고, 29일에 그것이 공포되자 모든 단체는 해산되고 말았다.
대성학교·청년학우회 등 도산의 피땀의 결정으로 이루어진 기관
은 모두 나라와 스승을 함께 잃어버리고 만 셈이 되고 말았다.

도산은 단장(斷腸)의 슬픔을 안은 채 거국가(去國歌)를 남기고 사

랑하는 조국을 떠났다.

간다 간다 나는 간다
너를 두고 나는 간다
잠시 뜻을 얻었노라.
까불대는 이 시운이
나의 등을 내밀어서
너를 떠나가게 하니
이로부터 여러 해를
너를 보지 못할지나
그 동안에 나는 오직
너를 위해 일할지니
나 간다고 설워 마라
나의 사랑 한반도야.

이것이 3절로 된 거국가의 제1절이다. 비록 몸은 부평초같이 떠돌아다녀도 마음은 '나의 사랑 한반도'와 같이 있으니 잊지 말아 달라는 애절한 노래였다. 이 거국가는 전국에 유행하였다. 그리하여 학생들은 이 거국가를 부르고 덧붙여서 이같이 불렀다.

동해 어별(東海魚鼈)도 맘이 있으면
우리와 같이 슬퍼하겠고
남산 송백도 눈이 있으면
우리와 같이 눈물 흘리리.

바닷가에서, 숲 속에서, 다할 줄 모르는 눈물을 뿌리고 비장한 감회를 달랬던 것이다.

다시 미주(美州)의 하늘 아래에서

도산은 북경을 거쳐 청도로 갔으나 동지들과 합의를 보지 못하고 이갑(李甲 : 秋汀), 이강(李剛 : 吾山)과 함께 블라디보스톡으로 갔다. 여기서 만주로 들어가 농지 개척을 하면서 독립군을 양성할 예정이었다. 그러나 자금을 대기로 하였던 이종호(李鍾浩)가 주저하게 되자 적지않이 실망하였다. 게다가 예기했던 대로 한일합방의 소식이 들려왔다.

도산은 좀처럼 자기 감정을 나타내지 않는 사람이었으나 이 때는 몸을 가눌 수 없을 만큼 슬픔에 젖어 울고 또 울었다. 이 때의 비애는 동지들의 나라를 잃고도 단합하지 못하는 안타까움에 더욱 사무친 것이었다.

"도산은 평생을 통하여 좀체로 감정을 표면에 나타내거나 감정적으로 행동하는 일이 없었다. 그의 감상적인 일면이 밖으로 나타난 것은 상해에서 안태국(安泰國)이 별세했을 때에 슬퍼하고 끊었던 담배를 다시 피운 것, 대전 감옥에서 나와 서울에 도착한 첫날밤, 지도자들이 당파 싸움만 한다고 탄식하면서 흐느껴 울던 일, 선천 지방에서 벽에 끓어 엎드려, '나는 죄가 많거늘…….'하고 울면서 오래 기도 올리던 때 등이 있거니와, 아마도 이 때 해삼위에서 흘린 눈물이 가장 가슴 아픈 울음이었을 것이다."

1911년 봄, 미국으로부터 여비가 도착하자 도산은 곧 러시아, 독일, 영국을 거쳐 로스앤젤레스에 도착했다. 나라를 구하고자 이곳을 떠난 지 4년 만에 나라를 잃고 돌아온 셈이다. 동족의 분열에 쓰라린 좌절을 경험한 도산은 민족성 개량이라는 이념을 내걸고 재미동포(在美同胞)를 위하여 이제 다시 일하게 되었다. 1919년 독립운동 때 중국 상해로 건너가기까지 만 9년간의 미주 생활이 이렇게 시작된 것이다.

도산은 다시 품팔이 노동을 하려고 하였으나 동지들의 권고에 못 이겨 교포 지도에 힘쓰게 되었다. 이 때 도산을 직접 도운 사람은 대구 출신의 송종익(宋鍾翊)이었다.

이리하여 1912년 11월에 '대한인국민회(大韓人國民會)'가 샌프란시스코에서 창립되니 이는 미국, 하와이, 시베리아 및 만주 등지의 대표가 참가하여 단합된 단체였다. 도산이 총회장으로 선출되었으며 다음과 같은 선포문이 발표되었다.

"대한인국민회, 중앙 총회를 세우고 해외 한인을 대표하여 일할 계제에 임하였으니 형식상 대한제국은 망하였으나 정신상 민주주의 국가는 바야흐로 발흥되며, 그 희망이 가장 깊은 이 때 일반 동포는 중앙 총회에 대하여 일심 후원이 있기를 믿는 바이다.

1. 대한인국민회 중앙 총회를 해외 한인의 최고기관으로 인정하고 자치제도를 취할 것.

2. 각지에 있는 해외 동포는 대한인국민회의 지도를 받을 의무가 있으며 대한인국민회는 일반 동포에게 의무 이행을 장려할 책임을 가질 것.

3. 금후에는 대한인국민회에 입회금이나 회비가 없을 것이고, 해외 동포는 어느 곳에 있든지 그 지방 형편에 의해 지정되는 의무금을 대한인국민회로 보낼 것이다."

이 대한인국민회는 1922년 이후 북미, 멕시코, 쿠바 지방만을 포함한 '북미 대한인국민회'로 되었다가 1937년 이후에는 다시 '대한인국민회'라고 불리어졌다. 도산은 중국으로 떠나기 전까지 음으로 양으로 이를 지도하였다. 이 국민회는 나라 없는 백성들을 위한 미국 정부에 대한 교섭 단체로 교포들의 권익을 옹호하였고 또한 안으로는 교포들의 생활 개선에 노력하였다.

국민회운동에 이어 도산이 착수한 일은 국내에서 대성학교나 청년학우회로 시도하였던 것과 같은 참다운 역군의 양성이라는 것이었다. 이것이 곧 흥사단운동이었다. 도산은 국가 사회 발전을 위하여 무엇보다도 엘리트의 양성이 중요하다고 생각하였다. 진정한 지도적인 엘리트가 자기를 헌신하면서 방향을 제시하고 실천하지 않는다면 사회 발전을 위한 집결된 에네르기가 있을 수 없다고 보았던 것이다. 이리하여 1913년 5월 13일에 샌프란시스코에서 드디어 흥사단이 창립을 보게 되었으며, 단의 목적은 다음과 같이 도산이 직접 제정하였다.

"본단의 목적은 무실·역행으로 생명을 삼는 충의 남녀를 단합하여 정의를 돈수하고, 덕·체·지의 삼육을 동맹 수련하여 건전한 인격을 작성하고 신성한 단결을 조성하여 우리 민족 전도 대업의 기초를 준비함에 있음."

도산이 흥사단 목표로 네 가지 덕목, 무실(務實)·역행(力行)·충의(忠義)·용감(勇敢)을 내건 것은 우리 민족이 전통적으로 지녀온 악유산(惡遺産)을 청산하자는 생각에서였다. 원래 우리 민족이 아름다운 마음을 지니고 있었으나 인간의 발전, 인격의 수양을 망각하고 권력 다툼만 하던 이조 시대에 그만 점차로 우리 인성(人性)이 악화되었다고 그는 생각하였다. 그러므로 이러한 우리들의 자아(自我)를 혁신하는 것이 구국운동의 시발점이 되어야 한다고 믿었던 것이다.

그는 거짓된 자리에서 떠나 힘써 노력하며 충성스러운 마음과 진실된 자세로 용기있게 의(義)를 따르자고 주장하였다. 이것은 곧 참으로 성실하고 아름다운 인간 관계를 하자는 것이었다. 그러므로 이것은 곧 우리의 일상 생활의 윤리라고 할 수 있다. 낯 모르는 사람에게도 빙그레 웃는 태도에서부터 국사를 논하는 데까지 이러한 정신, 이러한 인간 관계를 가지자는 것이다. 말하자면 새로운 인간 관계에서 새로운 인간, 새로운 국가 사회를 이룩해보자는 말이다. 도산은 이러한 유정(有情)한 사회, 민주적인 사회에서만 진정한 민족의 힘이 움터 역사의 전진을 볼 수 있다고 생각하였다.

이 같은 의미에서 그 수련 방법으로 정의돈수(情誼敦修)라는 아름다운 인간성에 기초한 인간 관계를 주장하였다. 이것은 지난날의 유교 윤리의 형식성을 타파하고자 한 것이다. 또한 수련의 방법으로는 동맹수련(同盟修練)이라는 방도를 제시하였다.

개인이 심산유곡에 들어가 고행의 수련을 쌓는 것이 아니라 동지나 이웃이 합하여 공동의 목표를 걸고 일하고 수련하자는 것이다. 이것은 지난날의 개인 인격 수양이라는 방식이 아니라 민주적인 협동인으로서 인간을 혁신해가자는 뜻에서였다. 그리고 또한 지난날에도 그랬지만 새로운 서양 문물 앞에서 지식에 대한 편중을 삼가고 전인적(全人的)인 인간의 성장을 회구하면서 도산은 수련의 부면을 덕(德)·체(體)·지(智)의 순서로 배열하였던 것이다.

이렇게 검토해볼 때, 도산이야말로 근세에 있어서 민주적인 시민(市民)에 대한 철저한 인식을 가지고 실제로 그것을 실현해보려고 한 거의 유일한 위대한 교육자였다고 할 수 있겠다. 그것은 그야말로 열려진 민주적인 사회가 어떠한 사회인가를 알고 그것을 예견하고 있었던 사람이었기 때문이다. 바로 그러한 민주적인 시민이 서로 관용하면서 단결할 때 민족의 힘이 있다고 생각한 것이다. 그리고 그것이 바로 독립의 힘이며 조국 발전의 에네르기라고 믿었다. 그러므로 도산은 정치적인 독립만으로써는 민족의 장래를 낙관할 수 없다고 보았다.

이러한 의미에서는 그는 민족의 앞날을 누구보다도 근심어린 눈으로 바라본 셈이다. 그러므로 도산은 민족의 어려움을 직시하면서 그것을 해결할 가장 어려운 길을 스스로 걷기로 결심한 사람이었다고 할 수 있다.

이렇게 도산이 힘없는 조국이 당한 고초를 뼈저리게 아로새기면서 "조직하자, 실력을 기르자, 그리하여 이길 자신을 가질 때 나가 싸우자!"하고 거의 기약 없는 날을 위하여 주야로 애쓰고 있을 때 고국에서 들려오는 소식은 도저히 그로서도 참기 어려운 것이었다.

1910년 일제는 안중근 의사의 사촌 동생 안명근(安明根)이 총독

데라우치(寺內正毅) 암살 계획을 하였다는 혐의를 내걸고 애국자 60여 명을 검거하기 시작하였다(安岳事件). 또한 2년 후에는 신민회 회원, 기독교 간부, 교육자 등 7백여 명을 검거하였다(百五人事件). 도산은 국내에 뿌려놓았던 씨가 모두 여지없이 짓밟혀버리는 듯한 느낌을 받았다. 그리고 그들이 당하는 옥고(獄苦)를 생각할 때 잠을 이룰 수 없어 "나도 몰라. 비감을 억제할 수 없으니 어찌하나." 하면서 가슴을 쳤다.

임시정부의 일꾼으로

세계제1차대전이 종결되고 민족자결이 논의되자 해외에 있는 동포들 사이에도 새로운 소망을 가지는 사람들이 많았다. 그러나 도산은 이 시기가 결코 독립의 시기가 돼줄 리 없다고 생각하였다. 전승국에 속한 일본이 한국을 내어줄 리 만무하고, 미국이 이를 위하여 문제를 일으킬 수 없다고 보았기 때문이다. 뿐만 아니라 이러한 마당에서 우리는 우리의 자력으로 일을 성취할 만한 힘을 가지고 있지 못하다고 보았다. 그리하여 그는 공연히 흥분하여 일을 그르치지 말 것을 경고하였다.

그는 앞으로 미일전쟁(美日戰爭)이 반드시 일어날 것이라고 예견하면서 다만 동포들의 자중을 권고하였다. 참으로 도산만이 이러한 정세를 명백히 판단하였고, 외세의존(外勢依存)이라는 지금까지의 조국의 운명을 주체적으로 좌우할 수 있어야만 한다는 생각을 뿌리 깊게 간직하고 있었던 것이다.

그러나 예기치 않던 사태가 일어났다. 고국에서 일제의 모진 학정에 항거하여 그들의 총검을 무릅쓰고 3·1운동을 일으켰다는 소식이 전해졌다. 이 때 42살을 맞이한 도산은 3월 10일에야 이 소식을 듣고 분연히 일어나지 않을 수 없었다. 도산은 아직 우리가 힘이 없고 분열된 상태에 있으므로 '독립운동이 너무 일찍 일어났다'는 생각을 가지고 있었지만, 기왕에 일어난 일을 외면할 수가 없었다.

3월 15일에 열린 미국·하와이·멕시코 교포 대표자 회의는 대한인국민회 중앙 총회장 안창호 주재하에 13개조의 결의안을 채택하고 포고문을 발표하였다. 도산은 그 포고문에서 앞날의 고난을 예견하였다. 그는 3월 10일에 소식을 듣기까지 동포들이 당하였을 참상을 가슴 아파하였다.

"세계 역사로 보아서 한때에 일어난 열정만으로 성공한 일이 별로 없고 어느 국가나 값없이 얻은 독립이 없으며, 더욱이 우리의 사정은 반드시 악전 분투하고 무량한 피를 흘려야 성공이 있을 것이다."

이렇게 생각을 한 도산은 어디까지나 냉철하였다. 그러나 그는 국민 된 도리로서 만난을 무릅쓰고 과감히 전진할 것을 역설하였다.

"……오늘은 전체 민족이 일어나서 생명을 바치는 때니 아무것도 주저할 것 없이 대한 민족 된 자 일제히 일어나서 가진 바 생명·재산·기능 및 모든 것을 바치고 용맹하게 나아가기를 맹세하자."

이리하여 도산은 1919년 4월 5일 국민회의 특파를 받아 상해로 향하게 되었다. 5월 25일 그 곳에 도착한 그는 6월 28일 임시정부 내무총장(內務總長)에 취임했다. 도산은 무엇보다도 각지에 흩어져 있는 영수(領袖)와 지사들을 모아 통일된 정부를 세우는 것이 급선무라고 생각하였다. 이미 블라디보스톡에서는 그들대로의 '대한국민의회'의 각원 명단을 발표하였고, 상해에서는 '임시의정원'을 조직하였으며, 국내에서는 비밀리에 또한 정부 구성을 하였다는 것이었다. 도산은 이러한 분리된 운동을 없애고 하나의 정부로 단결하여 힘을 길러야 된다고 믿었다. 그는 "여러분의 머리가 되려

하지 않습니다. 여러분을 섬기러 왔습니다."라고 강조했다.

그는 영수들이 상해로 올 것을 기다리며 국무총리 대리의 일을 맡고 있었다. 그는 미국 국민회에서 2만 5천 달러를 가져다가 프랑스 조계 집을 세 얻어 정청(正廳)을 차렸다. 도산은 이 때 국내에 연통제(聯通制)라는 종적인 비밀 조직을 창안하여 실시하였고, 또한 그 특이한 독립운동방략(獨立運動方略)도 폈으며 사료편찬·독립신문 간행의 일도 시작하였다.

9월에 이르러 임시 대통령에 이승만, 국무총리에 이동휘로 대략 낙착을 보아 이른바 하나의 정부가 수립된 것이다. 도산은 노동국 통판으로 머무를 뿐 이승만이 상해에 없다고 하여 대통령 대리로 선출한 것을 그는 굳이 사양하였다. 그래도 여러 가지 말썽이 일더니, 결국 11월 3일에 국무총리 이동휘, 내무총장 이동녕, 재무총장 이시영, 법무총장 신규식의 취임을 보게 되었다. 통일을 보는 도산의 마음은 그가 축사에서 말한 것처럼 미칠 것같이 기뻤다.

분열하기를 일삼던 우리 민족을 이렇게 하나가 되게 하였으니 이제 비로소 그는 밝은 앞날을 기대할 수 있었던 것이다. 그러나 이승만과 이동휘의 반목, 이승만의 미국에서의 전단, 이동휘 계열의 좌경(左傾), 그리고 이러한 것들이 지방색 등으로 얽힌 파당 싸움은 그칠 날이 없었다. 도산은 가는 곳마다 통일을 호소하였으나 길은 더욱 험준하기만 하였다. 거기에다 재정적인 어려움이 격심해갔다.

이러한 절망 속에서도 도산은 최선을 다하였다. 이렇게 슬픔에 사무치면 사무칠수록 그는 자기에게 주어진 일에 전심함으로써 그것을 잊어버리려고 했는지 모른다. 도산은 언제나 그의 성의가 배반으로 갚아지곤 하는 체험을 겪었다. 그러나 그러한 좌절에서 결코 남을 탓하지는 않았다. 늘 성실한 대인 관계를 그대로 지닌 채 오히려 자기 자신을 탓했다.

상해 임시정부는 사실에 있어서 도산을 중심으로 맴돌고 있었다. 무너져가는 정부를 도산 혼자 붙들고 있었다고 해도 과언이 아닐 것이다. 분열과 궁핍을 꿰매기라도 할 사람이라고는 그를 제외하고는 아무도 없었다. 그러나 도산에 대한 지방색적인 중상이 또한 그칠 날이 없었다. 드디어 1920년 6월 국무총리 이동휘는 상해를 떠나버리고 말았다. 그리고 다음해 봄 임시의정원에 이승만 탄핵안이 제출되었다. 도산은 이를 만류하기는 하였으나 더 이상 견딜 수 없어 그 해 5월 자리를 물러났다. 그는 정신적으로나 육체적으로나 이미 만신창이가 되어 있었다. 1923년에 다시 한 번 대동단결을 시도해보았으나 이번에는 공산당의 방해로 좌절되고 말았다. 이리하여 도산의 평화와 통일을 위한 노력은 한갓 이상일 뿐, 그 실현을 보지 못한 것이다.

이 같은 실의(失意) 속에서 도산은 흥사단을 확대할 것과 독립운동의 기지가 될 이상촌(理想村)을 건설할 것을 마음에 다짐하였다. 그리고 정치적으로는 민주적인 정치 역량을 집결하기 위한 대독립당의 조직을 구상했다. 실패할 때마다 그는 보다 근원적인 사업이 필요하다고 깨달았다. 이 때는 이미 1차대전 후의 전후 정세가 다소 소강상태를 보인 때라 독립운동도 침체 상태에 빠질 수밖에 없었다. 도산은 그의 새로운 계획을 위하여 미국을 다녀오기로 결심하였다. 그러나 사실 미국에 있어서의 사업도 이승만의 분열 공작과 현실주의 때문에 심한 진통을 겪고 있었다.

여하튼 도산의 이념에 따라 1922년 서울에는 수양동맹회(修養同盟會)가 이루어졌으며, 다음해에는 평양에 동우(同友) 구락부가 조직되었다. 1926년에 흥사단을 이어받은 이 두 단체가 합하여 수양동우회가 발족하였다. 1924년 도산은 북경에서 당시 국내에 돌아와 있던 이광수를 불러 만나보았다. 그때 그에게 구술한 '동포에게 드리는 편지'는 동아일보에 연재되다가 일제(日帝)의 탄압을 받게 되자 흥사단 잡지 〈동광(東光)〉에 게재되었다.

이것이 〈도산유훈(島山遺訓)〉으로 알려져 있는 것으로 도산의 인

간과 경륜 및 그 사상을 보여주는 애국과 지성의 집약이라고 할 수
있을 것이다. 그해 12월 도산은 간신히 뜻을 이루어 중국 여권(晏
彰昊라는 중국 이름으로 된 여권)으로 미국에 가서 약 13개월 동안 머
무르게 되었다. 이것이 도산이 가족과 지낸 마지막 기간이다.

도산은 1926년 가을 북중국과 만주를 여행했다. 이상촌 후보지
를 마련하고 남·북만주에 흩어진 군사 활동을 통일하여 그것을 중
심으로 한 단결된 혁명 세력인 대독립당을 이룩해보자는 생각이
었다. 흥사단은 어디까지나 엘리트의 수양 단체로 남겨두고 정치
적인 대중 조직을 따로 만들려는 생각이었다. 말하자면 대독립당
은 국내에서 조직하였던 신민회를 이어받는 조직이었다고 할 수
있다.

도산이 길림에 들렀을 때의 일이다. 1927년 2월 14일, 그는 강연
회를 가졌다. 4,5백 명의 청중이 모여 강연이 약 30분 진행되었을
때였다. 갑자기 수백 명의 중국 경관이 몰려와 도산을 체포하려고
하였다. 여자 독립군 유장청(柳長靑)의 강경한 태도로 도산을 묶지
는 못하였으나 많은 사람이 구금되었다. 무력으로 대항하려는 독
립군도 있었으나 사태를 파악하지 않고 경거망동하지 말라는 도산
의 만류에 모두 순응하였다. 이것은 장작림(張作霖) 정부와 조선총
독부 사이에 만주에 있는 공산당을 소탕하기 위한 공동작전을 하
기로 합의가 이루어진 데서 비롯한 사건이었다. 일본측은 동포들
의 길림 회합을 공산당으로 몰아 체포하려고 하였던 것이다. 그러
나 북경에서 일어나는 여론과 교섭으로 말미암아 무사하게 수습되
었다.

그러나 이 때 도산은 앞으로 국내에 보급시킬 한국 고유의 것을
간직한 안식처가 될 근대식 이상촌 건설이라는 꿈을 만주에서 실
현하기는 어려움을 알게 되었다. 대륙에는 이미 일제의 마수가 깊
숙이 침투되어 오고 있었기 때문이다. 그리하여 그는 그 꿈을 남
경 지방에서 실현해보려고 하였으나 역시 구체적인 뜻을 펼 수가

없었다. 윤봉길(尹奉吉) 의사의 의거날이 다가오고 도산이 일경의 손에 들어가게 되는 운명의 날이 가까이 다가오고 있었기 때문이다.

대독립당도 역시 순조로이 발전되지 못한 채 만주·중국 지방에 한국 독립당·조선 혁명당·한국 혁명당 등의 군소정당의 난립을 낳았을 뿐이었다.

도산은 1927년에 국내 동지들에게 '동지에게 고하는 편지'를 보내어 "개인은 민족에 봉사함으로써 자신에 대한 의무와 인류에 대한 의무를 완수한다."는 그 자신의 입장을 대공주의(大公主義)라는 말로 표시하였다.

이제 50에 접어든 도산이 사상적인 결산을 하는 셈이었다. 대공주의는 '개체는 전체를 위하여, 전체는 개체를 위하여'라는 변증법적 인생관 또는 국가관을 집약적(集約的)으로 표현한 것이다. 그것은 도산이 지닌 민주적인 사상을 조국 독립이라는 목표를 앞에 놓고 보다 실질적인 것으로 구체화하는 것이었다. 그것은 근본에 있어서 정치 이념이라기보다는 차라리 하나의 국민 윤리라고 할 수 있을 것이다.

고국의 땅은 밟았으나

1931년에는 만주사변, 다음해에는 상해사변이 일어나 이른바 일본의 대륙침략의 손길은 더욱 본격화해갔다. 중국에 흩어졌던 애국동포들의 전도는 암담해지고 그들의 사기는 점점 더 저하해갔다. 뿐만 아니라 도산이 없는 미국의 교포들도 불어오는 분열과 실의의 바람을 막을 수 없었다. 도산은 어디로 가서 어떻게 해야 할지 망설이지 않을 수 없었다.

이 때 김구가 주석으로 있던 임시정부는 테러 정책을 써서 일본

을 위협하려고 했다. 그리하여 1932년 4월 29일 윤봉길 의사의 의
거사건이 일어났다. 도산은 이 연락을 미처 받지 못한 채 그날 오
후 2시 프랑스 조계 하비로(霞飛路) 보강리(寶康里)에 있는 이유필
의 댁을 방문하였다. 이유필의 아들 이만영에게 약속한 소년단 기
부금 2원을 전하기 위해서였다. 일본 영사관 경찰과 함께 수색하
러 온 프랑스 조계 경관에게 도산이 체포된 것은 바로 이 때였다.
그리하여 마침내 그는 일본 경찰 손으로 넘어가고 말았다.

조사 결과 도산이 폭탄 사건에 관계없다는 것이 밝혀지기는 했
으나 그해 6월 일본 경찰은 도산을 인천으로 압송하였다. 도산은
23년 만에 이렇게 묶인 몸으로 그리운 고국의 땅을 밟게 된 것
이다.

그리고 치안 유지법 위반이라는 죄목으로 대전 감옥에서 약 30
개월의 옥고를 치러야만 되었다. 언도는 4년이었으나 모범죄수라
고 해서 1935년 2월 10일 30개월 만에 가출옥을 하게 되었다. 감옥
에서는 독방살이를 하면서 종이노끈을 꼬아 수공품을 만들었다.
몸은 더욱 쇠약해졌고 고질화된 위병(胃病)이 더욱 심해갔다.

"저녁 후에 응접실에서 담화가 교환되었는데, 도산은 무슨 말에
충격을 받았는지, 우리 민족은 이렇게 불쌍한 지경에 있는데 지도
자라는 사람들이 서로 당파싸움만 하고 있으니……하면서 말을 맺
지 못하고 흐느껴 울었다. 아마도 그때 그의 생각은 멀리 양자강
과 만주의 들로 달렸을지도 모른다."

출옥한 첫날 저녁의 일이었다.

도산은 고향을 돌보고 팔도 강산을 순례하고 싶었다. 그가 가는
곳마다 수많은 사람들이 경찰의 매서운 눈초리를 받아가면서도 그
를 맞이해주었다. '말 없는 도산, 말 없는 민중'이었지만, 거기에
는 수많은 감회가 오가고 있었다.

그러나 도산은 그가 다녀간 다음에 받을 이들 동포들의 괴로움
을 생각하여 평안북도를 다녀온 다음에는 고향 땅 평양 서쪽 명산

인 대보산(大寶山) 송태산장(松苔山莊)이라는 7, 8간 되는 집에 들어
가버렸다.

한 번은 평안남도 지사가 경찰관을 이 산장에 보냈다. 도산이
산 속에 가만히 박혀 있더라도 민심이 악화된다고 하면서 미국으
로 떠나기를 종용하는 것이었다. 그러나 도산은 국내에 머무르기
로 결심하고 움직이지 않았다. 그렇게 가만 있어도 민심에 움직임
을 줄 수 있다는 사실에서 자기가 이 땅에 머물러 있는 보람을 느
꼈을는지 모른다. 그는 경찰관에게 태연하게 말하였다.

"만일 안창호의 존재가 민심을 악화한다면 평남에 있거나 미국
에 있거나 마찬가지오. 아마 감옥에 잡아 넣거나 죽이더라도 마찬
가지일 거요. 2천만 한국인이 다 안창호 같은 사람인데 일개 창호
를 송태에서 내어쫓는 것이 불명예나 될 뿐이지 무슨 효과가 있겠
는가. 미국 가는 여권까지 주선해준다는 뜻은 고마우나 아직 송태
를 떠날 생각은 없다고 지사에게 전해주시오."

도산은 동지들을 비밀히 만나게 되면 늘 그들에게 일본이 조만
간 망하리라는 것을 말했다. 일본이 정의와 인도를 반역하는 무리
들이기 때문이며, 국제 정세가 우리에게 독립의 기회를 곧 마련하
게 되리라고 보이기 때문이라고 역설했다. 도산은 문제는 우리 자
체가 이것을 받아들일 준비가 없는 데 있다고 탄식하면서 소리높
여 울었다. 준비 없는 나라, 단결 없는 국민과 지도자에게 다가올
독립이라는 영광이 어떠한 비극을 빚어낼 것인가고 그는 민족의
앞날을 염려하였던 것이다.

1937년 7월 일본은 중국 침략전을 일으켰는데, 이에 앞서 6월 28
일 도산은 또다시 검거되고 말았다. 동우회로 고친 수양동우회를
중심으로 한 민족주의자들을 탄압하려 했던 것이다.

이 때 도산과 검사의 문답은 이러했다.

"조선의 독립이 가능하다고 생각하는가?"

"대한 독립은 반드시 된다고 믿는다."

"무엇으로 그것을 믿는가?"

"대한 민족 전체가 대한의 독립을 믿으니 대한이 독립될 것이요, 세계의 공의가 대한 독립을 원하니 대한의 독립이 될 것이요, 하늘이 대한의 독립을 명하니 대한은 반드시 독립될 것이다."

"일본의 실력을 모르는가?"

"나는 일본의 실력을 잘 안다. 지금 아시아에서 가장 강한 무력을 가진 나라다. 나는 일본이 무력만한 도덕력을 겸하여 가지기를 동양인의 명예를 위해서 원한다. 나는 진정으로 일본이 망하기를 원치 않고 좋은 나라가 되기를 원한다. 이웃인 대한을 유린하는 것은 결코 일본의 이익이 안 될 것이다. 원한 품은 2천만을 억지로 국민중에 포함하는 것보다 우정 있는 2천만을 이웃 국민으로 두는 것이 일본의 득일 것이다. 대한의 독립을 주장하는 것은 동양의 평화와 일본의 복리까지도 위하는 것이다."

도산은 11월에 검사국에 송치되었으나, 12월 24일에는 병보석으로 나와 경성제국대학 부속병원에 입원하였다. 그는 폐결핵 겸 결핵성 참출성(滲出性) 복막염이라는 병명으로 보석된 것이다. '간경화증 겸 만성 기관지염 및 위하수증'이라는 것이 정당한 병명이라는 설도 있다. 어쨌든 위·이·폐·간·피부 중의 어느 하나도 성한 것이 없었다. 조국의 온갖 상처를 안은 채 도산이 순국(殉國)할 시간은 점점 다가오고 있었다.

"나는 죽음의 공포가 없다."

"나는 죽으려니와 내 사랑하는 동포들이 그렇게 많은 괴로움을 당하니 미안하고 마음이 아프다."

그는 나라를 염려하였다. 동지들에게 낙심하지 말고 일을 도모하라고 권고했다. 대보산 산장을 수양터로 쓰라는 말까지 했다.

도산의 두 눈에서는 눈물이 주르르 흘렀다. "목인아, 목인아! 네가 큰 죄를 지었구나!"하고 운명하는 날 무의식중에 대한을 합병한 일본의 메이지 천황을 큰 소리로 탓하고 운명하였다고 전해진다.

아무 유언도 없이 가족 어느 누구도 만나보지 못하고 도산은 외로이 갔다. 참으로 고된 인생, 한없는 모색의 길은 이제 끝났다. 때는 1938년 3월 10일 자정, 그때 도산은 향년 만 59년 4개월이었다.

이리하여 독립정신의 화신, 민주주의의 선구자, 지성스러운 청년 지도자, 위대한 개혁자, 위대한 정치가 도산 안창호는 피고의 신분으로, 위문객도 마음대로 드나들지 못하는 병실에서 그가 사랑하는 한반도와 영원히 작별하였다.

장례식에 참여하는 회장자도 20명으로 제한되었다. 그것은 초라한 장례였는지 모른다. 그러나 이 나라 역사에서 가장 장엄하고 비통한 장례가 아니었을까. 도산의 유언대로 상해 시절에 그의 비서였던 사랑하는 제자 유상규(劉相奎) 의사가 누워 있는 옆, 망우리 바로 그의 무덤 위쪽에 도산의 유해는 자리잡았다. 왜정치하에는 묘소를 찾는 사람도 경찰이 조사하고 금지하였다. 죽은 도산도 역시 민심을 악화시키고 있었던 모양이다.

지금 도산은 가고 없다. 도산이 염려한 대로 나라는 어지럽다. 해방 20년 동안 위정자들은 도산의 인간과 인격, 그의 사상과 민주주의를 회피해왔다. 위정자들은 국민이 그를 바라보는 것을 두려워하였다. 도산은 그들에 대한 심판자일는지 모른다.

그는 분명히 오늘도 고독하다. 그는 지금도 끝없는 좌절을 맛보고 있는 셈이다. 그러나 그는 어떠한 배반과 실패를 맛보아도 남을 탓하지 않고 자기에게로 돌아오는 사람이었다. 아무리 어려워도 뜻과 이상을 포기하지 않는 사람이었다. 오늘도 도산과 그 이념을 잃었기에, 이 민족은 목자 없는 양처럼 유리하고 있다.

"그러나 그의 일생은 과연 실패의 일생이었던가. 그는 과연 노이무공(勞而無功)하였던가. 그는 우리 민족에게 참된 애국심을 심어주고 민족의 진로를 밝혀 보여주었다. 그리고 몸으로써 애국자의 생활의 본을 보여주었다. 그의 생활은 과연 실패의 일생일까. 그는 과연 노이무공일까. 1세기를 두고 보면 다 알 것이다."

　여기 이렇게 춘원의 말을 되새겨본다. 너무나 낡고 저열한 상황 속에서 도산은 너무나 새롭고 맑고 높았으니 뜻을 이루지 못하고 가는 수밖에 없었다. 그러나 그 당시 도산을 제외한 그 누가 오늘날 이렇게도 뚜렷한 인간상과 사상을 우리에게 남겨놓았는가. 그와 그의 삶은 그 시대에 살고 그 시대에서 문제를 찾았기에 그 시대의 소산이라고 하겠지만 그 시대를 넘어 영원을 산 것이라고 할 수 있다. 위대한 역사만이 위대한 개인을 산출할 수 있다고 한다면 이러한 의미에서 도산을 바라볼 때 우리의 역사도 찬연한 것이라고 할 수 있지 않을까.

도산의 일화

안병욱

아름다운 꽃에서 그윽한 향기가 풍기듯이 위대한 인물에서 훌륭한 말씀이 솟는다. 도산이 걸어간 발자취를 더듬어보면 우리의 심금을 울리는 깊은 감동의 일화(逸話)가 허다하다.

말씀은 사람을 표현한다. 일화는 인격의 심볼이다. 언즉인(言卽人)이니, 말씀이 곧 사람이다. 일화를 통해서 도산의 뛰어난 인간상(人間像)과 높은 정신을 더듬어보기로 한다.

나는 밥을 먹어도 대한의 독립을 위해

도산은 3년 반의 옥고를 치르고 대전 교도소에서 나왔다. 그때 일본 경찰은 도산에게 물었다.

> 나는 밥을 먹어도 대한의 독립을 위해서, 잠을 자도 대한의 **독립**을
> 위해서 했다. 내가 목숨이 붙어 있는 한 **독립운동**을 하겠다.

"자유의 몸이 되면, 또 독립운동을 할 생각입니까?"

그때 도산은 일본 경찰에서 늠름한 모습, 당당한 자세로 이렇게 대답을 했다.

"나는 밥을 먹어도 대한의 독립을 위해서, 잠을 자도 대한의 독립을 위해서 했다. 내게 목숨이 붙어 있는 한 나는 독립운동을 하겠다."

우리는 도산의 이 말씀에서 그의 놀라운 민족혼(民族魂)과 독립 정신을 발견한다.

질서와 정돈

질서와 정돈은 문명인의 자격이요, 특색이다. 도산은 질서와 정돈을 대단히 중요하게 생각했다.

도산은 만년에 평양 부근에 있는 대보산(大寶山)에 송태산장(松笞山莊)을 짓고 그 산장에서 사셨다. 송태산장은 언제나 맑고 깨끗하였다. 어느 날 도산은 그 마을 사람의 결혼식에 초대를 받았다. 집 안에 들어서니 문지방 앞에 여러 켤레의 신발이 아무렇게나 어지럽게 놓여 있었다.

도산은 그 신발을 하나하나 질서있게 정돈을 하고, 방으로 들어갔다.

나중에 손님들이 밖으로 나올 때에 신발이 깨끗이 정돈되어 있는 것을 보고 깜짝 놀랐다. 누가 이렇게 정돈을 하였을까. 손님들은 도산 선생이 그렇게 한 것을 알고 마음속으로 감동을 했다.

도산은 이래라 말하기 전에 손수 모범(模範)과 본보기를 보여서 사람들로 하여금 스스로 깨닫게 했다.

약속을 꼭 지켜라

도산은 상해(上海) 계실 때에 소년들을 무척 좋아하여, 소년단을 여러 가지로 도와주었다.

어느 날 한 소년이 소년단의 5월 행사에 돈이 필요하다고 도산에게 도와 달라고 했다. 도산은 그때 몸에 돈을 가진 것이 없었다. 그래서 4월 26일에 돈을 갖다 주겠다고 약속을 했다.

도산은 그 어린 소년과의 약속을 지키기 위하여 그날 돈을 준비해 가지고 그 소년의 집을 찾아갔다.

그날은 바로 독립 투사 김구(金九) 선생님의 지도를 받고 윤봉길(尹奉吉) 의사가 상해 홍구(虹口) 공원에서 일본 백천(白川) 대장에게 폭탄을 던지는 의거(義擧)를 일으킨 날이다. 일본 경찰은 독립 운동을 하는 한국 애국지사들을 체포하기 위해 여러 곳곳에 몰려 잠복을 하고 있었다. 도산은 그 소년에게 돈을 주기로 한 약속을 지키기 위해서 그날 그 소년의 집에 갔다가 그 집에 잠복한 일본 경찰에게 붙들려서 한국으로 압송되어 재판을 받고 대전에서 3년 반의 옥고를 치르게 된 것이다.

도산은 어린 소년과의 약속도 틀림없이 지키었다. 그는 신의(信義)가 한없이 두터운 분이었다. 약속을 꼭 지키어라, 이것은 도산의 생활 신조(生活信條)요, 행동 원칙(行動原則)이었다.

그 돈이 어떤 돈이길래

도산은 지성의 사람이었다. 그는 지극한 정성으로 인생을 살았다. 지성일관(至誠一貫), 이것이 도산의 인격과 생활의 지도 원리였다.

그는 큰일에 정성을 다하였음은 물론이요, 지극히 작은 일에도 온갖 정성을 다했다. 그는 무슨 일이나 정성껏 하려고 힘썼다. 되는 대로 하거나 아무렇게나 하는 일이 없었다. 정성스러운 마음, 이보다 더 소중한 인생의 보배가 어디 있는가.

다음 이야기는 도산의 정성을 잘 나타내는 일화다.

이광수 전집 17권에 이러한 이야기가 나온다.

화분을 사려고 나는 어느 청인 화초상(淸人花草商)을 찾아갔다. 그때 도산은 월계화(月桂花)를 심은 백사기(白砂器) 화분 한 개를 가장 마음에 드는 듯 치켜들고 꽃과 잎사귀에 벌레먹은 데는 없나 치밀하게 검사하고 난 뒤에 값을 물었다. 청인(淸人)은 70전을 내라고 하였다. 도산은 50전을 받으라고 하였다. 청인은 65전으로 깎았다. 그래도 도산은 머리를 흔들었다. 60전으로 내렸다. 그래도 역시 머리를 흔들었다. 나중에 55전으로 낮추었을 때에도 도산은 역시 싫다고 머리를 흔들다가 50전이라고 부르니까 그제서야 비로소 돈을 꺼내어 샀다. 나는 곁에 섰다가,

"그건 왜 그리 깎으십니까. 웬만하면 사시지요."

그때 도산은,

"우리 쓰는 돈이 어떤 돈이길래 그러오."

한 마디 할 뿐이었다. 그 뒤 알고 보니 도산이 이 화분 한 개를 사려고 상해의 보강리(寶康里)와 남경로(南京路)의 여러 화초상을 돌아다니며 값을 물어두었다. 그래서 이 집 화분이 50전이면 비싸지도 헐하지도 않은 값인 줄 알고 비로소 50전으로 부르고 그 50전에 산 것이다. 그는 옳다고 생각하는 돈이 아니면 화분을 아니 사는 사람이었다.

"그 돈이 어떤 돈이길래."

이 간단한 말 속에 도산의 깊은 정성이 서리어 있다. 자기가 쓰는 돈은 흥사단 동지들의 성금이다. 피땀으로 모은 돈이다. 단돈

한푼이라도 허술하게 낭비해서는 안 된다고 도산은 생각하였다. 작은 일에도 지극한 정성을 가졌던 도산이었다.

국고금을 쓰고 국민의 혈세(血稅)를 다루는 사람들이 도산의 이 정성의 10분의 1만 가져주어도 우리나라는 부패가 없어질 것이다.

손이 떨려서 시무(視務)할 수가 없소

도산은 겸허(謙虛)한 사람이었다. 그는 겸손한 마음으로 인생을 살았다. 오만 불손한 마음과 유아 독존의 영웅주의적 태도는 도산에게서 추호도 찾아볼 수가 없었다. 그는 두뇌와 언변과 통솔력과 용기와 덕성이 뛰어난 인격이었지만 절대 자만하거나 뽐내는 일이 없었다. 그는 앞에 나서서 떠드는 사람이 아니고 뒤에 서서 묵묵히 자기 직분을 다하는 분이었다. 그는 스스로 높이는 자가 아니고 스스로 낮추는 자였다. 수고는 자신이 하고 명예와 공은 남에게 돌리는 것이 도산의 철학이다.

사람은 자기 능력에 겨운 자리를 맡으면 실수와 잘못을 범하기 쉽다. 자기 능력 안에서 여유있게 일하는 것이 지혜로운 태도다.

다음 이야기는 도산의 겸허의 덕을 잘 나타낸다.

1919년 도산은 상해 임시정부의 노동 총판으로서 나랏일을 보았다. 모두 그를 대통령 대리의 후보자로 추천하였다. 도산은 그 자리를 끝내 사양하였다. 그러나 결국 도산을 대통령 대리로 선정하였다. 그때 도산은 이렇게 말했다.

"나는 잠시라도 대통령 대리의 명목(名目)을 띠고는 몸이 떨려서 시무(視務)할 수가 없소."

이것이 나라의 중책을 맡은 사람의 마음가짐이다. 국사를 담당하는 자의 정신 자세다. 나같이 능력이 없고 인격이 모자라는 사람은 그처럼 높은 자리에 앉으면 송구하고 미안하고 몸이 떨려서 일을 할 수가 없다는 도산의 이 겸허한 말은 공인(公人)의 금언이 아닐 수 없다. 오늘날 우리의 사회는 국가의 기강이 흐려졌고 위정자와 공무원의 마음가짐이 땅에 떨어졌다. 나같이 부족한 자가 어떻게 그런 중책을 감당할 수가 있으랴 하는 겸허한 마음과 자세를 찾아볼 수가 없다. 자존망대(自尊妄大)의 오만불손에 빠진 자가 허다하다.

악인이 선인을 구축하는 사회적 그레샴의 법칙이 창궐한다. 그럴수록 겸허한 마음, 겸허한 사람이 아쉽다.

저는 죄인이올시다

공자의 고제자 안연(高弟子 顔淵)은 공자를 한없이 존경하고 숭앙하였다. 그는 공자의 인품을 평하여 앙지미고(仰之彌高). 찬지미견(鑽之彌堅)이라고 하였다(《논어》 〈자한편(子罕篇)〉). 앙지미고란, 우러러볼수록 높다는 뜻이다. 찬지미견이란 뚫어볼수록 더욱 굳다는 뜻이다. 도산의 인격에는 분명히 그런 데가 있다.

다음 이야기는 도산이 깊은 종교적 인간임을 웅변으로 나타낸다. 그는 담배도 피웠고 가끔 반주도 하였다. 그러나 결코 도를 지나치는 일이 없었다. 그는 술과 담배를 하였지만 누구보다도 깊은 종교인이요, 신앙인이었다. 그는 입으로 하느님의 사랑을 말하는 종교인이 아니고 몸으로 사랑을 실천하는 종교인이었다. 무엇을 말하느냐가 중요한 것이 아니고 무엇을 행하느냐가 중요하다.

1935년 58세의 도산은 대전 감옥에서 나온 후 국내 순방의 길을 떠났다. 호남과 영남을 두루 살피고 서울을 거쳐 나중에 평안북도에 이르렀다.

평북 선천(平北宣川)에 들렀을 때의 일이다. 그 당시 오산학교의 교장으로 있던 주기용 씨 댁에 도산은 머무르게 되었다.

여러 동지들이 정성을 다해서 도산을 맞이했다. 방에는 좋은 병풍을 펴드리고 새 비단 이부자리를 깔아드렸다. 도산은 옛 동지와 후배들이 자기에게 극진한 대접을 해주는 것이 한없이 송구하고 미안하였다. 그는 눈물겹도록 고마운 생각을 느꼈다. 그는 이렇게 말했다.

"내가 와서 이런 폐를 끼쳐서 되겠나. 이런 대접을 받을 자격이 있나. 내가 동포를 위하여 무슨 일을 했다고 동포들한테서 이런 존경을 받는가."

새벽에 잠을 깬 도산은 한방에서 같이 자던 백영엽을 깨웠다.

"백 목사, 나와 같이 기도합시다."

도산은 백 목사와 함께 꿇어 엎드려 우시면서 기도를 하였다.

"저는 민족의 죄인이올시다. 이 민족이 저를 이렇게 위해 주는데 저는 민족을 위해 아무것도 한 일이 없습니다. 저는 죄인이올시다."

"저는 우리 민족의 죄인이올시다."고 우시면서 기도하는 도산에게서 우리는 진정한 종교인의 참모습을 본다. 도산은 나라를 위해 가정의 행복과 개인의 생명까지도 버린 애국자다. 그는 독립정신의 산 증인이었고, 민족 정기(民族正氣)의 본보기였다. 그러나 도산은 자기의 민족을 위해서 아무것도 한 것이 없는 한낱 죄인이라고 마음속에 참회했다.

"저는 우리 민족의 죄인이올시다."고 도산은 말했다.

도산은 우리 민족의 의인(義人)이다. 어떤 이는 한국이 낳은 위대한 인물을 세 사람 든다. 원효와 이순신과 안도산이라고.

인물의 가치는 그가 무엇을 사랑하였는가에 의해서 결정된다. 돈을 사랑하는 사람, 나라를 사랑하는 사람, 등등 여러 사람이 있다. 사랑의 대상이 그 인물의 정도를 결정한다. 또 인물의 가치는 그가 무엇을 바치었는가에 의해서 결정된다. 무엇을 얼마만큼 희생하였는가에 따라서 그 인물의 대소 고하(大小高下)가 결정

된다.

도산은 무엇을 사랑하였고 또 무엇을 바치었는가. 그는 나라를 사랑하였고 나라를 위해서 자기의 생명까지 바친 사람이다.

이만하면 사람으로서는 가장 높은 인격의 경지가 아니겠는가. 말하기는 쉽다. 그러나 행하기는 어렵다. 애국을 외치기는 쉽지만 몸으로 실천하기는 참으로 어려운 일이다. 도산은 그 어려운 일을 다하고 가신 분이다.

단정한 태도로

도산은 59년 4개월의 인생을 사셨다. 정성의 허리띠를 띠고 헌신의 구두끈을 매고 민족 독립의 험난한 길을 걷다가 쓰러졌다. 역사의 바람을 모질게 맞으면서 무서운 사명의 짐을 짊어지고, 선도자(先導者)의 길을 용감하게 걸어갔다.

책임은 무거웠고 길은 아득했다. 도산은 몽매간에도 그리워하던 조국 해방의 기쁨과 민족 독립의 영광의 날을 보시지 못하고 해방되기 7년 전인 1938년 3월 10일 밤 12시에 서울대학 병실에서 눈을 감으셨다. 수난과 시련의 고된 일생이었다. 해방의 기쁨만이라도 보시고 가셨더라면 얼마나 좋았을까 하는 안타까운 심정을 금할 수가 없다.

그는 1937년 6월 그믐께 검거되어 종로 경찰서 유치장에서 고생을 하시다가, 그해 11월에 검사국으로 송치되었다. 수양동우회(修養同友會)의 여러 동지들과 같이 수갑을 차고, 용수를 쓰고, 검사국으로 가서 간단한 취조를 받은 후 서대문 형무소로 끌려갔다. 그때의 광경을 함께 수용되었던 장이욱 선생은 이렇게 말한다.

"우리 동지 일동을 형무소 취조실에서 옷을 홀딱 벗긴 다음 마룻바닥에 꿇어앉히고, 소위 소독 행사(消毒行事)를 집행했다. 그 추운 날 해질 무렵의 귀신만 사는 듯한 형무소 광경은 음울하고 처참하기 짝이 없었다. 간수들은 거물급을 대량으로 끓어앉히고 지배하는 바람에 의기가 양양했다. 그 차디찬 소독물을 펌프로 막 뿜어대는 통에 유치장에서 파리할 대로 파리해진 피골 상접한 동지들의 나체는 소름이 끼쳐서 덜덜 떨고 있었다.

그러나 도산 선생은 그야말로 티끌 하나 까닥하지 않고 단정한 태도로 그 차디찬 소독물 펌프 시련을 받았는데 도리어 시원한 기분을 느끼시는 듯이 태연자약하였다. 도산 선생도 역시 다른 동지와 같이 쇠약한 몸에 그것이 견딜 수 없이 춥고 쓰라렸겠으나, 민족적인 체면과 지도자의 위신을 위하여 열화(熱火) 같고, 또 강철 같은 의지력이 그 시련을 단연(端然)한 태도로 극복하게 하였던 것이다. 그때의 선생의 인상은 너무도 엄숙하고 비장해서 나의 뇌리에서 사라지지 않는다."

도산은 정신 통일의 훈련과 의지력(義志力)을 공고하게 하기 위한 수양으로서 평소부터 아침마다 참선(參禪)을 하였다. 상해 시절의 일기를 보면, 매일 아침 일찍 일어나 참선하는 이야기가 나온다.

도산이 추운 감방에서 차디찬 소독수의 세례를 받았을 때 태연자약한 태도와 단정한 자세로 그것을 이길 수 있었던 것은 그의 평소의 의지력의 수양의 힘이었다. 또 민족의 지도자요, 혁명 투사로서 일본인들 앞에서 창피한 꼴을 보여서는 안 된다는 결심과 자기를 믿고 따르는 여러 동지와 제자들에게 어지럽고 추한 모습을 지어서는 안 된다는 자각이 도산으로 하여금 늠름한 태도를 취하게 하였으리라고 생각된다.

수양은 일조 일석(一朝一夕)의 선물이 아니다. 큰 인격은 저절로 되는 것이 아니다. 사람은 고뇌를 통해서 배우고 수련을 통해서 향상한다. 단정한 태도로 소독수의 시련을 늠름하게 이겨 내는 그에게서 우리는 굳건한 의지와 놀라운 수양의 도산을 발견한다.

나는 지금 7가지 병이 생겼다 하오

도산의 건강은 말년에 많이 쇠약해졌다. 대전 감옥 생활로 그의 숙환인 소화불량이 더욱 악화되었고, 폐와 간이 나빠졌다. 도산의 임종시의 병명은 '간경화증 겸 만성기관지염 겸 위하수증(胃下垂症)'이었다. 선우훈(鮮于燻) 씨가 서울대학 병원 입원실로 도산을 방문하였다. 도산은 선우 씨의 손을 잡고 무슨 말을 하려 했으나, 입 안이 마르고 혀가 잘 돌지 않아서 말을 못하였다. 몸이 극도로 수척하여 얼굴을 알아보지 못할 정도였다. 수염은 희고, 머리의 반은 누렇고 반은 희어 황백색이었다. 물을 숟가락에 떠서 입술을 축여드리니 비로소 말을 하였다.

"너무 슬퍼하지 마오. 부인과 아이들 평안하오? 이렇게 어려운 곳을 오니 참 반갑소. 내 홑이불을 들고 내 다리와 몸을 보오. 이렇게 되곤 사는 법이 없소. 나는 본래 심장병이 있는 중 대전 감옥에서 위까지 상한 몸으로 이번 다시 종로서 유치장에서 삼복 염천 좁은 방에 10여 명이 가득 누웠으니, 내 몸은 견딜 수가 없었소. 의사의 말이 나는 지금 일곱 가지 병이 생겼다고 하오. 지금 위가 상하고 치아가 빠졌고, 폐간(肺肝)이 상하고, 복막염, 피부염 모두 성한 곳이 없소. 그 종로서가 나를 이렇게 만들었소. 나는 지금 아무것도 먹지 못하니, 전신에 뼈만 남고 피가 말랐소. 나를 일으켜 안아주시오."

한문에 만신창이란 말이 있고 분골 쇄신(紛骨碎身)이란 말이 있다. 도산은 문자 그대로 온 몸이 병투성이가 되고, 뼈와 몸이 가루가 되도록 위국지성(爲國至誠)을 다하였다. 전신에 뼈만 남고, 피가 말랐다. 성한 곳이 하나도 없었다. 그의 약한 몸은 삼복 더위에 종로서 유치장에서 견딜 수 없는 고통을 겪었다. 일인 간수들은 도산을 "더러운 자식(기다나이야츠!)."이라고 욕을 퍼부었다. 온 몸에 일곱 가지 병이 났으니 더러울 수밖에 없다.

도산은 목숨이 경각간에 있으면서도 나라의 앞날을 걱정하고 동포의 운명을 염려하였다. 그는 자기 한 몸의 안락이나 가정의 행복을 초월해서 살았다. 죽음 앞에서 도산은 조금도 두려움이 없었다. 도산은 선우 씨에게 여러 가지 이야기를 하였다.

"나는 죽음의 공포가 없다."

"나는 죽으려니와, 내 사랑하는 동포들이 그렇게 많은 괴로움을 당하니, 미안하고 마음이 아프다."

"우리 동지들이 지금 정치적으로 아무것도 할 수 없으나 누구 누구를 중심해서 경제적 합작(經濟的合作)으로 실력 준비를 바라오."

"내가 죽은 후에 내 몸은 내가 평소에 아들같이 여기던 유상규 곁에 묻어주오."

"산장(도산이 말년에 계시던 평남 대보산 송태산장을 말함.) 앞에 만든 운동장은 과히 적지 않고 돌을 내 손으로 옮겨가며 만든 것이니, 앞으로 나무만 자라면 여름 한때 수양하는 처소가 될 것이오."

도산은 죽는 것이 두렵지 않았다. 자기가 계획하던 민족자립의 방안을 실천에 옮기지 못하고 가는 것이 안타깝고 한스러울 뿐이었다.

공책 한 권 연필 한 자루

도산의 59년 4개월의 생애 중에서 처자와 같이 지낸 기간은 13년 밖에 되지 않는다. 서울서 결혼식을 올리고 같이 도미한 이후 독립협회 시절의 5년간, 그리고 국민회 시절의 8년간뿐이다. 1919년 상해로 온 후 다시는 가정을 돌아볼 기회가 없었다. 1926년에 잠시 미국을 다녀온 일은 있다.

그때 미국에 있던 동지 70명이 로스앤젤레스의 Y.M.C.A.에 모여서 도산의 송별회를 열었다. 그 자리에는 도산의 부인도 있었고, 국민학교에 다니는 어린 맏아들 필립군도 있었다. 도산은 송별회 석상에서 자기 가족에게 이렇게 말하였다.

"내가 지금까지 아내에게 치마 하나, 저고리 한 감 사준 일이 없었고, 필립(必立)에게도 공책 한 권, 연필 한 자루 못 사주었다. 그러한 성의가 없었던 것은 아니나 여러 가지 사정으로 그랬는데, 여간 죄스럽지 않다."

도산은 나라 일에 바빠서 처자와 더불어 가정의 안락을 누릴 시간이 없었다. 사랑하는 부인에게 치마 하나, 저고리 한 감 끊어 주지 못했고, 귀여운 아들에게 공책 한 권, 연필 한 자루를 사주지 못했다. 일신의 안락과 가정의 행복을 희생하고, 국사에 온 힘을 바친 도산에게서 우리는 놀라운 애국심의 화신을 본다.

낙심마오

도산은 우리 민족의 운명이 가장 암담하던 시절에 사셨다. 나라의 운명이 바람 앞에 등불처럼 까물거리는 민족 비극을 바라보며 소년 시절을 보냈다. 청년 시절에 망국(亡國)의 슬픔을 겪었다. 민족의 독립을 위해서 장년(壯年)의 온 정성과 정열을 바치었다. 노년은 옥고와 병고와 탄압 속에서 암담의 날을 보냈다. 일본의 통치는 항구화하고, 한국은 독립의 기회를 영원히 잃어버릴 것으로 믿고 변절(變節)하고 부일(附日)하는 애국자들이 많았다. 그러나 도산의 정치적 통찰력은 날카로웠다. 그는 역사의 앞날을 내다보는 선견지명(先見之明)이 있었다. 도산은 일본이 반드시 망할 것을 알았다. 그래서 낙심하는 동지들에게 희망과 용기로써 격려하였다.

그는 운명하기 며칠 전에 자기를 방문한 선우 씨에게 이렇게 말했다.

"일본은 자기 힘에 지나치는 큰 전쟁을 시작하였으니 필경 이 전쟁으로 인하여 패망하오. 아무런 곤란이 있더라도 인내하시오."

일본의 실력이 크며, 한국은 일제의 지배하에 사는 도리밖에 없다고 낙망하는 사람에게 대해서 도산은 항상 이렇게 말했다.

"한 민족의 운명이 그렇게 간단히 처리되는 것이 아니오. 나는 국난(國難)을 돌파할 수 있다고 믿소. 나는 민족 문제에 대해서 낙심하지 않소."

이것이 그의 확고 부동한 신념이었다.

도산은 이러한 신념이 있었기 때문에 고난 속에서 용감하였고, 암담 속에서 희망을 가졌고, 탄압 속에서도 결코 굴하지 않았다.

S씨는 도산이 돌아가시기 삼사 일 전에 그가 먹기를 원하던 호배추 김치와 배를 가지고 병실을 찾았다. 그때 도산은 입에 떠넣은 김칫국물을 삼키지 못하고 애쓰다가 얼마 후에 겨우 삼키고 두 번째 떠드리는 것은 고개를 흔들어 거절하였다. 그리고 S씨의 손을 한동안 잡고 있다가 겨우 한 마디 부탁하였다.

"낙심마오!"

도산이 이 한 마디를 겨우 하고는 휴우 긴 한숨을 쉬었다.

도산은 낙심하지 말라고 하셨다. 그 당시의 우리나라의 형편은 낙심밖에 없었다. 독립의 길은 아득하고 탄압은 날로 심하였다. 모두 민족의 앞날에 대해서 낙심을 하였다.

"낙심마오!" 이것이 그의 죽음을 앞에 놓고 우리 민족에게 남겨 놓은 말씀이다. 도산의 예언대로 일본은 패망하고 우리는 독립을 맞이했다. 고난 속에서도 낙심하지 말고, 암흑 속에서도 낙심하지 말고, 비운 속에서도 낙심하지 말자.

3월 10일 운명하는 날, 도산은 무의식 상태에 빠져,

"목인(睦仁)아, 목인아, 네가 큰 죄를 지었구나!"하고, 여러 번 크게 외치고 아무 유언없이 눈을 감으셨다. 목인은 일본의 명치천

황의 이름이다. 도산은 일본의 명치 황제의 한국 침략의 죄를 무의식 상태에서도 크게 책한 것이다.

"낙심마오!"

이것은 개인 생활의 지표인 동시에 민족생활의 지표다. 희망은 용기를 주고, 낙심은 패배를 가져온다. 희망은 전진의 에네르기요, 낙심은 쇠망의 근원이다. 민족의 가장 큰 시련과 고난과 위기 속에서도 결코 낙심하지 않았던 그의 정신적 자세에서 우리는 진정한 신념의 애국자를 발견한다.

깨끗이 된 손을 다시 더럽히지 말라

도산은 일생 동안에 학교를 세 개 세웠다. 그는 천성이 교육자였다.

교육을 통해서 인물을 기르고 국력을 배양하려고 한 것이다. 22세 때(1899) 그의 고향 평남 강서에 점진학교를 설립했고, 31세 때 (1908) 평양에 대성학교를 세웠고, 48세 때(1929) 중국 남경에 동명학원을 만들었다.

이 세 개의 학교 중에서 도산의 영향력을 마음껏 발휘하고 그의 교육자로서의 자질과 천품을 유감없이 표현한 것은 대성학교에서였다.

남경(南京)의 동명학원은 미국으로 가는 한국 학생들에게 특히 어학 공부를 준비시키기 위해 만든 학교였다. 도산은 그 경비를 조달하기 바빴다. 그 당시 남경에 체류하는 한국 동포들 중에는 마작(麻雀)에 미친 사람들이 더러 있었다. 이 놀음에 밤을 밝히고 그것으로 생활비를 조달하는 사람도 있었다. 마작은 망국병(亡國病)의 하나다. 그는 이것을 못마땅하게 여기고 마작놀이를 삼가라고 하였다.

도산이 알고 있는 모 씨는 마작에 미쳐 돌아다녔다. 그는 어떻게 해서든지 모씨로 하여금 마작놀이를 그만두게 하려고 애썼다. 어느 날 모씨를 불렀다. 세숫대야에 물을 떠놓고 그의 손을 씻게 한 후 근엄한 어조로 이렇게 훈계했다.

"이제 깨끗이 된 손을 다시 더럽히지 말라."

우리는 이 일화에서 도산의 뛰어난 교육가의 모습을 본다. 모씨로 하여금 마음의 새로운 결단을 짓게 하기 위해서 맑은 물로 손을 씻게 한 것이다. 새 생활로 돌아올 새 결심을 짓게 하는 하나의 교육적 계기를 마련하려고 하였다.

이것은 인격의 권위(權威)와 존경없이는 불가능한 일이다. 그때 그의 얼굴 표정에는 엄숙의 빛이 가득 차 있었을 것이다.

그는 탁월한 천성의 교육자였기 때문에 인격의 무언(無言)한 감화력이 항상 몸에 풍겼고 그것을 통해서 교육의 효과를 거두었지만, 모씨의 경우처럼 어느때에는 강한 교육적 의도와 작용을 가하였다.

당신은 인물이오

미국에서의 도산의 생활은 늘 가난하였다. 그는 미국인의 가사 고용인(家事雇傭人)이 되어 잡역(雜役)을 하였다. 정원의 풀을 깎고, 마당을 청소하고, 화단을 가꾸고, 방안을 쓸고, 유리창을 닦고, 변소를 청소하였다. 무슨 일이나 정성껏 하였다. 꾀를 부리거나 늑장을 부리는 일이 없었다. 남의 일도 자기 일처럼 열심히 하였다. 일을 마지못해서 하는 사람처럼 하지 않고, 즐기는 자처럼 기쁜 마음으로 하였다.

한 번은 미국 어떤 집에서 '가든 워크(garden work)'를 하였다. 정원의 잔디를 깎는 데 정성껏 깎았다. 자기 정원의 풀을 깎는 것처럼 부지런히 일하였다. 안락의자에 앉아서 그것을 바라보고 있던 미국 부인은 도산(島山)의 일하는 솜씨에 감탄을 하여 한 시간에 35센트씩 주기로 계약한 것을 50센트씩 주었다.

그는 청소에 유달리 능했다. 집안을 깨끗이 치우고 정돈하는 일은 자기의 장기(長技)에 속한다고 하였다.

미국의 어떤 집 '하우스 보이'로 있었을 때 변소를 깨끗이 하기 위해서 나무와 걸레로 편리한 변소 청소도구를 손수 만들어 더러운 변소를 항상 깨끗하게 소제하였다. 항상 정성 일관(情誠一貫)한 태도로 일을 하였다. 그 주인은 도산에 대해서 고개가 수그러졌다.

그는 이렇게 말했다.

You are not a boy, You are a man.

"당신은 '하우스 보이'를 할 사람이 아니요, 훌륭한 인물이오." 하고 도산을 칭찬했다. 그는 한국인이 모두 정성스럽고 부지런하냐고 물으면서 앞으로 가사 청소(家事淸掃)는 늘 한국인을 쓰도록 하겠다고 말하였다.

남의 일이건 내 일이건, 큰일이건 작은 일이건 언제나 정성스럽게 하자. 이것이 그의 일의 철학이었다. 내 몸을 깨끗이 하고, 내 마음을 깨끗이 하고, 내가 사는 곳을 깨끗이 하자. 이것이 그의 생활 신조였다. 그가 있는 곳은 언제나 깨끗하고 아름다웠다. 정결한 마음, 정결한 몸, 정결한 집, 정결한 환경, 정결한 사회, 이것이 그가 그리는 새로운 인간과 사회의 모습이었다. 춘원 이광수는 〈정불고토(淨佛固土)〉에서 이렇게 썼다.

"○○○은 거처하는 곳에 그것이 여관이든 셋방이든 꽃을 심고 정결히 하고 그림과 휘장으로 장식을 한다. 그는 감옥에 있을 때에도 걸레질 잘하고 방 깨끗이 치우기로 소문이 났다. 그가 어느 황폐한 산정(山亭)을 빌어 정양할 때에 그는 두 주일간에 그 산정 구내에 풀을 베고, 나무를 다스리고, 돌을 골라놓고, 길을 내고,

돌창을 파고, 우물을 만들고, 산림 속에 산보하는 도로를 만들고,
시내에 목욕터와 빨래터를 만들고, 닭과 오리를 놓고, 꽃을 심고
하여 그 산정 주인이 와서 보고 제 산정 인줄 몰라보았다고 한다."

여기 ○○○라고 한 것은 물론 도산 선생을 말한다. 춘원이 쓴
글이기 때문에 그것이 명기(明記)되지 않았다. 한국 사람이 저마다
이런 마음을 가지고 자기가 거처하는 집과 주위를 정결하게 한다
면 우리의 사회와 강산은 말할 수 없이 깨끗하고 아름다운 고장이
될 것이다.

성내지 마시오

프랑스의 어떤 철학자는 이렇게 말하였다. "누구나 그의 성격에
정반대의 두 가지 요소가 뚜렷이 드러나지 않는 한 그는 강한 자가
못 된다."

사람에게는 굳센 마음과 부드러운 마음이 필요하다. 아버지의
준엄한 마음과 어머니의 자비로운 마음을 아울러 지녀야 한다. 강
건(剛健)한 남성적 정신과 은은한 여성적 정신을 겸비해야 한다.
굳세기만 하고 온유한 마음이 없어도 안 된다. 또 온유하기만 하
고, 굳센 의지가 부족해도 안 된다.

강유겸전(剛柔兼全)해야 하고, 준엄과 자비를 아울러 지녀야
한다. 예수는 그의 제자들에게 인생을 살아가는 행동령으로써 "너
희는 뱀같이 지혜롭고 비둘기같이 순결하라."고 하였다.

우리는 뱀의 지혜롭고 억센 요소와 함께 비둘기의 순결하고 온
유(溫柔)한 요소를 지녀야 한다.

도산은 굳센 요소와 부드러운 요소, 강(剛)의 원리와 유(柔)의
원리를 겸비한 인물이었다. 일제의 총칼과 강권(強權)에도 굴하지
않는 용기, 자기의 신념과 주의대로 살아간 의지력은 그의 강한

남성의 정신을 나타낸다.

훈훈한 마음과 빙그레 웃는 얼굴로 사람을 항상 대하려는 그의 태도는 도산의 자비로운 여성적 정신을 표현한다. 그는 철석(鐵石)과 같은 강한 의지력의 소유자이면서 부드러운 인정의 인물이었다.

춘원은 상해에서 도산을 모시고 어떤 여관의 방을 얻으러 갔다. 여관 사환은 불공한 태도로 대하였다. 젊은 춘원은 여관 사환에게 언성을 높이면서 성을 내었다. 그때 도산은 춘원에게 화평한 웃음을 던지면서 이렇게 말했다.

"춘원, 성내지 마시오."

성낸다고 일이 되는 것이 아니다. 또 조그만 일에 밤낮 성을 내어서는 큰 그릇이 될 수 없다. 춘원은 도산에 관하여 항상 이렇게 말했다.

"나는 일찍 선생께서 성내시는 것을 못 보았습니다. 우시는 것은 보았으나 노여워하시는 것은 선생을 모신 지 만 2개년에 한 번도 못 보았습니다."

도산이 남을 향해서 성내고 욕하는 것을 본 사람은 한 사람도 없다고 한다.

그는 천성이 자비한 인물이었고 또 수양과 노력으로 그런 성품을 더욱 길렀다. 중국의 관상가가 도산의 사진을 보고 "그의 눈자국에 자비상(慈悲相)이 있으니 살생(殺生)을 기탄없이 행해야 하는 혁명가나 정치가는 될 수 없다."고 평하였다고 한다.

항상 '따스한 공기'를 외치고 '정의돈수(情誼敦修)'를 강조하고 '사랑하기 공부'를 역설하고 '훈훈한 마음과 빙그레 웃는 얼굴'을 권장하고, '성내지 말기'를 주장한 도산이었다.

"성내지 마시오."

밝고 평화스러운 생활을 위한 실천적 계명이라고 하겠다.

몸과 마음을 깨끗이

정결(淨潔)은 도산의 생활 원리의 하나였다. 그는 언제나 어디서 무엇을 하든지 자기가 거처하는 곳을 늘 깨끗이 하였다. 그는 천성이 정결한 분이었다. 이 천성에다 후천적인 정결의 노력과 습관이 가해져서 그의 성격과 생활은 더할 수 없이 정결하였다.

'단아한 신사.' 그것이 도산의 인품에서 풍기는 인상이었다. 그는 언제나 옷을 단정하게 입었다. 걸음걸이도 항상 단정하였다. 앉을 때에도 단정하게 앉았다. 모자를 걸 때에도 반듯하게 걸었다. 칼라는 언제나 깨끗하였고, 면도는 매일 하였다. 방안엔 늘 아름다움을 갖다 놓았다. 대전 감옥에 4년 가까이 계시는 동안에도 그는 모범인이었다. 방을 언제나 깨끗이 치우고 닦고 말끔하게 치웠다. 그가 살던 대보산(大寶山)의 송태산장(松苔山莊)과 그 주변을 공원처럼 아름답게 가꾸었다.

도산은 자기가 덮는 이불도 흥사단에 무실(務實 : 노랑빛) 역행(力行 : 붉은빛) 주의를 본따서 황색과 홍색의 두 빛깔로 만들었다. 학생들에게 선물을 싸서 줄 때에도 정성을 다해서 맵시있게, 아름답게 포장했다. 언제나 정돈과 미화(美化)에 힘썼다. 그는 무슨 일이나 되는 대로 하고 아무렇게나 하는 일이 없었다. 행주좌와(行住坐臥)의 일거일동이 모두 정성의 표현이요, 정결 속에 이루어졌다.

도산은 대전 감옥에서 나와 얼마 동안 삼각정에 있는 중앙 호텔에 머물고 있었다. 많은 사람이 그를 찾아왔다. 어떤 날은 하루에 2백 명 가까운 손님이 그를 방문하였다. 도산은 그들을 일일이 정성껏 대하고 정중하게 접했다.

그는 담소(談笑)를 즐겼다. 대성학교 시절의 제자 한 분이 찾아왔다. 그는 가난하였다. 두루마기의 동정에 때가 끼어 있었다. 도산은 그 제자에게 정색하고 이렇게 말했다.

"아무리 가난하여 검소한 옷차림을 하더라도 두루마기 동정만은 깨끗이 갈아 달아 입으시오.”

도산은 몸가짐에 관해서 몹시 세밀하고 까다로운 분이었다. 도산은 정결을 생활 신조의 하나로 삼았다. 그가 있는 곳은 언제나 정결하였다. 한가로울 때에는 정원에 연못을 파고 연꽃을 심었다. 특별히 국화 기르기를 좋아했다. 그는 늘 생활의 미화에 힘썼다. 그는 어린 맏아들 필립(8, 9세 때)에게 이렇게 말하였다.

“사람은 늘 몸과 마음을 깨끗이 해야 한다.”

도산은 미국에 있을 때 필립군과 같이 아침 일찍 일어나서 냉수욕(冷水浴)을 하고 정좌(靜坐)를 하였다. 몸을 깨끗이 한 다음에 얼마 동안 단정하게 정좌하고 마음을 조용히 가다듬었다. 어린 필립군은 그것이 무슨 의미가 있는지 모르면서도 아버지를 따라 그대로 하곤 했다. 훗날에 장성해서야 그 의미를 알게 되었다고 필립씨는 말하였다. 도산은 어린 아들에게 몸과 마음을 깨끗이 하는 습관을 길러주려고 한 것이다.

그는 언제나 아침 일찍 일어나서 늘 정좌를 하였다. 미주(美州)에서도 그랬고 상해에서도 그랬다. 정좌에 의한 정신 통일은 그의 인격 수양의 한 방법이었다. 도산은 어린 아들에게 청소와 정결의 습관을 길러주려고 힘썼다. 매주 토요일마다 필립군에게 뒤뜰과 앞마당을 깨끗이 쓸게 한 다음에야 학교에 가게 했다.

30주기를 위해서 귀국했을 때 필립 씨와 며칠 동안 같이 여행을 하면서 나는 가정인(家庭人)으로서, 아버지로서의 도산에 관하여 여러 가지 얘기를 들었다. 필립 씨는 그의 정결한 몸가짐과 생활 습관은 어렸을 때의 아버지의 영향이 크다고 하였다.

사람은 약속을 지켜야 한다

도산은 어린 필립에게 여러 가지 장난감을 사다 주었다. 특별히 톱과 펜치 같은 것을 많이 사다 주고 무엇을 만들게 하였다. 필립은 그 장난감과 도구를 아무 데나 아무렇게 내버려 두곤 하였다.

하루는 도산이 상자를 사다 주며 "앞으로는 장난감과 도구를 반드시 이 통 속에 넣어야 한다. 그렇게 안하면 벌을 주겠다. 나하고 약속하지."라고 말씀하셨다.

필립은 그렇게 하기로 약속했다. 그러나 어린 필립은 약속을 어기는 일이 많았다. 장난감을 상자에 담아놓지 않고 아무 데나 내버려 두었다. 도산은 그럴 때마다 "너 왜 약속대로 안하느냐, 사람은 한 번 약속하면 꼭 지켜야 한다."고 타이르고 약속을 안 지킨 벌로 집게로 필립의 발가락을 꼬집곤 하였다. 얼마 후 필립은 장난감과 도구를 상자에 넣게 되었다.

그는 이렇게 해서 아들을 교육하였다.

도산은 인자한 아버지인 동시에 엄한 아버지였다.

도산은 필립에게 한글과 한자를 가르쳐주었다. 노트에 '아버지 어머니' 이런 식으로 한글과 한자를 써주고 그것을 다 익힐 때까지 쓰게 했다. "아이 졸려, 이제는 그만해."하고 어린 필립은 아버지에게 떼를 썼다. 그러나 도산은 정한 일과대로 늘 한글과 한문 공부를 시켰다.

하루는 이런 일이 있었다. 도산은 로스앤젤레스 근방의 리버사이드에서 살았다. 어느 날 필립은 친구네 집에 놀러 갔었다. 곧 돌아온다고 도산에게 약속을 했다. 필립은 친구의 집에서 마차를 타고 노는 데 열중하여 아주 늦게야 돌아왔다. 도산은 걱정 속에 몹시 기다렸다. 그는 약속을 어기고 늦게 돌아온 아들에게 이렇게 물었다.

"너는 왜 약속을 어기고 늦게 왔느냐, 자기가 한 일을 잘못했다고 생각하지 않느냐."

"잘못하지 않았어요."

도산은 채찍으로 아들의 종아리를 때렸다.

"아직도 잘못 안했느냐."

도산은 필립이 잘못했다고 말할 때까지 종아리를 때렸다.

그는 약속을 어기는 것을 가장 싫어했다. 어린 아들에게 그것을 뼈저리게 가르치기 위해서 종아리를 때렸다. 이러한 이야기는 아버지로서의 근엄한 면을 나타낸다.

그 정열을 조국에 바쳐라

도산은 미목(眉目)이 청수(淸秀)하였다. 많은 여성이 그를 따르고 존경하고 사모하였다. 인간으로서 가장 이기기 어려운 문제는 이성 문제다. 인간에게는 성욕이 있고 색정(色情)이 있다. 많은 사람이 이 욕망과 감정에 지기 쉽다.

한 인간의 수양의 정도를 시험해보는 데 여러 가지 방법이 있다. 돈으로 시험하는 방법과 벼슬과 감투로 시험해보는 방법, 이성으로 시험해보는 방법이 있다. 안심하고 수만금의 돈을 맡길 수 있는 사람, 돈 때문에 양심이나 지조나 주의(主義)를 팔지 않는 사람은 인격 수양이 어지간히 된 사람이다. 벼슬이나 지위나 권세에 마음이 동하지 않는 사람은 존경할 만한 사람이다. 아마 인간으로서 제일 어려운 마지막 시험은 이성에 의한 시험일 것이다. 과년한 예쁜 처녀를 안심하고 맡길 수 있는 사람이라면 그의 인격력(人格力)과 수양력은 비상하다고 하겠다.

도산은 순결을 그의 생활 원리로 삼았다. 그는 남녀 관계에 대해서는 청교도적이었다. 그는 이성에 대해서 혈족관(血族觀)을 한 것 같다. 즉 여자를 대할 때에 자기 혈족을 보는 것같이 대하는 것이다. 늙은 여성은 어머니로, 젊은 여성은 누이로, 어린 여성은 딸로 보라는 것이 불교의 혈족관이다.

그는 늘 이 혈족관에 힘쓴 것 같다. 혈족관은 우리로 하여금 이

성 문제에서 실수를 하지 않게 한다. 도산은 그의 부인과 35년 동안 살아왔지만 서로 같이 지낸 기간은 8년 정도밖에 되지 않는다. 한국에서, 상해에서도 도산은 늘 혼자 지냈다. 그는 이성 관계에 있어서 아무 실수도 없었거니와 스캔들이나 추문이 전혀 없었다.

도산은 이렇게 말했다.

"아름다운 이성을 보는 것은 기쁜 일이다. 만일 그 얼굴을 보고 싶거든 정면으로 당당하게 바라보라. 곁으로는 엿보지 말아라. 그리고 보고 싶다는 생각을 마음에 담아두지 말아라."

이것은 분명히 이성을 대할 때의 하나의 지혜로운 원칙이라고 하겠다.

남경에 있을 때 최모라는 젊은 여성이 도산을 사모했다. 선생으로 사모하던 것이 뜨거운 이성애로 변했다. 어느 날 밤, 최양은 자신의 열렬한 사모의 정을 억제치 못하고 도산의 침실로 들어갔다. 그때 도산은 천연한 언성으로 "최아무개."하고 그 여자의 이름을 옆방에까지 들리게 큰 소리로 부르고 "무엇을 찾소, 책상 위에 초와 성냥이 있으니 불을 켜고 보오."하고 자연스럽게 말했다.

이 말과 음성에 그녀는 뜨거운 이성의 정열에서 깨어나 도산의 말대로 초에 불을 켜고 잠깐 서 있다가 나와버렸다.

"그 음성을 들으니, 아버지 같은 마음이 생겨서 부끄럽고 죄송하였다."라고 최양은 말했다.

도산은 남의 감정을 존중하였다. 그는 최양의 마음이 상하지 않도록 조심하였다. 도산은 어느 날 최양을 불러서 이렇게 말했다.

"그 정열을 조국에 바쳐라."

"선생님, 저는 조국을 남편으로 하겠습니다."

최양은 도산 앞에서 이렇게 맹세하고, 그 후 남경을 떠나 유럽으로 유학을 갔다.

이것은 도산이 48세 때의 일이다. 그는 놀라운 수양인이었기 때문에 사람으로서 이기기 어려운 고비도 능히 이겼다. 도산의 이

처사에서 우리는 그의 놀라운 슬기와 용기를 본다.

내가 거짓말할 사람같이 보입니까

도산은 상해에서 셋방을 얻으려고 어떤 중국집을 찾아갔다. 그 여주인은 도산을 일본인인 줄 알고 셋방을 거절하였다. 도산은 그 기미를 알고 자기는 일본인이 아니고 한국인이라고 하였다. 그래도 믿지 않았다. 도산은 근엄한 얼굴에 엄숙한 표정으로 그 중국인에게 이렇게 말했다.

"내가 거짓말할 사람같이 보입니까?"

그제서야 도산이 한국인인 줄 알고 안심하고 셋방을 빌려 주었다. 얼굴은 사람을 표시한다. 표정은 인품(人品)의 거울이다. 도산의 얼굴에서는 거짓을 찾아볼 수 없다. 숨길 수 없는 것은 사람의 인격이다.

서로 마음이 괴로웠네

도산은 대전 감옥에서 나와 평남 강서군에 있는 대보산 송태산장에 계셨다. 이 집은 도산 자신이 우리나라 농민의 모범 주택으로서 직접 고안해 지은 개량주택이다. 도산의 독특한 창의성과 치밀한 연구성이 드러나 있었다. 우리나라 개량주택의 한 본보기였다.

송태산장을 지을 때는 고구려 시대의 유물인 듯한 붉은 기와가 여러 종류 나왔다. 도산은 이 중에서 가장 아름다운 것을 보기 좋게 장식해서 책상 위에 놓고 그것을 늘 즐겼다. 도산은 미(美)에 대해 깊고 날카로운 감각과 취미를 가졌었다. 홍사단 단우이며,

현 황해도 지사인 김선량 씨도 송태산장에 며칠 묵고 계셨다. 그는 도산의 상 위에 놓여 있는 꽃무늬와 와당(瓦當)이 퍽 마음에 들었다. 그것을 갖고 싶어하는 기색이 보인 모양이다.

"김군은 그런 미술품을 좋아하는가. 그와 같은 물건이 저편 나무밑에 있으니 가져가게."

김선량 씨는 그리로 가보았다. 여러 종류나 있었다. 그 중에는 도산의 책상 위에 있는 와당과 꼭 같은 것이 두 개 있었다. 그는 그 두 개를 다 싸서 가방 속에 넣었다. 도산은 송태산 밑에까지 20분 가까이 걸어 내려와서 김선량 씨를 전송했다. 산밑에 가까이 왔을 때, 도산은 물었다.

"김군, 그 마루 밑에 있는 와당을 가져가는가?"

"네, 그 밑에 가보니까 그런 와당이 두 개가 있어서 가져갑니다."

"무어, 두 개를 다 가져가. 그건 안 돼, 한 개만 가져가요. 그 한 개는 내가 역시 장식을 해서 책상 위에 쌍으로 놓아두려고 생각한 것이니 그 한 개는 도로 내주게."

김선량 씨는 아까워하면서 한 개를 도로 내어드렸다. 얼마 후에 도산은 서울 중앙 호텔로 오셨다. 금강산 구경을 마치고 집으로 돌아가던 김선량 씨도 서울에 들러서 도산을 여관으로 찾아뵈었다. 도산은 가까운 제자에게 두 개의 와당을 주지 못한 것이 금방 후회가 되었었다. 그는 소포로 그것을 김선량 씨에게 곧 보냈다.

"집에 돌아가면 내가 보낸 우편 소포가 하나 있을 걸세. 그것은 군이 전번 내게 왔을 때 내게 도로 주고 간 그 와당일세. 김군이 그때 물건을 꺼내어 내게 줄 때에 내가 보기에는 매우 아까워하고 싫어하는 기색이 보였네. 나는 그것을 가지고 돌아와서 밤새도록 자리에서 괴로워하고 부끄러워하였네. 내가 말로만 항상 사람을 사랑해야 한다고 하면서 그것 하나를 후배에게 주지 못하고 기어

이 내 욕심대로 가져왔는가 생각하니 실로 마음이 괴로웠네. 그래
서 그 다음날 우편 소포로 그것을 곧 자네에게로 보내었네. 김군
이 그 두 개를 잘 보관하여 즐기기를 바라네."

이 조그만 사건 속에서 우리는 인간 도산의 여러 모습을 발견
한다. 미술품을 즐기는 도산, 후배에게 주기를 아까워하는 도산,
제 욕심대로 행하고 후회하는 도산, 그러나 곰곰이 생각하고 후회
한 끝에 자기 욕심을 이기는 넓고 커다란 도산, 그것을 실천에 옮
기고 후배에게 죄송하였다고 참회하는 도산, 이 사건 속에서 인간
도산의 적나라한 모습이 잘 나타나 있다.

'실로 마음이 괴로웠네.'란 말 속에 도산의 진면목(眞面目)이 약
동한다.

■ 읽고 나서

도산 안창호는 독립운동에 온 생애를 바친 애국적 정치가요, 국민 교화에 심혈을 기울인 교육자요, 민족경륜(民族經綸)과 구국이념을 가졌던 선구자적 사상가다.

그는, 혁명적 정치가로서는 신민회(新民會)와 대한인국민회(大韓人國民會)와 대한민국 임시정부와 한국 독립당과 흥사단(興士團)을 조직하였고, 국민 교육자로서는 점진학교(漸進學校)와 대성학교(大成學校)와 동명학교(東明學校)와 청년학우회를 창건하여 민족의 교육과 지도적 인재 양성에 힘을 썼고, 선구적 사상가로서는 사대정신(四大精神)과 인격혁명(人格革命)과 대공주의(大公主義)와 민족 삼대자본저축론(三大資本貯蓄論)과 민족개조(民族改造) 사상을 제창하여 우리 국민에게 정신적 지표(指標)와 역사의 비전을 밝혀주었다.

그의 사상 체계를 한 마디로 요약하면 민족개조 사상이라고 할 수 있다. 그는 최근 백 년의 지도적 인물 중에서 자기의 독자적(獨自的) 사상 체계를 가졌던 유일한 인물이다. 우리는 그것을 도산 사상이라고 명명할 수 있다.

그는 민족에 대해서는 헌신했고, 사람에 대해서는 성실로써 대했고, 자기 직책에 대해서는 충성으로써 봉사했고, 동포에 대해서는 정의(情誼)로써 사랑했고, 자기 주의(主義)에 대해서는 신념으로써 일관했고, 자기 자신에 대해서는 근엄으로써 수양(修養)의 생활을 힘썼다.

도산의 사상 체계는 어떠한 내용을 갖는가? 그는 우리 민족의 문제를 어떻게 진단하고 어떠한 처방을 내렸는가? 도산의 사상은 한 마디로 말하면 힘의 사상이다. 민족의 근본력(根本力)을 기르자는 사상이다. 그 내용을 요약하면 다음과 같다. 우리 민족은 3대

파산(破産)에 직면했다.

첫째는 경제적 파산이요,

둘째는 지식적(知識的) 파산이요,

셋째는 도덕적 파산이다.

이 세 가지 파산을 구출하는 길은 무엇이냐? 여기에 대한 처방
이 민족 3대자본 저축론이다. 민족의 3대자본이란 무엇이냐?

첫째는 금전(金錢)의 자본 즉 경제적 자본이요,

둘째는 지식의 자본 즉 정신적 자본이요,

셋째는 신용(信用)의 자본 즉 도덕적 자본이다.

우리 민족은 이 자본의 힘이 적었기 때문에 일본에 예속되어 불
행과 빈곤에 빠졌다. 민족의 독립과 번영을 쟁취하려면 민족의 힘
을 길러야 한다. 민족의 힘은 어디서 생기는가. 민족의 3대자본을
저축해야 한다. 저축하되 혼자서 하지 말고, 공동 목표를 세우고
동맹저축, 공동 노력을 해야 한다.

민족의 힘은 그 구성원(構成員) 각자의 힘의 총화(總和)이므로,
힘있는 개인이 모여야만 힘있는 민족이 될 수 있다. 국민 각자가
덕육(德育)·지육(指育)·체육(體育)의 3대육(三大育)을 힘써서 저
마다 건전한 인격이 되어야 한다.

온 국민이 저마다 부단(不斷)한 자아 혁신(自我革新)과 인간혁명
에 의해서 건전한 국민 성격(國民性格)을 형성해야 한다. 그것이
곧 애국의 첫걸음이다.

우리는 자아 혁신에서 민족 혁신으로, 자기 개조(自己改造)에서
민족 개조로 나아가야 한다.

인간은 개조하는 동물이다. 우리는 민족의 모든 것을 개조해야

한다. 도산은 다섯 가지 개조를 강조했다. 이것이 도산의 민족개
조 사상이다.

첫째는 국토(國土) 개조요,

둘째는 사회(社會) 개조요,

셋째는 생활(生活) 개조요,

넷째는 성격(性格) 개조요,

다섯째는 정신(精神) 개조다.

도산은 특히 우리 민족의 정신 개조를 역설했다. 새 나라를 만
들려면 새 사람을 만들어야 하고, 새 사람을 만들려면 새 정신을
일으켜야 한다. 민족 건설은 인간 건설에서부터 시작하고 인간 건
설은 정신 건설에서부터 시작해야 한다.

도산은 예리한 분석력으로 우리 민족의 성격의 질환을 분석한
다음 무실(務實) · 역행(力行) · 충의(忠義) · 용감(勇敢)의 4대 정신을
우리 민족의 정신적 지표로서 강조하였다.

첫째는 무실이다. 무실은 참되고 진실하기를 힘쓰는 것이다. 무
실의 반대는 거짓이요, 허위다.

둘째는 역행이다. 역행은 행(行)하기를 힘쓰는 것이다. 역행의
반대는 공리공론(空理空論)이요, 빈말 빈소리다.

셋째는 충의다. 충의는 충성과 신의가 합한 말이다. 충성은 대
물관계(對物關係)의 기본 원리요, 신의(信義)는 대인관계(對人關係)
의 기본 원리다.

일에 대해서 참을 다하는 것이 충성이요, 사람에 대해서 거짓이
없는 것이 신의다. 충의의 반대는 거짓이요, 속임수다.

넷째는 용감이다. 용감은 굳세고 늠름하고 지구력(持久力)이 있

는 것이다. 용감의 반대는 비겁이다. 무실과 역행과 충의와 용감이 도산이 제창한 4대 정신이다.

도산은 그가 창건한 홍사단의 목적을 다음과 같이 규정했다.

"무실 역행을 생명으로 삼는 충의 남녀를 단합하여 정의(情誼)를 돈수(敦修)하여 덕체지(德體知) 3육을 동맹수련(同盟修練)하여 건전한 인격을 지으며 신성한 단체를 이루어 우리 민족 전도 번영(前途繁榮)의 기초를 수립함에 있다."

무실역행주의로 자아개조와 민족개조를 힘써 민족 번영의 기초를 마련하자는 것이 도산 사상의 핵심이다.

도산에 의하면 우리 민족은 '근본(根本)이 우수한 민족'이다. 근본이 우수한 우리 민족이 저마다 이대 훈련(二大訓練) 즉, 저마다 자기를 건전한 인격으로 만드는 인격 훈련과 서로 굳게 뭉치는 협동하는 단결 훈련에 힘쓴다면 우리는 온 인류의 존경과 신뢰를 받을 수 있는 세계의 모범민족(模範民族)이 될 수 있다.

지력(知力)으로나, 체력으로나, 도덕력(道德力)으로나 인류의 최고 민족이 되어보자. 그런 민족 이상(民族理想)을 세우고 온 국민이 꾸준히 훈련하며 개조하고 노력하자.

이것이 도산의 최고 민족 완성론(最高民族完成論)이다.

세계의 본보기가 되는 모범 국민, 최고 민족을 만들어보자. 이것이 우리의 높은 민족 이상이요, 민족적 사명이라고 도산은 생각했다. 저마다 참과 힘과 사랑의 인격이 되어, 굳게 뭉치고 협동해서 우리 민족을 최고의 경지에까지 높이 끌어올리자는 것이 도산 사상의 근본이다.

도산이 간 지 40여 년. 몽매에도 잊지 못하던 조국 중흥의 염원,

국토 개조·사회 개조·생활 개조·성격 개조·정신 개조를 통한 자아 혁신, 인격 혁명, 민족 건설을 외치던 그 성음(聲音)은 지금도 메아리치고 있는가?

그가 그토록 사랑하고 기대했던 젊은이, 학도들은 오늘날 무엇을 상념하고, 무엇을 이상(理想)하며, 무엇을 향해 스스로를 수련하는가?

시대가 바뀌고 환경이 달라졌어도, 젊은이들의 가슴속에 '도산의 사상'이 심어지고 이해되어, 그가 믿었던 '우수 민족', 그가 염원했던 '인류 지상의 민족'이 되기 위한 마음의 양식을 얻고, 그 길을 곧바로 나아가야 할 것이다. 그런 뜻에서 이 책의 이름을 《나의 사랑하는 젊은이들에게》로 하여 '덕육·지육·체육'의 지표로 새시대의 젊은이들에게 드린다.

여기 실린 도산의 논설·연설·그외의 글들, 즉 도산 사상의 말씀은 〈동광〉, 〈새벽〉, 〈흥사단보〉, 《안창호 웅변집》 등에 수록되고 나라 안팎에 흩어져 있는 원고를 발굴 수집 정리하여 모은 것이다.

안병욱

연 보

1878년		무인(戊寅) 양 11월 9일 대동강 도롱섬(평남 강서군 초리면 봉상도)에서 안흥국(安興國)의 셋째 아들로 태어남.
1884년	7세	평양 대동강면 수당(水塘)으로 이사, 2년간 한문 수학(漢文修學).
1890년	13세	아버지 세상을 떠남. 평양 남부산면 노남리로 이사.
1892년	15세	서당 선배 필대은(畢大殷)에게서 신사조(新思潮)를 전수 받음.
1894년	17세	서울로 올라와 구세학당(救世學堂) 보통부 입학. 필대은과 예수교 장로회 입교.
1896년	19세	구세학당 졸업 후 조교가 됨. 고향에서 이혜련(李惠鍊, 당시 13세)과 약혼.
1897년	20세	독립협회 가입. 만민공동회 관서지부(關西支部) 설립. 평양 쾌재정(快哉亭)에서 만민공동회 주최 웅변으로 명성을 올림.
1899년	22세	강서(江西)의 동진면 암화리에 점진학교(漸進學校) 설립, 황무지 개간 사업을 함.
1902년	25세	이혜련과 결혼, 11월 14일 함께 미국으로 건너감. 캘리포니아 주 리버사이드에서 고학으로 국민학교에 다님.
1903년	26세	샌프란시스코에서 한인친목회(韓人親睦會)를 조직하여 교포를 계몽.
1905년	28세	캘리포니아 주에서 대한인 공립협회(大韓人共立協會) 창립, 11월 20일 〈공립신보〉 발간.

1907년 30세 노·일 전쟁 후 을사보호조약 체결을 보고 귀국, 비밀 결사 신민회(新民會)를 조직, 구국운동(救國運動)을 전개.

1908년 31세 평양에 대성학교(大成學校), 마산동에 자기회사(磁器會社), 평양·서울·대구 등에 태극서관(太極書舘) 등을 설립하고 전국을 순행하면서 애국 연설을 함. 이토 히로부미(伊藤博文)와 회견.

1909년 32세 청년학우회(靑年學友會) 창설, 10월 안중근 사건으로 용산 헌병대에 수감, 12월에 풀려남.

1910년 33세 일본 총독부에서 안도산 내각 조직(安島山內閣組織)을 요청받았으나 이를 거부하고 4월에 망명(亡命), 중국 청도(靑島)에서 독립운동자회의를 열고, 북만주에 농장과 무관학교(武官學校) 창설을 위해 이갑(李甲) 등과 함께 상해를 거쳐 블라디보스톡으로 감.

1912년 35세 북만주 계획이 실패하자 러시아·독일·영국을 거쳐 미국으로 가 가족과 재회, 해외동포를 망라하는 대한인국민회 중앙총회(大韓人國民 中央總會)를 조직하고 초대 총회장으로 선임됨, 〈신한민보(新韓民報)〉 창간.

1913년 36세 5월 13일 샌프란시스코에서 흥사단(興士團) 창립, 해외동포의 실력 양성과 조직 훈련에 주력.

1919년 42세 3·1운동 직후 상해에 세운 대한민국 임시정부의 내무총장(內務總長) 겸 국무총리 대리에 취임, 대동단결을 주장하고 〈독립신문〉 창간.

1920년 43세 흥사단 원동 위원부(遠東委員部) 설치, 북경에서 미국 국회의원 동양 시찰단 일행을 맞아 대한독립을 호소함.

1921년　44세　임시정부 내각 통일에 노력하다 실패, 사임하고 국
　　　　　　　민대표회 소집을 발기함.

1923년　46세　국민대표회 참가, 공산측의 전략으로 결렬됨.

1924년　47세　북경에서 이광수(李光洙)를 만나 〈동포에게 고하는
　　　　　　　글〉을 구술. 한인 정착지 건설을 위하여 북중국 방
　　　　　　　면 시찰.

1925년　48세　남경(南京)에 동명학원(東明學院) 설립 후 미국으로
　　　　　　　건너감, 국민회와 흥사단 조직을 강화하고 이상촌
　　　　　　　가입자 및 투자금을 모집.

1927년　50세　길림(吉林)에서 대독립당(大獨立黨) 결성 토의중 경
　　　　　　　찰에 감금, 중국 여론에 의해 20일 만에 석방됨.

1928년　51세　이동녕·이시영·김구 등과 상해에서 한국 독립당
　　　　　　　결성, 대공주의(大公主義) 제안.

1932년　55세　4월 29일 윤봉길 의사의 상해 홍구 폭탄사건(虹口爆
　　　　　　　彈事件)으로 일본 경찰에 체포되어 본국으로 압송,
　　　　　　　4년 형을 받고 서대문, 대전 등의 감옥에서 복역.

1935년　58세　대전 감옥에서 2년 반 복역, 옥중에서 위병(胃病)이
　　　　　　　악화되어 가출옥(假出獄)됨. 전국 순방 후 평남 대
　　　　　　　보산 송태산장(松笞山莊)에 은거, 민족 혁신(民族革
　　　　　　　新)을 주창함.

1937년　60세　6월 28일 동우회(同友會) 사건으로 일본 경찰에 재
　　　　　　　구속, 동우회 해산 강요. 11월 1일 서대문 형무소에
　　　　　　　수감, 12월 24일 신병으로 출감하여 경성제국대학
　　　　　　　(지금의 서울대) 부속 병원에 입원.

1938년　61세　3월 10일 향년(享年) 61세를 일기로 경성제국대학
　　　　　　　부속 병원에서 순국, 망우리에 안장.

1962년　　　　3월 1일 건국 공로훈장을 받음.

나의 사랑하는
젊은이들에게

1987년	1월 25일	/	1판 1쇄 인쇄
1987년	1월 31일	/	1판 1쇄 발행
1994년	2월 14일	/	2판 1쇄 발행
1997년	3월 15일	/	3판 1쇄 발행
2000년	1월 20일	/	4판 1쇄 발행
2003년	2월 15일	/	5판 1쇄 발행
2007년	4월 15일	/	6판 1쇄 발행
2009년	7월 10일	/	7판 1쇄 발행
2012년	2월 20일	/	8판 1쇄 발행
2013년	9월 25일	/	9판 1쇄 발행
2016년	3월 31일	/	10판 1쇄 발행
2018년	10월 20일	/	11판 1쇄 발행
2023년	6월 1일	/	12판 1쇄 발행

지은이 | 안 창 호
엮은이 | 안 병 욱
펴낸이 | 김 용 성
펴낸곳 | 지성문화사
등 록 | 제5-14호(1976.10.21)
주 소 | 서울 동대문구 신설동 117-8 예일빌딩
전 화 | 02)2236-0654 , 2233-5554
팩 스 | 02)2236-0655 , 2236-2953